古典文學研究輯刊

二三編

曾永義 主編

第16冊

石麟文集（第一卷）：古代文學與文化積澱探討

石 麟 著

國家圖書館出版品預行編目資料

石麟文集（第一卷）：古代文學與文化積澱探討／石麟 著 --
初版 -- 新北市：花木蘭文化事業有限公司，2021〔民 110〕
目 2+292 面；19×26 公分
（古典文學研究輯刊　二三編；第 16 冊）
ISBN 978-986-518-355-4（精裝）
1. 中國文學 2. 文學評論 3. 文化研究
820.8　　110000431

ISBN-978-986-518-355-4

9 789865 183554

古典文學研究輯刊
二三編　第十六冊　　ISBN：978-986-518-355-4

石麟文集（第一卷）：古代文學與文化積澱探討

作　　者　石　麟
主　　編　曾永義
總 編 輯　杜潔祥
副總編輯　楊嘉樂
編　　輯　許郁翎、張雅淋　美術編輯　陳逸婷
出　　版　花木蘭文化事業有限公司
發 行 人　高小娟
聯絡地址　235 新北市中和區中安街七二號十三樓
　　　　　電話：02-2923-1455／傳真：02-2923-1452
網　　址　http://www.huamulan.tw 信箱 service@huamulans.com
印　　刷　普羅文化出版廣告事業
初　　版　2021 年 3 月
全書字數　235870 字
定　　價　二三編 31 冊（精裝）台幣 82,000 元　

石麟文集（第一卷）：
古代文學與文化積澱探討

石麟　著

作者簡介

石麟，1953 年出生於湖北省黃石市。曾任湖北師範大學文學院教授，中南民族大學文學院教授，現為湖北大學客座教授。同時擔任中國《水滸》學會會長，中國《三國演義》學會副會長，中國散曲學會理事，湖北省屬高校跨世紀學科帶頭人，湖北省有突出貢獻中青年專家。先後出版專著《章回小說通論》《話本小說通論》《中國傳統文化概說》《中國古代小說批評概說》《說部門談》《稼稗兼收》《李攀龍與後七子》《野乘瑣言》《傳奇小說通論》《通俗文娛體育論》《中華文化概論》《從「三國」到「紅樓」》《閒書謎趣》《中國古代小說評點派研究》《稗史迷蹤》《石麟論文自選集・戲曲詩文卷》《中國古代小說文本史》《從唐傳奇到紅樓夢》《古代小說與民歌時調解析》《石麟文集類編》(五卷本)《中國古代小說批評史的多角度觀照》《施耐庵與〈水滸傳〉》《俗話潛流》二十三部，與人合著《明詩選注》《金元詩三百首》二書，主編教材三套，參編參撰書籍十種，撰寫《中華活頁文選》六期，並在《文學遺產》《明清小說研究》《戲劇》《古代文學理論研究》《藝術百家》《文史知識》《中國文學研究》《中華文化論壇》等刊物上發表學術論文二百二十多篇。

提　要

如果將中國古代文學比喻成一片茂密森林的話，那麼，中華傳統文化就是培育這片樹林的沃土。從這個意義上講，不深入瞭解中華傳統文化就無法展開對中國古代文學的研究。筆者四十年來一直從事中國古代文學的教學和研究，在實踐過程中，對文化與文學之間關係的認識尤為深刻。因此，除了開設「中國古代小說史」「元明清文學」「從《三國》到《紅樓》」等專業性較強的課程之外，也開設了「中華文化概論」這樣的大背景課程。在此基礎上，發表了文學與文化兩相結合的學術論文二十多篇。同時，還出版了《中國古代小說文本史》《野乘瑣言——小說名著與小說史》以及《中國傳統文化概說》《中華文化概論》等專著。本冊收入的二十多篇論文，就是從文化大背景的角度來探討中國文學史、尤其是中國小說史上的若干問題的。每篇文章圍繞一個具體問題來探討文學與文化的內在聯繫，有的長篇大論，有的短小精幹，有的宏觀鳥瞰，有的具體入微，總之，都以解決問題為前提條件。

目次

輝煌・墮落・反思
——對傳統文學的文化批評

一

中國傳統文學，如果從文化層面進行最粗線條的劃分，似可分為「廟堂文學」、「山林文學」、「市井文學」三大部分。所謂廟堂文學，實際上也就是正統文學，亦即封建社會的主流文學；所謂山林文學，也就是隱逸文學，基本上處於非主流的地位；所謂市井文學，當然指的是大眾文學，在社會上層人士看來，它是不登大雅之堂的，但在廣大民眾那兒，它卻是占主流地位的。換一個角度看問題，廟堂文學是以統治階級思想為核心的群體意識的反映，山林文學則更多地反映了作家的個體意識，而市井文學則是另一種群體意識——傳統文化在廣大民眾那兒積澱的結果。

中國傳統文學雖然可以大體作以上三大部分的區分，但三者之間的關係卻並非全然的涇渭分明，而是相互間既有交叉、又有融合的。同樣，對於某一位作家而言，他也不可能一輩子只從事上述某一部分的文學創作。有時候，他會從事廟堂文學的寫作，有時候他又會進行山林文學的構造，有時候或許也會染指市井文學。有的作家甚至會在同時進行多種層面的文學創作，當廟堂時則「廟堂」，當山林時則「山林」，當市井時則又「市井」之。從文體的角度看問題，則各種文體都可作為上述三大層面之文學創作的載體，但也有一定的側重和偏向。如辭賦，寫廟堂的作品最多，寫山林者次之，寫市井者極少；如詩歌，則廟堂文學、山林文學並重，只有民歌或擬民歌才寫市井；至若詞曲，大致上三者平分秋色；戲劇、小說創作，則市井第一、山林第二、廟堂第三了。

一個饒有意味的事實是，無論是廟堂文學、山林文學抑或是市井文學，卻都共同具有「輝煌」、「墮落」、「反思」三種創作狀態，並且這三種狀態有時相反相成，有時相輔相成，有時竟是一種「假作真時真亦假的」奇特態勢。

二

廟堂文學的真正輝煌是持久的，然而，這種持久的輝煌卻建立在更為持久的傳統倫理道德的基礎之上。談到傳統倫理道德，不少人會投去鄙夷或怨憤的目光。其實，傳統倫理道德本身是美好的，只不過她被人利用而變得十分醜陋而令人厭惡罷了。進而言之，支撐輝煌的廟堂文學構架就是諸如忠、孝、仁、義、剛、正、廉、明等傳統倫理道德的精粹。忠君愛國、孝養雙親、關心民瘼、信義待人、不屈不撓、正直無私、廉潔自律、明辨是非，以及要求建功立業、施展懷抱的人生追求，……這一切，難道不正代表著中華民族的優秀品質、崇高精神嗎？將這一切用詩詞歌賦等各種形式表現出來，難道不是一種民族精神的輝煌再現嗎？《詩經》的周人史詩，屈原的《離騷》《九章》，孔夫子的《論語》，太史公的《史記》，那建安風骨，那正始哀音，左思的《詠史》詩，劉琨的《扶風歌》，陶淵明的「金剛怒目」，鮑明遠的《擬行路難》，李、杜、高、岑的吟詠，韓、柳、歐、蘇的文章，辛稼軒的氣吞萬里，陸放翁的鐵馬秋風，還有岳武穆、文文山、元好問、張養浩、于少保、陳子龍……。這些作家，無一不是中華民族的脊樑，他們筆下的作品，大多是時代的最強音。毫無疑問，正是他們用手中的筆、眼中的淚、心中的血，創造了廟堂文學的輝煌。

讀諸葛亮的《出師表》而不下淚者不是忠臣，讀李密的《陳情表》而不下淚者不是孝子，讀夏完淳之《獄中上母書》而不下淚者，此人大概既不是忠臣又不是孝子。這是一種情結、一種積澱，一種超越時空的民族精神、人文精神。這裡有憂國憂民的情懷，有思鄉思親的情緒，有正大光明的氣質，有義無反顧的氣概，……而這一切，又正是輝煌的廟堂文學之所以輝煌的底蘊。在封建社會的中國，這種精神深深植根於每一個正常的人尤其是人格健全的知識分子的心田。我們在這裡無須列舉過多的例證，因為這例證根本就無法窮盡。我們僅以一位最為年輕、又最使人感動不已的早熟詩人夏完淳的一首《別雲間》為例，就可以充分證明這種人文精神的積澱是何等深厚且具有何等巨大的能量了。詩云：「三年羈旅客，今日又南冠。無限河山淚，誰言天地寬。已知泉路近，欲別故鄉難。毅魄歸來日，靈旗空際看。」這是十七歲的詩人國破家亡、抗戰失敗後被捕離別家鄉時的作品，愛國情懷、思鄉情結、鬥爭精神、悲劇意味，自然而和諧地統一在這位少年民族英雄的輝煌壯麗的詩篇中。這是生命的絕唱，這是靈魂的高歌，沒有絲毫做作，也沒有一點兒矯飾。因為在夏完淳看來，一切均理當如此。國破何以言家，家亡何以存身，身雖不存，但鬥爭精神卻永不磨滅。夏完淳以及與夏完淳同樣的千千萬萬的正常的封建時代的中國人，從小所接受的就是這種傳統的教育，有生以來就生活在這種傳統文化的濃厚的氛圍之中。他們將這種正常的思想通過正常的方式表現出來，所締造的難道不恰恰是廟堂文學的輝煌嗎？

然而，當廟堂文學無比輝煌的同時，它的墮落也已悄然開始，甚至可以說，這墮落的根子就埋藏在輝煌的泥土之中。而這墮落是沿著兩道軌跡前行的，一是歌功頌德，二是矯飾人情。

歌功頌德本來也沒什麼不好，但是，由對國家、民族、日月山河、英雄人物的歌頌轉而成為對君王、上司、統治分子、達官貴人的歌功頌德，卻無疑是廟堂文學最大的墮落。漢大賦中有許多這種泯滅感情而善於吹牛拍馬的東西，如《子虛》《上林》、《兩都》《二京》云云。詩歌方面，君臣之間的應制之作、唱和之作自漢魏以至六朝，由唐宋而及明清，亦可謂不絕如縷，甚至愈演愈烈。諸如「柏梁體」、「竟陵八友」、「上官體」、「文章四友」、「西崑體」、「延祐四家」、「臺閣體」、「茶陵詩派」等等，均與這種不良的創作傾向脫不了干係。在這裡，我們實在沒有必要去一一列舉那些枯燥無味的「作品」，只看一點兒最極端的例子就足夠了。明代洪武年間的文人吳伯宗這樣寫道：「唐堯虞舜今皇是」，「萬歲聲呼山動搖」。「江海小臣無以報，空將詩句美成康」。如此「詩句」，難道還不能體現廟堂文學的極端墮落嗎？

除了對君王們進行直接歌頌而外，廟堂文學之歌功頌德的另一種表現方式，就是將傳統封建道德推向極致並加以大力的歌頌和鼓吹。忠君愛國在這裡變成了對君王的愚忠和狹隘的民族思想，孝養雙親在這裡變成了割股療親一類愚昧而又殘忍的行為，至於夫妻間的感情，則更是演變成為夫死守節乃至以死殉夫的婦女單方面必須履行的義務，而且是極端殘忍、極端不人道的義務。總之，一切正常的人際關係都被冰涼、殘酷而又極端偏頗的忠孝節義的道德信條所代替。我們且不說那多如牛毛的「家訓」、「律條」、「烈女傳」、「忠義傳」乃至「二十四孝」等等，因為那些東西根本就不是文學作品，不在本文所論之列。我們也不說那些流傳並不廣泛的理學家們表彰忠孝節烈的詩歌散文作品，因為它們在廣大讀者心目中、在古代文學史上並未造成多大的影響。我們只對宋元以降同時興起的理學思想和戲劇藝術相結合的產物——表現封建倫理道德的戲曲劇本略作分析，便可發現情況有多麼嚴重。自元末高則誠在《琵琶記》中提出「不關風化體，縱好也徒然」的標準之後，明代文人利用戲曲作品來宣揚教化、訓誡人心之風便愈演愈烈。有的要求樂戶女兒要「立心貞，出言準，守清名，志堅穩」，「到身後標題個烈女魂」。（朱有燉《香囊怨》）有的高標作戲曲要「備他時世曲，寓我聖賢言」，「若於倫理無關緊，縱是新奇不足傳」。（丘濬《五倫全備記》）這便是戲曲作品中為數不多的「廟堂」之作、而且是走向墮落的廟堂之作。

輝煌的廟堂之作所表現的往往是人們的真情實感，而墮落的廟堂之作則往往以矯情代替真情。這樣，就造成了「人品」與「文品」的極不協調，乃至極大的矛盾。因為屈原、杜甫忠君愛民的詩篇流傳千古，被後人爭相傳誦，因而人人都想寫一點《離騷》《北征》那樣的作品，於是乎，「今之學子美者，處富而言窮愁，遇承平而言干戈，不老曰老，無病曰病。」（謝榛《詩家直說》）這種矯情的表演便出現在既缺乏生活感受又要顯得大義凜然的無聊文人們之間。甚至有些品行極其低劣的人，也在其詩文作品中擺出一副關心國家、關心人民的悲天憫人的架勢。為了說明問題，我們不妨先讀幾篇作品：「野火燎荒原，霜雪日皓皓。牛羊無可噍，眾綠就枯槁。天地心不泯，根芽蟄深杳。春風一披拂，顏色還媚好。何如被兵地，黎庶不自保。高門先破碎，大屋例傾倒。間或遇茅舍，呻吟遺稚老。常恐馬蹄響，無罪被擒討。逃奔深谷中，又懼虎狼咬。一朝稍蘇息，追胥復紛擾。微言告者誰，勸我宿須早。人生值艱難，不如路傍草！」（方回《路傍草》）「泥污后土逾月餘，四月雨至五月初。七日七夜復不止，錢王舊城市無米。城中之民不餓死，亦恐城外盜賊起。東鄰高樓吹玉笙，前呵大馬方橫行。委巷比門絕朝飯，酒壚日徵七百萬。」（方回《苦雨行》）「農田插秧秧綠時，稻中有稗農未知。稻苗欲秀稗先出，拔稗飼牛唯恐遲。今年浙西田沒水，卻向浙東糴稗子。一斗稗子價幾何？已直去年三斗米。天災使然屢勝真，焉得世間無稗人！」（方回《種稗歎》）如果我們不知道方回何許人也，說不定會將這幾首詩當作唐代的「新樂府」來讀哩！即使有人知道方回是宋末元初人，大概也會產生一種錯覺：這大概是一位杜甫的繼承者吧。那麼，就讓我們來看看方回究竟何許人也。據《癸辛雜識別集上》載：「方回，字萬里，號虛谷，徽人也。……其鄉處專以騙脅為事，鄉曲無不被其害者，怨之切齒。遂一向寓杭之三橋旅樓而不敢歸。老而益貪淫，凡遇妓則跪之，略無羞恥之心。……知嚴州，未幾，北軍至，回倡言死封疆之說甚壯。及北軍至，忽不知其所在，人皆以為必踐初言死矣。遍尋訪之不獲，乃迎降於三十里外，韃帽氈裘，跨馬而還，有自得之色。郡人無不唾之。遂得總管之命，遍括富室金銀數十萬兩，皆入私囊。」就是這樣一個大節有虧小節損的「稗人」，居然寫出了那樣一些關心民瘼、憂愁亂世的動人詩篇，居然在自己的詩篇中大聲疾呼「焉得世間無稗人」。這種貌似奇特的現象，在中國文學史上絕不止一個方回，如揚雄、潘岳、阮大鋮等均乃如此。之所以出現這種現象的根本原因，就是這些作家自覺不自覺地以矯情的方式在掩蓋著自己劣行。毫無疑問，這也是廟堂文學的一種墮落。

當廟堂文學逐步墮落為封建統治階級的御用工具或無聊文人矯情載體之後，自然有人會對這一切進行反思，並且，一部文學史也正是在不斷的反思、不斷的反撥中才得以前進的，廟堂文學當然也不例外。廟堂文學反思的立足點主要體現在對傳統道德、傳統學術的懷疑與否定方面。泰州學派對宋明理學提出了懷疑，明末清初的經世致用之學又對明人的遊談無根進行了批判。至於忠孝節義等傳統道德，也在不同程度上遭到了懷疑和否定。黃宗羲在《原君》中居然敢說出「然則為天下之大害者，君而已矣」的話，真乃石破天驚、冒天下之大不韙。被封建士大夫奉為人生信條的「文死諫、武死戰」，卻被曹雪芹在《紅樓夢》中借賈寶玉之口說成是「胡鬧」，真真是對傳統道德的大不敬。如此等等的悖逆言論，在明末清初以降的文人那兒可謂屢見不鮮。正是在這種懷疑傳統、否定傳統的思潮的影響下，才會出現吳敬梓、曹雪芹、龔自珍、魏源、黃遵憲、梁啟超、譚嗣同、章太炎、鄒容、秋瑾等等這樣一些反思型的作家以及他們給我們所留下的極具啟示力的優秀作品。從而，使廟堂文學不僅沒有走向徹底的敗落，而且展示出黑暗王國的一線新的曙光。

三

山林文學也有它的輝煌，它是長居於或暫居於草野的文人的心靈的歌。

許多古籍中所記載的隱士是山林文學的文化原型，老莊哲學是山林文學的理論基礎，逃避現實而又未能真正忘情於現實是山林文學作家的心理矛盾，貶謫罷官是山林文學締造者們的經常性待遇和創作誘因，達則兼善天下、窮則獨善其身是山林文學創作主體的心靈慰藉，而美麗的大自然則是停泊這些痛苦靈魂的寧靜港灣。

在先秦兩漢的文學作品中，我們雖然也能找到山林文學的片斷，但真正有代表性的山林文學作品卻誕生於兩晉以降。陶淵明、謝靈運、謝玄暉、王績、王維、孟浩然、劉禹錫、柳宗元、林逋、蘇軾、朱敦儒、辛棄疾、楊萬里、范成大、馬致遠、張養浩、貫雲石、劉因、王冕、唐寅、王磐等，他們或以寧靜清虛的心態來對待窮愁潦倒的生活，或以深入細緻的描繪來展現如詩如畫的美景，或在對山山水水的描摹中顯示出無比深邃的哲學思考，或在對花花草草的勾畫中體現了無比崇高的人格追求。這裡有懷才不遇的牢騷，也有參透萬物的曠達，這裡有農家生活的真實寫照，也有洞天福地的朦朧憧憬。這裡還有貶謫情結、遺民情結、憫農情結、遊子情結……。所有這一些，他們用詩、用詞、用曲、用賦、用長篇、用小品，總之是用一切文學樣式來表現。正是這一切，構成了山林文學的無比輝煌，哪怕是潛藏在深山僻野間或士人心靈深處的輝煌。

山林文學最大的特點就是能充分體現作家的個體感情和創作個性，表面上看，這些作品創作於山林之間、並以山林作為描寫對象，而實際上，作品卻融化在作者心中、甚至可以說寫的就是作家自己。正因如此，他們無須戴上假面具，包括政治的、倫理的、道德的各方面的假面具，也無須刻意追求什麼社會效果、藝術效果等等「身外之物」，而只是原原本本、真真切切地寫來。這裡有陶淵明的《歸田園居》，也有大小謝的山水吟詠。這裡還有許許多多的或描摩山水田園或抒發人生感受的賦作辭章，如《江賦》《遊天台山賦》《閑居賦》《恨賦》《別賦》《桃花源記》《北山移文》。這裡還有那人生的哲理探尋和深沉歎息，如《春江花月夜》，如《代悲白頭翁》。在這裡，王維的山水田園詩充滿禪趣、意境空靈，孟浩然的山水田園詩則充滿生機、淳樸自然，就連豪邁的李白和沉鬱的杜甫也偶而到山林中「反串」。在這裡，還有韋應物、劉長卿的山水之作，還有劉禹錫、柳宗元的貶謫文學，還有自《水經注》發脈、至柳宗元《永州八記》而發揚光大、直至明清兩代而盛傳不衰的山水遊記作品，還有宋詞、元曲、明清詩歌中歌頌山林抒發感情的成千上萬的心靈的樂章。對於山林文學的作家們而言，這一切都是他們心靈的自白，也是他們與「自我」的對話，他們並不要求自己的這些作品是否對得起讀者、對得起社會、對得起君父、對得起兒孫，他們只希望這些作品對得起「自我」就行了。充分真實化、充分個性化，同時，也充分孤獨化、充分理想化。正是這一切，造就了山林文學的無比輝煌，哪怕是潛藏在心扉胸臆中的輝煌。

是的，充分的孤獨化和充分的理想化造就了山林文學的輝煌，但是，過分的孤獨化和過分的理想化又造成了山林文學的墮落。郊之「寒」、島之「瘦」、姚合之「峭冷」，已經開始了由幽靜的山林向著冷寂的深淵的下滑，而滑到「幽深孤峭」的鍾、譚那兒，則已到了「獨往冥遊於寥廓之外」（鍾惺《詩歸序》）、「必孤行於古今之間」（譚元春《詩歸序》）的地步。這樣的詩，實在不知道還要寫它做什麼！過分的孤獨化，所磨滅的不僅是山山水水、花花草草的靈性，更是人的生活熱情、百靈之長的靈性。人類社會生活的基本特點就是群體性與個體性相結合，文學的根本任務也就是要恰當而真切地表現或反映這種結合，不過，不同的作家在創作過程中各有其偏重而已。過分地強調群體性，是造成廟堂文學墮落的重要原因之一，過分地強調個體性，則容易造成山林文學的墮落。

超越可能性的理想其實就是幻想，是麻痹自己而又麻痹他人的幻想。在古老的中國，幻想往往又與宗教、迷信、崇拜緊密相連。而這些幻想反映在山林文學的作品之中，就是那些消極避世乃至追求長生、尋求解脫的遊仙詩、玄言詩、禪悅詩、冥悟詩，更不用說還有那些代佛、道立言的宗教之作、迷信之作如「傳燈錄」、「證道書」一類的東西了。遊仙詩的淵源雖可追尋到《離騷》，但那是一種積極的「遊仙」，或者說，是借遊仙表現作者心靈的遠遊，屈原可從來沒有離開、也沒有想到要真正離開塵寰世界。魏晉以降的遊仙詩的作者們，才真正幻想著高蹈輕舉、一步登天。稍後，玄言詩也不甘示弱、飄然而至，從老莊那兒借來了「物我同遊」，從釋子那兒借來了「虛心靜照」，更加上士人們既有閒又有錢、既離塵且脫俗，於是淡乎寡味而又清高孤傲地「玄乎」了一個時代。用幻想代替現實、以玄言描述世界，這恐怕已接近山林文學的盡頭。但是，比起那些用長篇敘事的方式來演述宗教、迷信的戲曲作品而言，遊仙詩、玄言詩之類，又只能是小巫見大巫了。號稱「萬花叢中馬神仙」的馬致遠，給我們留下的七個劇本中竟有四個是「神仙道化」劇。而元代的神仙道化劇竟是一大科，並影響到明清兩代。就連湯顯祖這樣傑出的戲曲家也在劫難逃，在他的「臨川四夢」中竟有一夢「佛」、一夢「道」，夢到了那遠離塵世的虛無縹緲的世界。

在山林文學經歷著朝過分孤獨化和過分理想化兩大方向墮落的時候，也有一些作家在這一最能表現文人自身情緒的園囿中苦思、沉吟。並且，在新的起點上進行了新的嘗試。在何景明「領會神情」認識的影響之下，在謝榛「自然妙者為上」理論的影響之下，在李贄「童心說」的影響之下，由晚明而及清代，形成了「性靈」一派。從「公安派」的「獨抒性靈」到袁枚的「性靈說」，不僅使許多作家的文學觀念發生了極大的變化，而且還直接影響了一個相當長時期的文學創作，尤其是山林文學的創作。晚明的小品文，堪稱中國文學史上最具真性情同時也最富於創作個性的一批作品。晚明的遊記作品，亦堪稱純情的作家與純潔的大自然緊緊擁抱的結果。這裡也有逍遙、也有放任、也有清高脫俗、也有自命不凡，但無論作家們心靈的航船向何方漂移，總之是沒有脫離塵寰世界。而且，在許多晚明小品文、遊記以及此後的詩歌作品中，還有不少在抒發性靈的同時，含有深邃的人生哲理，那就更是山林文學中的珍品了。

山林文學，是封建時代文人心靈的驛站，但這驛站絕非建立在九霄雲外，而仍然是悄然屹立在人生的旅途之中。

四

市井文學的輝煌源自市井，因為它是「市井」文學。從《詩經》到漢樂府，再到南北朝樂府、到唐代的聲詩和詞，其中有不少市井之作。但市井文學的鴻篇巨製卻毫無疑問地產生於宋代。關於宋代市井文學發達的原因，過去有著多方面的探討，如城市經濟繁榮、市民階層壯大等等。但我認為有一個重要因素不可忽視，那就是宋代的城市格局的改觀。相對於唐代比較封閉的坊市分離制的城市格局而言，宋代那種開放性的流線型的城市建築格局應該對市井文學的繁榮有著不可低估的推動作用。更兼之與唐代實行宵禁的制度相比，宋代不僅不搞什麼宵禁，甚至是鼓勵人們夜間消費，瓦舍勾欄動輒容納數以萬計的顧客，有的茶肆酒樓則幾乎通宵達旦地服務。在如此肥沃的市井文化的土壤之中，市井文學的花朵為什麼不能開得絢爛多彩呢？

在宋元話本、元人雜劇、明清傳奇、明清章回小說、擬話本小說以及明清民歌時調中蘊涵著大量的市井文學作品。正是這些作品，創造了市井文學的輝煌。而市井文學輝煌的最主要標誌就是在這些作品中體現了與傳統思想大異其趣的市民意識。宋元話本中寫得最多也最精彩的是男女愛情故事，而且是市井男人與市井鬼女的愛情，《碾玉觀音》如此、《志誠張主管》如此、《鬧繁樓多情周勝仙》亦乃如此。因為現實世界中的戀愛不自由，因此就出現了如此多的市井中的人鬼之戀，市民們就是這樣想問題的。元人雜劇中亦多愛情故事，表面上看，多半寫的是公子小姐之間的愛情，但實際上反映的仍然是市民趣味。《西廂記》中崔鶯鶯之「驚夢」，《牆頭馬上》中李千金之私奔，《倩女離魂》中張倩女之離魂，都是在千金小姐的面貌掩蓋之下的市井婦女行為的真實寫照。而山西永濟縣的普救寺，則因為崔、張愛情故事的廣泛流傳而成為愛情聖地，直到上世紀末，還在這裡舉行了「2000 年中國．永濟第三屆世界情侶月世紀婚禮慶典」活動，這絕非廟堂文學或山林文學的反映，而只能是市井文學的結果。

愛情，在封建時代，是統治者不准談、文人偷偷談、而只有市井小民才敢於公開談的一個話題，故而才在市井文學中有如此多的愛情之作。更為重要的是，在對待愛情、婚姻、婦女的態度上，市井小民們自有與封建士大夫們截然不同的觀點。「三言」中有兩個名妓——杜十娘和莘瑤琴都希望從良，都在選擇對象，其結果，杜十娘選擇了貴族公子李甲，因而怒沉江底、月缺花飛；莘瑤琴則選擇了市井小民秦重，因而夫妻和合、花好月圓。這兩篇作品似乎在告訴讀者，真情不在貴族公子們那兒，真情在市井之間、在市井小民之中。這裡所表現的難道不正是一種市民趣味嗎？這裡所表現的難道不是市井小民們希望自己的生活、自己的理想、自己的追求能夠被人們所瞭解、所宣揚、所歌頌的一種歷史性的要求嗎？更有甚者，市民階層不僅希望在市井文學作品中表現自己的生活情趣，而且更渴望在這些作品中體現他們對愛情生活、婚姻生活、婦女問題的新的道德評判。《蔣興哥重會珍珠衫》中的蔣興哥就是這種道德評判的一個形象載體。當蔣興哥得知妻子王三巧有了外遇以後，一是自己承擔了部分責任：「只為我貪著蠅頭微利，撇他少年守寡，弄出這場醜來。」二是委婉而體面地休妻：「本婦多有過失，正合七出之條，因念夫妻感情，不忍明言，情願退還本宗，聽憑改嫁。」三是被休之妻再嫁時居然送去禮物：「興哥顧了人夫，將樓上十六個箱籠，原封不動，連匙鑰送到吳知縣船上，交割與三巧兒，當個陪嫁。」這些行為，都建立在一個共同的思想基點之上，那就是把女人、哪怕是犯有過失的女人、哪怕是犯了在封建時代男人尤其不可原諒的過失的女人當作「人」來看待。這其實是一種人道情懷，一種在達官貴人不曾有、在封建衛道士們不曾有的人道情懷。尊重人性、尊重生活、尊重感情、尊重生命，這些市井小民們新型的倫理道德觀念在明清兩代的市井文學作品中如雨後春筍般地湧現出來。小說如此、戲曲如此，讀讀明清民歌時調集《掛枝兒》《山歌》《夾竹桃》《霓裳續譜》《白雪遺音》中成百上千的作品，更是如此。

市井文學輝煌的標誌絕不僅僅是反映愛情生活的作品，那市井百態、那江湖風波、那每天開門離不了的七件事、那形形色色的三百六十行，……其間酸、甜、苦、辣、澀，應有盡有。要想知道這市井生活的五味瓶究竟有多少內容，你可以去讀柳耆卿的詞、去讀關漢卿的曲、去讀《水滸傳》，去讀《金瓶梅》，去讀「三言」「二拍」，去讀元明清的雜劇、傳奇，去讀陳鐸的《滑稽餘韻》，去讀那些寶卷、彈詞、子弟書。那裡面會讓你明白，什麼叫生活，什麼叫日常生活，什麼叫市井中人的日常生活。

市井文學的墮落主要體現在三個方面，一是宣揚封建迷信，二是鼓吹封建道德，三是欣賞畸形性慾。明清章回小說和擬話本小說中都有大量宣揚宗教迷信的低劣之作，長篇的如《掃魅敦倫東度記》《韓湘子全傳》《陰陽鬥異說傳奇》《天女散花》等，短篇的則有《雨花香》《通天台》等集子中的許多作品。所有這些，都體現著市井文學的末流向著世俗宗教迷信的墮落。鼓吹封建倫理道德的作品在明清通俗小說尤其是擬話本小說中大量存在，只要翻開《石點頭》《型世言》《西湖二集》《八洞天》《娛目醒心編》等擬話本集，你就會發現，在這裡，愚蠢的、反科學的、慘無人道的、令人觸目驚心的或啼笑皆非的，總之是各種各樣的忠、孝、節、烈、仁、義、友、信應有盡有，而且毫不含糊。至於色慾描寫，更是某些市井文學作家的拿手好戲。在某些戲曲作品、甚至是比較優秀的戲曲作品中已開始出現過分的色情惡謔，到了小說創作尤其是晚明小說創作中，這種不良傾向愈演愈烈，乃至不可收拾。《金瓶梅》和「三言二拍」中有一定篇幅的色情描寫是人所共知的，而情況更為嚴重的作品則有：章回小說中的《浪史》《肉蒲團》《繡榻野史》《濃情快史》《昭陽趣史》《株林野史》《杏花天》《繡屏緣》《桃花影》《梧桐影》《鴛鴦影》等等，擬話本小說中的《宜春香質》《弁而釵》《一片情》《歡喜冤家》《載花船》等等，這些作品，或寫女色，或寫男風，真真是人慾橫流，體現了人的原始動物本能的一面。

市井文學的反思並不是由市井小民來完成的，而是經過了市井小民的思想積纍之後再由那些窮愁潦倒而又富有真知灼見的文人來完成的。這些人在物質生活方面往往極端貧窮，而精神領域卻極其富有。如董說、如李玉、如孔尚任、如吳敬梓、如曹雪芹、如李汝珍……直到梁啟超。他們所處的時代不同，世界觀也大不一樣，但卻有一個最大的共同點，那就是都對社會、人生、歷史、現實有著深刻的思考，並且利用最為通俗的文學樣式表現出來。「呵呵，皇帝也眠，宰相也眠，綠玉殿如今變做『眠仙閣』哩！……只是我想將起來，前代做天子的也多，做風流天子的也不少。到如今，宮殿去了，美人去了，皇帝去了！……這等看將起來，天子庶人同歸無有，皇妃村女共化青塵。」這就是一個生活在社會下層的知識分子在國之將亡的時候，發自內心深處的一種預感和悲哀，寫到作品之中，就是董說的《西遊補》。褒揚忠臣、反抗權閹，最有力量的是誰？是市井小民。市井小民所發動的蘇州民變，代表了社會前進的動力。將這種思考搬上戲曲舞臺，就是李玉等蘇州派作家創作的時事劇《清忠譜》。思考，來自豐富而痛苦的現實生活；表現，卻在那通俗而動人的市井文學之中。借離合之情寫興亡之感的是孔尚任的《桃花扇》，高呼「一代文人有厄」而批判八股取士制度的是吳敬梓的《儒林外史》。曹雪芹創造了一個「女兒國」，在那裡寄託了作者懷金悼玉的歷史悲哀；李汝珍也勾畫了一個「女兒國」，在那裡卻寄託了作者男女平等的朦朧理想。至若梁啟超等人，則乾脆提出：「欲新一國之民，不可不先新一國之小說。故欲新道德，必新小說；欲新宗教，必新小說；欲新政治，必新小說；欲新風俗，必新小說；欲新學藝，必新小說；乃至欲新人心，欲新人格，必新小說。」（《論小說與群治之關係》）公開提出要依靠市井文學來改造社會、移風易俗、改變人們的世界觀。市井文學發展到這個時候，才真正顯示了它巨大的威力和無盡的潛力。因為它所反映的已不僅僅是過去、現在，而且還指向了恒遠的未來。

五

廟堂文學、山林文學、市井文學的劃分不過是我們為論述問題的方便而採取的一種不得已的辦法而已。嚴格而言，任何類別的區分都有其不合理的一面。或者說，有許多文學作品並不能僅僅屬於哪一類，而任何一位作家也不大可能一輩子只寫某一類作品。陶淵明不僅有「悠然望南山」，也有「刑天舞干戚」。白居易不僅有「新樂府」的創作，也有「閒適詩」的撰寫。蘇東坡則處廟堂而憂其民，處山林而思其君。關漢卿的戲劇常以市井文學的方式反映重大的歷史問題、社會問題，而他的散曲則更多一些山林文學與市井文學相結合的趣味。蒲松齡則既寫堂堂正正的廟堂文章，又寫雅俗共賞的《聊齋誌異》，還寫了充滿世俗意味的俚曲小戲。至若《三國演義》、《水滸傳》《西遊記》《金瓶梅》《儒林外史》《紅樓夢》這些通俗小說中的偉大作品，則更是市井文學、山林文學、廟堂文學諸多因素的結合，只不過各有其側重點而已。

對傳統文學進行文化批評，是一件饒有意味的事，也是一件必不可少的工作。因為任何一個民族的文學原本就深深扎根於該民族傳統文化的泥土之中，而文學研究的根本任務之一就是要研究其民族性。不注目於傳統文化對傳統文學的影響而孤立地研究傳統文學，其結果，只能是喪失其民族性。

中華民族的傳統文學，無論是廟堂文學、山林文學抑或是市井文學，都擁有過各自的輝煌，也曾出現過各自的墮落，最終，也都醞釀著各自的反思。對於中國傳統文學而言，輝煌的極端往往是墮落，墮落的盡頭往往是反思，而反思，又往往意味著新的輝煌的即將到來。廟堂文學、山林文學、市井文學均乃如此，三者之間的關係亦乃如此。

（原載《中華文化論叢》2003 年第四期）

葫蘆兄弟本同根
——略述古典戲曲對傳奇小說的題材因襲

中國古代俗文學的兩大品種——戲曲與小說，其實是一根青藤上的葫蘆兄弟，二者之間的相互影響是十分深刻而久遠的。對此，前輩時賢都有很多論述。這裡，僅就唐宋元明清幾代的傳奇小說對宋元以降的南戲、雜劇、傳奇戲的題材影響問題略作鉤輯，以為研究相關問題的基礎。其中，有些問題前人已有考論，重複是難以避免的。

本文所論，均乃以傳奇小說為原始作品者，以下情況均不論及：其一，以詩文為始作俑者，如《麗人行》《長恨歌》影響下的「李楊愛情故事」。其二，小說受戲曲影響反過來影響戲曲者，如關漢卿的《拜月亭》及南戲同名之作影響明代傳奇小說《國色天香·龍會蘭池錄》，而《龍會蘭池錄》又影響後世戲曲創作。其三，原著雖為文言小說但並非傳奇小說者，如明人梅鼎祚文言小說集《青泥蓮花記》中有一篇《鎖骨菩薩》，僅二百多字，雖被明代余翹改作同名雜劇，但該篇乃是志怪而非傳奇。其四，戲曲、小說孰先孰後不清楚者，如「芙蓉屏」的故事，明初有無名氏戲文《芙蓉屏記》，又有李昌祺《剪燈餘話·芙蓉屏記》，不知究竟孰為源流。

一

唐代傳奇小說有很多作品是後世戲曲創作的題材之源。

無名氏《補江總白猿傳》，對宋元間無名氏戲文《陳巡檢梅嶺失妻》（存殘曲）等有影響。

何延之《蘭亭記》，白樸改作雜劇《蕭翼智賺蘭亭記》（佚）。

唐臨《冥報記・柳智感》對元代無名氏雜劇《玎玎璫璫盆兒鬼》的影響。

陳玄祐《離魂記》將「離魂」的故事推向了一個高峰，並對後世的戲曲創作產生了較大的影響。宋元戲文有無名氏《王家府倩女離魂》（佚），元雜劇中，趙公輔有《棲鳳堂倩女離魂》（佚），鄭光祖有《迷青瑣倩女離魂》（存），明代雜劇有王驥德《倩女離魂》（佚），明代傳奇戲則有謝廷諒及無名氏《離魂記》（並佚）。明代湯顯祖的《牡丹亭》，顯然也受到《離魂記》的啟發。

沈既濟《枕中記》，宋元戲文有無名氏《呂洞賓黃粱夢》（佚），元雜劇有馬致遠等四人合作之《開壇闡教黃粱夢》（存），元明間有無名氏雜劇《呂翁三化邯鄲店》（存）、《黃粱夢》（佚），明代雜劇有谷子敬《邯鄲道盧生枕中記》（佚）、車任遠《邯鄲夢》（佚），明代傳奇戲有徐霖《枕中記》（佚）、湯顯祖《邯鄲記》（存）等等。清代焦循還在此基礎上創作了傳奇戲《續邯鄲夢》（佚）。沈既濟的另一作品《任氏傳》亦被清代崔應階改作《情中幻》雜劇，而明清間無名氏的同名傳奇戲（存）則在此基礎上改動更大。

許堯佐《柳氏傳》影響亦不小，宋元戲文亦有《章臺柳》（存殘曲），金院本有無名氏《楊柳枝》（佚），元雜劇有鍾嗣成《寄情韓翊章臺柳》（佚），明代傳奇戲則有吳長孺《練囊記》（存殘曲）、梅鼎祚《玉合記》（存）、張四維《章臺柳》（佚）、吳鵬《金魚記》（佚）等，張國籌則有《章臺柳》雜劇（佚）。另有元代雜劇石君寶《柳眉兒金錢記》（佚）和喬吉《李太白匹配金錢記》（存）二種，雖非《柳氏傳》嫡傳，但男女主人公亦姓韓和姓柳，也是受其影響之作。

白行簡《李娃傳》出現之前，京城名妓「一枝花」李娃的故事就早已在民間和文人之間流傳。在白作的影響之下，宋元戲文有無名氏《李亞仙》（存殘曲），元雜劇有石君寶《李亞仙詩酒曲江池》（存）、高文秀《鄭元和風雪打瓦罐》（佚）。明代朱有燉亦有雜劇《李亞仙花酒曲江池》，係改編石作。此外，明代薛近兗和徐霖都寫有《繡襦記》傳奇戲，薛作存而徐作佚。另有明代鄭若庸傳奇戲《玉玦記》（存），亦在情節設置上受其影響。

李朝威《柳毅傳》對後世戲曲的影響非常大，這裡僅舉其犖犖大者。宋代官本雜劇有無名氏《柳毅大聖樂》（佚），宋元戲文有無名氏《柳毅洞庭龍女》（佚），元代雜劇有尚仲賢《洞庭湖柳毅傳書》（存），明代傳奇戲有許自昌

《橘浦記》（存）、黃說仲《龍綃記》（存殘曲）、無名氏《傳書記》，清代傳奇戲有李漁《蜃中樓》（存）、何鏞《乘龍佳話》（存）等等。

就對戲曲的影響而言，元稹《鶯鶯傳》在唐人傳奇中是無與倫比的。宋官本雜劇中有《鶯鶯六么》（佚），宋元戲文有李景雲《崔鶯鶯西廂記》（存殘曲），元雜劇有王實甫《西廂記》，又有王生增補「王西廂」第一本而成之《圍棋闖局》（存），明初詹時雨亦有《西廂弈棋》雜劇（存），明代雜劇還有屠畯《崔氏春秋補傳》（佚），亦補寫《西廂記》之片斷。明代傳奇戲有無名氏《王百戶南西廂記》（佚，王百戶疑為作者名字）、李日華《南調西廂記》（存）、陸采《南西廂》（存）、周公魯《錦西廂》（佚）、黃粹吾《升仙記》（存），清代雜劇則有查繼佐《續西廂》（存）、吳國榛《續西廂》（存）、碧蕉軒主人《不了緣》（存）等等，清代傳奇戲更多，有程端《西廂印》（佚）、薛旦《後西廂》（佚）、沈謙《翻西廂》（存）、周杲《竟西廂》（佚）、石龐《後西廂》（佚）、韓錫胙《砭真記》（存）、高宗元《南西廂》（佚）、張錦《新西廂》（存）、王基《西廂後傳》（存）、湯鶴汀《東廂記》（存）、周聖懷《真西廂》（佚）、陳莘衡《正西廂》（佚）、楊世瀠《東廂記》（存）、無名氏《東廂記》（殘存）《續會真》（佚）等等。雖然其中有的作品別開生面，有的作品乃翻案文章，但其故事來源卻毫無疑問都是元微之的小說作品。

蔣防《霍小玉傳》對後世戲曲亦有影響。湯顯祖據此而寫成《紫簫記》（存）、《紫釵記》（存），沈璟則有傳奇戲《新釵記》（佚），清代傳奇戲則有蔡應龍《紫玉記》和潘鸞坡《烏闌誓》（並存）。

薛調《無雙傳》對後世戲曲影響亦大，元代戲文有無名氏《王仙客》和白壽之《無雙傳》，雖全文皆佚，但均有佚曲流傳。明代陸粲、陸采兄弟作有傳奇戲《明珠記》（存）。梁辰魚寫了單折南雜劇《無雙傳補》（佚），其南曲收入散曲《江東白苧》。清代李漁又改寫了《明珠記》第二十五齣「煎茶」，收入其《閒情偶記》中。清代傳奇戲有崔應階《雙仙記》（存）、楊豆村《無雙傳》（佚）。

李公佐《南柯太守傳》，明代車任遠有雜劇《南柯夢》（佚），湯顯祖有傳奇戲《南柯記》（存）。李公佐另一作品《謝小娥傳》，清代王夫之寫有《龍舟會》雜劇（存）。李公佐還有一篇《古嶽瀆經》也影響了元代高文秀雜劇《泗州大聖鎖水母》（佚）以及明代鬚子壽雜劇《泗州大聖渰水母》（佚）的創作。

杜光庭《虯髯客傳》對明清的戲曲創作尤著影響，雜劇方面明代凌濛初有《北紅拂》《虯髯翁》（並存）和《蓦忽姻緣》（佚），清代曹寅有《北紅拂記》（存），傳奇戲則有明代作家張鳳翼的《紅拂記》（存）、張太和《紅拂記》（佚）、馮夢龍《女丈夫》（存）、近齋外翰《紅拂記》（佚），清代作者劉方《女丈夫》（佚）、許善長《風雲會》（存）。

牛肅《紀聞・吳保安》，明代傳奇有沈璟《埋劍記》（存）、鄭若庸《大節記》（佚）均演此故事。牛肅另一篇作品《裴迪先》被明代許三階改作《節俠記》（存），明代王翃亦有《留生氣》（佚），二作均為傳奇戲，關目有異。

谷神子《博異志・崔玄微》篇，清代被賭庭棻改編為雜劇《衛花符》（存）。《博異志・李黃》篇則是「白蛇傳」故事的最早形態之一。

無名氏《陰德傳・劉弘敬》篇，雜劇有元代喬吉之《死生交託妻寄子》（佚）、元明間無名氏之《施仁義劉弘嫁婢》（存）和《劉公緘書》（佚），傳奇戲則有明代王元壽《空緘記》（佚）、明清間無名氏《尺素書》（佚）和《通仙枕》（存）。

李復言《續玄怪錄・定婚店》，明代劉兌有雜劇《月下老定世間配偶》（存），明代何梁有傳奇戲《翠鈿記》（佚），明代柳某有傳奇戲《翡翠鈿》（佚），清代南山老人有雜劇《翠鈿緣》（存）。《續玄怪錄・李靖》被楊潮觀改作雜劇《李衛公替龍行雨》（存）。《續玄怪錄・張老》被明代徐霖改作《種瓜記》傳奇戲（佚），《定婚店》《張老》二篇，又被李玉扭合而成傳奇戲《太平錢》（存）。《續玄怪錄・裴諶》被明代周朝俊改作傳奇戲《李丹記》（佚）。《續玄怪錄・杜子春》被明代胡介祉敷衍成《廣陵仙》（存殘曲），又被清代岳端改作《揚州夢》（存），二者均為傳奇戲。

薛用弱《集異記・王維》被明代王衡改編成雜劇《王摩詰拍碎鬱輪袍》（存），明代的傳奇戲則有王元壽《鬱輪袍》（佚）、張楚叔《鬱輪袍》（存）、秋閣居士《奪解記》（存殘曲），清代黃兆森又有《鬱輪袍》雜劇（存）。《集異記・王渙之》有明代恒居士《喝采獲名姬》雜劇（佚），明季張龍文雜劇《旗亭宴》（存），清代則有裘璉《旗亭館》雜劇（存），金兆燕《旗亭記》傳奇（存），唐英《旗亭》雜劇（佚）。《集異記・裴越客》被清代顧景星改作傳奇戲《虎媒記》（佚）。《集異記・宮山僧》則有明季無名氏傳奇戲《醒世魔》（殘存）。

薛漁思《河東記・板橋三娘子》故事，為元代紀君祥雜劇《驢皮記》（佚）

所效法。《河東記·獨孤遐叔》，明代葉憲祖改作《龍華夢》雜劇（佚）。

陳邵《通幽記·竇凝妾》雖寫得恐怖至極，然亦令人讀後痛快至極。如此審美效果之產生，皆因作者所寫乃弱女子復仇，這在稍有良心的中國人心目中已積澱成為一種同情乃至贊許的情結。該篇能叩中其中脈竅，故而令人興奮而不恐懼。後世戲曲，亦多仿此，甚或更為濃烈。《張協狀元》、《李勉負心》、《王魁負桂英》、《瀟湘夜雨》一直到《秦香蓮》，無論她們復仇的程度與方式有多大的區別，但對「弱女子」的同情和對「負心漢」的譴責卻永遠是一脈相承的。

袁郊《甘澤謠》中《紅線》篇影響亦大，明人雜劇有梁辰魚《紅線女夜竊黃金盒》（存）、胡汝嘉《紅線記》（佚），明代程守兆、李既明均有傳奇戲《金盒記》（俱佚）。另一篇《懶殘》被清代東仙改作雜劇《芋佛》（存）。

范攄《雲溪友議·韋皋》篇，元代喬吉有《玉簫女兩世姻緣》雜劇（存），其故事還被數次改作傳奇戲，明代有陳與郊《鸚鵡洲》（存）、無名氏《玉簫兩世姻緣》（佚）和《唐韋皋玉環記》（存），清代張夢祺有《玉指環》（存）。另一篇作品《于頔》則被沈璟改作傳奇戲《珠串記》（存殘曲），清代葉承宗又改作雜劇《癡崔郊》（佚）。

裴鉶《傳奇》對後世戲曲創作具有廣泛的影響。《崑崙奴》篇因夾寫俠義與愛情，為世人所喜聞樂見。宋元南戲有《磨勒盜紅綃》（存殘曲），元雜劇亦有楊景賢《磨勒盜紅綃》（佚）。明以降，此類作品更多。梁辰魚有《紅綃妓手語傳情》雜劇（佚），梅鼎祚有《崑崙奴劍俠成仙》雜劇（存），更生子將紅綃、紅線二事合寫為《雙紅記》傳奇（存），另有明代無名氏《雙紅記》傳奇（佚）。另一篇名作《聶隱娘》影響亦大，明人呂天成有傳奇劇《神鏡記》（存殘曲），清人尤侗有雜劇《黑白衛》（存）。《傳奇·鄭德璘》篇也被明代沈璟的傳奇戲《紅蕖記》（存）所取材。還有一篇《裴航》的影響就更大了，宋官本雜劇有《裴航相遇樂》（佚），元庾天錫有雜劇《裴航遇雲英》（佚）。明代寫此題材者尤多，傳奇戲有龍膺《藍橋記》（佚）、呂天成《藍橋記》（存）、楊之炯《玉杵記》（存）。清代則有黃兆森《藍橋驛》雜劇（存），洞口漁郎《藍橋驛》傳奇（佚），明清間無名氏有傳奇戲《玉杵記》（佚）。還有一篇《孫恪》被元代鄭廷玉改作雜劇《孫恪遇猿》（佚），清末陳烺傳奇戲《仙緣記》（存）亦演此事。《薛昭》篇則有金院本《蘭昌宮》（佚），又被元代庾天錫改作《薛昭誤入蘭昌宮》雜劇（佚），明代無名氏有傳奇戲《絳雪記》（佚）。《張無頗》篇亦有楊珽所作傳奇戲《龍膏記》（存）。《傳奇》之《封陟》篇被改編之戲曲作品甚多，宋官本雜劇有《封陟中和樂》，金院本有《封陟》，元代庾天錫改作雜劇《封陟先生罵上元》（佚），明代楊文奎亦有《封陟遇上元》雜劇（佚）。

皇甫氏《原化記・天寶選人》，明代王元壽有傳奇戲《玉扼臂》（佚）。另一篇《崔尉子》，被改作傳奇戲，明代有無名氏《白羅衫》（存），清代有劉方《羅衫合》（佚）。

孟棨《本事詩・崔護》，宋官本雜劇有無名氏《崔護六幺》、《崔護逍遙樂》（並佚），宋元戲文有無名氏《崔護覓水記》（存殘曲），元雜劇有白樸《十六曲崔護謁漿》（佚）、尚仲賢《崔護謁漿》（佚），傳奇戲有明代金懷玉《桃花記》（存）、王澹《雙合記》（佚）、無名氏《題門記》（佚）、明清間無名氏《登樓記》（佚），雜劇有明代孟稱舜《桃花人面》（存），清代舒位《桃花人面》雜劇（佚）、曹錫黼《桃花吟》（存）、徐朝彝《桃花緣》（存）。《本事詩》中的另一篇《楊素》，敘樂昌公主破鏡重圓事，宋元戲文有無名氏《樂昌公主破鏡重圓》（存殘曲），元代有沈和《徐駙馬樂昌分鏡記》（佚），明代有無名氏《破鏡重圓》戲文（佚）以及《金鏡記》（佚）、明清間無名氏有傳奇戲《分鏡記》（存殘曲）、《合鏡記》（存殘曲）、《新合鏡記》（存殘曲）等。

皇甫枚《三水小牘・飛煙傳》，明代李宜之有《步飛煙》雜劇（佚）。

陳翰編輯的《異聞集》中有一篇《櫻桃青衣》，被明代陳與郊改作傳奇戲《櫻桃夢》（存）。

二

宋元傳奇小說的成就遠不及唐代，其對戲曲創作的影響也不及唐代，但還是有些例證可以引起我們的注意。

孫光憲《北夢瑣言・荊十三娘俠義事》，清代葉承宗有《十三娘》雜劇（存）。

樂史《綠珠傳》，關漢卿有雜劇《金谷園綠珠墜樓》（佚），清代曼陀居士有傳奇戲《三斛珠》（存）。

錢易《越娘傳》，有宋元無名氏戲文《鳳凰坡越娘背燈》（佚）演此事，元代尚仲賢亦有與戲文同名之雜劇（存殘曲）。

胡微之《王子高芙蓉城傳》，宋官本雜劇有《王子高六幺》（佚），元代無名氏改作為戲文《王子高》（佚），又被清代龍燮改寫成《芙蓉城》雜劇

（存）。

在宋人傳奇作品中，夏噩的《王魁傳》無疑是影響最大的一篇。宋官本雜劇有《王魁三鄉題》（佚），宋代戲文有無名氏《王俊民休書記》（佚），元雜劇有尚仲賢《海神廟王魁負桂英》（存殘曲）、楊酷叫《王狀元扯休書》（佚），元代無名氏有戲文《王魁負桂英》（存殘曲），明代楊文奎有雜劇《王魁不負心》（佚），明代傳奇戲則有王玉峰《焚香記》（存）、無名氏《桂英誣王魁》（佚）等等。後三篇作品均乃翻案之作，言王魁並未負心云云。

張實《流紅記》，雜劇之作有元代白樸《韓翠蘋御水流紅葉》（存殘曲）、李文蔚《金水題紅》（佚）、元明間無名氏《紅葉傳情》（佚），傳奇戲則有明代王驥德《題紅記》（存）、祝長生《紅葉記》（存殘曲）。

鍾將之《義倡傳》，被元代鮑天祐改作雜劇《王妙妙死哭秦少游》（存殘曲），清代則有關凌雲傳奇戲《長沙妓》（佚）。

王明清《摭青雜說・單福郎》，清代崔應階有《煙花債》雜劇（存）。

無名氏《北窗誌異・黃損》被改作傳奇戲數種：明代王元壽《玉馬墜》（佚），清代劉方《天馬媒》（存）、路術淳《玉馬佩》（存），明清間無名氏《玉馬緣》（存殘曲）。

司馬光《涑水紀聞・向敏中》影響了明季無名氏傳奇戲《醒世魔》（殘存）的創作。

洪邁《夷堅志・李將仕》，明代傅一臣有雜劇《買笑局金》（存）。另一篇《臨安武將》也被傅一臣改作雜劇《賣情紮囷》（存）。還有《吳小員外》篇，被明代范文若改作傳奇戲《金明池》（存殘曲）。又有《大桶張氏》《鄂州南市女》二篇共同影響了明代范文若傳奇戲《鬧樊樓》（佚）。

周密《齊東野語・李全》篇被湯顯祖在傳奇戲《牡丹亭》中作為次要情節線索。

無名氏《開河記》得到元雜劇作家青睞，關漢卿有《隋煬帝牽龍舟》（佚），庾天錫有《隋煬帝遊幸錦帆舟》（佚）。

無名氏《梅妃傳》，明代吳世美有《驚鴻記》傳奇戲（存），清代雜劇則至少有三本：石蘊玉《梅妃作賦》（存）、梁廷枏《江梅夢》（存）、無名氏《梅妃怨》（佚），此外還有清代程枚傳奇戲《一斛珠》（存）。

陶宗一《輟耕錄・妻賢致貴》屢屢被改作明代傳奇戲，如陸采之《分鞋記》（佚），沈鯨之《易鞋記》（存）。另一篇作品《貞烈墓》則對沈鯨傳奇戲

《雙珠記》的前半產生影響。還有《發宋陵寢》一篇，亦屢屢改作傳奇戲，明代有卜世臣《冬青記》（存）、史槃《冬青記》（佚），清代有蔣士銓《冬青樹》（存）亦部分取材於此。

根據宋梅洞《嬌紅記》改造的戲曲作品亦不在少數，雜劇方面，如元代王實甫有《嬌紅記》（佚）、郟經《死葬鴛鴦冢》（佚），明代有湯式《嬌紅記》（佚）、金文質《誓死生錦片嬌紅記》（佚）、劉兌《金童玉女嬌紅記》雜劇（存）。傳奇戲方面則有明代盧伯生《嬌紅記》（佚），沈受先《嬌紅記》（佚），孟稱舜《鴛鴦冢嬌紅記》（存）等等。

元代無名氏《綠窗紀事．張羅良緣》，被元代無名氏改編為戲文《羅惜惜》（存殘曲），明代王元壽有《石榴花》傳奇戲（佚），清代黃振有《石榴記》傳奇戲（存）。另一篇《潘黃奇遇》則被明代汪廷訥改作傳奇戲《投桃記》（存）。

三

明清兩代，也有大量的傳奇小說作品被改編為雜劇或傳奇戲。

陶輔《心堅金石傳》，明代無名氏傳奇戲《霞箋記》（存）。

玉峰主人《鍾情麗集》，明代趙於禮傳奇戲《畫鴬記》（存）。

佚名《天緣奇遇》屢屢被改作傳奇戲，如明代程文修《玉香記》（佚）、明清間無名氏《三奇緣》（佚）《玉如意》（佚）等。

佚名《劉生覓蓮記》亦被改作明代傳奇戲，鄒逢時有《覓蓮記》（佚），盧柟有《想當然》（佚）。

佚名《懷春雅集》同樣被明代作家反反覆覆改作傳奇戲，如錢直之《忠節記》（存）、謝天瑞《忠烈記》（佚）、王五完《懷春記》（佚）。

佚名《花神三妙傳》，明代若水居士有傳奇戲《三妙記》（佚）。

瞿祐《剪燈新話．翠翠傳》被明人葉憲祖改編為《金翠寒衣記》雜劇（存），清人袁聲《領頭書》傳奇（佚）亦寫此事。《剪燈新話．金鳳釵記》被明代傅一臣改作《人鬼夫妻》雜劇（存），改作傳奇戲的則有明代沈璟《墜釵記》（存）和沈自晉《一種情》（存）。《剪燈新話．綠衣人傳》也得到明代傳奇戲作家的喜愛，周朝俊有《紅梅記》（存），范文若則有《綠衣人》（佚）。根據《剪燈新話．渭塘奇遇記》改作的雜劇有明代葉憲祖《渭塘夢》（存）和元明間無名氏《王文秀渭塘奇遇記》（存），傳奇戲方面則有明代王元壽《異夢記》（存）。

李昌祺《賈雲華還魂記》被明代無名氏改編為同名傳奇戲（佚），又有明代謝天瑞《分釵記》（佚）、沈祚《指腹記》（佚）、馮之可《姻緣記》（佚）、范文若《金鳳釵》（佚）、李孝己《灑雪堂》等傳奇戲均演此事。《剪燈餘話・瓊奴傳》篇亦被明代無名氏改作同名傳奇戲（佚）。

陶輔《花影集・劉方三義傳》，明代葉憲祖雜劇《三義成姻》（存），明代王元壽傳奇戲《題燕記》（佚），清代高奕傳奇戲《風雪緣》（佚），明清間無名氏傳奇戲《彩燕詩》（佚）。

馬中錫《中山狼傳》也是當時的熱門話題，明代雜劇有康海《東郭先生誤救中山狼》（存），王九思《中山狼》（存），陳與郊《中山狼》（佚）、汪廷訥《中山救狼》（存），清代王元模又因此演化出傳奇戲（或為雜劇）《醒中仙》（佚）。

祝允明《九朝野記・蔣霆》，清代張大復傳奇戲《快活三》（存）。

王世貞《豔異編》中之《彩舟記》被明代汪廷訥改作同名傳奇戲（存）。

陳可中《湯表背》乃是李玉傳奇戲《一捧雪》（存）之本事，清代胡士瞻還作有傳奇戲《後一捧雪》（存）。

邵景詹《覓燈因話・桂遷夢感錄》，李玉有傳奇戲《人獸關》（存）。

潘之恒《賈扣傳》，清代董達章改作傳奇戲《琵琶俠》（存）。

王同軌《耳談・金三妻》，明代楊景夏有傳奇戲《認氈笠》（存）。

戔戔居士《小青傳》，明代雜劇有徐士俊《小青娘情死春波影》（存）和陳季方《情生文》（佚），明代吳炳傳奇戲《療妒羹》（存），朱京藩傳奇戲《風流院》（存）亦作為其中重要內容。清代傳奇戲寫這一故事者更多：如顧元標《情夢俠》（佚），錢文偉《薄命花》（佚），王蓴庵、張道均有《梅花夢》（並存）、無名氏《西湖雪》（佚）等等。

宋懋澄《九籥集・珠衫》，明代雜劇有葉憲祖《會香衫》（佚），明代傳奇戲則有閒閒子《遠帆樓》（佚）、柳某《珍珠衫》（佚）、袁于令《珍珠衫》（殘存）。宋懋澄另一篇作品《負情儂傳》則被明代郭濬改作傳奇戲《百寶箱》（佚），清代夏秉衡則改作傳奇戲《八寶箱》（存），清代黃圖珌亦有傳奇戲《百寶箱》（存）。

馮夢龍編《情史類略・玉堂春》，稍後就有人據此撰寫了傳奇戲《金釧記》（佚），明代還有李玉田傳奇戲《玉鐲記》（佚），清代有魏熙元傳奇戲《玉堂春》（佚），明清間無名氏亦有傳奇戲《玉堂春》（存）、《完貞記》（佚）。《情史類略．吳江錢生》則被明代沈自晉改作傳奇戲《望湖亭》（存），王元壽亦有傳奇戲《鸞書錯》（佚）。

黃周星《補張靈崔瑩合傳》，清代錢維喬、陳元林均有傳奇戲《乞食圖》，錢作存而陳作佚，清代傳奇戲又有劉清韻《鴛鴦夢》和汾上誰庵《畫圖緣》（並存）。

冒辟疆《影梅庵憶語》，清代彭劍南有傳奇戲《影梅庵》（存）。

侯方域《李姬傳》、錢秉燈《皖髯事實》均為清代孔尚任傳奇《桃花扇》所取材。

余懷《王翠翹傳》，屢屢被清人改作傳奇戲，王鑨有《秋虎丘》（存），夏秉衡有《雙翠圓》（存），無名氏有《兩香丸》（佚），情節均有差異。

毛奇齡《沈雲英傳》，清代楊恩壽有傳奇戲《麻灘驛》（存）。

沙張白《再來詩讖記》，清代楊恩壽有傳奇戲《再來人》（存）。

林雲銘《林四娘記》，與之大有瓜葛者乃清代楊恩壽傳奇戲《姽嫿封》（存）。

袁枚《書麻城獄》，清代無名氏改作傳奇戲《一線天》（佚）。

上述而外，另有《聊齋誌異》《堅瓠集》《耳食錄》《蝶階外史》《翼駉稗鈔》《金壺淚墨》《耳郵》《咫聞錄》《里乘》《澆愁集》《夜雨秋燈錄》《淞濱瑣話》等多種清代文言小說集中所包含的傳奇小說作品，也往往被同時或以後的作家改編成雜劇、傳奇戲，例子太多，此不一一列舉。

以上所羅列的，只是傳奇小說影響到戲曲創作的一些表面現象，至於其中所體現的價值取向、審美意味、文化蘊含以及兄弟文學藝術樣式之間相互滲透、磨合、影響等等問題，不是本文所能解決的。因此，本文只是一塊真正意義上的「引玉」之「磚」。

（原載《石麟論文自選集．戲曲詩文卷》，線裝書局，2013 年 7 月出版）

祭賽・鬥法・精變——古代小說所反映之宗教神異民俗文化的斑斑點點

在中國古代普通老百姓的心目中，「宗教」總是要和「神異」掛上鉤的，否則，就不能顯示宗教的力量。無論是佛教、道教還是其他宗教教派，其中法術道行高超者，總會留下一些神異的傳說故事。同時，這些宗教領域的「大腕」之所以能美名流傳千古，又多半是由於他們戰勝了同樣法術道行很高的反面神異人物的結果。民間所謂「魔高一尺，道高一丈」，也就是這個意思。當然，對於普普通通的「凡人」而言，那些邪惡的「魔」，卻仍然是神通廣大而且不可戰勝的。於是，人民群眾就特別需要某些宗教的或非宗教的英雄人物來戰勝那些「邪魔」，還人民一份安全。

在上述這些與宗教文化相關的故事中，有些問題，如祭賽、鬥法、精變等，尤為廣大民眾津津樂道。而與之相關的一些傳說故事又自然而然為小說作者所攝取，寫入自己的作品中間。這樣，就使得我們的研究有了一個特定的角度——古代小說所反映之宗教神異民俗文化。

下面，我們分三個方面來探討這一問題。

一、祭賽

何謂「祭賽」？按照《漢語大詞典》的解釋就是「祭祀酬神」。在中國古代戲曲小說作品中，對這種宗教民俗活動多有描寫。我們不妨先來看看戲曲方面的例證：

元・無名氏《來生債》第一折：「先生，還有一等無端的小人，到那臘月三十日晚夕，將那香燈花果祭賽，道是錢呵，你到俺家裏來波！」

元・李壽卿《伍員吹簫》第三折：「我這丹陽縣中有個牛王廟兒，秋收之後，這一村疃人家輪流著祭賽這牛王社。」

元・無名氏《盆兒鬼》第二折：「（淨云）你說是甚麼神道？等我好香燈花果祭賽你波。（正末云）我就是你家瓦窯神。」

明・湯顯祖《牡丹亭》第二十一齣：「自家欽差識寶使臣苗舜賓便是。三年任滿，例當祭賽多寶菩薩。」第三十一齣：「【紅繡鞋】〔眾〕吉日祭賽城隍，城隍。歸神謝土安康，安康。祭旗纛，犒軍裝。陣頭兒，誰抵當？箭眼裏，好遮藏。」

清・孔尚任《桃花扇》續四十齣：「老夫住在燕子磯邊，今乃戊子年九月十七日，是福德星君降生之辰；我同些山中社友，到福德神祠祭賽已畢，路過此間。」

以上祭賽活動所酬謝之神靈，有錢神、牛王、瓦窯神、多寶菩薩、城隍、福德星君，可謂形形色色；而祭賽者的目的也各不相同，有求發財的，有求豐收的，有求包庇的，有求得寶的，有求安康的，亦可謂五花八門。但是有一點卻是所有祭賽活動所共有的，人們巴結神靈，希望自己得到好處。因此，從根本上講，祭賽就是一項民眾希望得到護祐而討好神靈的「公益事業」。

讓人始料不及的是，有些邪神精怪卻利用了老百姓的這種宗教文化心理，借著自己的妖法，強制性地要百姓祭賽自己，而且，祭品是極其不人道的「活人」，多半是童男童女。

較之古典戲曲而言，在古代小說中，寫得更多的卻是這種被扭曲的「祭賽」。某些邪神精怪要以童男童女為祭品，否則就要危害一方，善良無助的百姓為此不知貢獻了多少親生骨肉。當然，最後還是正義戰勝邪惡，總有「神」或「非神」的英雄為民解難，消滅邪魔精怪，拯救弱小善良。

談到中國古代小說中的「祭賽」情節，一般讀者最先想到的自然是《西遊記》第四十七回所描寫的發生在通天河邊的故事。原來通天河上有一個「靈感大王」，雖能「年年莊上施甘雨，歲歲村中落慶雲」，但卻「一年一次祭賽，要一個童男，一個童女，豬羊牲醴供獻他，他一頓吃了。」這一年該陳家莊的童男童女獻祭，幸虧碰上唐僧師徒，悟空變做童男，八戒變做童女，救了兩個小孩性命，這就是典型的宗教文化中的正義力量戰勝非正義力量的事例。

然而，《西遊記》的作者絕非小說作品中祭賽故事的發明者，早在六朝志怪《搜神記．李寄》中，就有關於祭賽的描寫：「東越閩中有庸嶺，高數十里。其下北隙中有大蛇，……欲得啖童女年十二三者。……共請求人家生婢子，兼有罪家女養之，至八月朝，祭送蛇穴口。蛇輒夜出，吞齧之。累年如此。前後已用九女。」最後，這個罪惡的蛇精終被少年女英雄李寄消滅。

《搜神記》中的故事較《西遊記》所寫，至少有兩點不同：其一，李寄是奮勇自救，陳家姐弟則是聖僧所救。其二，巨蛇是土生土長的妖精，吃人本屬正常；而金魚精則是觀音菩薩「蓮花池裏養大的金魚，每日浮頭聽經，修成手段」。（第四十九回）就第一點而言，《西遊記》顯然不如《搜神記》，因為陳家的童男童女在故事中不過擺設而已，而李寄卻顯得光彩照人。但就第二點而言，則《搜神記》不如《西遊記》，因為金魚精憑著從救苦救難觀世音菩薩那裡學來的手段，卻去殘害童男童女。這就具有諷刺意味了。

自從《西遊記》描寫了精彩異常的「金木垂慈救小童」的故事以後，中國古代小說寫到這種祭賽情節的作品就綿延不絕了。請看數例：

「此處有一烏龍大王，連年要辦童男童女祭賽，方得村中一年無事，若無童男童女祭賽，一年不得平安，自然起瘟出瘴。」（《五顯靈官大帝華光天王傳》第八回）

「這神仙叫做神火至尊，離此半里路，有個廟宇，是他的香火，年年到了四月十五日，小人們備辦豬羊，扛著一個兩三歲的女兒，到廟中去獻他，等他吃了，然後下秧種田，那年收成，定有二十分，就是小人們也都健旺，沒有疾病。若一年不去獻他，或無活人，不是田荒，就是人死，家家弄得七零八落，小人不能生活了。」（《後三國石珠演義》第六回）

「我們這莊上，三年前來了個青頭大王，甚是厲害。一到莊上，連雞犬牛羊都抓了去，又會飛砂走石，駕霧騰雲，了當不得。我們沒奈何，請了本處的道士，前來沒壇打醮，討個闊面。每年春秋二季祭他。爾時節，童男童女整豬整羊前去，俱祭到晚，一莊人家．各人都關了門，清清淨淨的。倘有一些兒不好，不是行瘟，便是來抓人。」（《雲鍾雁三鬧太平莊全傳》第三十二回）

「鐵馬溪出一妖怪，常吃行人，而今官馬大道由山左轉去，溪無人行。

妖肆淫威，即於沿村攫人而食，合村人等焚香溪岸，計以每月供二孩子。今日輪流是老，彼子已沒，只此一孫，供妖食之，則宗嗣絕矣。故婦不捨，叟亦傷神，欲弗從同，又議出合村，難以儆眾。」（《繡雲閣》第三十六回）

以上這些妖精，都要童男童女作為祭賽物，然後吃掉。有的一年吃一對，有的春秋兩祭都要吃，有的甚至一個月就要吃掉兩個孩子。如若不祭賽童男童女，妖精們無一例外地就要興風作浪，危害一方。碰到這樣的妖精，老百姓真正是苦不堪言。幸而，每一個故事中總會有一個正面的神靈或英雄人物來掃除妖孽，為民除害。這樣的故事，所反映的其實是封建時代的一般民眾對於來自大自然的種種危害——如瘟疫、乾旱、水災、風暴等等的恐懼感和無可奈何的心理，同時，也反映了廣大讀者急需強有力的英雄救民於水火的願望。然而，我們不可忽視其間的「人為」因素。因為幾乎所有的妖精都是幻化成「人」的形態來欺壓善良的。而且，他們手段之卑劣、心性之歹毒、氣量之狹小完全像那些街頭巷尾的黑道小混混，像那些稱霸一方的地頭蛇。總之，這些要吃童男童女的妖精形象，其實正是「天災」「人禍」相加的結果，是天災人禍在普通民眾心頭痛苦記憶的一種自然而然的反映。

以上所言，乃是中國古代小說中描寫「祭賽」的一般故事，但也有些故事具有特別的意味。例如清初小說《飛龍全傳》中有一位市井無賴鄭恩，此人還是一個饕餮大王。有一次，他混吃了別人一頓食物，被掌櫃的罵作「黑吃大王」，並說「你遇著我們白吃大王，他有本事生嚼你這位黑吃大王」。這一下可把這位莽漢惹火了，於是，出現了以下這段對話：

> 鄭恩聽說，立住了腳問道：「樂子問你，那個白吃大王如今現在那裡？待樂子與他會會。」掌櫃的道：「你黑吃了東西，心滿意足，只管走路，莫要管這閒帳。」鄭恩道：「咱偏要問你，你若不說，樂子又要打哩。」掌櫃的慌忙答道：「我們這位白吃大王，要吃的是童男童女，不像你這黑吃大王，只會吃些酒肉。所以勸你保全了性命，走你的路罷，休要在此惹禍生非，致有後悔。」鄭恩聽罷，心下想道：「這大王要吃童男童女，決定是個妖精，咱何不替這一方除了大害？」（第十四回）

這裡，作者通過「黑吃大王」「白吃大王」的調侃，表明了一個有趣的現象——以毒攻毒。結果，「黑吃大王」鄭恩果然幫助地方小民剷除了妖精「白吃大王」，那場驚心動魄的鬥爭其實正是一種以毒攻毒、以暴抗暴的民眾心理情結的發洩。但有一點我們不能忽視，在鄭恩這位英雄與反英雄「共軛」的生動形象身上，英雄的、正義的、善良的一面畢竟是其主旋律，而那種擾民的、無賴的、可卑的一面不過是其性格的變奏曲而已。

《飛龍全傳》以外，還有「祭賽」故事的另一種變體。如《反唐演義全傳》中的薛蛟、薛葵所降服的吃童男童女的妖精，卻不是動物或者植物修煉成精，而是另一種怪異：「這村東有座花豹山，山上有座四神祠，內有四位神道，一名白龍大王，一名大頭大王，一名銀靈將軍，一名烏顯將軍，十分靈驗。年年本月十三日，用童男二個、童女二個前去祭他，他若吃了，這村中一年平安，田禾豐收；如不去祭他，便家家生病，田禾不收，所以年年去祭他。」那麼，這些精怪究竟是什麼玩意兒呢？在薛家兄弟消滅了他們之後，妖精們「都現了原形，伏於地上。」（第六十三回）變成了薛家兄弟的武器和坐騎。這樣一種故事範型，已經與本文第三個專題——「精變」發生情節意象的交叉了，我們只好在後面再詳加論述。

二、鬥法

宗教傳說中的高手，都是有「法術」的，如果兩個以上的有法術的「佛」或「道」遇到一起，就會鬥法。當然，更多的時候則是仙佛中正邪兩派之間的鬥法。

中國古代小說中描寫鬥法的片斷極多，有的也非常精彩。但是，我們在研究鬥法之前，還得先來見識一下得道之人的高超法術。且看一例：

「又是一日，偶與乖崖對食，陳摶失口嗽了一聲，噴出一口飯來，登時變作數百個大蜂，向外飛去。陳摶飲了一口茶，將口張開，那些飛去的大蜂，依舊飛到口中，陳摶嚼之，仍舊是飯。」（《二刻醒世恒言》第九回）

陳摶老祖的這些法術在凡夫俗子看來，當然是神乎其技的。但是，若與齊天大聖孫悟空比起來，那可就是小巫見大巫了。孫大聖的本領實在是太多了，他的筋斗雲、絕食法、隱身術、分身術等等，令人眼花繚亂，如行山陰道中。

然而，孫大聖的許多法術都是淵源有自的。例如他的上述本領都是源自唐代話本《葉淨能詩》中對葉淨能的描寫：「一旦意欲遊行，心士只在須臾。日行三萬五萬里，若不餐，動經三十五十日；要餐，頓可食六七十料不足。或即隱身沒影，即便化作一百個人。」

孫大聖還有一樣法術，就是對著某物或某人吹一口仙氣，就能隨心所欲地將其變成另外一樣東西或另外一個人。一次，在車遲國，當鹿力大仙剖腹剜心與孫悟空賭法力時，「行者即拔一根毫毛，吹口仙氣，叫『變！』即變著一隻餓鷹，展開翅爪，嗖的把他五臟心肝，盡情抓去，不知飛向何方受用。」（《西遊記》第四十六回）

有時候，神仙們不用吹仙氣，而採取用水「噀」的方法，效果也是一樣的。而這種「噀」法早在唐人小說中就屢見不鮮了。

唐人薛用弱《集異記·茅安道》篇中寫道士茅安道為救二徒，施展法術，「欣然遽就公之硯水飲之，而噀二子，當時化為雙黑鼠，亂走於庭前。安道奮迅，忽變為巨鳶，每足攫一鼠，沖飛而去」。

這段故事後來又被明代擬話本作家周清源在其《西湖二集·韓晉公人奩兩贈》一篇中翻譯改寫成了地道的白話小說片斷：「茅安道就走到韓公案前，把硯池中水一齊吸了，向二子一噴，二子便登時脫了枷鎖變成兩個大老鼠在階前東西亂跑。茅安道把身子一聳，變成一隻大餓老鷹，每一隻爪抓了一個老鼠，飛入雲中而去，竟不知去向。」

其實，不僅老道精於此道，就連猴精也會「噀」法，不過此猴精不是《西遊記》中的孫大聖，而是他的原型老祖「猴行者」而已。在宋元說經話本《大唐三藏取經詩話·過獅子林及樹人國第五》中就有這樣的描寫：「猴行者一去數里借問，見有一人家，魚舟繫樹，門掛蓑衣。然小行者被他做法，變作一個驢兒，弔在廳前。驢兒見猴行者來，非常叫唤。猴行者便問主人：『我小行者買菜從何去也？』主人曰：『今早有小行者到此，被我變作驢兒，見在此中。』猴行者當下怒發，卻將主人家新婦，年方二八，美貌過人，行動輕盈，西施難比，被猴行者做法，化此新婦作一束青草，放在驢子口伴。主人曰：『我新婦何處去也？』猴行者曰：『驢子口邊青草一束，便是你家新婦。』主人曰：『然你也會邪法？我將為無人會使此法。今告師兄，放還我家新婦。』猴行者曰：『你且放還我小行者。』主人噀水一口，驢子便成行者。猴行者噀水一口，青草化成新婦。」

當然，這段故事中猴行者的「噀」，已經不是單純的賣弄法術了，因為有了玩弄法術的對立面，於是，就演變成為「鬥法」了。

古時候，各種宗教流派為了顯示自身的不同凡響，往往自我吹噓，甚至吹得天花亂墜、地湧金蓮。而普通民眾在接受了這種各派別的自吹自擂以後，往往又會添枝加葉，進一步宣揚各宗教派別通天徹地、呼風喚雨的本領。而將這些內容寫進小說作品之後，就成為僧道仙妖鬥法的精彩片斷。

僧道仙妖們鬥法的方式是五彩繽紛而又複雜多變的，除了上面提到的「噀」法以外，還有變化後鑽入對方肚內而有效打擊敵人的方法。《西遊記》中的孫悟空慣用此法，如第五十九回對付鐵扇公主、第六十六回對付黃眉大王、第六十七回對付長蛇精、第七十五回對付青獅精、第八十二回對付老鼠精等等，都是運用的這種出奇制勝的辦法。然而，若認為這種特殊的鬥法方式乃是《西遊記》作者的首創，那可又大錯特錯了。早在宋元說經話本中就出現了對這種法術的描寫：

「半時，遂問虎精：『甘伏未伏？』虎精曰：『未伏！』猴行者曰：『汝若未伏，看你肚中有一個老獼猴！』虎精聞說，當下未伏。一叫獼猴，獼猴在白虎精肚內應。遂教虎開口，吐出一個獼猴，頓在面前，身長丈二，兩眼火光。白虎精又云：『我未伏！』猴行者曰：『汝肚內更有一個！』再令開口，又吐出一個，頓在面前。白虎精又曰：『未伏！』猴行者曰：『你肚中無千無萬個老獼猴，今日吐至來日，今月吐至來月，今年吐至來年，今生吐至來生，也不盡。』白虎精聞語，心生忿怒。被猴行者化一團大石，在肚內漸漸會大。教虎精吐出，開口吐之不得；只見肚皮裂破，七孔流血。」（《大唐三藏取經詩話·過長坑大蛇嶺處第六》）

如此描寫，不僅使這些神話故事興味盎然、妙趣橫生，而且，還平添了幾分童話趣味。因為，少年兒童最喜歡這種「捉迷藏」式的法術遊戲。

還有一種鬥法方式就是強中更有強中手的「變」。這種法術遊戲最開始是在魏晉小說中出現的。署名東晉葛洪的《神仙傳·樊夫人》一篇中，寫樊夫人與其丈夫劉綱鬥法戲耍，甚為有趣：「庭中兩株桃，夫妻各咒一株，使之相鬥擊。良久，綱所咒者不勝，數走出籬外。綱唾盤中，即成鯉魚；夫人唾盤中成獺，食其魚。」

後來，明清小說中的某些作品又將這種遊戲發展為比賽變金銀。如《七真祖師列仙傳》下卷寫馬丹陽與其夫人孫不二斗法：「夫人遂將門外拳石拿了幾塊，付與丹陽。丹陽接住，將石拳了一拳，伸手遞與夫人，說道：『這就是銀子。換些錢鈔，家中使用。』夫人接在手內，呵呵大笑：『將石子拳成銀子，有甚出奇？你好比井裏打水江邊賣，孔子面前講《孝經》。』夫人也將石子拳了一拳，變了金子，將手一伸，道：『你看這是甚麼？』丹陽一看是黃澄澄的金子，大吃一驚，才知夫人的道行比自己強多了。」

至於《西遊記》中這種變化比賽的描寫就更精彩了。尤其是第六回「小聖施威降大聖」中最令人眼花繚亂的一段：大聖變作麻雀，二郎就變作餓鷹兒；大聖變作大鶿老，二郎又變成大海鶴；大聖變作魚兒，二郎即變作魚鷹兒；大聖變作小蛇，二郎又變作灰鶴……。如此這般的變化比賽，既充滿童心童趣，又體現了一物降一物的哲理，可謂雅俗共賞、老少皆宜，具有極佳的審美效果。幼稚的孩童在從中得到美的享受的同時，又自然而然地擴大了認識自然的知識面。即便是知識淵博的成年人，也可以從中領略到大千世界的億萬變化以及這種變化中所蘊含的往復循環、相生相剋的深刻哲理。

以上，我們簡單介紹了僧道仙妖在鬥法時展現的諸多本領，更為有趣的是，還有在眾多正邪兩派人物之間展開的團體鬥法。《西遊記》《封神演義》等小說對這種「強中更有強中手」的集體鬥法多有描寫，此不贅舉。這裡請讀者看一段三、四流小說中的綜合鬥法描寫：

> 只見紅日當空，左蹺略施些小本領，拿張紅紙起來，吹一口氣，默念了真言，一放便變成了華蓋掛在空中，遮住了太陽。張鸞呵呵冷笑，也取了一張紅紙，吹上一口氣，喃喃的念幾句，望空一放，立刻微微的一道清風，也變成一個華蓋，掛在空中。各把太陽遮住了。眾人喝采。左蹺便取出七把集雲刀來，望著當空一總撩去，但見霞光閃閃，直沖斗牛。那刀在空中旋了幾遭，便變成七隻翡翠鳥，反轉身來，多是翠翎毛，一齊飛來，要啄張鸞。嚇得那宗看客心裏多跳起來了。幸虧張鸞法力也好，笑嘻嘻取出一隻玉連環來，也望空中撩起，但見雲端裏有千條瑞氣。眾人多道：「好看，連我眼睛多張勿開了。」但見周圍瑞氣逼攏來，七隻翠鳥飛不起了，依舊變了七把集雲刀。左蹺見了膽寒，即忙收拾了集雲刀。那知道這玉連環便要來打左蹺了。此刻左蹺著了急，即忙就搖手大喊道：「來不得。」聖姑姑在旁邊忙取天書當空拋去，把這連環收了去。張鸞一見，膽碎魂消，說道：「啊唷唷，什麼東西破吾的法麼！喏喏喏，法寶又來了！」登時撩起一把金絞剪來，快利如鋒，形象剪刀。此刻左蹺難以抵擋，幸得聖姑姑又是一卷天書拋起來，也被他收了去。張鸞一見，怒氣衝霄。在左蹺，只得先下手為強，喝聲：「松雲，喏，俺家的法寶來了。」手取一個白玉瓶，那瓶中放出來的像朱砂一般紅光

閃閃，對著張鸞繞過去。張鸞一見，笑嘻嘻道：「此法有何希奇！」便撩起一粒定妖珠，分出五色彩光，在空中括拉拉的響如霹靂交加，登時把紅光沖散。唬得那宗看客肉也麻了：「啊唷唷，勿好了，這一記打下來，必要打做肉醬的了。」聖姑姑又將天書拋起，登時收了那定妖珠。左瞶搶先撩起一個驚天彈。此刻張道就要輸了，法寶已完，無法可破。幸虧得蛋僧在旁，也拋起天書，那驚天彈全無用場。左瞶便呆了。此時左瞶發起急來，放聲大叫：「張潑道，你的本領平常，法術有限，可還有什麼東西麼？」張道也放聲大叫：「左瞶兒，你可還有什麼東西麼？」左瞶道：「俺的法寶多得很！」但見一座黃金寶塔一丟，萬道毫光，直射斗牛，把張道頭上打來，霹靂交加，其聲甚響。此刻張道情急萬分，只想拔腳逃走，喊一聲：「左瞶兒果然利害也。」旁邊蛋子頭和尚說：「休得慌張，有俺家在此。」忙把天書祭起，將那座黃金寶塔打落塵埃。旁邊陳摶走近，那首鬼谷仙師走來，各將法寶收去。（《金臺全傳》第十三回）

這種鬥法方式叫做「祭寶」，是靈物崇拜和神仙崇拜雙重文化心理在廣大小說作者和讀者心中疊印的結果。當然，這種描寫如果在一篇小說作品之中出現得太多的話，就會形成一種「只見寶貝不見人」的不良創作傾向。《西遊記》中本有這種弊病，《封神演義》廓而大之，成為一個嚴重的藝術缺陷。至於《說唐三傳》《五虎平西》等末流小說中反反覆覆進行的這種「祭寶」「鬥寶」描寫，則最終成為某些英雄傳奇小說創作的一個致命傷了。

三、精變

此所謂「精變」，並非妖精變成別的什麼，而是特指妖精變軍備。所謂「軍備」，對於上陣打仗的軍人而言，所指當然就是兵器、馬匹之類。

在冷兵器時代，那些著名的將領上陣時究竟用何種兵器、騎什麼樣的馬匹，其實是一個很難搞清楚的問題。但是，普通百姓和下層文人卻不管這些，他們往往按照某位英雄的基本性格、業績以及在民眾心目中的地位，約定俗成地給古代名將配備兵器、馬匹。到了古代小說中，這些兵器馬匹甚至被傳奇化、神異化，成為某些英雄人物性格的延伸和補充，有些甚至成為英雄人物生命的一部分。於是，就有了關雲長的青龍偃月刀和赤兔馬，張翼德的丈八點鋼矛和烏騅馬，魯智深的禪杖，李逵的板斧，岳雲等少年英雄的「八大錘」等等。更有甚者，有些英雄人物的兵器馬匹來源更是特別，居然是妖精變化而成，而且，每一次「精變」過程都被描摹成一個精彩的故事片斷。

例如民族英雄岳飛，他的兵器在古代小說作者筆下就有一個神奇的「精變」過程：

> 只見半山中果有一縷流泉，旁邊一塊大石上邊，鐫著「瀝泉奇品」四個大字，卻是蘇東坡的筆跡。那泉上一個石洞，洞中卻伸出一個斗大的蛇頭，眼光四射，口中流出涎來，點點滴滴，滴在水內。岳飛想道：「這個孽畜，口內之物，有何好處？滴在水中，如何用得？待我打死他。」便放下茶碗，捧起一塊大石頭，覷得親切，望那蛇頭上打去。不打時猶可，這一打，不偏不歪，恰恰打在蛇頭上。只聽得呼的一聲響，一霎時，星霧迷漫，那蛇銅鈴一般的眼露出金光，張開血盆般大口，望著岳飛撲面撞來。岳飛連忙把身子一側，讓過蛇頭，趁著勢將蛇尾一拖。一聲響亮，定睛再看時，手中拿的哪裏是蛇尾，卻是一條丈八長的蘸金槍，槍桿上有「瀝泉神矛」四個字。回頭看那泉水已乾涸了，並無一滴。（《說岳全傳》第四回）

原來岳飛的長矛乃是「長蟲」所變，這真正稱得上是匪夷所思的描寫。「岳家將」的兵器既然如此「先鋒」，「薛家將」兵器的來歷當然也不甘「滯後」，同樣極富神奇色彩。本文第一節曾經提到薛家第四代小爵主薛蛟、薛葵兄弟二人在幫助別人捉拿要吃童男童女的四個妖怪過後，沒有料到妖精突然變成了兩套兵器和坐騎：

> 四個妖怪一見二人，認得是主人，都現了原形，伏於地上。薛蛟左手捉住白龍大王，右手按定銀靈將軍，薛葵左手拿定大頭大王，右手扯住烏顯將軍，一齊舉腳亂踢，踢了一會，端然不動。二人定睛一看，薛蛟左手捉的白龍大王卻是一條滾銀槍，右手按的卻是一匹白銀獅豸，薛葵左手拿的大頭大王卻是兩柄烏金錘，右手扯的卻是一匹黑麒麟。（《反唐演義全傳》第六十三回）

其實，這種妖精變兵備的故事在中國古代小說中可謂不勝枚舉，許多小說作者在塑造自己心愛的將領或武士的時候，總是願意賦予其「精變」的兵器和馬匹。我們不妨再看另一位勇救小兒女而得到寶馬的俠義公子：

> 話說那怪被公子追趕，即丟下雙錘，回頭一口來咬公子。公子

一閃，飛起右腳，攔頭一腿，打個正著。那怪大叫一聲，就地一滾，現出了原身，乃是一匹青馬。鞍轡俱全，搭蹬上掛了兩柄金錘，渾身淌汗，後蹄上傷了一劍，劍痕獨濕。公子一看，道：「原來是你這畜生作怪，害人家兒女兒罷，本當殺了你，代我的馬抵命。怎奈我沒有坐騎不好行走，就將你抵他便了。」（《雲鍾雁三鬧太平莊全傳》第三十三回）

更為有趣的是，能得到妖精變成軍備的絕非僅止於七尺男兒，有些巾幗英雄也絕不讓鬚眉男子。有一位忠臣的女兒唐金花逃難途中就有這種奇遇，且看她事後對其兄長所追敘的神奇故事：「到了三更時候，我甫交睫，即見一神將叫我起來，帶到正面神前跪下，上座的神說道：我是五顯華光大帝，可憐爾唐家受害，特欲傳給武藝過你。俾得日後為國家出力，並替你唐家報仇。緊記。又命神將舞劍一通，旋說道：吾有三塊金磚藏在石岩裏，取了帶往傍身。點化畢，神將帶回，睡下。忽然擦醒，原是一夢，方對家嫂說個明白。剛有一陣神風，吹開廟門，望去，見一白衣鬼，你妹一拳打去，那鬼變了一劍。又到三個矮鬼，湧湧腫腫，到來被我一腳踢去，一踢成了一磚。未幾天明，方悟神人所賜。」（《繡戈袍全傳》第二十五回）

在這個故事中，賜給唐金花寶劍、金磚的神道大有來歷，乃是上界「五顯華光大帝」。明代小說《南遊記》（亦即本文第一節所引之全稱《五顯靈官大帝華光天王傳》者），就是專門寫他的故事的。這位華光天王除了是「人」而不是「猴」而外，其他方面都酷似《西遊記》中的孫悟空。尤其是華光天王打起仗來，經常使用的獨門兵器就是「金磚」，而「金磚」的威力也絕不亞於孫行者的金箍棒。由這樣一位傳奇色彩極濃的英雄人物，將「精變」的武器——寶劍金磚傳給唐金花，從中也可看出作者對忠烈滿門的唐氏家族的無比崇敬和真心熱愛。

不僅馳騁疆場的將軍們往往擁有這種「精變」的兵器，就是那些行走江湖的俠客們有時也常常碰到這樣的好運氣。《施公案》中諸如此類的描寫就有好幾次：

妖怪只管把雙手來抓他的上身，不防公然順手將身往下一蹲著，向左邊扭轉身來，雙手把妖怪兩足捏住，大喝一聲，跳起身來，把妖怪倒提在手。妖怪被他提空了，用不出氣力來，只是兩手亂舞，沒法子了。李公然便將妖怪順著勢，照准太湖石峰上，用盡平生之力，呼的摜去，只聽噹啷一聲，把個妖怪摜的不見了，倒把那李爺嚇了一跳。計全同李七也是一怔，說：「妖怪那裡去了？」公然見妖怪沒了，自巴手內還捏著一件東西哪，提起來一看，卻變了一柄耀目爭光的寶劍。……正要下樓，公然抬頭一看，忽見上面掛了一個劍鞘，連忙摘將下來，把劍插入鞘內，恰是原配。計全接過來，就亮光之下細看，見是縷金嵌寶，十分精工，雕刻龍鳳花紋，中間用珍珠嵌成「青虹」二字。計全看罷，說：「怪不得了，原來是魏武帝的青虹寶劍，乃價值連城之物。」（第二百零九回）

那妖精見了人傑追得切近，復返身將前爪一揚，猛然撲到。人傑手急眼快，將身一偏，那妖怪撲個空。人傑趁勢一刀砍去，只聽那妖又吼了一聲，在地亂滾。人傑趕上一步，一磕膝將妖怪按住，正要舉刀復砍，忽然二目昏迷，不能下手。約有半刻，才清明些，睜開二目，只見妖怪已毫無影響，再一細看，自己膝下卻磕著兩柄銅錘，顏色斑斕，實在可愛。心中暗思：「怎麼那怪物忽然變作銅錘呢？且莫管他。」說著拿起舞了一回，甚是稱手。此時天已大亮，拿著銅錘，仔細一看，見上面還刻著字，寫道：「山東賀人傑用，憑此建功立業。」人傑好不歡喜。（第三百十九回）

上文說李公然所得之「精變」兵器，乃曹操的「青虹寶劍」，這其實是從《三國志通俗演義》中「化」過來的。該書卷之九《長阪坡趙雲救主》一節有云：「原來曹操有劍二口：一名『倚天』，一名『青釭』。倚天劍自佩之，青釭劍教夏侯恩佩之。倚天劍鎮威，青釭劍殺人。夏侯恩以為無敵之處，乃撇了曹操只顧引人搶奪擄掠。正撞子龍，一槍刺於馬下，就奪那口劍，視看靶上有金嵌『青釭』二字，方知是寶劍也。」

《施公案》的作者讀《三國志通俗演義》時不太認真，將「青釭」看作「青虹」，隨之，又由「眼誤」造成「筆誤」，憑空給李公然精變出一把「青虹」寶劍。若羅貫中地下有知，想來定會啞然失笑。

至於賀人傑的「銅錘」，雖然沒有什麼「祖宗」可以沾光，但卻「現實」得可以。君不見，作者故意弄一特寫鏡頭：「山東賀人傑用，憑此建功立業。」以此表示這「精變」寶器的來歷不凡和威力無比。

《施公案》中的施公，乃清初大將軍施琅次子施世綸，史載：「施世綸，字文賢，漢軍鑲黃旗人。琅仲子。」（《清史稿》卷二百七十八）然而，除了施公而外，該作品中的其他人物多半為小說作者根據民間傳說而創造。上文提及的李公然、賀人傑都是書中虛構出來的江湖豪俠，後歸施公麾下，地位都比黃天霸略低。在中國古代英雄傳奇或俠義公案小說的「英雄譜」中，他們二位都算不得「大腕」，二三流人物而已。但是，作者為了突出這些英雄人物的傳奇色彩，在寫他們與妖精搏鬥、妖精變武器的同時，更突出了這武器的傳奇性。不僅李公然、賀人傑的故事如此，就是上面提到的所有「精變」軍備的故事，都有這一層意義。

進而言之，「祭賽」「鬥法」「精變」這三種故事之間又是有著一定的內在文化聯繫的。它們同屬於宗教、神話中最具世俗色彩的那一部分，從中，亦可透視出普通民眾對宗教、神話的一種最低級也最實用的理解。而小說，尤其是話本或章回類的通俗小說，則毫無疑問是這種最低級、最實用的宗教、神話理解的最佳載體。

或許，對於高層次的文人學士而言，這種最低級、最實用的宗教、神話理解是可以不屑一顧的。但是，且慢！我們所有高級的、形而上的、理論化的宗教、神話理解，無一不從這裡發軔。關於這一問題的深入探究，又是一個頗為複雜而又有趣的話題，但終歸有些漫長。由於本文篇幅的限制，只好另起爐灶，再尋找機會向方家學者討教了。

（原載《明清小說研究》2012 年第一期）

從「神話」到「笑話」

神話、傳說和民間故事，都是人民創造的，它們之間有許多共同之處，但也有很多不同之處。還有與神話關係至為密切的仙話，更容易使人將二者混為一談。因此本文在介紹和論述這幾種俗文學樣式各自特點的同時，還有一個重要任務，那就是對它們之間的相異之處進行必要的區分。

首先比較神話與仙話。它們最大的相通之處是超現實的想像。它們最大的不同之處有三：其一，神話產生於上古無階級時代，仙話則產生於三代以後的有階級時代。其二，神話中的「神」是天生的、自然的，而仙話中的「仙」則多半是修煉而成的。其三，神話中的人物與正常的人一樣，有「生」與「死」，而仙話中的人物則超脫於生死之外。

神話與傳說的相通之處也在於二者都是超乎人類能力的，而且是被平常人信以為真的記載。二者之間的不同之處在於：其一，傳說所記敘者，多半是某一部落的英雄、某一民族的祖先、某一國家的締造者、某一朝代的開創者，而神話所記敘的則是某些自然物或可能存在的人物經過改造以後的神或半人半神的形象。其二，對於先民而言，傳說是以一定程度的歷史根據為前提的一種具象的變形的記憶，而神話則是對某些自然現象、歷史現象的形而上的整體的概括性記憶。其三，神話中的英雄人物，主要是與大自然發生關係的，某種程度上他們與大自然作鬥爭並力圖主宰大自然，而傳說中的英雄人物則主要與其他人發生關係，他們並沒有多少戰勝自然主宰自然的能力或希望。

神話與民間故事的相通之處在於都具有程度不同的虛構或假想，而且都是人民大眾的虛構和假想。二者之間的不同之處在於，其一，神話中的人物和故事的意蘊具有相當程度的穩固性，而民間故事中人物和故事所蘊涵的意義則隨著現實生活的變化而不斷發生變化。其二，神話更多地帶有一種對崇高美的理性追求，而民間故事則更多地體現了一種對與現實生活緊密相關的未來的美好憧憬。

一、神話與仙話

神話與仙話之間的關係，不是一種「兄弟」關係，而是一種「父子」關係。先有神話，然後才有仙話，仙話是在神話的基礎上發展演變而來的。因此，我們在介紹它們的時候，也按照這一先後順序，先神話，後仙話。

（一）上古神話

神話是人類童年的幻想，它流傳於上古的民間，所講述的是我們的祖先認為真實而實際上是虛幻乃至荒謬的故事，這些故事的主人公是具有超人能力的神。質言之，神話是關於人們想像中的神的故事。由於上古神話本是一種口頭流傳的東西，因此，今天我們不可能看到它們的所謂「文本」，而只能從一些歷史文獻中找到它們的片段，故而，我們只好把這些片段稱為神話「作品」。

神話可分為解釋的神話和唯美的神話兩大類。解釋的神話是先民為解釋某些自然現象而創造的故事，唯美的神話則是先民為了調劑生活而創造的具有娛樂意味的幻想故事。在中國上古神話中，解釋的神話多於唯美的神話。

中國上古神話起源於母權制氏族社會的繁榮期，主要歌頌了女性的偉大，如「女媧」、「精衛」、「羲和」「常羲」等等，這是神話的童稚階段。而此後的男權制氏族社會的神話，所歌頌的神自然就從偉大的女性轉而成為英雄的男性，如「夸父」、「羿」、「舜」、「禹」「黃帝」等等，這是神話的青春階段。到了奴隸制社會，神話也就具有了階級內容，帶有濃厚的社會化的痕跡和強烈的反抗意味，如關於「刑天」的故事等等，這已經是神話的衰老階段了。再往後，神話也就慢慢地蛻變為仙話，而它自身則走向枯竭和死亡了。

在中國上古神話中，反映人與自然的關係的作品佔了絕大的比例。此類作品，又可以分為兩種情況，一是解釋自然現象，二是反映人類與自然的鬥爭的。我們先看第一種情況的作品：「天地混沌如雞子，盤古生其中。萬八千歲，天地開闢，陽清為天，陰濁為地。盤古在其中，一日九變，神於天，聖於地。天日高一丈，地日厚一丈，盤古日長一丈。如此萬八千歲，天數極高，地數極深，盤古極長。後乃有三皇。」（《藝文類聚》卷一引《三五曆紀》）「首生盤古，垂死化身。氣成風雲，聲為雷霆，左眼為日，右眼為月，四肢五體為四極五嶽，血液為江河，筋脈為地裏，肌膚為田土，髮髭為星辰，皮毛為草木，齒骨為金石，精髓為珠玉，汗流為雨澤，身之諸蟲，因風所感，化為黎甿。」（《繹史》卷一引《五運曆年記》）這兩則神話，一個是「盤古開天闢地」，一個是「盤古化生萬物」，將它們聯繫在一起，我們就可大略看到，在上古先民們看來，天地萬物，包括我們人類（黎甿），都是從哪裏來的，都是由什麼變成的。這就以十分幼稚但又非常具有想像力的方式回答了人類必須首先問到的兩個問題：我是什麼？我從哪裏來？當然，答案不可能只有一個。因為上古神話不僅不是某一個人創造的，而且它也不是由某一個部落的人創造的，它是由千千萬萬先民共同創造的。既然作者有千千萬萬，其作品當然就有各種不同的版本了。我們再看：「俗說天地開闢，未有人民，女媧摶黃土作人。劇務，力不暇供，乃引繩於泥中，舉以為人。故富貴者，黃土人；貧賤者，引絙人也。」（《太平御覽》卷七十八引《風俗通》）這就是著名的「女媧造人」的神話，不過，在流傳過程中，留下了階級社會的烙印，有了黃土人富貴、引繩人貧賤的等級區別。諸如此類的解釋自然的神話，在歷史文獻中多有記載。如《山海經・大荒北經》中關於「燭龍」的記載，如《搜神記》卷十三中關於「巨靈擘山」的記載，如《淮南子・覽冥訓》中關於「女媧補天」的記載，如《淮南子・天文篇》中關於「共工怒觸不周山」的記載，如《初學記》卷一引《淮南子》中關於「嫦娥奔月」的記載等等。

上古先民不僅要在神話中解釋大自然，而且還要在神話中反映人與自然的關係，反映大自然給人類帶來的災難，反映人類與自然搏鬥的勇氣和足跡，反映人類戰勝大自然的力量和信心。且看：「發鳩之山，其上多柘木。有鳥焉，其狀如烏，文首，白喙，赤足，名曰精衛，其名自詨。是炎帝少女，名曰女娃。女娃遊於東海，溺而不返，故為精衛，常銜西山之木石以堙於東海。」（《山海經・北次三經》）東海淹死了少女，少女就要向東海尋求報復，填平它！這美麗而悲壯的神話，所反映的其實是先民對大海的恐懼和希望戰勝大海、消除恐懼的堅定信念和堅韌不拔的精神。再看：「夸父與日逐走，入日，渴欲得飲，飲於河渭，河渭不足，北飲大澤，未至，道渴而死。棄其杖，化為鄧林。」（《山海經・海外北經》）夸父與太陽賽跑，渴飲黃河渭水，最終倒了下去。夸父雖然死了，但他拋出的手杖化作的桃林卻永遠留在了人間；夸父雖然倒下，但他堅韌不拔的精神卻永遠留在了人間。再看：「洪水滔天。鯀竊帝之息壤以堙洪水，不待帝命，帝令祝融殺鯀於羽郊。鯀復生禹。帝乃命禹卒布土以定九州。」（《山海經．海內經》）鯀禹父子前赴後繼治理洪水的故事，體現了先民在與大自然搏鬥的時候的艱難困苦和不屈不撓的戰鬥精神。與之相接近的內容，還有《列子．湯問》中的「愚公移山」、《淮南子．本經訓》中的「羿射十日」、《拾遺記》卷一中的「禹盡力溝洫」、《淮南子．地形》中的「禹量大地」等記載。

除了反映人與自然的關係以外，上古神話中還有不少反映人與人之間種種矛盾、鬥爭的故事，例如《史記．五帝本紀》、《楚辭．天問》洪興祖補注引古本《列女傳》、《列女傳．有虞二妃》等文獻中有關舜與象兄弟之間的瓜葛矛盾的記載就是這方面的典型。甚至還有的神話作品由此推而廣之，反映了部落與部落之間、部落聯盟與部落聯盟之間的矛盾、衝突、戰爭，以及部落首領之間爭奪統治權的鬥爭等等。例如：「黃帝與炎帝戰於阪泉之野，帥熊、羆、狼、豹、貙、虎為前驅，以雕、鶡、鷹、鳶為旗幟。」（《列子．黃帝》）「大荒之中，有係昆之山者，有共工之臺，射者不敢北鄉。有人衣青衣，名曰黃帝女魃。蚩尤作兵伐黃帝，黃帝乃命應龍攻之冀州之野。應龍蓄水。蚩尤請風伯雨師，縱大風雨。黃帝乃下天女曰魃，雨止，遂殺蚩尤。」（《山海經．大荒北經》）「刑天與帝爭神，帝斷其首，葬之常羊之山，乃以乳為目，以臍為口，操干戚以舞。」（《山海經．海外西經》）這些，都是非常典型的先民對上古部落之間戰爭或部落首領之間權力之爭的形象記憶。諸如此類的記載，還可在《太平御覽》卷七十九引《蔣子萬機論》中的「黃帝勝四帝」、《山海經．西次三經》中的「鍾山之子」等片段中看到。

當然，在上古神話反映人與人之間關係的作品中，也不僅僅是體現著流血衝突和殊死鬥爭，有時候，還是存在著脈脈溫情的，甚至有時還體現了天長地久的深厚感情。請看：「昔宇宙初開之時，有女媧兄妹二人，在崑崙山，而天下未有人民。議以為夫妻，又自羞恥。兄即與其妹上崑崙山，咒曰：『天若遣我二人為夫妻，而煙悉合；若不，使煙散。』於煙即合。其妹即來就兄，乃結草為扇，以障其面。」（李冗《獨異志》卷三）這是一個混雜著原始神話和後世封建觀念的故事，但無論如何，我們還是可以看到原始時代近親婚配的痕跡，而且，故事也很優美，很有情味。諸如此類的作品，還有《山海經．大荒南經》中關於「羲和」的記載、《搜神記》卷十四中關於「盤瓠」的記載、

《群芳譜》中關於「湘妃竹」的記載等等。至若《拾遺記》卷一中關於「少昊出生」的記載，其中描寫少昊的父母白帝之子與皇娥相親相愛的片段，則更是充滿詩情畫意：「帝子與皇娥並坐，撫銅峰梓瑟，皇娥倚瑟而清歌，白帝子答歌。」當然，如此美麗的圖景，那也是經過後人加工的結果。但無論如何，總要那美麗的神話傳說作依據的。

（二）仙話

如果說，神話是先民們在無意識中創造的一種解釋自然與人類的關係的故事的話，那麼，仙話則是從春秋戰國時代的方士們有意識地捏造的迷人的幻想開始的。

儘管仙話是方士們所捏造的，但仙話產生的精神源頭卻是神話，神仙們大都經歷了一個由「神」而「仙」的過程。在上古神話流傳到階級社會夏、商、周三代的時候，人們已完全相信在生活於大地的芸芸眾生之上，還有一個神仙的世界。目前所知，最早記載這些神仙們身影的是《莊子》。《莊子．逍遙遊》中提到神仙，並描繪了他們的生活狀況：「藐姑射之山，有神人居焉。肌膚若冰雪，綽約若處子，不食五穀，吸風飲露，乘雲氣，御飛龍，而遊乎四海之外。其神凝，使物不疵癘而年穀熟。」稍後，在「楚辭」的《離騷》《九辯》《遠遊》諸篇中，也不斷有神仙的身影。據《史記．封禪書》記載，大約在戰國中期，今山東北部、河北北部一帶，出現了一些方士。他們大力鼓吹神仙之說，說什麼修煉之人可長生不老，還可以「尸解」，靈魂遨遊於人世之外。到此時，「仙話」可謂正式形成。

何以謂「仙」？《說文》：「仚，人在山上貌，從人山。」《釋名》：「老而不死曰仙。仙，遷也，遷入山也。故制字人傍山也。」可見，仙與山有不解之緣。神仙們雖然能雲遊六合、魂繫九天，但總得要一個歇腳的地方，或者說，他們也需要一個「家」。這個落腳的「家」安排在哪裏呢？最佳選擇當然是「山」。這一點，古今中外都是一樣的。希臘神話中的眾神不是住在奧林匹斯山上嗎？中國上古神話中的許多神不也住在崑崙山上嗎？中國今天的或真或假的「神仙」們，不是仍然住在各名山大嶽之中嗎？那麼，先秦時代的仙家主要住在什麼山上呢？那就是與西方崑崙山相對的東方渤海之「三神山」，或稱「五神山」。《史記．封禪書》云：「蓬萊、方丈、瀛洲。此三神山者，其傳在渤海中。」《列子．湯問》云：「渤海之東，不知幾億萬里，有大壑焉，實為無底之谷。……其中有五山焉：一曰岱輿，二曰員嶠，三曰方壺，四曰瀛洲，五曰蓬萊。」方士們說，那些仙山上都是金宮銀闕、瓊樓玉宇，居住著眾多神仙，並藏有長生不老之藥。受如此美好的風物和如此實際的利益的誘惑和驅動，從齊威、燕昭到秦皇、漢武，都不止一次地派人去尋訪仙山。只可惜仙山可望而不可即，人還未到跟前，仙山就消失了。如果當時有科學家告訴他們這是海市蜃樓，說不定他們就不會這麼執著了。延至漢末，方士之說與道家學說以及其他的宗教、迷信、崇拜的思想資料相結合，產生了道教，而道教對仙話的發展所起的作用則無疑是直接和巨大的。與此同時，以三神山為中心的仙話也與以崑崙山為中心的神話相結合。這樣，就進一步確定了中國古代仙話的穩定性、系統性和完整性。

根據道教典籍以及其他著作如《列仙傳》《神仙傳》《續仙傳》《集仙錄》《集仙傳》《墉城集仙錄》《漢武帝內傳》《史記．封禪書》《抱朴子》《枕中記》（葛洪）《海內十洲記》等記載，在宋代以前就流傳著四百多位神仙人物及其故事。這些神仙的來源一般有以下幾個方面：其一，由神仙家、方士修煉而成的人物，如宋毋忌、正伯僑、羨門子高、安期生等等。其二，由神話傳說中轉化過來的人物，如西王母、盤古、黃帝等等。其三，被尊之為神仙的歷史人物。如老子、呂尚、介子推、范蠡、東方朔、關羽等等。其四，根據某些道教人物而塑造出來的仙真形象，如赤松子、鬼谷子、張天師、許真君、陳摶老祖以及「八仙」等等。

仙話中的神仙是有上下尊卑之分的，南朝的陶弘景就曾經在《真靈位業圖》中給神仙們排座次。道教的神仙譜系，天神中除了日月星辰雷電諸神外，以「三清」之元始天尊、靈寶天尊、道德天尊與「四御」之玉皇大帝、北極大帝、天皇大帝、土皇地祇為最高。其他諸神，等而下之。神仙們本來活動在仙山之上，後來受到佛教三十三天的影響，幻造出三十六重天的說法，將神仙們搬到了天宮之上。但仍然有大量的神仙居住在諸多名山大嶽的洞天福地之中，有的甚至還常常到塵凡世界去走走。

仙話中有許多流傳久遠的美麗故事，如黃帝的故事、西王母的故事、安期生的故事、負局先生的故事、赤松子的故事、張天師的故事、東方朔的故事、王子僑的故事、陳摶的故事以及「八仙」的故事等等。其中，又以「八仙」的故事流傳最廣泛，也最具美學價值。「八仙」故事至少有三大特點：第一，它所描寫的是一群神仙的集體故事，而並非像某些神仙那樣是個體行為。第二，八仙的故事與塵世生活緊密相連，而不是那種遠離人間的洞天福地的生活。第三，在仙話作品中，八仙的故事最具平民色彩和人性意味，脫掉神仙的外衣，八仙就是八個現實生活中的普通人。這三點，決定了「八仙」故事作為仙話代表作的不可動搖的地位。

雖然在唐代就有《八仙圖》《八仙傳》，但可以肯定唐代的「八仙」絕非我們今天所熟知的八位神仙。唐代以降，「八仙」故事有一個漫長而曲折的發展演變過程。張果老的事蹟見於唐人李德裕的《次柳氏舊聞》、鄭處誨的《明皇雜錄》和宋人所修的新舊《唐書》。韓湘子是一個歷史真實人物，他是韓愈的侄孫，唐代小說家段成式《酉陽雜俎》中記載了他的故事。呂洞賓是唐代末年人，《全唐詩》中收有他的詩作。鍾離權大約與呂洞賓是同時人，《全唐詩》中也收有他的作品，《宣和畫譜》中也有關於他的記載。何仙姑的事蹟則見於北宋的兩部著作《中山詩話》和《青瑣高議》中。藍采和的事蹟，見於南唐沈汾的《續仙傳》。鐵拐李的故事最早見於元代岳伯川的雜劇《呂洞賓度鐵拐李岳》，但未見任何史籍對他有所記載，可能是一個民間傳說中的人物。姓曹的國舅爺，整個宋代只有一個，名叫曹佾，而「八仙」中的曹國舅卻叫曹友，大概此「國舅」是彼「國舅」的加工改造吧！必須指出的是，在長時間的「八仙」搭班子的過程中，曹國舅與何仙姑兩人的位置是最不穩定的，他們常常被徐神翁、張四郎所輪番代替。這也是仙話在民間流傳過程中的正常現象。根據目前掌握的資料，最早敲定現在這個「八仙」班子的作品是元代作家範康的雜劇《竹葉舟》。「八仙」的故事除了上述那些書籍的記載之外，在文學領域影響最大的便是戲劇和通俗小說。現在所知的表演「八仙」故事的戲劇至少有如下作品：《黃粱夢》《岳陽樓》《鐵拐李》《竹葉舟》《城南柳》《八仙慶壽》《花月神仙會》《八仙過海》《邯鄲夢》等等，而描寫八仙故事的小說則有《八仙出處東遊記》《韓湘子全傳》《呂仙飛劍記》《呂祖全傳》《八仙得道》《三戲白牡丹》等等。

二、民間傳說

傳說與仙話一樣，也是上古神話的兒子，但它與神話仙話卻都有著明顯的區別。關於傳說與神話的不同，前面已經講過，這裡再來看看傳說與仙話的不同。首先，仙話中的人物有不少並不是歷史上真實存在過的，而傳說中的人物基本上都是歷史人物，有的還是歷史名人。其次，傳說較之仙話離現實生活的距離要近得多，它對歷史事實的敘寫雖然也有一定程度的虛構、誇張、渲染，但一般不像仙話那樣遠離生活真實。再次，傳說對於歷史上或地方上的某些風土人情、名勝古蹟、自然環境、社會習俗以及與之相關的人物或事件具有解釋性的意味，而仙話與上述各方面的內容則多具相關性意義。最後，有些傳說具有明顯的地域色彩，而仙話則具有普及性。當然，在有的作品中，神話、仙話和傳說三者之間存在著一定程度的混雜乃至重合現象。

民間傳說大體上可分為記人傳說、記事傳說、記物傳說三大類。當然，也有三者之間內容重疊交叉的作品。

（一）記人傳說

記人傳說，顧名思義，是以某一人物為核心，而以若干事件來表現其某種性格、精神、愛好、技藝的傳說種類。簡言之，它的特點是「以人繫事」。歷史上許多著名人物，都給後世留下了許多美妙的傳說故事。如孔子、魯班、屈原、西門豹、諸葛亮、華佗、關羽、李冰、王羲之、王薄、李白、包拯、岳飛、張士誠、朱元璋、羅貫中、李時珍、唐寅、海瑞、戚繼光、李自成、蒲松齡、曹雪芹、林則徐、秋瑾等，這些歷史人物，上至帝王將相，下至民間藝人，他們或在歷史上作過貢獻，或在某方面具有特殊的專長，或幹過一些驚天動地的大事，或具有偉大的人格精神。總之，他們總有某些被後人永遠不能忘記的地方，故而成為傳說中的人物。

然而，後世的人們對上述人物感興趣的往往並不是那些可以載入史冊的大事，因為那些大事自有正正規規的歷史著作來記載。傳說中講述得更多的則是這些大人物的小故事，著名人物的遺聞瑣事，甚至是「借樹開花」的莫須有的故事。如「孔子和採桑娘」的傳說，通過孔子向一位採桑娘請教如何穿九曲珠的故事，說明世界上絕沒有生而知之的先知先覺、實踐出真知的道理。孔子在這裡不過是一種符號，代表著只具有書本知識的知識分子的符號。至於他是否真的請教過什麼採桑娘，那是用不著去追究的。再如「鐵杵磨成針」的傳說，描寫了大詩人李白小時候看到一個白髮老婆婆正在將一根鐵杵磨成繡花針，他感到很奇怪，於是，老婆婆跟他講了「只要工夫深，鐵杵磨成針」的道理。李白明白這個道理以後，刻苦學習，終於成為著名的文學家。李白在這裡也是一種代表，可塑性很強的少年兒童的代表。我們實在沒有必要去考證李白究竟在何時何地碰到怎樣一位磨針的老婆婆。像這樣的名人傳說的例子還有很多，如「魯班學藝」的傳說、紀念屈原的「賽龍舟吃粽子」的傳說、「諸葛亮與黃氏女」的傳說、「王羲之學字」的傳說、「唐伯虎三笑姻緣」的傳說、戚繼光「光餅」的傳說、「李闖王渡黃河」的傳說等等，都是有「真」有「假」或真真假假，都是廣大民眾對歷史人物的一種再創造。

（二）記事傳說

所謂記事傳說，就是對歷史上發生過或者可能發生過的事情，進行深入一步的宣傳的一種傳說方式。它以故事為主，通過故事來表現人物。簡言之，它的特點是「以事繫人」。記事傳說的情況比記人傳說的情況要複雜得多，因為其中被表現的人物可以是歷史人物，甚至是歷史名人，但也可能是歷史上根本不存在的、而由廣大民眾所創造的人物。

記事傳說是中國古代民間傳說故事的主體，許多精彩的傳說都屬於這一類別。如「倉頡傳說」、「牛郎織女傳說」、「孟姜女傳說」、「董永傳說」、「莫愁女傳說」、「木蘭女傳說」、「梁山伯與祝英臺傳說」、「李隆基與楊玉環傳說」、「楊家將傳說」等等。

倉頡，傳說中文字的創造者。最早提到倉頡造字的是《韓非子・五蠹》，書中說：「古者倉頡之作書也。」稍後的《呂氏春秋・君守》中也談到「倉頡作書」。漢代以後，關於倉頡的傳說更加盛行，他造字的過程也有了多種說法。《說文解字・敘》云：「黃帝之史倉頡，見鳥獸蹄迒之跡，知分理之可相別也，初造書契。」《孝經援神契》云：「倉頡視龜文而作書。」《春秋元命苞》則說他「窮天地之變，仰觀奎星圓曲之勢，俯察龜文、鳥羽、山川、指掌而創文字。」高誘則在《呂氏春秋・君守》的注文中說倉頡「寫仿鳥跡以造文章。」《淮南子・本經》中甚至說「昔者倉頡作書而天雨粟，鬼夜哭」。這些說法既有歷史真實的一面，如漢字是從模仿自然的象形字開始的；也帶有明顯的傳說意味，將千千萬萬先民的努力和創造統統算到了倉頡一個人身上。

牛郎織女傳說源於上古神話，《詩經・大東》中寫道：「維天有漢，監亦有光。跂彼織女，終日七襄。雖則七襄，不成報章。睆彼牽牛，不以服箱。」這裡已出現了「天漢」「牽牛」「織女」等意象。到了《古詩十九首》的《迢迢牽牛星》一詩，則這樣寫道：「迢迢牽牛星，皎皎河漢女。纖纖擢素手，札札弄機杼。終日不成章，泣涕零如雨。河漢清且淺，相去復幾許？盈盈一水間，脈脈不得語。」已出現了牛女雙星遙隔天河而不能相會、甚至不能交談的痛苦。雙星已具有了人性意味，故事也初具梗概。再往後，到了東漢應劭的《風俗通》中，又出現了「織女七夕當渡河，使鵲為橋」的記載。到了南朝・梁代殷芸的《小說》中，這個傳說更具有完整的故事性：「天河之東有織女，天帝之女也，年年機杼勞役，織成雲錦天衣。天帝憐其獨處，許嫁河西牽牛郎，嫁後遂廢織紝。天帝怒，責令歸河東，許一年一度相會。」（《月令廣義・七月令》引）至同時的宗懍的《荊楚歲時記》中，則將牛郎織女的故事與民間婦女七月七日的「乞巧」活動聯繫到了一起：「七月七日，為牽牛織女聚會之夜。」「是夕，人家婦女結綵縷，穿七孔針，或以金銀鍮石為針。陳瓜果於庭中，以乞巧。有喜子網於瓜上，則以為符應。」由天上的星辰而形成一個美麗動人的傳說，織女與牛郎的歡樂與悲哀，體現了廣大民眾對封建婚姻的一種抗議，也體現了對正常的夫妻生活的一種渴望與追求。而且，這種抗議、渴望和追求的影響極為深遠，直到今天，這個故事的再創造仍未終止。

與牛郎織女傳說不同的是，孟姜女傳說多多少少有一點歷史根據。有人認為孟姜女形象最早的來源是《左傳》襄公二十三年中記載的杞梁之妻，據載，杞梁戰死之後，「齊侯歸，杞梁之妻於郊，使弔之。辭曰：『殖之有罪，何辱命焉？若免於罪，猶有先人之敝廬在，下妾不得與郊弔。』齊侯弔諸其室。」到了戰國時的《禮記・檀弓》，對這段史實卻有了這樣的記載：「杞梁死焉，其妻迎其柩於路而哭之哀，莊公使人弔之。對曰：『君之臣不免於罪，則將肆諸市朝，而妻妾執。君之臣免於罪，則有先人之敝廬在。君無所辱命。』」這裡，增加了孟姜女傳說中最核心的內容——哭。再往後，到了《孟子・告子下》裏，則又成為「華周杞梁之妻善哭而變國俗」了。此後，在西漢劉向的《說苑》和《列女傳》中，孟姜女的傳說又經歷了一個根本的轉折——「哭夫於城，城為之崩」。且看《列女傳》卷四的記載：「齊杞梁殖之妻也。莊公襲莒，殖戰而死。莊公歸，遇其妻，使使者弔之於路。杞梁妻曰：『令殖有罪，君何辱命焉；若令殖免於罪，則賤妾有先人之敝廬在下，妾不得與郊弔。』於是莊公乃還車詣其室，成禮然後去。杞梁之妻無子，內外皆無五屬之親。既無所歸，乃枕其夫之屍於城下而哭。內誠動人，道路過者莫不為之揮涕，十日而城為之崩。」後面還有一部分，寫杞梁妻以身投淄水而死，此不具錄。篇末的「頌」，可以說是對杞梁妻故事的一個小結：「杞梁戰死，其妻收喪。齊莊弔道，避不敢當。哭夫於城，城為之崩。自以無親，赴淄而薨。」孟姜女的故事的基本完成是在唐代。《敦煌曲子詞》中已出現「孟姜女」這一稱呼，唐代《琱玉集》所採《同賢記》中，則敘說了一個尤富民間傳說特色的孟姜女的故事。杞梁逃避築城的勞役，躲進孟家花園，與孟家小姐仲姿結為夫妻。後來杞梁死於修築長城之役地，孟姜女哭倒長城。然而，孟姜女故事並未從此定型而一成不變，孟姜女的名字成為一種特殊的文化符號，孟姜女的傳說也具有不同的地域性特色。長城的起點老龍頭附近有姜女廟，北京市與河北省的民間傳說認為孟姜女是八達嶺人。此外，湖南澧縣、陝西銅川、以及江浙一帶，都有孟姜女的「家鄉」。甚至在毛難族的傳說中，孟姜女還是種山人，並且是一個好歌手。在此後的通俗文學創作中，許多作家不斷運用各種文學樣式來重新構造孟姜女的故事。如唐戲弄《送征衣》，金院本《孟姜女》，元雜劇《孟姜女送寒衣》，明清傳奇《送寒衣》、《孟姜女傳奇》、《姜女寒衣記》、《長城記傳奇》、《杞梁妻傳奇》，明雜劇《寒衣記》，師公戲《孟姜女》，貴池儺戲《孟姜女》，福建閩劇《孟姜女》，江西贛劇《送衣哭城》等等。此外，還有《佛說貞烈賢孝孟姜女長城寶卷》、《長城寶卷》、《孟姜仙女寶卷》等寶卷，還有子弟書《尋夫詞》，鼓詞《孟姜女尋夫》，民間故事《孟姜女遇難大宅山》等等。

如果說，孟姜女的傳說是由一個歷史人物（杞梁妻）向一個傳說人物（孟姜女）轉變而形成故事的話，那麼，莫愁女的傳說則是由兩個人物糾纏在一起而形成一個新的人物並具有新的故事了。中國古代樂府詩中有兩個莫愁，一個是「洛陽莫愁」，一個是「石城莫愁」。先看洛陽莫愁，《樂府解題》謂：「古歌亦有莫愁，洛陽女。」這個莫愁本是貧家女，嫁與富家為妻室。但這種籠中鳥一樣的富貴生活給莫愁帶來的卻是無窮無盡的惆悵與悲哀，她甚至希望嫁到一個普通的家庭，嫁給鄰家男子，那樣，或許更自由、更幸福一些。梁武帝蕭衍根據古辭改寫的《河中之水歌》所描寫的就是這樣一個莫愁：「河中之水向東流，洛陽女兒名莫愁。莫愁十三能織綺，十四採桑南陌頭，十五嫁為盧郎婦，十六生子名阿侯。盧家蘭室桂為梁，中有鬱金蘇合香。頭上金釵十二行，足下絲履五文章。珊瑚掛鏡爛生光，平頭奴子擎履箱。人生富貴何所望，恨不早嫁東家王。」另一個莫愁居於郢州石城（今湖北鍾祥）城西，善歌謠，而當時當地流行的《石城樂》歌曲中，又有「妾莫愁」的和聲，因此《石城樂》這種樂府歌曲又被名之為《莫愁樂》。陳・釋智匠《古今樂錄》云：「《莫愁樂》者，本石城樂妓，而有此調。石城西有女子名莫愁，善歌謠，且在《石城樂》中有妾莫愁聲，因名此歌。」《舊唐書・樂志》亦云：「《莫愁樂》者，出於《石城樂》。石城有女子名莫愁，善歌謠，《石城樂》和中復有忘愁聲，因有此歌。」隨著《莫愁樂》的流行，作為一個多情女子的代表的莫愁的形象也流傳開來。且看兩首《莫愁樂》中的莫愁形象：「莫愁在何處？莫愁石城西。艇子打雙槳，催送莫愁來。」「聞歡下揚州，相送楚山頭。探手抱腰看，江水流不斷。」到了北宋時期，民間傳說中又出現了一個「金陵莫愁」，並且這個金陵莫愁係綜合洛陽莫愁和石城莫愁而成。宋人樂史《太平寰宇記》載：「莫愁湖在三山門外，昔有妓盧莫愁家此，故名。」周邦彥《西河》詞云「斷涯樹，猶倒倚，莫愁艇子曾繫。」以上所謂「三山門」即南京水西門，而周邦彥的詞所詠亦乃金陵風物。這樣，就把莫愁與金陵扯到了一起，但同時又留下了洛陽與石城兩莫愁的痕跡。且看，金陵莫愁姓盧，此乃洛陽莫愁之夫姓，所謂「盧家少婦」、所謂「盧家有莫愁」是也。再看，金陵莫愁具有樂妓的出身和與艇子相伴，這又是石城莫愁的本來面目。當然，這樣一個雜合的莫愁女的形象也並沒有於宋代最後定型，而是在民間不斷發展，或強調洛陽莫愁的一面，或強調石城莫愁的一面，或將幾個莫愁融為一體，從而又創造了許多優美動人的莫愁女的傳說故事。

其他傳說故事也都有各自的發展線索與特點，並且，對於某些傳說故事的主人公的歷史真實性問題，還存在著不小的爭議。如對於「木蘭女傳說」中的主人公木蘭，有人認為她是文學作品中的人物，歷史上並無其人；也有人認為她是一個真實存在過的歷史人物。但這種學術爭議絲毫不影響木蘭傳說的繼續流傳，也絲毫不影響花木蘭替父從軍的動人故事對後人的巨大感召力。再如「梁山伯與祝英臺傳說」，它的特點就是主題的單一性和典型性，反映了青年男女的自發的愛情與傳統封建禮教之間的不可調和的矛盾。這個傳說產生的時間較晚，流傳過程也比較簡明。初唐梁載言的《十道四蕃志》中才開始有梁祝同冢的記載，此後，唐人張讀的《宣室志》中所敘之梁祝故事已與今天所流傳的大體相似了。但這並不意味著梁祝傳說缺乏深厚的文化底蘊，一個細小的例子就可以說明這一問題。梁祝傳說中最後雙雙化蝶的美麗動人的場景，究其實，是間接來自於《搜神記》。該書寫韓憑夫婦死後，各自墳墓中都長出一棵大樹，「根交於下，枝錯於上，又有鴛鴦雌雄各一，恒棲樹上，晨夕不去，交頸悲鳴，音聲感人」。只不過一處是蝴蝶，一處是鴛鴦罷了。其他的，如「董永傳說」、「李隆基與楊玉環傳說」、「楊家將傳說」等等，它們的流變過程，也都有各自的特點，我們就不一一舉例了。

（三）記物傳說

記人傳說是以「人」為主，記事傳說是以「事」為主，記物傳說當然是以

「物」為主了。但是，這裡的「物」，再也不是那有生命的動物或植物，或者無生命的物體，而是由這些「物」所幻化成的「人」。說得更簡捷一些，記物傳說就是將那些動物、植物或無生命的物體「人化」的過程。

記物傳說具有比較明顯的地域色彩，不同的地方有不同的記物傳說，因為這種傳說方式是以具體的「物」作為對象的，而有些具體的「物」只有某些地域才具有，因而，只有這樣的地方才有可能出現關於這種「物」的傳說。這一點，在關於山水和地方風物的傳說中表現得尤為明顯。例如鄱陽湖上的大孤山，形如一隻大鞋，故而產生了瑤池玉女與鄱陽漁郎的愛情傳說，大孤山被說成是玉女上天時留下的一隻繡花鞋。再如錢塘江潮洶湧澎湃，有一種復仇怒濤的磅礴氣概，兼之相傳伍子胥死後被拋入江水中的說法，於是產生了伍子胥之靈化為潮神的傳說。以此類推，險峻的華山之仙掌岩自然會被傳說成巨靈神的腳印，亭亭玉立的神女峰自然也會被傳為楚襄王與之朝雲暮雨，廬山仙人洞有仙人洞的傳說，黃山夢筆生花有夢筆生花的傳說，雲南石林中的一塊酷似人形的大石頭，就更會產生阿詩瑪的傳說了。

即便是對某種抽象的「物」，各不同地域的傳說也有不同的「版本」。例如，對「蛇精」的傳說就是如此。蛇精的傳說首先源自於蛇神形象，在上古神話中，就已經有不少「人面蛇身」或「人面龍身」的形象，如女媧、伏羲、共工、軒轅、雷神、燭龍以及鯀、禹等等。後來，在一些野史雜記、文言小說和宋代話本中又出現了許多蛇精形象，如《五色線》中的小青蛇、《李黃》中的大白蛇，還有《夷堅乙志》《西湖三塔記》《葆光錄》等篇中性格各異的白蛇等等。它們或化作美女以妖豔媚人而最終欲致人於死地，或因受人之惠而報答恩人，或變為女子而為自己報仇雪恨，總之是具有了各種不同的性格。再往後，才有白蛇故事的集大成之作《白娘子永鎮雷峰塔》《雷峰塔奇傳》等白話小說以及戲曲舞臺上的《白蛇傳》等劇本。即便是今天大家所熟知的白蛇傳的故事，也仍然處於未完成狀態。舉一個最簡單的例子，白蛇與法海的出生地點就有各種不同的說法。四川的傳說認為白蛇出自峨眉山白龍洞、法海出自峨眉山蛤蟆洞，江、浙一帶的傳說則認為他們均出自鎮江金山寺，而鄂、贛一帶的人們又認為他們出生於武當山。

與「蛇精」傳說一樣，「望夫石」的傳說也經歷了時間與空間的大轉移、大開拓。歷史上有許多「望夫石」的傳說，各地也有不同的「望夫石」的故事。據考，目前所知最早記載「望夫石」故事的是《列異傳》一書，書中說：

「武昌陽新縣北山上有望夫石，狀若人立者。傳云：昔有貞婦，其夫從役，遠赴國難。婦攜幼子餞送此山，立望而形化為石。」這是流傳於魏晉時代的湖北陽新的望夫石，還有流傳於北朝的山西黎城縣的望夫石，見於北魏酈道元《水經注》卷十：「漳水又東北歷望夫山，山之南有石人，佇於山上，狀有懷於雲表，因以名。」此外，在我國許多地區都普遍存在著望夫石的傳說。遼寧綏中、安徽當塗、江西德安、湖北房縣、陝西紫陽、廣東電白、廣東肇慶、湖南張家界等地均有望夫石或望夫山，三峽神女峰也是望夫石，回族傳說中還有望夫的「秧哥塔什」——望夫石。如此等等，不勝枚舉。

望夫石的傳說還引起了歷代文人的極大興趣，他們從各自不同的角度來歌詠著望夫石，但基本情調卻又大體一致。誠如陳師道所言：「望夫石在處有之，古今詩人，共用一律。」（《後山詩話》）我們稍作排列，就可看出「望夫石」的傳說在古代詩人們那裡是一個多麼「熱門」的話題。李白《望夫石》句云：「寂然芳靄內，猶若待夫歸。」武元衡《望夫石》句云：「佳人望夫處，苔蘚封孤石。」王建《望夫石》句云：「望夫處，江悠悠，化為石，不回頭。」劉禹錫《望夫山》句云：「終日望夫夫不歸，化為孤石苦相思。」孟郊《望夫石》句云：「望夫石，夫不來兮江水碧，行人悠悠朝與暮，千年萬年色如故。」劉方平《望夫石》句云：「佳人成古石，蘚駁覆花黃。猶有春山杏，枝枝似薄妝。」唐彥謙《望夫石》句云「妾來終日望，夫去幾時歸？」王安石《望夫石》句云：「雲鬟煙鬢與誰期？一去天邊更不歸。還疑九嶷山上女，千秋長望舜裳衣。」蘇軾《望夫臺》句云：「誰能坐待山月出，照見寒影高伶娉。」吳承恩《為賦望夫石》句云：「艱難誰念妾身孤，化石江頭為望夫。」李邕《石賦》謂：「鳥可恨而填海，山何言而望夫？徒以貞者不黷，堅者可久。」白行簡《望夫化為石賦》謂：「至堅者石，最靈者人。何精誠之所感，忽變化而如神。」錢文薦《望夫石賦》謂：「石乃堅硬，人則虛靈。何凝眸而注戀，忽變質而呈形。」這些詩人賦家，通過對望夫石的描寫，或歌頌癡情女子對愛情的堅貞，或譴責負心男兒的薄情寡義，或反映客觀現實造成的恩愛夫妻的痛苦別離，或從望夫石的身上發掘出一種堅韌不拔的精神。總之，同情、讚美、歌頌的都是封建時代那些柔弱而又剛強、可憐而又可敬的女性的幻化——望夫石。而他們的歌詠，無疑使望夫石的傳說具有了更帶審美意味的詩情畫意，從而也進一步推動瞭望夫石傳說向著更深、更高層次的發展和演進。

綜上所述，無論是記人傳說、記事傳說還是記物傳說，都有各自的特色，同時又有共同特點。它們都必須具有傳奇色彩，往往都有一定的文化背景，而且，三者之間還存在著經常出現的交叉現象。

三、民間故事

民間故事當然也是人民大眾集體創作的產物，從寬泛的意義上講，它與神話、尤其是與民間傳說具有極大的相近之處，有時甚至難以分清一篇作品到底是民間傳說還是民間故事。然而，它們之間還是有區別的。最主要的區別就在於，民間故事比神話、仙話和民間傳說更不須文本根據，或者說，更具有口頭傳說的特點。反過來，倒是某些民間故事經過文人記錄以後，才得以保存下來。

民間故事是人民大眾的口頭散文創作，它具有完整而美妙的情節，它的時間、地點、人物、事件隨著敘述者的變化而產生著微妙的變化。它具有集體性、口頭性、變異性、匿名性、傳承性、地域性等特點。

如果作進一步的劃分，我國的民間故事又可分為童話、寓言、笑話等幾大類別。

（一）童話

童話是充滿幻想的民間故事，因此，又可稱之為幻想故事。它以豐富的想像為主要特徵，當然，這種想像又是建立在充分現實化的基礎之上的，尤其是建立在人們的勞動生活和日常生活的基礎上的。童話故事一般都表揚那些勤勞、勇敢、善良、寬容、公正和充滿智慧的人們，而批判那些懶惰、怯弱、兇惡、狹隘、自私和自以為聰明其實很愚蠢的傢伙。如《葉限》、《旁㐌》、《老虎外婆》、《太陽山》、《田螺姑娘》、《羽毛衣》、《蛇郎》、《葫蘆兄弟》等等。

《旁㐌》故事的記載最早見於唐代段成式的《酉陽雜俎續集》卷之一，這是一個經過文人記錄的民間故事，而且還是一個從域外引進的民間故事。它所反映的是一個在中外民間文學作品中都經常見到的題材——兄弟之間的矛盾，並且這一個故事就發生在新羅國。所不同的是，在我國傳統民間故事中，多半是哥哥迫害弟弟，而在這個發生在新羅國的故事中，卻是弟弟不斷地迫害哥哥。最後的結局當然是中外一致：勤勞善良者終於得到神靈的幫助，而懶惰兇殘者則勢必遭到上天的懲罰。故事中的想像十分豐富，如寫哥哥向弟弟求蠶種穀種，弟弟將蠶種穀種蒸熟以後借給哥哥，想不到卻生出「日長寸餘，居旬大如牛，食數樹葉不足」的神蠶和「其穗長尺餘」的神禾。後來，哥哥又因為追逐銜走神禾的鳥兒而遇到一群赤衣小兒，小兒以金錐子擊石而變化萬物，哥哥取其錐而歸，成為巨富。弟弟也想暴富，依樣畫葫蘆，竟至愚蠢到要他哥哥用蒸過的蠶種和穀種來「欺騙」自己。後來，他果然也入深山之中，卻不料被群鬼認作竊賊，嚴加懲罰，將他的鼻子拉長一丈，如大象一般，令人忍俊不禁。這種民間故事具有十分明顯的懲惡揚善的色彩，但態度比較緩和，且具有一點兒幽默感，不像我國某些其他類型的懲惡揚善的故事，是一定要將反面人物置於死地而後快的。

《葉限》故事最早也見於段成式《酉陽雜俎續集》卷之一，這是一個由文人記載的少數民族的民間故事。故事表現的是南方一洞主吳氏的家庭糾紛，是典型的後母迫害前妻之女的題材。女主人公葉限，就是一個中國的「灰姑娘」形象。故事中，與這位灰姑娘休戚相關的是一條極通人性的神魚。灰姑娘葉限將它從兩寸多長一直養到一丈多長，而神魚也只認葉限一人，「女至池，魚必露首枕岸，他人至不復出。」然而，這樣一條與弱女子親密無間的神魚，卻被灰姑娘的後母殘忍地殺害了，「魚即出首，因斫殺之」，並且「膳其肉」，「藏其骨於鬱棲之下。」後來，經神靈指示，藏在糞堆下的魚骨終於被灰姑娘領回家中。從此，灰姑娘要什麼，魚骨就給她弄來什麼。終於，在一次「洞節」上，葉限「衣翠紡上衣，躡金履」，出盡了風頭。故事的結局，是人所共知的。由於一隻金履的媒介作用，灰姑娘被一個「兵強，王數十島，水界數千里」的陀汗國主娶為「上婦」，而那狠心的後母卻被飛石砸死。這個美麗動人的童話故事，並非簡單的、淺層的鼓吹懲惡揚善、因果報應，而是深入到人類靈魂深處的一種嚴肅的心靈拷問。它歌頌的是善良的人性，譴責的是人類社會某些人身上的兇殘的非人性一面。這種人道主義的深層內核，正是《葉限》這類「灰姑娘」故事得以在民間長期而廣泛流傳的根本原因。

《田螺姑娘》的故事最早見於陶淵明的《搜神後記》卷五，篇名叫做《白衣素女》，也是文人記載的一個民間故事。該故事的男主人公名叫謝端，他「夜臥早起，躬耕力作，不捨晝夜」，是一個勤勞的年輕人。後來，他在路上撿一大螺，拿回家放在甕中。此後，奇蹟發生了。「端每早至野，還，見其戶中有飯飲湯火，如有人為者。」謝端以為是鄰人幫忙，再三感謝。鄰人卻笑他自己娶了老婆，藏在家中做飯，卻反而來感謝別人。謝端半信半疑，為了弄清事實真相，他於勞動中途潛回家，果然見一女子在家中為自己燒茶弄飯。原來這個女子乃是「天漢中白衣素女」，因天帝哀憐謝端孤苦貧窮而又恭慎自守，故而派這位藏身於大螺中的白衣素女來為他燒茶弄飯，並讓他十年之中發家致富、娶妻生子。只可惜被謝端莽撞地撞破了此事，白衣素女已現原形，不得不回到天上去。所幸白衣素女留下了螺殼，「以貯米穀，常可不乏」。這則美麗的童話故事又經過長時間的流傳和許多人的加工以後，男主人公變成一個打柴度日的沒爹沒娘的名叫王小的窮孩子，白衣素女自然也就乾脆變成為田螺姑娘，並且，她也沒有飛到天上，而是做了王小的妻子。更為有趣的是，在故事的後半，加進了一大段田螺姑娘斗大官兒的情節，具有「輕喜劇」特色，並且大有喧賓奪主之勢，幾乎使後半段成為故事的主體和人們注目的焦點。但無論如何，表揚善良、勤勞，抨擊兇惡、歹毒的主題卻是貫串始終的。

上述這些著名的童話故事，幾乎每一個都是一種「母題」，或者說，成為一種類型。如「灰姑娘」類型、「兄弟矛盾」類型、「田螺姑娘」類型、「葫蘆兄弟」類型等等。每一種類型之中，又包含了許多情節相近而人名、地名、時代各不相同的故事。這正是民間故事中童話一類作品的一個顯著特點。

（二）寓言

提到寓言，人們馬上會想到《莊子》《孟子》《列子》《韓非子》《戰國策》《呂氏春秋》等先秦散文中的寓言。我們這裡所說的寓言，雖然不能完全等同於那些書籍中的寓言，但二者之間卻有不可分割的內在聯繫。簡言之，二者之間是一種雙向轉化的關係。哲學家、思想家、歷史學家們將人民大眾在社會實踐中知識、經驗、智慧的光閃和在日常生活中所形成的幽默、調侃、諷刺的趣味結合在一起，形成很多寓意深刻的片段，並將它們寫入各自的論著中間，用以說明或闡發自己想要解決的問題。於是，他們取得了極大的成功。他們所要闡明的一些枯燥的形而上的理論，借助於那些生動的故事得到了很好的表達。與此同時，這些生動的被稱之為「寓言」的故事，又形成一種以現實生活提煉而成的有意味的「緊縮」形式，給後人以無限的啟迪。後人正是在這一基礎上，進一步創造了更多的能說明生活中哲理的、生動活潑的、富於理性色彩的民間寓言故事。

民間寓言故事的內容是十分廣泛的，它反映了人民大眾對生活方方面面的深刻探詢。

首先，這裡有生活經驗的總結。如「南轅北轍」告訴人們，如果方向不對，條件越好就離追求的目標越遠。如「邯鄲學步」告訴人們，幹任何事都要實事求是，根據自身的條件創造自身的特色，而不要搞盲目的崇拜。此類作品還有「弈秋誨弈」、「渾沌之死」、「醜婦效顰」、「井底之蛙」、「諱疾忌醫」、「三人成虎」、「買櫝還珠」、「唇亡齒寒」、「愚公移山」、「紀昌學射」、「扁鵲投石」、「曾參殺人」、「畫蛇添足」、「鷸蚌相爭」等等。

其次，這裡還有對思維方式的探究。如「刻舟求劍」說明要用發展的眼光看問題，而不能用靜止、機械、孤立地看問題。如「鄭人買履」則告訴人們要根據情況的變化而變動自己的思維和行動，對那種機械唯物主義者進行了嚴厲的批判。此類作品還有「揠苗助長」、「庖丁解牛」、「自相矛盾」、「守株待兔」、「亡鈇者」、「杞人憂天」、「歧路亡羊」、「楊布打狗」「杯弓蛇影」等等。

在民間寓言故事中還有一類是對種種不良的社會現象和不道德的思想行為進行嘲弄和諷刺的作品。如諷刺死要面子活受罪的偽君子的「齊人有一妻一妾」，如譴責忘恩負義之徒的「中山狼」，如嘲弄那種不學無術而又企圖投機取巧者的「濫竽充數」，如批判那種欺軟怕硬到處招搖撞騙的小人的「狐假虎威」。諸如此類的作品，還有「偷雞的人」、「五十步笑百步」、「枯魚之肆」、「宣王好射」、「朝三暮四」等等。

（三）笑話

笑話就是好笑的故事，我們這裡所說的笑話主要指民間笑話，它又被稱之為滑稽故事或民間趣事。民間笑話最大的特點就是對某些人和事透過現象揭示其實質。如莊嚴背後的滑稽、崇高掩蓋的卑下、貌似聰明而實際愚蠢、假裝清高而其實貪婪……。總之，民間笑話像一枝枝鋒利的寶劍，刺破人世間的種種虛偽，而將忠誠交還善良的人們。它所用的武器是唯一的，但也是永恆的，那就是「笑」，令一部分人開懷的大笑和令另一部分人心悸的冷笑。

民間笑話自古有之，一些有眼光、有勇氣的文人還搜集了大量笑話並結集出版。如魏．邯鄲淳撰《笑林》、傳為隋．侯白撰《啟顏錄》、宋．無名氏撰《籍川笑林》、傳為宋．陳元靚撰《事林廣記》、傳為宋．蘇軾撰《艾子雜說》、明．陸灼撰《艾子後語》、明．劉元卿撰《應諧錄》、明．浮白主人輯《笑林》、明．浮白齋主人撰《雅謔》、明．張夷令《迂仙別記》、明．郁履行輯《謔浪》、明・樂天大笑生纂集《解慍編》、明・王世貞編《調謔篇》、明・潘遊龍撰《笑禪錄》、明・江盈科撰《雪濤諧史》《雪濤小說》、明・趙南星撰《笑贊》、明・馮夢龍輯《笑府》《廣笑府》、明・馮夢龍撰《古今譚概》、明・郭子章輯《諧語》、明・醉月子輯《精選雅笑》、明・陳眉公輯《時興笑話》、明・姚旅撰《露書》、明・無名氏撰《時尚笑談》、明・無名氏撰《華筵趣樂談笑酒令》、清・獨逸窩退士輯《笑笑錄》、清・遊戲主人輯《笑林廣記》、清・程世爵撰《笑林廣記》、清・小石道人輯《嘻談初錄》《嘻談續錄》、清・陳皋謨撰《笑倒》、清・鐵舟寄庸撰《笑典》、清・石成金撰《笑得好》等等。還有一些流傳於少數民族的笑話，如維吾爾族的《阿凡提故事》、藏族的《阿古登巴故事》、蒙古族的《巴拉根倉故事》等，更是在幽默諷刺的同時充滿了各民族不同的情調和風味。下面，我們就對這些精彩的笑話分門別類作一點簡單的介紹。

首先，民間笑話中最多也最具戰鬥性的是那些對形形色色的貪官、庸官、糊塗官的諷刺與譴責的作品。

如《嘻談續錄・五大天地》:「一官好酒怠政，貪財酷民，百姓怨恨。臨卻篆（卸任），公送德政碑，上書『五大天地』。官曰:『此四字是何用意？令人不解。』眾紳民齊聲答曰:『官一到任時，金天銀地；官在內署時，花天酒地；坐堂聽斷時，昏天黑地；百姓含冤的，是恨天怨地；如今交卸了，謝天謝地！』」

再如《笑得好・剝地皮》:「一官甚貪，任滿歸家，見家屬中多一老叟，問此是何人，叟曰:『某縣土地也。』問因何到此，叟曰:『那地方上地皮都被你剝將來，教我如何不隨來？』」

還有《雅謔・呆縣丞》:「長洲縣丞馬信，山東人，一日乘舟謁上官，上官問曰:『船泊何處？』對曰:『船在河裏。』上官怒，叱之曰:『真草包。』信又應聲曰:『草包也在船裏。』」

諸如此類的作品，還有《諧語・蝗》、《嘻談續錄・糊塗蟲》、《笑得好・判棺材》、《笑得好・爛盤子》、《笑得好・有天沒日》、《笑林廣記・取金》（遊）、《事林廣記・家兄》、《雪濤諧史・假銀》、《古今譚概・偷鞋刺史》、《笑林廣記・有理》（遊）、《應諧錄・悅諛》、《笑笑錄・高帽子》、《古今譚概・取油客子金》、《嘻談續錄・黃鼠狼》、《嘻談續錄・堂屬問答》、《笑林・青盲》（浮）、《廣笑府・六千兵散》、《古今譚概・試荊》、《笑府・紅燭》、《嘻談初錄・像人不像人》、《嘻談續錄・官讀別字》、《廣笑府・貪墨》、《笑林・靶子》（浮）、《廣笑府・吏人立誓》、《廣笑府・直走橫行》、《古今譚概・張鷺鶿》、《笑得好・夫人屬牛》、《笑得好・偷鋤》、《解慍編・壞了一州》、《解慍編・衣食父母》、《解慍編・新官赴任問例》等等。

其次，還有一類作品，在民間笑話中占量也比較大，那就是對一些為富不仁的財主和貪得無厭的吝嗇鬼的諷刺與鞭撻。

如《廣笑府・秋蟬》：「主人待僕從甚薄，衣食常不周。僕聞秋蟬鳴，問主人曰：『此鳴者何物？』主人曰：『秋蟬。』僕曰：『蟬食何物？』主人曰：『吸風飲露耳。』僕曰：『蟬著衣否？』主人曰：『不用。』僕曰：『此蟬正好跟我主人。』」

再如《古今譚概・省夕餐》：「桐城方某性吝，其兄晚從鄉來，某欲省夕餐，託以遠出。兄草草就宿。忽黃鼠逐雞，某不覺出聲驅之，兄喚云：『弟乃在家乎？』某倉卒對曰：『不是我，是你家弟婦。』」

還有《廣笑府・死後不賒》：「一鄉人，極吝致富，病劇牽延不絕氣，哀告妻子曰：『我一生苦心貪吝，斷絕六親，今得富足，死後可剝皮與皮匠，割肉賣與屠，刮骨賣與漆店。』必欲妻子聽從，然後絕氣。既死半日，復蘇，囑妻子曰：『當今世情淺薄，切不可賒與他！』」

諸如此類的作品，還有《廣笑府・藕如船》、《嘻談續錄・死要錢》、《笑得好・討飯》、《笑倒・背客吃飯》、《笑得好・願換手指》、《廣笑府・七十三八十四》、《廣笑府・太尉傳神》、《笑林・中人》（浮）、《雅謔・換魚字》、《笑林廣記・田主見雞》（遊）、《笑林・豆腐》（浮）、《古今譚概・吝禍》、《嘻談續錄・富家傻子》、《笑得好・只管衣服》、《笑得好・四時不正》、《廣笑府・一錢莫救》、《精選雅笑・賞歷》、《笑得好・穿樹葉喝風》、《笑林・不請客》（浮）、《笑得好・莫砍虎皮》、《廣笑府・大眼》、《笑得好・喝風屙煙》、《笑得好・看寫緣簿》、《謔浪・錢眼裏坐》、《時興笑話・一毛不拔》、《解慍編・豆腐先生》、《解慍編・鐵心肝》等等。

其三，民間笑話作品中，對於現實生活中那些愚笨者或自以為聰明而實則愚笨至極者也進行了辛辣的嘲諷，其中還包括那些令人捧腹噴飯的白字先生。

如邯鄲淳《笑林・食竹》：「漢人有適吳，吳人設筍，問是何物，語曰：『竹也。』歸煮其床簀而不熟，乃謂其妻曰：『吳人轣轆，欺我如此！』」

再如《廣笑府．較歲》：「一人新育女，有以二歲兒來作媒者，其人怒曰：『我女一歲，渠兒二歲，若吾女十歲，渠兒二十歲矣，安得許此老婿？』妻聞之曰：『汝誤矣，吾女今年一歲，明年便與彼兒同庚，如何不許？』」

還有《精選雅笑．破網巾》：「一人網甚破，人見謂曰：『不像樣，何不修好戴之。』其人悻然對曰：『正是我費了錢，卻圖你儂好看！』」

還有《廣笑府．川字》：「一蒙師只識一『川』字，見弟子呈書，欲尋『川』字教之，連接數葉，無有也，忽見『三』字，乃指而罵曰：『我著處尋你不見，你到臥在這裡！』」

諸如此類的作品，還有《雅謔．呆子》、《笑府．倒拿借據》、《笑林廣記．七月兒》（遊）、《笑得好．我不見了》、《笑府．我忘了》、《笑林廣記．母豬肉》、《笑林廣記．魂作鬧》（程）、《笑得好．皇帝衣帽》、《笑贊．豈有此理》、《應諧錄．萬字》、《笑林．問令尊》（浮）、《笑林．樹葉隱身》（邯）、《啟顏錄．負麥飯》、《笑林．讀別字》（浮）、《笑贊．隱身草》、《雅謔．修屋漏》、《雅謔．矮坐頭》、《艾子雜說．冢宰奇畫》、《廣笑府．玉堆宮》、《廣笑府．須尋生計》、《雅謔．借衣》、《嘻談續錄．讀白字》、《廣笑府．下公文》、《艾子雜說．肉食者》、《廣笑府．樂山樂水》、《笑林．風水》（浮）、《笑贊．咬文嚼字》、《笑林．借牛》（浮）、《時尚笑談．看相》、《笑得好．瘡痛》、《古今譚概．罰人食肉》、《迂仙別記．病目》、《事林廣記．秦士好古》、《啟顏錄．買奴》、《啟顏錄．甕帽》、《笑得好．答令尊》、《笑倒．利市》、《廣笑府．賦詩》、《嘻談初錄．白字先生》、《笑林．執長竿入城門》、《華筵趣樂談笑酒令．嘲不識人》、《華筵趣樂談笑酒令．江心賊》、《笑倒．湊不起》、《笑倒．誤哭遭打》、《笑得好．拳頭好得狠》、《時興笑話．教書先生》、《解慍編．明年同歲》等等。

此外，還有一些作品，雖然諷刺的只是人們社會生活中的一些細小問題，而實際上是小題大做，借生活瑣事揭示做人的大道理，讀來能起到警醒世人的作用。

如《笑府．夢周公》：「一師晝寢，及醒，謬言曰：『我乃夢周公也。』明晝，其徒傚之，師以界方擊醒曰：『汝何得如此？』徒曰：『亦往見周公耳。』師曰：『周公何語？』答曰：『周公說：昨日並不曾會見尊師。』」

再如《廣笑府．性剛》：「有父子俱性剛不肯讓人者。一日，父留客飲，遣子入城市肉。子取肉回，將出城門，值一人對面而來，各不相讓，遂挺立良久。父尋至見之，謂子曰：『汝姑持肉回，陪客飯，待我與他對立在此。』」

還有《笑得好．兄弟合買靴》:「兄弟二人合買靴一雙，言過合穿。及買歸，其弟日日穿走，竟無兄分。兄心不甘，乃穿靴夜行，總不睡覺，不幾日靴破，弟謂兄曰:『再合買一雙新的！』兄愁眉曰:『不買了，還讓我夜間好睡睡覺罷。』」

再如《嘻談初錄．喜寫字》:「一人最喜與人寫字，而書法極壞。一日，有人手搖白紙扇一柄，伊欲為之寫字。其人乃長跪不起，喜寫字者曰：『不過扇子幾個字耳，何必下此大禮？』其人曰:『我不是求你寫，我是求你別寫。』」

諸如此類的作品，還有《古今譚概．易術》、《啟顏錄．餓蜜》、《笑林．蝦》(浮)、《笑得好．題呼》、《笑禪錄．盜》、《事林廣記．兄弟虛妄》、《笑得好．狗咬》、《時尚笑談．厚面皮》、《時尚笑談．嘲不及第》、《笑林．頌屁》(浮)、《笑林廣記．插草標》(程)、《笑得好．相法不准》、《雪濤小說．異想天開》、《艾子後語．認真》、《嘻談初錄．萬字信》、《笑得好．剪箭管》、《笑得好．醫駝背》、《笑林．合種田》(浮)、《廣笑府．易怒》、《廣笑府．游水》、《笑府．千手觀音》、《笑林廣記．懶婦》、《精選雅笑．換糞》、《笑得好．門上貼道人》等等。

笑話是人民大眾生活於痛苦環境中的一種心靈的安慰，也是對黑暗現實投過去的一把匕首；它是清涼劑，也是鎮定劑；它同時具有甜酸苦辣澀種種生活中的味道，它是生活的五味瓶；它也同時具有赤橙黃綠青藍紫種種顏色，它是生活的七彩花。笑話，以其短小精悍的篇幅，以其嬉笑怒罵的形式，以其意味深長的內涵，以其餘音嫋嫋的效果，永遠留在了人間。有人類，就會有笑話。

除上述幾類之外，民間故事中還有許多直接反映現實生活的作品，可稱之為生活故事或寫實故事。這類故事基本上沒有幻想性，而且表現出十分明顯的地域性和變動性特色。但有一個基本點是不會變的，而且全國各民族各地方都一樣，那就是勞動者最聰明，剝削者最愚蠢。故事的作者當然是人民大眾，這些作品的立足點也自然會永遠在人民大眾一邊。於是乎，故事所諷刺、譴責、批判的對象理所當然就是那些封建統治階級分子，那些壓迫者、剝削者，而故事所表彰、讚美、推崇的對象也理所當然是那些封建時代的被統治者，那些勞動者。不管是長工和地主的矛盾，或者是漁民與漁霸的衝突，不管是工人與老闆的糾葛，或者是百姓與官府的鬥爭，作者們的愛憎永遠都是分明的，作者們的態度也永遠是絕不含糊的。除了這一主導面之外，生活故事中還有一些反抗封建禮教的作品、描寫巧媳婦與傻女婿的作品、反映生產經驗的作品等等。其實，這些作品不過是上述基本點在另外一些方面的曲折表現而已。反抗封建禮教的作品，歸根到底是從思想領域對封建統治者發出控訴和譴責，乃至於宣戰。而描寫巧媳婦與傻女婿的作品則是對幾千年的男尊女卑的封建思想和人身等級制度的一種悖逆與反叛。至於反映生產經驗的作品，則從社會實踐的角度雄辯地證明了勞動者最聰明的基本觀點。總而言之，這些生活故事在基本點不會改變的前提下，將隨著時代的發展而發展，進一步體現它地域性和變動性的特色。與以上三類故事相比，生活故事更年輕、更有朝氣，同時，也更具輝煌的前景。

從「神話」到「笑話」，經歷了一個越來越大眾化、去神聖化、諧趣化的過程。（本文標題重擬）

（原載《通俗文娛體育論》，湖北教育出版社，2006 年 10 月出版）

「月老」的功過及其文學指向

「月老」是「月下老人」的簡稱，或稱「月下老」。他是中國古代傳說中掌管婚姻之神，在古代的通俗文學中出鏡率頗高。聊舉數例：

「月老姻書宿世緣。」（明・沈受先《三元記》第三十二出）

「豈不聞月下老之事乎？」（明・張四維《雙烈記》第十二出）

「月下老赤繩繫足。」（《醒世恒言・吳衙內鄰舟赴約》）

「月下老人已注定在那裡的了。」（《野叟曝言》第二十七回）

「月下老人配就的，非人力所為。」（《小五義》第一百一十七回）

「這乃是月下老人拴就的紅線。」（《三俠劍》第二回）

至於在古代戲曲小說作品中，以「月老」作為媒人的代名詞運用的例子，更是不勝枚舉。那麼，「月老」一詞典出何書呢？目前所知，乃是唐・李復言《續玄怪錄・定婚店》。該篇略謂：

> 杜陵韋固，少孤，思早娶婦，多歧求婚，必無成而罷。元和二年，將遊清河，旅次宋城南店。客有以前清河司馬潘昉女見議者。來日先明，期於店西龍興寺門。固以求之意切，旦往焉。斜月尚明，有老人倚布囊坐於階上，向月檢書。……老人笑曰：「此非世間書，君因何得見？」固曰：「非世間書，則何也？」曰：「幽冥之書。」……因問：「囊中何物？」曰：「赤繩子耳，以係夫婦之足。及其生則潛用相繫，雖仇敵之家，貴賤懸隔，天涯從宦，吳楚異鄉，此繩一系，終不可逭。君之腳已繫於彼矣，他求何益。」

這就是具有文學指向意味的「月下老人」「姻緣冥簿」「赤繩繫足」的故事。自此以後，在越來越多的戲曲小說作品中，月老出現的頻率越來越高。那麼，月老形象在完成「文學指向」的過程中，其表現如何？又對中國古代的芸芸眾生產生了哪些影響呢？讓我們從月老的「功過」說起。

在掌管人世間紅男綠女的婚姻過程中，「月老」是功過並存的。論其功，是讓很多對的有情人終成眷屬。例如：

> 在袖裏掏出一把紅頭繩兒，先在神瑛左足上繫一條，又拉住絳珠，不由分說在右足上也繫了一條。（《紅樓復夢》第三回）

> 就在胸前袋內取出一條鮮紅的繩子來，說：「你兩個各在腳下拴一頭。」兩個忙忙拜謝，緊緊拴在腳上，並肩立著。（《綺樓重夢》第一回）

像神瑛侍者與絳珠仙子、或曰賈寶玉和林黛玉這樣的「多情種子」，在《紅樓夢》中雖然都品嘗著愛情的苦果而抱恨終身，但在《紅樓復夢》《綺樓重夢》這樣的紅樓續書中，作者們是立志要讓他們享受今生來世的愛情幸福的。那麼，是誰幫助他們釀造這愛情的美酒呢？月老，那仁厚慈祥的月下老人。

但月下老人並非一味慈祥仁厚，有時候，他也可能充當情感劊子手的角色。那主要體現在亂點鴛鴦譜，將極其不合理的婚姻「指派」成功，使婚姻悲劇的男女主人公們叫天天不應，叫地地不靈。對於月老惡劣的一面，在中國古代小說中的反映應該說更多一些。聊舉數例：

> 老母說：「使者此來為何？」說：「方才蒙月下老人指引，說唐將竇一虎與薛金蓮有宿世姻緣，秦漢與刁月娥為夫婦。恐他二位美人不肯嫁醜漢，抗違天命。特往乾元山借得迷魂沙、變俏符兩件寶貝，特來見道友。撮合成親，完一宗公案。」（《說唐三傳》第三十九回）

明明知道美人不願意嫁給醜漢，居然用「迷魂沙」「變俏符」去矇騙別人，強扭婚姻。此月老劣行之一也。

> 入客舍，坐良久，柳歸內不出。呼之再三，始方出，曰：「我日為君物色佳偶，今始得之。適在內作小術，求月老繫赤繩耳。」（《聊齋誌異・柳生》）

本非天作地合的良緣，通過「小術」，其實就是買囑，月老居然也能開後門給人繫紅繩。此月老劣行之二也。

> 秋鴻道：「娘太尖靈，爺太呆，兩口兒合不著，常時各自睡，不在一處。」進忠道：「這樣一朵嬌花，怎麼錯配了對兒。」秋鴻道：

「古語不差：『駿馬每馱村漢走，嬌妻常伴拙夫眠。』月老偏是這樣的配合。」(《檮杌閒評》第十三回)

將「尖靈」的女子和癡呆的男人硬配在一起，這就是月老經常性的行為造成的一種普遍結果，月老之罪過大矣！

更有甚者，月老有時還為了一點小小的閒氣故意給人錯配姻緣，以示報復。有一部擬話本小說《二刻醒世恒言》，其中有一篇寫「自幼能攻書史，又生得面似芙蓉，身如楊柳」的女子薛阿麗卻嫁給「一字不識，有得幾貫臭錢」的赫連勃兀。於是這名女子死後去找月老扯皮，接下來，月老的解釋就有點兒令人啼笑皆非了：

是那日韓氏夫人因題了紅葉，得與那才人于祐成婚。成婚之後，二人在燈下雙雙謝媒，倒不謝我月下老，反題詩一首道：「一聯佳句隨流水，十載幽期愜素懷。今日得諧鸞鳳侶，方知紅葉是良媒。」為他這一首詩得罪於我，我怪了他，要將他轉世，繫與那赫連勃兀的，倒錯把你的姓名繫了去。(第二回)

其實，人們對於月老的劣行罪過早有認識，尤其是那些深受其害的癡男怨女，更是通過小說家、戲曲家筆下的墨花向月老及其後臺進行了強烈的指責與控訴：

「空成煙月招，錯配姻緣簿，月老天公，自古多差誤。」(明．孟稱舜《嬌紅記》第六齣)

「閒中追省，月老冬烘繫赤繩，姻緣怪惡誤留情。」(清．方成培《雷峰塔》第二十八齣)

「從來說好馬卻馱癡漢走，巧妻偏伴拙夫眠。……難道月老不是偏心的，姻緣簿就是鐵板刻的，不許各人一點方便！」(《續金瓶梅》第三十九回)

月老對自己所幹的壞事是不願意承認的，反而說那是前世注定，或者說是善惡到頭終有報。例如，宋代著名的「懷才不遇」「所嫁非人」的弱女子朱淑真，因為實在受不了天地賦予的不公平的婚姻待遇，多次向著蒼穹傾訴內心的苦衷。終於有一天，上天派「專員」亦即月老的同事氤氳大使料理了她不平的控訴，但這位「大使」又怎樣解釋他們的過失呢？

我細說與你聽，昔日西子傾覆吳王社稷，我嫌他生性狠毒，把他轉世為王昭君，吳王轉世為毛延壽，點壞了昭君貌容，使他有君

> 不遇，有寵難招，直罰他到漠北苦寒之地與胡虜為妻，死葬沙場，至今有青冢之恨。卓文君乃王母玉女，蟠桃會上拍手，驚了群仙，玉帝牒我繾綣司注他有再嫁之過。蔡文姬前世為妒婦，絕夫之嗣，上帝大怒，遂罰他初適衛仲道，被胡虜左賢王擄去十二年，又嫁屯田都尉董祀，一生失節，受流離顛沛之苦。潘貴妃、張貴妃、孔貴妃等俱以驕淫惑主，敗國亡家，罰他二十世俱為娼妓。……其他夫妻俱有姻緣報應，一一都載在這簿籍上，盡是前世之事，不止於今生也，我繾綣司斷不糊塗。（《西湖二集》第十六卷）

這真是徹頭徹尾的強盜邏輯！既然月老所代表的上天「這婚姻簿籍上就如算盤子一般，一邊除進，一邊除退，明明白白，開載無差」，「總是一報還一報之事，並無一毫差錯」，那麼，為什麼所處罰的都是女子？西施亡吳，沒有吳王的好色，她「亡」得了「吳」嗎？為什麼吳王不受懲罰，反而在來世變作毛延壽去懲罰西施變成的王昭君呢？還有，那麼多女子，僅僅因為一些莫名其妙的錯誤，就要被罰「失節」，就要「罰作妓女」。那麼，所有的男人（也包括男仙）難道從來沒有在宴會上「拍了拍手」嗎？難道對自己的女人與其他男人相好一點都不「妒」嗎？難道「敗國亡家」的罪責的十字架永遠都是歸「惑主」的女人背上而被「惑」的男人一點責任都沒有嗎？起碼可以反問一句：你為什麼要「被惑」呢？《西湖二集》這一篇的題目本身就是一句極端混帳的「混帳話」。什麼叫做「月下老錯配本屬前緣」？既然一切都是命中注定的，為什麼那麼巧，好事都被有權的男人占盡，厄運都由那些無助的女子承擔？月老固然可惡，這種幫助月老的劣行進行解釋甚或辯護的理論尤其可惡！

更為可怕的是，月老的「功」與「過」都會「發酵」。當「月老」的知名度日益高漲以後，甚至有人還盜用其名義去幹好事和壞事：

> 只見那婦人吐嬌嫡嫡音聲，笑向周璉道：「郎君不必疑慮，我上元夫人之次女，小字月娟，在此洞帶領眾侍女修持已久。今早氤氳大使和月下老人到我洞中，著我看鴛鴦簿籍，內注郎君與我冥數該合，永為夫婦，同登仙道。」（《綠野仙蹤》第八十七回）

原來此女乃是「一千五六百年一魚精」，「偷竊了上元夫人壽仙衣」因而神通廣大，「非等閒妖怪可比」。（第八十九回）就是這樣一位「色淫邪」的女子，居然打著「氤氳大使和月下老人」的旗號，去誘騙「良家男兒」以宣洩自己的私欲。如果認為這一個例子尚不能說明問題的話，不妨再看一例：

> 二十年後，冷於冰又化一絕色道侶，假名上界金仙，號為福壽真人，領氤氳使者和月下老人，口稱奉上帝敕旨，該有姻緣之分。照張果真人與韋夫人之列，永配夫婦。翠黛違旨，百說不從。(《綠野仙蹤》第九十七回)

就連冷於冰這樣的得道之士，也化身美男子，假借「氤氳使者和月下老人」的招牌去試探那求仙學道的聖潔女子。這樣一來，就弄得那些弱者上天無路，入地無門，不知哪是真、哪是假？甚至無所措手足。這樣一來，月老及其締造者們的目的可算真正達到了。他們愚弄了幾乎所有善良的人們，尤其是對美滿姻緣充滿幻想的善良的少男少女。

更為嚴重的問題是，在古代小說描寫的芸芸眾生中，相信月老謊言的佔了絕大多數，能夠提出質疑者實在是微乎其微。筆者閱讀的中國古代小說也不在少數了，質疑月老謊言的目前只看到一處：

> 且說秋谷聽了春樹問他的說話，嗤的笑了一聲道：「虧你平時還自命通人，怎麼迷信起稗官野史家的話來，連這點道理都分解不出，你想『月下老人』有什麼憑據，又有誰人見過？世界上的男女千千萬萬，婚姻配合，那裡捉摸得住？都要一個個注起冊來，這『月下老人』如何有這許多手腳？」(《九尾龜》第十六回)

章秋谷先生真是偉大的特異，他居然敢於質疑月老，包括月老的言論、行為，甚至月老本身的存在。而且他的質疑運用的乃是「歸謬法」，是呀，就算月老說的是真的，他真能決定天下所有男女的姻緣，但是，天下那麼多男男女女，他管得了嗎？可惜的是，更多的小說作者不僅相信月老的謊言和關於月老的謊言，甚至還幫助月老完善其謊言，甚至創造新的關於月老的謊言。如此一來，他們對月老的身份、級別、長相、能力乃至工作程序、辦事機構，甚至於月老的擴大化——「泛月老」進行了豐富多彩的描寫。

且讓我們一步一步看來。

> 只見福祿壽財喜五位星君，同著木公、老君、彭祖、張仙、月老、劉海蟾、和合二仙，也遠遠而來。(《鏡花緣》第一回)

這便是月老的在天庭的地位和身份，他是一個頗有名分的角色。再看民間傳說中他的長相：

> 正要回身，只見一個白髮老翁打從山凹內走出，手執竹杖，上

前問道：「你這兩個矮子，在此做什麼？」二人一看，見老翁童顏鶴髮，仙風道骨，知他不是凡人。（《說唐三傳》第三十九回）

時有苕溪戚柳堤名遵，善寫人物。倩繪一像，一手挽紅絲，一手攜杖懸姻緣簿，童顏鶴髮，奔馳於非煙非霧中。（《浮生六記》卷一）

可見，這位月下老人的尊容倒是很具親和力或者說就是迷惑性的。然而，他更具迷惑性的則是那一套「迷人」的工作程序。

薛姨媽道：「我的兒，你們女孩家那裡知道，自古道：『千里姻緣一線牽』。管姻緣的有一位月下老人，預先注定，暗裏只用一根紅絲把這兩個人的腳絆住，憑你兩家隔著海，隔著國，有世仇的，也終久有機會作了夫婦。」（《紅樓夢》第五十七回）

那鶴髮童顏的道：「吾乃月下老人，經歷了不知多少甲子。原居上界，職掌人間婚姻。但凡世間男女未曾配合之時，先用赤繩繫足，故而千里姻緣全憑一線。」（《風月夢》第一回）

真娘見老子，便問丫環道：「這個什麼人？」丫環道：「是月下老人。」又問：「他手中拿著甚麼書？」丫環道：「這是姻緣簿。」（《風流悟》第七回）

仙翁說：「你們立在此，待我取簿子來看。」二人應諾。仙翁取出簿子，放在三生石上開看，上寫著竇一虎該配薛金蓮，秦漢該配刁月娥，都是夙世姻媾。」（《說唐三傳》第三十九回）

原來，月老的工作程序主要有二：紅線繫足和查姻緣簿。可千萬不要小看這兩個步驟，只要中間的任何一步涉及你，你可是頓不開、解不脫、抹不掉、跑不了啦！不信請看古人的「說法」：

月下老人之赤繩，早為繫定兩足矣。不要說半年夫妻也要清償，就是片刻姻緣，終須完結。（《女仙外史》第二回）

就連「一夜情」的露水夫妻「也是前緣分定」，更不用說天長地久的「匹夫匹婦」了。也正因如此，人世間的癡男怨女往往對月老極端崇敬，涉及月老時，便多有阿諛奉承之辭。就連一些頗有「墨水」的文化人也未能免俗。請看文人在別人的洞房中寫下了什麼：

牆上卻掛了一副大紅對聯，上寫著：「願天下有情人，都成了眷屬；是前生注定事，莫錯過姻緣。」老殘卻認得是黃人瑞的筆跡，墨痕還沒有甚乾呢，因笑向人瑞道：「你真會淘氣！這是西湖上月老祠的對聯，被你偷得來的。」(《老殘遊記》第十七回)

是呀！這樣的對聯當然切當得很，可惜是從月老祠「克隆」過來的。說到這裡，我們就順勢來巡視一下月老的工作場地吧！首先，當然是「月老祠」。

到了明日，警幻道人即命童子送挹香至月老祠。挹香無奈，只得拜別師長，隨童子駕雲而往。(《青樓夢》第六十一回)

「月老祠」的另一個名字、或者說竟是月老祠的「分舵」罷，居然叫做「撤合山」。又管「合」、又管「撤」，相當於今天的婚姻辦事處，既打結婚證，又扯離婚證。當然，坐鎮其中的還是那位月下老人，他手上拈著的仍然是他的獨門兵器——紅線綠線。

見神像巍峨，匾上有「撤合山」三個金大字。走至後宮，有一個老人在月明下拈著幾條紅綠線，不知結什麼東西。(《載陽堂意外緣》第一回)

在有的小說作品中，還給月老祠設置了一個專給「資深美人」退休後居住的別墅——「留綺居」，而且，在這裡主持工作的月老居然還是位聞名遐邇的「勞動模範」——吳剛。至於他的兵器嘛，卻不那麼「獨門」，而是相當齊全：

童子道：「此乃清虛中院，院主即月下老人吳剛。凡世間姻緣一切，俱是院主執掌的，即世間佳人麗質，一旦塵緣謝絕後，俱在此處居住，故又名曰『留綺居』。……」挹香大喜，即偕之行，見洞門雙啟，異境別呈。其中瑤草奇花，紛靡不盡，正中一殿，極盡崔巍。殿中列一仙斧，蓋世俗相傳斧柯之謂，又有三生石、赤繩等羅列其中。(《青樓夢》第三回)

更為有趣的是，月老還非常重視接班人的培養。我們頂尖的小說家曹雪芹因此還創造了哀豔而淒美的「後月老」——警幻仙姑，專管人間的愛情婚姻悲劇。當然，這位「新生代」的月老就不可能與資深月老合署辦公了。她有專門的辦公大樓，裏面的寫字間可多啦！

惟見有幾處寫的是：「癡情司」、「結怨司」、「朝啼司」、「夜怨司」、「春感司」、「秋悲司」。……抬頭看這司的匾上，乃是「薄命司」三字，兩邊對聯寫的是：春恨秋悲皆自惹，花容月貌為誰妍。(《紅樓夢》第五回)

然而，《紅樓夢》所代表的畢竟是中國古典現實主義的終結，曹雪芹無論如何也想像不到在「警幻仙姑」以後，環繞在月老身邊還會發生令人瞠目結舌的怪事。先看清代的事實：「鄉之要津，有月老祠。至靈感，闔鄉從違，皆取決焉。……月老祠左為錢神祠，神通廣大，月老甘拜下風。倘緣薄緣慳，赤繩吝尼，啟請錢神，豬渠默祐，月老自迴心轉意，溫柔鄉亦可朝夕恣志。故心乎溫柔鄉者，必先禱錢神，後謁月老。」（梁國正《溫柔鄉記》）

這是多麼令人傷心的事實！平心而論，月老本身還算得上是一位好壞參半的人物，但是，他一沾上錢神的邊，哪怕是與錢神做了鄰居，就成百上千倍地令人感到可惡！

然而，清代的沾滿錢神氣味的月老如果活到今天，也會被他的後裔氣得個「發昏章第十一」。在當今的某些有「婚託」的婚介所面前，沾錢神氣的月老只是見大巫的小巫。更何況還有更大的「巫」，他們用來「繫」婚姻雙方的不是「紅繩」，而是鐵鎖鏈。還有更大更大的「巫」，立志要將自己的女兒裝在「大房子」裏，套在「大鑽戒」裏，塞進「大寶馬」裏，寫進「大金卡」裏……。

只要有這些，還要什麼「月老」？

月老的文學指向至此戛然而止。因為它已經「非文學」或曰「去文學」了。

（原載《古典文學知識》2012 年第五期）

「牆」與牆兩邊的男男女女
——略論中國古代小說戲曲愛情描寫中的「牆」意象

有房子就有牆，沒有牆的房子不是房子，而是亭子。有院子也有牆，沒有牆的院子不是院子，那是場子。對於房子和院子而言，「牆」的功能是很多的，擋風、遮日、防賊、隔音、避免窺視、謝絕參觀、禁止禽獸進入、懼怕家醜外揚，如此等等，很多很多。其中，有一點最為青年男女所惱火的就是：遮斷了他們的慾火，剪斷了他們的情絲。

於是，關於「牆」的故事就在牆兩邊的男男女女之中成為「難免」。

一

上述問題，在中國最古老的詩歌中就有所反映：「將仲子兮，無逾我牆，無折我樹桑。豈敢愛之？畏我諸兄。仲可懷也，諸兄之言，亦可畏也。」（《詩・鄭風・將仲子》）

一個女孩子對一個男孩子說，你不要翻牆到我家來找我！這話的內在含意可能有二：一是這男孩子曾經翻過牆來找她，二是別的男孩子曾經翻過別的牆找過別的女孩子。前者是一種又盼又怕的複雜情感，後者則差不多就是一種心理暗示。但無論如何，這種情感都是真摯的、熱烈的、充滿情味的，一句話，是正常人的正常情感。

然而，這種正常人的正常情感在正人君子面前卻不能通過。在他們看來，那種私自婚戀的行為是非常非常可恥的。亞聖孟子就有這麼一段流傳千古著名論斷：

> 曰：「丈夫生而願為之有室，女子生而願為之有家。父母之心，人皆有之。不待父母之命、媒妁之言，鑽穴隙相窺，踰牆相從，則父母國人皆賤之。」（《孟子·滕文公下》）

這段話的意思是說，男女之間的那點事，雖然是「人」都免不了，但必須「正式」，否則，只是將兩個人之間的事停留在兩個人之間，那就是不合情理的錯誤行為。如果進而採取非常方式——鑽隙相窺、踰牆相從的話，那就不僅僅是錯誤，而成為可恥。

在我們中國，既然有了這種「正式」的標準，久而久之，人們自然就會以此來衡量所有男女之間那點事的正經和不正經。凡正式的都是正經的，凡不正式的就有不正經的嫌疑。

我們不妨先來看一個極其正經的例子：「東家之子，增之一分則太長，減之一分則太短；著粉則太白，施朱則太赤；眉如翠羽，肌如白雪，腰如束素，齒如含貝；嫣然一笑，惑陽城、迷下蔡。然此女登牆窺臣三年，至今未許也。」（宋玉《登徒子好色賦》）

戰國時代的宋玉先生真正是拒腐蝕永不沾，頂得住強大到極點的色情進攻，而且是一千多個日日夜夜的持久戰。與之相反的則是後來晉代的韓壽，那可是宋玉賦中所批判的「登徒子」。且看：

> 韓壽美姿容，賈充闢以為掾。充每聚會，賈女於青瑣中看見壽，說之，恒懷存想，發於吟詠。後婢往壽家，具述如此，並言女光麗。壽聞之心動，遂請婢潛修音問。及期往宿。壽蹺捷絕人，逾牆而入，家中莫知。（《世說新語·惑溺》）

其實，宋玉和韓壽這兩個人的表現如何並不重要，我們這裡更為看重的是，他們的假正經和真不正經都與「牆」有關係！

那是一堵具有愛情的傳媒體和絕緣體雙重作用的「牆」！

到了唐代，「牆」與牆兩邊的男男女女的故事就更在傳奇和非傳奇的小說作品中轟轟烈烈、如火如荼地展開了。

《廣異記·王乙》篇寫一位女子為了接近如意郎君，居然「逾垣而來」，甚至「牆角下有鐵爬，爬齒刺腳，貫徹心痛，痛不可忍」也在所不惜。

《鶯鶯傳》中寫張生跳牆：「崔之東有杏花一株，攀援可踰。既望之夕，張因梯其樹而踰焉，達於西廂，則戶半開矣。」

《集異記・宮山僧》則寫一女子翻牆隨心上人私奔：「有頃，忽院中牆般過兩廂衣物之類，黑衣取之，束縛負擔。續有一女子攀牆而出，黑衣挈之而去。」

《乾䉵子・華州參軍》甚至寫千金小姐帶著丫鬟翻牆而過直奔相好所在：「崔氏又使輕紅與柳生為期，兼賚看圃豎，令積糞堆與宅垣齊。崔氏女遂與輕紅躡之，同詣柳生。」

《北里志・張住住》寫張住住與心上人龐佛奴在鄰居宋嫗的幫助下終諧連理：「住住乃鍵其門，伺於東牆，聞佛奴語聲，遂梯而過。佛奴盛備酒饌，亦延宋嫗，因為謾寢，所以遂平生。」

《三水小牘・步飛煙》中又有這樣的描寫：「既曛黑，象乃乘梯而登，飛煙已令重榻於下。既下，見煙靚妝盛服，立於庭前。」

《通幽記・崔咸》還記載了一個恐怖而溫馨的故事：博陵崔咸家居，「夜雷雨後，忽有一女子，年十六七，踰垣而入。擁之入室，問其所從來，而終無言。咸疑其遁者，乃深藏之。將旦而斃，咸驚懼，未敢發。」後來問清楚了，原來是別人家「亡來三日」的「小娘子」，「昨夜方殮，被雷震，屍起出，忽不知所向」，然後翻牆與崔生兩情相悅的。

這些唐代小說中關於「牆」的故事，雖然大都比較簡明，但卻為後代牆兩邊的男男女女故事留下了各種獨具特色的「模型範式」。如：除了男子跳牆之外，女子也能跳牆；牆外的美女極有可能是女鬼女妖之類；跳牆以前先有詩詞唱和或由他人遞柬傳書；男子牆外接應，女子連人帶物一起翻牆私奔；大膽的女子將糞土堆得與牆垣一樣高，並率領丫鬟一起出走；平康女子竟然順著梯子爬過牆頭與初戀情人相會；……如此等等，不一而足。

與此同時，唐詩中也出現了這方面的吟詠。最有名的便是白居易的《井底引銀瓶》，其中直接寫「牆」兩邊青年男女的句子更是流傳千古：「妾弄青梅憑短牆，君騎白馬傍垂楊。牆頭馬上遙相顧，一見知君即斷腸。」

在宋詞、元曲以及宋元以來的通俗講唱文學中，這方面的例子就更多了。

首先是普救寺「西廂」的那堵牆，實乃當時「顯唱」。宋代秦觀、毛滂各為鶯鶯故事寫了「調笑轉踏」，這是一種用一首七言八句的引詩和一首《調笑令》來歌詠一個故事的舞曲。秦作有這樣的句子：「張生一見春情重，明月拂牆花影動。夜半紅娘擁抱來，脈脈驚魂若春夢。春夢，神仙洞。冉冉拂牆花樹動。」毛作則有如此表達：「西廂月冷蒙花霧，落霞零亂牆東樹。此夜靈犀已暗通，玉環寄恨人何處？何處？長安路。不記牆東花拂樹。」

而在金人一代之文學的「諸宮調」中，崔張故事依然是「顯唱」，且「牆」也是最動人的字眼。不妨欣賞一個片斷：

《黃鐘・黃鶯兒》：君瑞，君瑞！牆東里一跳，在牆西里撲地。聽一人高叫道：「兀誰？」生曰：「天生會在這裡！」聞語紅娘道：踏實了地，兼能把戲，你還待要跳龍門，不到得恁的！」（《西廂記諸宮調》卷四）

「西廂」以外，「牆」邊愛戀的謳歌也是此起彼伏，不絕如縷。我們不妨略錄數句：

「牆頭馬上初相見，不準擬、恁多情。」（柳永《少年遊》其三）

「馬上牆頭，縱教瞥見，也難相認。」（晁端禮《水龍吟》）

「疑是昔年窺宋玉，東鄰。只露牆頭一半身。」（秦觀《南鄉子》）

「月痕依約到西廂，曾羨花枝拂短牆。」（賀鑄《吹柳絮》）

「半藏密葉牆頭女，勾引酡顏馬上郎。」（趙長卿《鷓鴣天》）

「馬上牆頭瞥見他，眼角眉尖拖逗咱。」（姚燧《越調・憑欄人》）

然而，這些詩詞曲的吟唱畢竟有很大的侷限。其一，故事的類型比較單一，無非是隔牆的吟詠、偷覷，最多也就是擲個果子、香囊之類。其二，傳播的途徑比較單一，無非是寫給同儕看看、說說、笑笑，最多也就是讓歌妓們唱唱而已。這種牆兩邊男男女女故事的劃時代前進尚有待於找到了更為廣闊的天地——劇場與書場，有待於以劇場與書場的結晶——劇本與小說作為它們的傳媒或載體。

戲劇文學的優勢是它在演出時具有直觀性的動作表演，而小說作品的優勢則在於它以通俗的形式在各種文化層次的人群中都能得到廣泛的傳播。這樣一來，較之於詩詞歌賦而言，戲劇小說中關於「牆」的故事傳播力度和社會影響就自然而然地後來居上了。不信請往下看：

至期，浩入苑待至。不久，有紅裀覆牆，乃李蹃而來也。（《青瑣高議別集》卷之四《張浩》）

至期，果有竹梯在牆外，遂登牆緣樹而下。女延入室，登閣，極其繾綣。（《綠窗紀事・張羅良緣》）

（末云）「待月西廂下」，著我月上來；「迎風戶半開」，他開門待我；「隔牆花影動，疑是玉人來」，著我跳過牆來。（《西廂記》第

三本第二折）

（生上，云）早間梅香來約，海棠亭上與小姐相會。夜色深了，我掩上書房門好去也。早來到牆邊，躍而過去，潛身在這海棠亭下者。（《東牆記》第三折）

（裴舍引張千上，云）張千，休大驚小怪的，你只在牆外等著。（做跳牆見科，云）梅香，我來了也。（梅香云）我說去。小姐，姐夫來了也。你兩個說話，我門首看著。」（第二折）

（正旦云）不是太守家的花園，可是王同知家的花園。王同知有個女孩兒，為他要看那花，自家蓋了這所花園。到的是春間天道，萬花開綻，牆裏一個佳人，牆外一個秀才，和那小姐四目相覷，各有春心之意，不能結為夫婦。那小姐到的家中，一臥不起，害相思病死了。（張壽卿《紅梨花》第三折）

以上宋元小說和元人雜劇中的牆兩邊的男男女女故事有四種類型:「好事多磨」型,「隔牆吟詠」型,「牆頭馬上」型,「怨氣難消」型。最後一種屬於失敗型，前面三種屬於成功型。而在前面三種中,「牆頭馬上」又屬於快速成功型，其他兩種稍緩，則又是因為它們有著各自的跌宕或纏綿。

二

元雜劇以後，在明清小說中，關於牆兩邊男男女女故事的類型就更加豐富多彩了，甚至「豐富多彩」到難以劃分類型的地步。因此，恕筆者只好採取夾敘夾議的方式。

兩個約定暗號兒，但子虛不在家，這邊就使丫鬟在牆頭上，暗暗以咳嗽為號，或先丟塊瓦兒，見這邊無人，方才上牆。這邊，西門慶便用梯凳扒過牆來，兩個隔牆酬和，竊玉偷香，不由大門行走，街坊鄰舍怎的曉得？（《金瓶梅》第十三回）

西門慶跳牆與李瓶兒相會，就男方而言是漁色貪花，就女方而言是紅杏出牆，雙方均是以性慾滿足為目的，沒有多少高雅動情之處。這從李瓶兒事後對西門慶的自白可以找到答案，毋庸細敘。值得注意的是，這裡所描寫的二人接頭暗號可真正夠得上豐富多彩，假裝叫貓、暗暗咳嗽、丟塊瓦兒……，所有這些，再加上「用梯凳扒過牆來」的運作方式，全都可以垂範百代，成為牆頭偷情的經典。

> 到了第五日夜間，將次更深，正欲息燈脫衣而睡，猛聽得窗外扣得聲響，黎賽玉輕輕推開看時，卻原來是這鍾守淨立在梯子上，靠著樓窗檻，檻下是半堵土牆，故用梯子擱上窗檻，方可跳入。鍾守淨用指彈得窗兒響，一見賽玉開窗，便爬入窗裏來，兩個歡天喜地，摟抱做一塊。（《禪真逸史》第八回）

這位鍾守淨道長，其實也是西門大官人的徒弟，尤其是用梯子翻牆和敲窗子聯絡這兩點，較之西門慶，在模仿的基礎之上大有創新。因為道長確實也有為難之處，誰叫他的「嬋娟」高高在上呢？相比較而言，下面這一對才子佳人由心有靈犀到通力合作的過程卻較之鍾道長們那種浪子淫娃要高雅得多，同時，也有情趣得多：「翠翹道：『妾治一樽，欲與郎君作竟日談。恨牆高人隔，咫尺一天，如之奈何？』金生大喜道：『芳卿有此美意，何不踰牆而過？書室無人，盡堪浹洽。』翠翹道：『不可，彼此只有一梯，立足攀援，萬一有失，奈何？我聞此園本是一家，後以假山隔絕，分為二宅。我想幽僻疏略處，定有相通之隙，我與郎君入洞中細察一番，或可穿鑿，強似越險多多矣。』金生道：『言之有理，我們就下去尋。』尋到一處，微有小孔，透些亮光，彼此看得見。只有碎石幾塊，疊斷下露。二人因大喜道：『藍橋不遠矣。』金生因取個鐵如意，在亮處著實一連幾勾，浮泥鬆動，淅瀝下響，連草連泥脫將下來。早露出一個大缺來，可以屈身而過。」（《金雲翹傳》第三回）

王翠翹與金千里之間的穿隙踰牆，在本文所舉的所有例子中間是最為純潔的。他們以金鳳釵為媒，相識、相知並相戀於牆頭。最後，雖然有穿隙踰牆的舉動，但較之西門慶們大為文雅。更為不同的是，他們見面以後，只是把酒吟詩、促膝談心，並無男女之間的苟且。本來，男女相處有很多很多的層次，但說到底，最大的卻只有「水深火熱」的兩層——慾火的燃燒和情感的奔流。當然，在更多的時候，情與欲往往是混雜在一起的。但若要細分，卻也有一個誰占主導地位的問題。就如金生和翠翹，那應該是以情感為主導的愛悅，而非肌膚相親之濫淫。惟其如此，我們才能感覺到他們的可貴。當然，這種可貴又是以那些更多的不太可貴作為參照的。下面一例，就是那種肌膚相親之濫淫的代表。

> 玉卿伏在河崖柳樹下，聽那琵琶聲，知道銀瓶在閣子上等他。走到園邊，有個短牆兒，跳過來，悄悄到閣子上，見銀瓶還沒睡哩，上得胡梯，就咳嗽了一聲。銀瓶知道，忙把燈吹滅了。上得樓來，

> 二人同心密約，再沒別話，把銀瓶抱起。……等到黃昏，捱到二更時候，換了黑衣裳，踅到河邊，在李師師後園牆下，伏在柳樹影裏。只聽見櫻桃在牆上露出臉來喚貓哩！當初李瓶兒接引西門慶成奸，原是喚貓為號，今日又犯了前病。（《續金瓶梅》第二十五回）

丁耀亢的《續金瓶梅》是一部因果報應思想特重的作品，在這裡，作者將鄭玉卿與銀瓶的偷情，寫作一種宿世的報仇雪恨，故而特別用貓兒來點醒讀者。我們在前面引用過《金瓶梅》中西門慶與李瓶兒爬牆通姦時往往以叫貓作幌子，這裡鄭玉卿和銀瓶偷情同樣也以「喚貓」為重要關節。這就是報應，桃色的報復。要想讀懂這一點，還必須明白作者為我們設置的一連串的《金瓶梅》中人物向著《續金瓶梅》的「投胎轉世」。原來：鄭玉卿乃花子虛投胎，袁銀瓶乃李瓶兒轉世。最終，鄭玉卿將袁銀瓶騙奸之、騙逃之、騙賣之，實行了徹底乾淨而又惡毒殘忍的隔世之報。但無論如何，將一個溫情脈脈的偷情故事寫成了冰涼生硬的因果報應，應該說是作者在藝術上的失敗。

丁耀亢的不可原諒的錯誤在於，他在描寫牆兩邊男男女女的故事的時候，居然一再失敗。更有甚者，他還絕不在同一個地方兩次摔跤，在進行藝術創作失敗的試驗的時候，他居然善於換一個角度。請看下面的故事：「誰想這嚴秀才住的書房，俱是亂後破爛草房，又沒煙火薰著，上漏下濕，到了二更時候，聽得忽刺一聲，好似天崩地塌一般，把那堵破牆從根下直倒在地，恰好與金桂姐臥房倒通了。桂姐忙起來穿衣不迭，那時天熱，只穿得個紅紗抹胸兒，連一條中衣也找不見，白光光的赤著身子，正然害怕，只見嚴秀才在房中間裏看書，還點著燈哩，正忙不迭把燈盞拿起來，照著收拾被窩。這桂姐黑影裏看得分明，不覺淫心忽動，想起白日間折花遇著他，幾番勾搭再不上手，今半夜無人，姻緣湊在這裡。趁著他燈影半暗不明，往那秀才屋裏直走到床前，道：『哥哥救我則個！』嚴秀才見一女子忽然走到面前，光著雪白的身子，嚇了一跳，道：『你因何這樣來？甚麼道理！』一面說著，這金桂姐早鑽入秀才的床上帳子裏去了。嚴秀才見他如此，慌忙把燈放在桌上，一直走出屋來。外邊大雨如注，那裡站得下？看了看韋馱殿裏琉璃燈還點著，忙忙走入韋馱殿來，以避這夜半男女之嫌。」（《續金瓶梅》第三十三回）

嚴秀才真是聖人。但是如果按照封建時代聖人之間相互約束和勉勵的故事來衡量，他還算不得百分之一百的聖人。古代有兩個抗拒女色誘惑的典型：柳下惠和魯男子。《詩・小雅・巷伯》：「哆兮侈兮，成是南箕。」毛傳：「魯人有男子獨處於室，鄰之嫠婦又獨處於室。夜，暴風雨至而室壞，婦人趨而託之，男子閉戶而不納。婦人自牖與之言曰：『子何為不納我乎？』男子曰：『吾聞之也，男子不六十不間居。今子幼，吾亦幼，不可以納子！』婦人曰：『子何不若柳下惠然？嫗不逮門之女，國人不稱其亂。』男子曰：『柳下惠固可，吾固不可。吾將以吾不可，學柳下惠之可。』」這一段故事的背景與嚴秀才的遭遇極其相似：暴風雨使房子倒塌，女子上門向男子求愛，男子拒絕。但魯男子稍稍幸運的是，阻隔男女雙方之間的那堵牆並沒有倒，倒的只是房子外的院牆，所以他能閉門不納。而嚴秀才卻是由於暴風雨的力量，使他與女子打了「通關」——兩間房變成了一間房，故而他不具備閉門不納的條件，只好自己逃避出去。但是，嚴秀才如果具有柳下惠的「定力」的話，那是不需要逃避的。那麼，柳下惠的表現如何呢？且看：「柳下惠與後門者同衣而不見疑。」（《荀子・大略》）荀子的這句話只說了個「大略」，語意不太明確。幸而後人對此加以詮釋：「夫柳下惠夜宿郭門，有女子來同宿，恐其凍死，坐之於懷至曉不為亂。」（陶宗儀《南村輟耕錄》卷四《不亂附妾》）結合荀子和陶宗儀的說法，可見柳下惠是真正的男子漢。當一名女子碰到極大的困難的時候，他並不是為了自己的名聲採取逃避或放棄的方式，而是直面美色，讓女子坐其懷、與女子同其衣而不涉於淫亂。這在古人看來，是真正的道德高尚者，因為他做到了「仁者愛人」同時又抗拒誘惑。

然而，當我們看過嚴秀才、魯男子、柳下惠的故事以後，一種乏味的感覺油然而生。將牆兩邊男男女女的故事講到了抗拒女色的地步，作者和讀者幾乎同時成為了冬烘夫子，性愛在這裡已然失去青春的魅力。而沒有了健康的性愛青春魅力的民族和國度，其實已經老大不邁、日薄西山了。所以我說，這種描寫，這種對嚴秀才正人君子的描寫，其實正是丁耀亢又一次藝術創造的失敗！

好了，不講這些乏味的話題了，我們還是回到牆兩邊男男女女的語境中來，再看又一種書寫模式——丫鬟的重大作用：「生不禁低聲呼道：『愛月姐姐，為何在此覷甚？我往曲徑中等汝多時，因甚不見蹤跡？』愛月只將不便開門之故說了一遍。生道：『姐姐既不便於開門，因何到此？』愛月又道：『只為黃郎，只得逾牆到此。』……書畢，便將此字付與愛月，只得擲下樓來。又囑道：『此書煩愛月姐姐遞與雲娥小姐，千萬勿誤。』愛月雙手捧著，乃宛轉

辭黃生，向假山上面緣著梅花而去。伸足上牆，踏著高梯下去。」(《駐春園》第七回)

這樣熱心腸的丫鬟，其行為大大超出「本職工作」範圍之外，有些像《西廂記》中的紅娘，但是比紅娘更善解人意也更有耐心。無論如何，我們應該說，這樣的描寫是高雅的，有韻致的。尤其是與下面兩則描寫相比，上面這段就更顯得情味盎然。

> 直到天大明亮，方見牆中間門兒一響，周璉將身子縮下去，止留二目在牆這邊偷看。見一婦人走入來，烏雲亂挽，穿著一件藍布大棉襖，下身穿著一條紅布褲兒，走到毛坑前，面朝南，將褲兒一退，便蹲了下去。周璉看得清清白白，是蕙娘。不由的心上窄了兩下。先將身子往牆上一探，咳嗽了一聲。蕙娘急抬頭一看，見牆上有人，吃一大驚。正要叫喊，看了看，是周璉，心上驚喜相半，急忙提起褲兒站起來，將褲兒拽上。(《綠野仙蹤》第八十一回)

堪可比較的是另一段:「因替他穿上褲子，同到天井中，說道:『這隔壁時家，乃父出門去了，家中只有一個女兒，與奴相好，你逾牆過去躲著，天明回去，再無人敢得罪你。只是大爺不可忘了奴家，如念今宵恩愛，我房中後門外是個空地，可以進來。男人向來在外賭錢，不在家裏的。』吉士道:『不敢有負高情，只是我便去了，他們豈不要難為你麼?』茹氏道:『這個放心，我自有計。』即拿了一張短梯，扶著他逾牆過去。」(《蜃樓志》第十五回)

以上兩段都是關於牆兩邊男男女女的故事中頗為卑鄙齷齪的例子，但卑鄙齷齪的層面有所不同。周璉其人，簡直就是西門慶和賈璉相加之和。他行奸前的「調研」，他對女性的窺視，一直到具體的行為過程，都可以算得上「膽大心細」的卑鄙無恥。但是，這卻是一種直截了當的卑鄙齷齪，因為他所有的行為都赤裸裸地指向一個目標——漁色。茹氏的丈夫則不同，他居然用妻子的美色作為圈套去詐取憨公子冤大頭的銀錢。這才是人性的真正而徹底的墮落、萬丈深淵的墮落、萬劫不復的墮落!幸而他的香餌茹氏在色迷心竅的同時也有部分的良心發現，當然，更重要的還是為了在滿足自己同時順帶報復一下無恥的老公。於是將計就計，與情郎共結同心，讓醜惡的丈夫「賠了夫人又折兵」，演出了牆兩邊男男女女故事中最出人意料同時也頗為大快人心的一幕。

既有大快人心，就有催人淚下。我們且看一對苦命鴛鴦在高牆兩邊飽含血淚的哀鳴與劫後重逢的驚喜：「正在傷心之際，忽聽牆外有咳嗽之聲，麗容止住了淚痕，細細一聽，說道：『方才這個咳嗽音聲，儼然是我那玉郎一般，我欲喚他一聲，又恐錯誤，不得穩便。也罷，我將當年霞箋詩念上一兩句，若是我那玉郎，他便聞聲即悟，若不是他，也就茫然莫覺，庶不至弄出事來。』思罷，就將霞箋內得意之句，連連高聲誦出牆外，這也是天緣湊巧，可可的李玉郎在牆外巡更，只聽的風送清音，聽的明白，不覺失了一驚，說道：『方才聽見的是我霞箋詩，我想此詩惟有麗容注念在心，若非我那可意的人兒，誰能吟詠。況是深夜之間，這等有心，定是我那翠娘無疑了。』隨大著膽，也顧不的有人知覺，便就叫了一聲：『牆裏邊可是翠娘愛卿嗎？』麗容一聽是玉郎聲音，不覺喜從天降，急急的答應一聲：『牆外莫非玉郎乎？』玉郎說：『正是。』」（《霞箋記》第十回）

這是牆兩邊男男女女故事中最為淒慘的一段，一對有情人被生生拆散，女子被變相拘禁，男子在高牆之外充為更夫。他們通過咳嗽聲、隔牆吟詠聲、低喚聲以及最後從高高的牆頭丟過的愛情的信物方才相互確認對方，然後再設計逃離樊籠。擋在他們中間的高牆是世界上最堅固、冰涼、猙獰的高牆，因而這一段高牆兩邊的故事也是人世間最堅定、熱烈、悲壯的故事。

既有以上的莊嚴，就有以下的滑稽。且看一位花花公子是如何向著自己身邊篾片的老婆伸去的曖昧而滑稽的「援嫂之手」的：「花文芳爬上梯子，上了牆頭，將石子向他房屋一丟，只聽得骨碌碌滾將下去。不一時，見黑影中婦人爬上曬臺，來臺上放了一條板凳靠牆，口中說道：『你可墊定了腳，看仔細些，慢慢下來扶你。』文芳道：『你可扶穩了！』戰戰兢兢爬過牆頭，接著板凳挪下來。二人攜手下了曬臺，進得房門，只見房中高燒銀燭。花文芳作了一個揖道：『那個小丫鬟不見麼？』婦人道：『先去睡了。』文芳道：『既蒙尊嫂垂愛，萬望早赴佳期。』」（《五美緣》第十回）

花文芳真可謂無恥之尤的愛情至上。在這樣的花花公子面前，是沒有任何道德的規範和約束的，就連民間最通俗的道德觀念「朋友妻不可欺」也被他拋到了爪窪國去了。在這裡，牆兩邊男男女女的故事遭到了最為無恥的解讀，儘管那個戴綠帽子的崔氏的丈夫魏臨川其實也無恥得可以。

三

說罷章回小說中的「牆」與「男女」的故事，我們不妨回過頭來再看看明代一批以「選言」為表象以「通俗」為實質的同類題材作品。

首先看這一則：「吟畢，眾友傳玩間，忽膳夫走報曰：『正堂先生來也。』……彥直惟恐諸友舉其所為，假以更衣，將詩揉撚成團，於牆上拋出，復坐而飲，歡暢至暮而散。不意投詩之處，乃故角妓張嫗所居也。嫗止一女，年十七歲，名麗容。……其彥直投詩之時，直麗容正坐樓上，忽見紙團投下，遂令小鬟拾取而觀之。且驚且羨，顛倒歌詠，不能去手。」（陶輔《花影集》卷之三《心堅金石傳》）

從這裡，我們可以大略窺見當時府學生們的生活，原來讀書的同時是可以心有旁騖的，是可以心猿意馬的，並且還集體議論之，似乎召開學術討論會一般。就在「管事的」打斷了他們的雅趣之後，有人還意猶未盡，並跟蹤追擊，並取得他輝煌的非專業學術成果——投詩調情成功。當然，這中間也脫不了「牆」的干係，因為他們的成果就是在牆頭上的飄來飄去的紙質飛行物。而下面這一則，則更有意味，那種「非專業學術成果」居然得到「領導」的承認乃至推獎，最終鬧得個「人財兩得」。這才是風流才子們最「風流」的一件事：「寶祐間，馬光祖尹臨安。……臨安一士子，逾牆盜人室女，事覺，光祖試《逾牆摟處子》詩，士人揮筆云：『花柳平生債，風流一段愁，逾牆乘興下，處子有情摟。謝砌方潛度，韓香已暗偷，有情生愛欲，無語強嬌羞。不負秦樓約，安知漢獄囚？玉顏麗如此，何用讀書求？』光祖喜之，判云：『多情多愛，還了平生花柳債。好個檀郎，室女為妻也合當。雄才高作，聊贈青蚨三百索。燭影搖紅，記取冰人是馬公。』遂令女子歸生為妻，且厚贈之。」（《西湖遊覽志餘》卷二十五）

這裡的馬太守，真是一個開明的好領導。他居然以「逾牆摟處子」為題，讓「逾牆摟處子者」作詩，並且獲得「金獎」，而他對獲獎者的評判語居然也是一連串的「多情語」。想來，這位馬太守年輕時一定風流；想來，那位檀郎學子將來也一定會將「風流」進行到底。或者，將來他當了太守縣尹之類的領導以後，也會像他的風流導師一樣去引導風流後學的。難道你沒有看過「三言」中的喬太守嗎？它那種亂點鴛鴦譜的氣概和精神，正是馬太守的流風餘韻，說不定喬太守就是這裡的檀郎學子成長而來的哩！這裡，筆者絕非說說笑話或繞口令，而是實實在在很欣賞這種風流的語境。因為這種語境所維護的正是最通常、最本質的人性。

進而言之，作為個體的人，他在風流語境中的作為大可以簡單明瞭，一步到位。但是，作為描寫人們這種行為的小說作品，則不可太過簡明扼要。所謂「文學」，其實就是一種將各種簡單的問題複雜化的藝術樣式。從這個意義上講，《西湖遊覽志餘》中的那篇作品尚未可算作小說，而只是「話把」而已。看看下面這位尋芳主人遠比那位臨安士子要複雜漫長得多的尋芳活動，或許可以幫助我們進一步明瞭小說與「話把」（次小說）之間的區別：「廷璋，字汝玉，號尋芳主人。……一日，以事辭父往臨安，過蘊玉巷，見小橋曲水，媚柳喬松，更有野花襯地，幽鳥啼枝。正息步凝眸間，不覺笑語聲喧於牆內，嬌柔小巧，溫然可掬。暗思：『必佳娃貴麗也。』隨促馬窺之。果見美姿五六，皆拍蝶花間。惟一淡裝素服，獨立碧桃樹下，體態幽閒，豐神綽約，容光瀲灩，嬌媚時生，惟心神可悟而言語不足以形容之也。正玩好間，忽一女曰：『牆外何郎，敢偷覷人如此！』聞之，皆遁去。……晨起，再往候之，惟綠樹粉牆，小門深閉而已。俄見一老嫗據石浣衣，生立俟久之，揖而進曰：『牆內何氏園也？』嫗曰：『參府王君家玩也。』生曰：『非其諱士龍者乎？』對曰：『然。』生曰：『彼有息女否？』答曰：『有女二，長曰嬌鸞，寡服未釋；次日嬌鳳，聘伐未諧。』生曰：『為人何如？』嫗曰：『姿容窈窕，難以言述其妙矣。且能工詞章，善琴弈，而裁雲刺錦，特餘事耳。』生聞之，不覺神歸楚岫，魄繞陽臺，而求見之心益篤矣。」（《國色天香》卷四《尋芳雅集》）

最後，吳廷璋公子終於如願以償，鸞鳳雙棲，得到了那一對姐妹花，而且還與眾多女子發生風流韻事。這種寫法，正是明代前中期一大批文言才子佳人小說作者的慣技。不過，這篇讓才子佳人喜氣洋洋的小說，到了晚明馮夢龍搜集編撰的《情史》中間，不僅將男主人公吳廷璋改為周廷章，而且從根本上改變了故事的結局，變成了一場百年長恨的悲劇。後來，馮夢龍又將其寫進擬話本小說「三言」之中，題目乾脆就叫做《王嬌鸞百年長恨》。我們不妨來看看這兩種小說中與「牆」相關的片斷：

值清明節，鸞與曹姨率諸婢戲秋韆於後園。忽聞人聲，驚視，則牆缺處有美少年窺視稱羨。鸞大驚走匿，遺羅帕於地，生逾垣拾去。方展玩間，旋有侍女來園尋覓。（《情史》卷十六《周廷章》）

一日，清明節屆，和曹姨及侍兒明霞後園打秋韆耍子。正在鬧熱之際，忽見牆缺處有一美少年，紫衣唐巾，舒頭觀看，連聲喝采。慌得嬌鸞滿臉通紅，推著曹姨的背，急回香房。侍女也進去了。生見園中無人，逾牆而入，秋韆架子尚在，餘香彷彿，正在凝思。忽見草中一物，拾起看時，乃三尺線繡香羅帕也。生得此如獲珍寶。聞有人聲自內而來，復逾牆而出，仍立於牆缺邊。看時，乃是侍兒來尋香羅帕的。(《警世通言．王嬌鸞百年長恨》)

以上三篇作品，《尋芳雅集》是比較典型的「選言」小說，《周廷章》是半選言半通俗小說，而《王嬌鸞百年長恨》則是純粹的通俗小說，他們所寫的乃是同一題材。我們只要將它們羅列出來，無須作詳細的評判，就足以說明中國古代小說發展中一個至關重要的現象——「選言小說」是怎樣演變成「通俗小說」的。

相類似的例子還有不少，先看以下兩段故事：

寂曰：「適來只奉小柬而去，有一事偶忘告君。鶯鶯傳語，他家所居房後，乃君家之東牆也，高無數尺。其家初夏二十日，親族中有婚姻事，是夕舉家皆往，鶯託病不行。令君至期，於牆下相待，欲逾牆與君相見，君切記之。」……語猶未絕，粉面新妝，半出短牆之上，浩舉目仰視，乃鶯鶯也。急升梯扶臂而下，攜手偕行，至宿香亭上。(《警世通言．宿香亭張浩遇鶯鶯》)

幼謙等到其時，踱到牆外去看，果然有一條竹梯倚在牆邊。幼謙喜不自禁，躡了梯子，一步一步走上去。到得牆頭上，只見山茶樹枝上有個黑影，吃了一驚。卻是蜚英在此等侯，咳嗽一聲，大家心照了。攀著樹枝，多掛了下去。蜚英引他到閣底下，惜惜也在了，就一同挽了手，登閣上來，燈下一看，俱覺長成得各別了。(《拍案驚奇》卷二十九)

這兩則故事分別取自劉斧《青瑣高議別集》卷之四《張浩》和佚名《綠窗紀事．張羅良緣》，本文第一節，已引用了這兩則宋元間的「選言」小說的片斷。由此亦可見得，通俗小說的描寫，較之選言小說更為細膩，更為深入，也更接近人們的日常生活。尤其是像「三言」「二拍」這種話本小說更是要將市井細民津津樂道的故事寫得津津有味。與此相關的例子還有很多，如《二刻拍案驚奇》卷三十四、《合影樓》第一回、《風流悟》第八回均乃如此。

這就是話本小說的風格、通俗小說的風格，與選言小說迥然有異的風格。

那麼，選言小說的風格如何呢？答曰：簡約、精當。尤其是清代的選言小說更是如此。

四

清代選言小說中也有大量的描寫牆兩邊男男女女故事的作品，但從審美趣味的角度分成了明顯的兩大派。一是以《聊齋誌異》為代表的歌頌派，一是以《閱微草堂筆記》為首的警醒派。當然，歌頌派中也會有少許的警醒，警醒派中也少不了些微的歌頌。

> 一日獨坐書齋，見隔牆有美人露半身，秋波流注，挑之，微笑而下。方欲移幾梯接，又見牆上立金甲神，手執紅旗二杆，一書「右戶」，一書「右夜」，向女招颭，女杳然遂滅。」（《續新齊諧·驅狐四字》）

> 時日已薄暮，開戶納涼，見牆頭一靚妝女子，眉目姣好，僅露其面，向之若微笑。方凝視間，聞牆外眾童子呼曰：「一大蛇身蟠於樹，而首閣於牆上。」乃知蛇妖幻形，將誘而吸其血也。」（《閱微草堂筆記》卷十二《槐西雜志二》）

以上兩例，都是讀來令人感到分外恐怖的。牆那邊的女性，全都是牛鬼蛇神、妖魔鬼怪的變相，在善良忠厚的男人面前，「它們」變成的「她們」極盡威脅、欺騙、恐嚇、誘惑之能事，總之是讓你不得安寧。面對這樣的牆上風景，你只有內心堅定而外表沉著，只有素質極高而表現極佳，如此方能遇難呈祥、化禍為福。但是，從此以後，誰見到女人、尤其是牆頭的紅杏都得防她一手，好色者的日子該怎麼過呢？殊不知這樣一來，正好掉進了袁子才、紀曉嵐們的牢籠之中，他們寫這些作品就是要讓你不好色，因為美色其實就是魔鬼。

但是，聖人都說過「食色性也」的話呀？好色之心人皆有之，只不過被法律的、倫理的、道德的、輿論的以及上面所講到的文學的警醒所遏制了而已。對於比較執著地堅持「食色性也」的人們而言，他們覺得那牆頭的紅杏不一定都是妖魔鬼怪，即便是花妖狐媚也保不住是溫柔多情的哩！更有甚者，還有一部分人抱著「牡丹花下死，做鬼也風流」的心態，就是敢於去愛那些可能是花妖狐媚的牆頭豔色，你又其奈他何？於是，聊齋先生等人勇敢地站了出來。於是，也就形成了牆兩邊男男女女故事的歌頌派。且看他們或溫馨或淒豔的作品：

> 一夜，相如坐月下，忽見東鄰女自牆上來窺。視之，美。近之，微笑。招以手，不來亦不去。固請之，乃梯而過，遂共寢處。問其姓名，曰：「妾鄰女紅玉也。」生大愛悅，與訂永好。女諾之。夜夜往來，約半年許。(《聊齋誌異．紅玉》)

> 尚生，泰山人。獨居清齋。會值秋夜，銀河高耿，明月在天，徘徊花陰，頗存遐想。忽一女子逾垣來，笑曰：「秀才何思之深？」生就視，容華若仙。驚喜擁入，窮極狎昵。(《聊齋誌異．胡四姐》)

> 此時簫聲愈覺清越，飄飄欲仙。李生聽得滿胸癡癢，暗忖曰：「花下吹簫，當是的妙佳人。夜靜相逢，又是的好機會。我且潛去見他一面，看看如何。」遂從槐根攀枝傍幹而上，逾過園牆。但見月射花陰，風篩竹影。蘭階菊徑，清香襲人。踏遍了楊柳蔭，穿過了酴醾架。遙見木蘭花下，白石片上，端坐著一位佳人。執一碧玉簫，與一青衣對花談笑。(《螢窗清玩．碧玉簫》)

以上為歌頌派之篇什，基本上都是對牆兩邊男男女女故事的熱情歌頌。更為有趣的是，這些故事中的女主人公不乏為鬼為狐者，但與「警醒派」作品中的鬼狐們相比，我們絲毫感覺不到她們的血腥與恐懼，而只能是一種豔麗與溫馨。這就是「歌頌派」與「警醒派」的區別，這也就是審美的文學與訓誡的文學的區別，這更是展示熱辣辣的人性活力與宣傳冷冰冰的倫理教條的區別。

進而言之，男男女女之間的慾火的燃燒和感情潮水的奔流不是各種各樣的「牆」所能阻擋的。無論是土牆、磚牆、銅牆鐵壁或是水陸兩用的「長城」這類看得見、摸得著的「硬牆」還是諸如清代「警醒派」選言小說家們所締造的看不見、摸不著的「軟牆」，全都擋不住！

再進而言之，對於「牆」與牆兩邊的男男女女而言，人們的內心世界和外在表現都是形形色色、五花八門的，但是我們在評價他們的時候自應有心中的標尺。每個人的標尺可能不太一樣，筆者的標尺有二：愛欲是自私的，在男女雙方之間容不得第三者的存在；愛欲又是無私的，在男女雙方之外切不可干犯第三者的利益。而這兩點，正是青年男女面前兩堵必須有的「牆」。

（原載《內江師範學院學報》2013 年第三期）

「張生跳牆」的文化淵源與文學指向

「張生跳牆」是從唐人小說《鶯鶯傳》到元雜劇《西廂記》中的一個重要關目，中國的讀者和觀眾都熟悉這一充滿喜劇色彩的故事情節。然而，這一情節所包含的文化意蘊卻是非常深厚的，而且，它對中國古代通俗文學尤其是古代小說的影響更為巨大。正因為此，利用一定的篇幅專門探討「張生跳牆」的文化淵源和文學指向，對於我們的古代小說史研究，不失為一件有意義的事。

張生為什麼跳牆？因為那並不太高的「牆」遮擋了他對心上人發出的情愛脈衝信息。於是，他就要「拽上書房門，到得那裡，手挽著垂楊滴流撲跳過牆去」。(《西廂記》第三本第二折)

其實，擋在張生與鶯鶯之間的並不止那堵磚石壘成的牆，它還是一堵具有愛情的傳媒體和絕緣體雙重作用的「牆」，同時，它也是一堵「禮」或者「理」的又高、又厚、又堅實的意念之「牆」。

一、「張生跳牆」的文化淵源

對於這堵「牆」，這堵具有愛情的傳媒體和絕緣體雙重作用的「牆」，擺在中國古代那些青年男女面前一個嚴峻的問題就是：「跳」還是「不跳」？對這一問題的回答，有截然相反的兩派，主張「跳」的是那些情感蕩漾的少男少女，主張「不跳」的是那些道貌岸然的大人先生。

目前所知，最古老的敢「跳」的實踐者是一位「二哥哥」(《紅樓夢》裏的史湘雲則咬定是「愛哥哥」)，並且，他的行為居然得到了他愛情另一半的「鼓勵性」埋怨：「將仲子兮，無踰我牆，無折我樹桑。豈敢愛之？畏我諸兄。仲可懷也，諸兄之言，亦可畏也。」（《詩・鄭風・將仲子》）這位女孩子，內心實在矛盾極了。一方面她希望心上人翻牆而入，與之卿卿我我；另一方面她又害怕那「可畏」的「諸兄之言」。一方面，她所說的「無逾我牆」是假話、反話，其實就是在說「為了幸福，你跳過來吧」。另一方面，「無逾我牆」又是地地道道的大實話：「危險，你千萬不要跳過來！」

最為有趣的是，《詩經》中這位姑娘內心活動的隱秘漣漪，居然在千百年後的《鶯鶯傳》及其變種《西廂記》中，重新蕩漾在一位深閨少女的心頭。那就是崔鶯鶯，這位相國小姐約了情郎「跳牆」而又指責情郎「跳牆」。

先看唐人元稹《鶯鶯傳》中的描寫：

> 是夕，歲二月旬有四日矣。崔之東有杏花一株，攀援可逾。既望之夕，張因梯其樹而逾焉。達於西廂，則戶半開矣。紅娘寢於床，生因驚之。紅娘駭曰：「郎何以至？」張因紿之曰：「崔氏之箋召我也，爾為我告之。」無幾，紅娘復來，連曰：「至矣！至矣！」張生且喜且駭，必謂獲濟。及崔至，則端服嚴容，大數張曰：「兄之恩，活我之家，厚矣。是以慈母以弱子幼女見託。奈何因不令之婢，致淫逸之詞，始以護人之亂為義，而終掠亂以求之，是以亂易亂，其去幾何？誠欲寢其詞，則保人之奸，不義；明之於母，則背人之惠，不祥。將寄與婢僕，又懼不得發其真誠。是用託短章，願自陳啟，猶懼兄之見難，是用鄙靡之詞，以求其必至。非禮之動，能不愧心？特願以禮自持，無及於亂！」言畢，翻然而逝。

其實，鶯鶯對自己先前寫給張生的那首「情辭」的現場解讀是十分矯情的，詞曰：「待月西廂下，迎風戶半開。拂牆花影動，疑是玉人來。」這原本就是暗示張生跳牆相會，但她事後卻不認帳。對崔鶯鶯這種自欺欺人的解釋，後世許許多多的有情人是不能認同的。王實甫在《西廂記》中對此有精彩的揭示：「（末云）『待月西廂下』，著我月上來；『迎風戶半開』，他開門待我；『隔牆花影動，疑是玉人來』，著我跳過牆來。」（第三本第二折）應該說，張生這番話是這首約會情詩的「正解」，但是，當這位傻帽按照相國小姐的指示付諸「跳牆」行動以後，卻遭到崔鶯鶯義正詞嚴的指責：「（末作跳牆摟旦科）（旦云）是誰？（末云）是小生。（旦怒云）張生，你是何等之人！我在這裡燒香，你無故至此；若夫人聞知，有何理說！（末云）呀！變了卦也！」（第三本第三折）

其實，鶯鶯並非變卦，而是心理矛盾的必然表現。這種矛盾與《將仲子》中的「我」如出一轍，僅僅是將「諸兄」換成了「老母」而已。但無論諸兄也罷，老母也罷，其實都是上文所說的主張「不跳」派，而這一派的老祖宗卻是亞聖孟子，請看其著名論斷：「丈夫生而願為之有室，女子生而願為之有家。父母之心，人皆有之。不待父母之命、媒妁之言，鑽穴隙相窺，踰牆相從，則父母國人皆賤之。」(《孟子·滕文公下》) 這段話的意思很清楚：男女之間的那點事，雖然是「人」都免不了，但有「正式」與「非正式」之別。但凡經過「父母之命、媒妁之言」，就是正式的。如果採取「鑽穴隙相窺、踰牆相從」的方式，那就是非正式的。既然有了這種「正式」與否的標準，人們就會以此來衡量所有男女之間那點事的正確與不正確、正經和不正經。凡正式的都是正確的、正經的，凡不正式的就是錯誤的、不正經的，當然也就是極其可恥的。

在中國文化史上，「張生跳牆」行為的文化淵源是一種「共軛」式的存在。換言之，那堵「禮」或「理」的高牆兩邊的男男女女極其正經的表現和極不正經的表現是共同存在了千百年的。極其正經的代表人物是宋玉《登徒子好色賦》中的「我」，且看他在描繪了「東家之子」的美妙絕倫以後自我標榜的表白：「然此女登牆窺臣三年，至今未許也。」與之相反的極不正經的領袖則是《世說新語·惑溺》中描寫的晉代的韓壽，他居然敢於翻牆去勾引頂頭上司的女兒：「壽蹺捷絕人，踰牆而入，家中莫知。」這位韓壽，其實正是宋玉筆下所批判的那種反面人物「登徒子」。但是，看了這兩個故事，總使人覺得宋玉「正經」得有點兒假惺惺，而韓壽則「不正經」得公然與坦然。

對於宋玉與韓壽之間的誰是誰非，我們無法、也沒有必要做出理論上的評判。因為就我們每一個人而言，似乎都沒有這種批評的權力。但是，很多的人加在一起，形成一種群體、而後又形成一種「集體無意識」的文化積澱以後的評判卻是勢不可擋的。更何況，那種評判不是以抽象的理論狀態出現的，而是以生動的文學形象表現的。

例子實在太多，首先，當然是《鶯鶯傳》中所寫「張生跳牆」所達到的絕佳後果：

> 數夕，張生臨軒獨寢，忽有人覺之。驚駭而起，則紅娘斂衾攜枕而至。撫張曰：「至矣，至矣！睡何為哉！」並枕重衾而去。張生拭目危坐久之，猶疑夢寐，然而修謹以俟。俄而紅娘捧崔氏而至，

至，則嬌羞融冶，力不能運支體，曩時端莊，不復同矣。是夕，旬有八日也。斜月晶瑩，幽輝半床。張生飄飄然，且疑神仙之徒，不謂從人間至矣。

毫無疑問，橫亙在《鶯鶯傳》中張生與鶯鶯之間的那堵牆，那堵非常典型的具有愛情的傳媒體和絕緣體雙重作用的「牆」，在中唐大詩人元稹筆下，卻被張生輕輕跳過，而後又被鶯鶯勇敢衝破了。然而，這段描寫的意義還不僅僅在於此，由於唐代傳奇小說被絕大多數的文學史家認為是中國古代小說創作自覺時代到來的標誌，因此，《鶯鶯傳》中的「張生跳牆」就又具有了此故事系列由文化淵源向著文學指向的過渡。

二、「張生跳牆」從文化蘊含朝著文學指向的過渡

其實，完成著「張生跳牆」故事系列由文化淵源向著文學指向之過渡的絕非一篇《鶯鶯傳》，而是唐人小說中的眾多作品。在另一篇著名的唐傳奇作品《三水小牘・步飛煙》中，皇甫枚這樣描寫：「既曛黑，象乃乘梯而登，飛煙已令重榻於下。既下，見煙靚妝盛服，立於庭前。交拜訖，俱以喜極不能言。乃相攜自後門入房中，遂背釭解幌，盡繾綣之意焉。及曉鐘初動，復送象於垣下。」

引人注目的是，在唐代小說中，翻牆覓愛已不是男性的專利，一些癡情的女性居然也勇敢地爬過了那具有愛情的傳媒體和絕緣體雙重作用的牆頭。

《廣異記・王乙》篇寫一位女子為了接近如意郎君，居然「逾垣而來」，甚至「牆角下有鐵爬，爬齒刺腳，貫徹心痛，痛不可忍」也在所不惜。

《集異記・宮山僧》則寫一女子翻牆隨心上人私奔：「有頃，忽院中牆般過兩廂衣物之類，黑衣取之，束縛負擔。續有一女子攀牆而出，黑衣挈之而去。」

《乾𦠆子・華州參軍》甚至寫千金小姐帶著丫鬟翻牆而過直奔相好所在：「崔氏又使輕紅與柳生為期，兼賚看圃豎，令積糞堆與宅垣齊。崔氏女遂與輕紅躡之，同詣柳生。」

良家婦女尚且如此，那些青樓女子的表現就更加大膽潑辣了。《北里志・張住住》寫張住住與心上人龐佛奴在鄰居宋嫗的幫助下終諧連理：「住住乃鍵其門，伺於東牆，聞佛奴語聲，遂梯而過。佛奴盛備酒饌，亦延宋嫗，因為謾

寢，所以遂平生。」

更為震撼人心的則是女鬼居然也勇敢地跳牆與男人幽會。《通幽記・崔咸》就記載了這麼一個恐怖而溫馨的故事：博陵崔咸家居，「夜雷雨後，忽有一女子，年十六七，踰垣而入。擁之入室，問其所從來，而終無言。咸疑其遁者，乃深藏之。將旦而斃，咸驚懼，未敢發。」後來問清楚了，原來是別人家「亡來三日」的「小娘子」，「昨夜方殮，被雷震，屍起出，忽不知所向」，然後翻牆與崔生兩情相悅的。

當然，唐代畢竟是「詩歌」的黃金時代，詩人們絕對不會在「張生跳牆」的問題上讓小說家獨領風騷。於是，饒有興味的事情出現了：與「張生跳牆」原創者元稹並駕齊驅的好朋友白居易在《井底引銀瓶》一詩中，創造了「牆」與愛情的另一種模式——「牆頭馬上」。且看這風流千古的詩句：「妾弄青梅憑短牆，君騎白馬傍垂楊。牆頭馬上遙相顧，一見知君即斷腸。」

從此，「元白」作品中的意象就交織在一起，那堵牆就成為諸多文學樣式的作者注目的焦點。

我們先來聽聽詞人曲家們的引吭高歌或淺酌低唱：

「牆頭馬上初相見，不準擬、恁多情。」（柳永《少年遊》其三）「馬上牆頭，縱教瞥見，也難相認。」（晁端禮《水龍吟》）「疑是昔年窺宋玉，東鄰。只露牆頭一半身。」（秦觀《南鄉子》）「月痕依約到西廂，曾羨花枝拂短牆。」（賀鑄《吹柳絮》）「半藏密葉牆頭女，勾引酡顏馬上郎。」（趙長卿《鷓鴣天》）

「馬上牆頭瞥見他，眼角眉尖拖逗咱。」（姚燧《越調・憑欄人》）

然而，被唱得更多的還是普救寺「西廂」的那堵牆，而且是一些民間表演藝術中的通俗唱法。

一種是「調笑轉踏」。這是用一首七言八句（前四句平韻，後四句仄韻）的引詩和一首《調笑令》來歌詠一個故事的舞曲。北宋的秦觀、毛滂各用這種形式歌詠了「張生跳牆」的故事。秦作云：「張生一見春情重，明月拂牆花影動。夜半紅娘擁抱來，脈脈驚魂若春夢。春夢，神仙洞，冉冉拂牆花樹動。」毛作曰：「西廂月冷濛花霧，落霞零亂牆東樹。此夜靈犀已暗通，玉環寄恨人何處？何處？長安路。不記牆東花拂樹。」

另一種是「諸宮調」，亦即用諸多宮調的曲子聯絡在一起演唱一個故事的民間講唱藝術形式。金代董解元在《西廂記諸宮調》卷四中是這樣描寫

「張生跳牆」的：「夜深更漏悄，張生赴鶯期約。……見粉牆高，怎過去？自量度。又愁人撞著，又愁怕有人知道。見杏梢斜墮嫋，手觸香殘紅驚落。欲待踰牆，把不定心兒跳。……君瑞，君瑞！牆東里一跳，在牆西里撲地。」

以上詩詞曲唱中與「牆」相關的作品雖然精彩，但卻有兩大問題：一是故事情節的單一性，二是傳播途徑的侷限性。只有到了元明清的戲曲和小說作品之中，「張生跳牆」的故事才真正完滿而自足地完成了它的文學指向。

三、徜徉於文言小說與戲劇舞臺之間的「張生跳牆」故事

宋元間有些涉及「張生跳牆」類型故事的文言小說，代表著唐宋到元明清同題材故事發展過程中的一個過渡環節。

劉斧《青瑣高議別集》卷之四《張浩》寫的是李鶯鶯跳牆會張浩：「至期，浩入苑待至。不久，有紅衵覆牆，乃李踰而來也。生迎歸館。」此事後來又被收入《綠窗新話》卷上，題為《張浩私通李鶯鶯》。雖只有區區三百字，但其中最關鍵的女子「跳牆」情節卻得以保留：「時當初夏，鶯鶯密附小柬，夜靜踰牆，相會於亭中。」再後來，又被馮夢龍改編成《宿香亭張浩遇鶯鶯》，收入《警世通言》之中。但無論怎樣修改潤飾，「跳牆」的情節是必不可少的：「語猶未絕，粉面新妝，半出短牆之上。浩舉目仰視，乃鶯鶯也。急升梯扶臂而下，攜手偕行，至宿香亭上。」

還有佚名《綠窗紀事·張羅良緣》寫另一位張生「跳牆」事，更是一波三折：「羅屋後牆內，有山茶數株，可以攀緣及牆。約張候於牆外，中夜令婢登牆，用竹梯置牆外以度。凡伺候三夕而失期。……女言三夕不寐，無間可乘，約以今夕燈燭後為期。至期，果有竹梯在牆外，遂登牆緣樹而下。女延入室，登閣，極其繾綣。」此事，後來被馮夢龍收入《情史》卷三，題為《張幼謙》。其中，張生「登牆緣樹而下」的關目一字未改。再往後，凌濛初又將其改造為《通閨闥堅心燈火，鬧囹圄捷報旗鈴》，收入《拍案驚奇》之中。其間核心情節當然還是「張生跳牆」，只不過文言換成了白話：「幼謙等到其時，踱到牆外去看，果然有一條竹梯倚在牆邊。幼謙喜不自禁，躡了梯子，一步一步走上去。到得牆頭上，只見山茶樹枝上有個黑影，吃了一驚。卻是蜚英在此等候，咳嗽一聲，大家心照了。攀著樹枝，多掛了下去。蜚英引他到閣底下，惜惜也在了，就一同挽了手，登閣上來。」

與文言小說相比，同一時期戲曲舞臺上與「張生跳牆」相類似的故事更

是被演繹得如火如荼。

其中，尤以白樸最為積極。他模仿《西廂記》寫了《東牆記》。劇中不僅有「隔牆吟詠」，也有秀才「跳牆」。在該劇第三折，作者寫道：「（生上，云）早間梅香來約，海棠亭上與小姐相會。夜色深了，我掩上書房門好去也。早來到牆邊，躍而過去，潛身在這海棠亭下者。」不僅如此，白樸還將白居易的「妾弄青梅憑短牆，君騎白馬傍垂楊。牆頭馬上遙相顧，一見知君即斷腸」詩句直接演繹成雜劇，劇名就叫《牆頭馬上》。更為有趣的是，該劇除了描寫才子佳人「牆頭馬上遙相顧」的場景以外，還增加了「跳牆」情節：「（裴舍引張千上，云）張千，休大驚小怪的，你只在牆外等著。（做跳牆見科，云）梅香，我來了也。（梅香云）我說去。小姐，姐夫來了也。你兩個說話，我門首看著。」（第二折）這也算得上是一見鍾情後的勇敢一跳，當然，更是「元白意象」在戲劇舞臺上的水乳交融。

白樸而外，還有不少元劇作家也寫到這種類似於「張生跳牆」的故事。其中，尤其引人注目的是有的作家寫出了問題的另一面：如果「張生」不敢「跳牆」，將是一種什麼結局？張壽卿《紅梨花》第三折就寫了這麼一個令人扼腕歎息的情節：「王同知有個女孩兒，為他要看那花，自家蓋了這所花園。到的是春間天道，萬花開綻，牆裏一個佳人，牆外一個秀才，和那小姐四目相覷，各有春心之意，不能結為夫婦。那小姐到的家中，一臥不起，害相思病死了。」

宋元小說和元人雜劇中的「張生跳牆」故事最大的特點就是創造了不同的類型。大致有四：「好事多磨」型，「隔牆吟詠」型，「牆頭馬上」型，「怨氣難消」型。前三種屬於成功型，後一種屬於失敗型。而在前三種中，「牆頭馬上」屬於快速成功型，其他兩種稍緩，但又體現了各自的跌宕或纏綿。至於《紅梨花》所代表的「怨氣難消」型，雖然看過之後讓人感到特別難受，但其間的含義卻是異常深刻的。張壽卿其實是一位很有思想的戲曲作家，當別人都在忙著歌唱「張生跳牆」的正面意義的同時，他卻逆向思維，通過舞臺形象告訴讀者和觀眾一個淺顯而又深刻的道理：張生、鶯鶯這樣的才子佳人，如果不能勇敢地逾越那堵「禮」或「理」的高牆，他們面臨的就必將是相思不起、淚盡而亡的悲劇結局。而在「張生跳牆」通往文學創作的指向性的路途中，如果沒有這樣一個來自反面的警示牌，奮勇前行的才子佳人形象的創作者們或許會走更多的彎路。

四、「張生跳牆」在通俗小說中的正面文學指向

「張生跳牆」的故事的真正文學指向是明清小說，在這裡，「跳牆」故事類型更加豐富多彩，甚至到了紛繁複雜的地步。

首先是傳統類型還在繼續發揚光大，才子佳人仍然是故事的主人翁。

其中，「好事多磨」型的故事如《金雲翹傳》中的金重和王翠翹：「金生因取個鐵如意，在亮處著實一連幾勾，浮泥鬆動，淅瀝下響，連草連泥脫將下來。早露出一個大缺來，可以屈身而過。金生等不得，才鑽了過來，就去偎抱翠翹。……須臾，挈一壺一盒而來，金生接著，同翠翹踰過缺來。」（第三回）與所有才子佳人「跳牆」故事不同的是，他們見面以後，只是把酒吟詩、促膝談心，並無男女之間的苟且。而且，由於種種原因，王翠翹經歷生離死別、千辛萬苦之後，才重新回到金重身邊。在所有「跳牆」的才子佳人中，他們是最苦難、最純潔的一對。

「好事多磨」型還有一種變體，當才子佳人的風流韻事「東牆事發」之後，由一位開明的長官出面玉成他們的好事。田汝成《西湖遊覽志餘》卷二十五就記載了這樣一段風流韻事：「寶祐間，馬光祖尹臨安。……臨安一士子，逾牆盜人室女，事覺，光祖試《逾牆摟處子》詩，士人揮筆云：……光祖喜之，……遂令女子歸生為妻，且厚贈之。」

然而，若追究寫「跳牆」故事最多的作者是誰？答案只能是蒲松齡。而且，蒲翁筆下的此類故事還具有兩大特色。

其一，多為女子「跳牆」。聊舉數例：「忽一女子踰垣來，笑曰：『秀才何思之深？』生就視，容華若仙。驚喜擁入，窮極狎昵。」（《胡四姐》）「一夜，相如坐月下，忽見東鄰女自牆上來窺。視之，美。近之，微笑。招以手，不來亦不去。固請之，乃梯而過，遂共寢處。」（《紅玉》）「劉請踰垣。女曰：『君先歸，遣從人他宿，妾當自至。』劉如言，坐伺之。少間，女悄然入，妝飾不甚炫麗，袍袴猶昔。」（《阿繡》）

其二，即便男子「跳牆」，也是在女子幫助之下。亦看二例：「既而紅衣人來，果小翠。喜極。女令登垣，承接而下之。」。（《小翠》）「生登垣，欲下無階，恨悒而返。次夕，復往，梯先設矣。幸寂無人，入，則女郎兀坐，若有思者。」。（《葛巾》）

唯其有此不同，蒲松齡才成其為蒲松齡，《聊齋誌異》才成其為《聊齋誌異》。只有天才的作家方能寫出個性化的作品。

五、「張生跳牆」在通俗小說中的異動指向

「張生跳牆」的文學指向在明清小說中還產生了一個新的形態——「紅杏出牆」型。其實，早在唐人傳奇小說之中，就有這種類型的作品，如本文第二節所引《三水小牘・步飛煙》中的飛煙，就屬於「紅杏出牆」。只不過該篇作品寫得比較高雅，因而才讓人將其混淆於才子佳人的情愛之作而已。

才子佳人的「跳牆」之作與「紅杏出牆」型的「跳牆」之作有著明顯不同的審美追求。前者是未婚男女之間建立在情感與容貌雙重心靈感觸基礎上的正常的愛戀，後者則是缺少情感專重美色的性慾追求。因此，從一定意義上講，「紅杏出牆」型的「跳牆」故事是「張生跳牆」系列在文學指向過程中的一種「異動」。

相對而言，這種「異動」主要出現在通俗小說之中，首當其衝的就是《金瓶梅》。且看偷花高手西門慶的傑出表演：「少頃，只見丫鬟迎春黑影裏扒著牆，推叫貓，看見西門慶坐在亭子上，遞了話。這西門慶就掇過一張桌凳來踏著，暗暗扒過牆來。這邊已安下梯子。李瓶兒打發子虛去了，已是摘了冠兒，亂挽烏雲，素體濃妝，立在穿廊下。」（第十三回）西門慶跳牆與李瓶兒相會，就男方而言是漁色貪花，就女方而言是紅杏出牆，雙方均以性慾滿足為目的，沒有多少高雅動情之處。這從李瓶兒事後對西門慶的自白可以找到答案，毋庸細敘。值得注意的是，這裡所描寫的細膩複雜的「跳牆」運作方式，卻可以垂範百代，成為經典。

對《金瓶梅》亦步亦趨並與之相映成趣的是其續書丁耀亢的《續金瓶梅》，不說別的，就連「紅杏出牆」的描寫也是《金瓶梅》的翻版：「只聽見櫻桃在牆上露出臉來喚貓哩！當初李瓶兒接引西門慶成奸，原是喚貓為號，今日又犯了前病。……玉卿聽見喚貓，順著柳樹，往牆上下來。牆原不高，櫻桃使個杌子接著。銀瓶半卸殘妝，倚門而候。」（第二十五回）《金瓶梅》中西門慶與李瓶兒爬牆通姦時往往以叫貓作幌子，而鄭玉卿和銀瓶偷情同樣也以「喚貓」為重要關節。這裡，作者將鄭玉卿與銀瓶的偷情，寫作一種宿世的報仇雪恨，故而特別用貓兒來點醒讀者：這就是報應，桃色的報復。然而，要想真正讀懂這一點，還必須明白鄭玉卿乃花子虛投胎，袁銀瓶乃李瓶兒轉世。最終，鄭玉卿將袁銀瓶騙奸之、騙逃之、騙賣之，實行了徹底乾淨而又惡毒殘忍的隔世之報。

《金瓶梅》及其續書雖然寫了這種卑鄙的「紅杏出牆」，但卻算不上齷

齪。真正卑鄙齷齪的「跳牆」描寫，還在某些模仿《金瓶梅》有過之而無不及的小說作品之中。且看：

> 周璉將身子縮下去，止留二目在牆這邊偷看。見一婦人走入來，烏雲亂挽，穿著一件藍布大棉襖，下身穿著一條紅布褲兒，走到毛坑前，面朝南，將褲兒一退，便蹲了下去。周璉看得清清白白，是蕙娘。不由的心上窄了兩下。先將身子往牆上一探，咳嗽了一聲。蕙娘急抬頭一看，見牆上有人，吃一大驚。正要叫喊，看了看，是周璉，心上驚喜相半，急忙提起褲兒站起來，將褲兒拽上。只見周璉已跳在炭上面，一步步走了下來。到蕙娘面前，先是深深一揖，用兩手將蕙娘抱住。說道：「我的好親妹妹，今日才等著你了！」蕙娘滿面通紅，說道：「這是甚麼地方？」話未完，早被周璉扳過粉項來，便親了兩個嘴，把舌頭狠命的填入蕙娘口中亂攪。（《綠野仙蹤》第八十一回）

這是「紅杏出牆」系列故事中最為卑鄙齷齪的例子。周璉行奸前對女性窺視，甚至是對女性最隱秘的行為的窺視，隨後是「膽大心細」的等待過程和行為動作，最終是迫不及待的性侵犯。當然，他的行為是得到女性一方的諒解或默認的，也是女性暗示接受的。正因為如此，我們仍然將這些故事歸於「紅杏出牆」系列。

當然，這些「登徒子」要想攀折到出牆的紅杏也不是一蹴而就那麼簡單，他們需要耐心，需要等待，甚至需要付出艱辛的勞動，有時甚至還有生命危險。所有這些，明清通俗小說都給我們留下了生動的描摹畫面。我們不妨視察幾個登徒子們「艱苦奮鬥」的歷程：

> 到了第五日夜間，將次更深，正欲熄燈脫衣而睡，猛聽得窗外扣得聲響，黎賽玉輕輕推開看時，卻原來是這鍾守淨立在梯子上，靠著樓窗檻，檻下是半堵土牆，故用梯子擱上窗檻，方可跳入。鍾守淨用指彈得窗兒響，一見賽玉開窗，便爬入窗裏來，兩個歡天喜地，摟抱做一塊。（《禪真逸史》第八回）

> 花文芳爬上梯子，上了牆頭，將石子向他房上一丟，只聽得骨碌碌滾將下去。不一時，見黑影中婦人爬上曬臺，來臺上放了一條板凳靠牆，口中說道：「你可墊定了腳，看仔細些，慢慢下來扶你。」文芳道：「你可扶穩了！」戰戰兢兢爬過牆頭，接著板凳挪下來。二

人攜手下了曬臺，進得房門。(《五美緣》第十回）

任君用看見天黑下來，正在那裡探頭探腦，伺候聲響。忽聞有人咳嗽，仰面瞧處，正是如霞在樹枝高頭站著。……如霞即取早間紮縛停當的索子，拿在腋下，望梯上便走，到樹枝上牢繫兩頭。如霞口中叫聲道:「著！」把木板繩索向牆外一撒，那索子早已掛了下去。任君用外邊凝望處，見一件物事拋將出來，卻是一條軟梯索子，喜得打跌。將腳試踹，且是結得牢實，料道可登。踹著木板，雙手弔索，一步一步弔上牆來。如霞看見，急跑下來道:「來了！來了！」夫人覺得有些害羞，走退一段路，在太湖石畔坐著等候。(《二刻拍案驚奇》卷三十四）

這三個故事，可謂多角度、全方位的描寫了色膽包天、不辭勞苦的偷情。這些描寫，從本質上講應該是可恥的，令人生厭的。但是，芸芸眾生還偏偏喜歡看這些東西，你其奈他何？

或者有人會說，如果我們告訴讀者，這種「紅杏出牆」型的「跳牆」是要不得的，也是沒有好結果的，甚至那「紅杏」說不定就是「罌粟」，登徒子們還敢採摘嗎？

既然涉及這個問題，那就請看本文的下一節。

六、「張生跳牆」在清代文言小說中的道德回歸

如果說，「紅杏出牆」型的「跳牆」故事是對「張生跳牆」系列在文學指向過程中的一種「異動」的話，那麼，清代出現的某些小說作品中所體現的「牆外魔鬼」型的故事就是對「張生跳牆」的一種「反動」。而且，這種「反動」主要集中於乾隆年間的某些文言小說之中。

首先是在袁枚的《續新齊諧》之中，已經開始出現了對「跳牆」者的一聲當頭棒喝:「有巨紳某之子甫畢姻，迫於父嚴，恐戀新婚，促令從師遠讀，且督責曰:『無故不得擅歸。』其子綢繆燕爾，未免妄想。一日獨坐書齋，見隔牆有美人露半身，秋波流注，挑之，微笑而下。方欲移幾梯接，又見牆上立金甲神，手執紅旗二杆，一書『右戶』，一書『右夜』，向女招颭，女杳然遂滅。」(《驅狐四字》)

緊接著，到了紀曉嵐的《閱微草堂筆記》之中，這種「牆外魔鬼」的當頭棒喝聲可就此起彼落，不絕於耳了。聊舉數例：

> 有世家子，讀書墳園。園外居民數十家，皆巨室之守墓者也。一日，於牆缺見麗女露半面，方欲注視，已避去。……。一夕，獨立樹下，聞牆外二女私語。一女曰：「汝意中人方步月，何不就之？」一女曰：「彼方疑我為狐鬼，何必徒使驚怖！」一女又曰：「青天白日，安有狐鬼？癡兒不解事至此。」世家子聞之竊喜，褰衣欲出，忽猛省曰：「自稱非狐鬼，其為狐鬼也確矣。……」掉臂竟返。次日密訪之，果無此二女。（《槐西雜志一》）

> 即墨有人往勞山，寄宿山家。所住屋有後門，門外繚以短牆為菜圃。時日已薄暮，開戶納涼，見牆頭一靚妝女子，眉目姣好，僅露其面，向之若微笑。方凝視間，聞牆外眾童子呼曰：「一大蛇身蟠於樹，而首閣於牆上。」乃知蛇妖幻形，將誘而吸其血也。倉皇閉戶，亦不知其幾時去。（《槐西雜志二》）

> 楊勤慤公年幼時，往來鄉塾，有綠衫女子時乘牆缺窺之。或偶避入，亦必回眸一笑，若與目成。公始終不側視。一日，拾塊擲公曰：「如此妍皮，乃裹癡骨！」公拱手對曰：「鑽穴逾牆，實所不解。別覓不癡者何如？」女子忽瞠目直視曰：「汝狡黠如是，安能從爾索命乎？且待來生耳。」散發吐舌而去。（《姑妄聽之一》）

> 老僕盧泰言：其舅氏某，月夜坐院中棗樹下，見鄰女在牆上露半身，向之索棗。撲數十枚與之。女言今日始歸寧，兄嫂皆往守瓜，父母已睡。因以手指牆下梯，斜盼而去。其舅會意，躡梯而登。料女甫下，必有幾凳在牆內，伸足試踏，乃踏空墮溷中。女父兄聞聲趨視，大受捶楚。眾為哀懇乃免。然鄰女是日實未歸，方知為魅所戲也。（《姑妄聽之二》）

以上作品，讀來都是令人感到分外恐怖的。牆外的美女，全都是妖魔鬼怪。在善良忠厚的男人面前，極盡誘惑、欺騙、恐嚇、威脅之能事。面對這樣的牆上風景，男人只有內心堅定而外表沉著方能遇難呈祥。但是，從此以後，誰見到女人尤其是牆頭的紅杏都得防她是罌粟，登徒子的日子該怎麼過呢？殊不知這樣一來，正好掉進了紀曉嵐們的牢籠之中——美色其實就是魔鬼。

就這樣，轉了一圈，「張生跳牆」故事的文學指向又回到了它的文化起點：「無踰我牆」。不過，這裡的「無踰我牆」比《詩經》中的「無踰我牆」含義更為單一，更為乏味，更為冷冰冰，更為直截了當，當然也就更為滅絕人性。

「張生跳牆」的文學指向並未終結，還有很多新鮮的花樣。但本文必須終結了，因為已經太長，只好趁機打住，以待來日。

（原載《明清小說研究》2013 年第一期）

略談中國古代小說中的良馬意象

「常言道：『說話贈與知音，良馬贈與將軍，寶劍贈與烈士，紅粉贈與佳人。』」（《痛史》第二十三回）自古以來，將軍愛好馬。非但將軍，甚至文人、名士、帝王，都對好馬報以青眼。據載，唐太宗征戰時騎過的六匹駿馬分別是拳毛騧、什伐赤、白蹄烏、特勒驃、颯露紫、青騅。此外，歷史上還有項王之騅，苻主之騧，桓氏之驄，晉侯之駁，魏公絕影，唐國驌驦，劉備的盧，呂布赤兔，曹植驚帆，張飛豹月烏，秦叔寶忽雷駿，郭子儀獅子花，慕容廆赭白等等。

一、毛色與體態：良馬外在美

在中國古代小說史上，許多小說都寫到馬，尤其是那些涉及戰爭描寫和英雄人物的通俗小說，更是對好馬、名馬、駿馬大寫特寫。《水滸傳》第十三回寫索超騎「李都監那匹慣戰能征雪白馬，……勝如伍相梨花馬，賽過秦王白玉駒。」楊志騎「梁中書那匹火塊赤千里嘶風馬，……休言火德神駒，真乃壽亭赤兔。」這裡提到了三匹名馬，而下面這段文字則又提到名馬三匹：

> 康熙爺離了座，站在東邊，宦官把畫在西邊挑著，頭前兩邊燈燭輝煌。康熙爺觀瞧：頭一匹名為赤兔馬，乃三國呂布所騎，後來呂布被擒，此馬歸於曹操。漢壽亭侯被困曹營，曹操贈赤兔馬，關公因為此馬給曹操下了一拜，真乃千里駒也。又看第二匹，是一匹黄驃馬，當年馱過秦瓊，在潼關內三擋老楊林，潼關外九戰魏文通，走馬取金堤，皆此馬之力，真好馬！又看第三匹馬，乃是赤炭火龍駒，殘唐時李存孝所騎，過黄河，見黄巢四十八萬番漢兵，連破七

> 十二座連環陣，十八騎人馬殺入長安，皆此馬之力！（《彭公案》第二十九回）

以上兩則描寫，去其重複，得到五位「小說名人」的五大名馬：伍子胥梨花馬，李世民白玉駒，秦叔寶黃驃馬，李存孝火龍駒，還有先呂布後關羽的赤兔馬。如果將這五匹名馬作一區分，則其皮毛可分為三種顏色：白、紅、黃。其實，古代小說對好馬的描寫，最搶眼的就是其皮毛花色：

> 果然一翩翩少年公子，銀槍白馬，白盔白甲白袍白旗，混身雪片一般。（《宋太祖三下南唐》第四十四回）
>
> 黑八卦旗一分，轟隆一聲炮響，出來了一個黑老道，黑衣服黑馬，黑頭髮蓋著黑臉，身後肯定寶劍，頭挽道冠，手中抱定黑旗子。（《續小五義》第一百二十四回）

兩例所描寫的好馬黑白分明，而且帶動它們的主人雪白一片或漆黑一團。除了上述的紅、白、黑、黃四種顏色以外，名馬還有很多種毛色，後文還將涉及。這裡，再對這些名馬來點典型性介紹。

赤兔馬在中國古代小說中最早現身應該是在宋元講史話本《三國志平話》中，其主人是呂布。

> 其家奴再覆：「這馬非俗，渾身上下血點也以鮮紅，鬃毛如火，名為赤兔馬。丞相道，不是紅為赤兔馬，是射兔馬。旱地而行，如見兔子，不曾走了，不用馬關踏住，以此言赤兔馬。又言，這馬若遇江河，如登平地，涉水而過；若至水中，不吃草料，食魚鱉。這馬日行一千里，負重八百餘斤。此馬非凡馬也。」……太師領軍兵五十餘萬，戰將千員。左有義兒呂布，布騎赤兔馬。（卷之上）

這裡，對於赤兔馬何以被稱之為「赤兔」，有了一個顛覆常識的解釋：「不是紅為赤兔馬，是射兔馬。」但在一般人心目中，赤兔馬仍然應該是紅色的，《三國志通俗演義》也是這樣描寫的。後來，呂布被曹操斬殺，赤兔馬歸了曹操。再後來，曹操就將這匹千古名馬送給了關羽：「操令左右備一匹馬來。須臾，使關西漢牽至，身如火炭，眼似鑾鈴。操指曰：『公識此馬否？』公曰：『莫非呂布所騎赤兔馬乎？』操曰：『然。吾未嘗敢騎，非公不能乘。』連鞍奉之。關公拜謝。」（卷之五《雲長策馬刺顏良》）

然而，無論赤兔馬究竟姓呂還是姓關，總之都是在東漢末年發生的事。但誰也沒有想到，在以宋代或明代為背景的小說作品中，居然數次出現了赤兔馬。

> 只見宋金輝騎的一匹赤兔馬，在那裡亂叫。匡胤聽了馬嘶，仔細一看，見那馬周身如火炭一般，身條高大，格體調良，走至眼前，將韁繩拉住。(《飛龍全傳》第二十一回)

> 洪基急拖搶而走，那赤兔馬走得極快，周爺追趕不上，隨揮動三軍，一齊進踩賊營。(《鐵冠圖忠烈全傳》第二十三回)

這馬難道能活數百上千年嗎？況且，《三國志通俗演義》中不是明明白白地寫赤兔馬殉主而亡了嗎？或許，最合理的解釋是赤兔馬乃許多相近似的好馬共名，上述這兩匹赤兔馬正是東漢末年那赤兔馬的後裔。

赤兔馬而外，烏騅馬名氣也很大。最早的烏騅馬是楚霸王的坐騎，這在很多書籍中都有記載，明代小說也有描寫：

> 霸王見亭長艤船相待，久而不去，知為長者，乃謂曰：「吾知公為長者，吾有此馬騎坐，數年以來，所向無敵，嘗一日行千里。今恐為漢王所得，又不忍殺之，公可牽去渡江，見此馬即如見我也，此亦不相忘之意。」遂命小卒牽馬渡江。那馬咆哮跳躍，回顧霸王，戀戀不欲上船，霸王見馬留連不捨，遂涕泣不能言。眾軍士攬轡牽馬上船，亭長方欲撐船渡江，那馬長嘶數聲，望大江波心一躍，不知所往。(《西漢演義》第八十四回)

烏騅馬，顧名思義，應該是黑色的好馬，這與傳說中的楚霸王倒也般配。因為人們印象中的楚霸王應該是豹頭環眼，燕頷虎鬚，膚色黑黑的。與之相近的系列人物還有張飛、呼延灼、常遇春等。更有意味的是，他們所乘的馬匹恰恰都是「升級版」的烏騅馬。張飛馬名豹月烏已見前述，再看另外二位所騎名馬：

> 徽宗天子看了呼延灼一表非俗，喜動天顏，就賜踢雪烏騅一疋。那馬渾身墨錠似黑，四蹄雪練價白，因此名為踢雪烏騅馬，日行千里。(《水滸傳》五十四回)

> 太祖舉眼一看，真個是：豹頭環眼，燕頷虎鬚。挺一把六十斤大刀，舞得如風似電；駕一匹捕日烏騅馬，殺來直撞橫衝。(《英烈傳》第十回)

宋徽宗賜給呼延灼的踢雪烏騅是從腳上變色，而常遇春所騎之捕日烏騅則應該是在頭上變色。這種雜色的好馬，實際上又成為小說中名馬的主體。例如以下幾匹：

> 忽近臣奏曰：「西洋國進貢大宋一匹驌驦良驥，路經幽州，被守關軍人奪來。」蕭后命牽入來看，只見碧眼青鬃，紅毛卷紋，高六七尺。（《楊家府通俗演義》卷二）

> 秦叔寶怎生打扮？……騎一匹呼雷豹，玉勒金鞍控紫絲，呼雷斑豹現龍姿。英雄削竹批雙耳，奮迅鑽風入四蹄。欺獬豸，勝狻猊，口噴紅霧汗流珠。千金駃騠奔雷疾，萬里神媒掣電飛。尉遲恭怎生披掛？……騎一匹金脊烏龍馬，生向天地本異常，渾身潑墨按乾方。卷潮風勢歸蹄速，接尾金輝透春黃。妝玉勒，飾雕鞍，一聲嘶入戰爭場。烏龍頓斷黃金鎖，黑虎掀翻白玉樁。（《大唐秦王詞話》第三十回）

> 那鄧宗弼頭戴烏金盔，身穿鐵鎧，面如獬豸，雙目有紫棱，開合閃閃如電，虎鬚倒竪，腕下掛著霜刃雌雄劍，座下慣戰嘶風良馬。那辛從忠面如冠玉，劍眉虎口，赤銅盔，鎖子甲，騎一匹五花馬。（《蕩寇志》第七十一回）

這樣一些好馬，除了渾身皮毛的底色之外，它們的眼睛、鬃毛、口腔、脊背等各個部位，都會有各種不同的顏色，或者乾脆就是「五花馬」。那麼，五花馬究竟是什麼毛色的馬？至少有兩種說法。一說唐人喜將駿馬鬃毛修剪成瓣以為飾，分成五瓣者，稱「五花馬」，杜甫《高都護驄馬行》：「五花散作雲滿身，萬里方看汗流血。」仇兆鰲注引郭若虛曰：「五花者，剪鬃為瓣，或三花，或五花。」另一說是指馬的毛色具有五種花紋，李白《將進酒》詩：「五花馬，千金裘，呼兒將出換美酒，與爾同銷萬古愁。」王琦注：「五花馬，謂馬之毛色作五花文者。」但無論如何，好馬身上的五彩繽紛，於此亦可謂大觀矣！然而，這裡還有一個值得細研的問題：秦叔寶所騎之馬究竟若何？歷史上稱之為「忽雷駮」，與《大唐秦王詞話》中所謂「呼雷豹」應該是一致的，那是一種具有豹狀斑點毛色的駿馬，但在下面這部小說中，秦叔寶擁有的卻是著名的黃驃馬。

> 忽聽後邊槽頭馬嘶，叔寶舉目觀看，卻是一匹羸瘦黃驃馬，身子雖高八尺，卻是毛長筋露。……叔寶就到槽邊細看，那馬一見叔寶，把領鬃毛一扇，雙眼圓睜，卓犖之狀，如見故主一般，叔寶知是一匹好馬。（《說唐》第三回）

乍一看，似乎古代小說作家的說法不太一樣，其實，黃驃馬乃是一種黃色皮毛上夾雜著白點子的駿馬，這與《大唐秦王詞話》中所謂「呼雷斑豹」的說法是吻合的。

二、騎士與坐騎：人馬俱風流

上一節中，我們探討了好馬的外在形態。但《說唐》中的這段描寫，又體現了英雄愛寶馬的情結，還寫出了英雄識好馬的情節。這種情節，在中國小說史上比比皆是。在下面這段故事中，岳飛的表現就與秦瓊不相上下。

> 仔細一看，自頭至尾足有一丈長短，自蹄至背約高八尺。頭如博兔，眼若銅鈴，耳小蹄圓，尾輕胸闊，件件俱好。但是渾身泥污，不知顏色如何。……馬夫即將籠頭上了，將馬牽到池邊，替他刷洗得乾淨。岳大爺看了，果然好匹馬，卻原來渾身雪白，並無一根雜毛，好不歡喜。（《說岳全傳》第六回）

當然，岳鵬舉與秦叔寶觀察駿馬的興奮點還是有區別的。秦叔寶比較喜歡具有漂亮花紋圖案的坐騎，而岳鵬舉則比較喜歡清一色的純白。進而，我們要追問的是，在中國古代小說中，最喜歡好馬的究竟有哪些人物呢？答案有二：統兵將領，江湖豪俠。先看第一類：

> 少顥領兵出城紮營，排開陣勢。……手提一口大刀，騎坐一匹青鬃千里追風馬。……蚩尤即出馬，……濃眉濁眼，巨口剛鬚，坐下烏龍馬。（《開闢演義》第十九回）
>
> 烏文畫吶喊連聲，從關上殺來。其人雄威壯大，鎧重袍新，手橫丈八蛇矛，身坐千里追風，昂昂凜凜。（《有商志傳》卷之四）
>
> 左邊一將，……跨下一匹銀鬃馬，繡帶飄飄，威風凜凜，乃是左先鋒粉臉金剛羅燦。右邊一將，……跨下一匹黃驃馬，相貌堂堂，英風凜凜，乃是右先鋒金頭太歲秦環。（《粉妝樓》第六十九回）
>
> 對壘東關神排開陣勢，上手汪文，下手汪虎，宗保坐於白驥馬。（《北宋志傳》第四十七回）
>
> 元帥（狄青）喝聲再去打探，自己連忙穿過黃金甲，頭上戴紫金盔，上了現月龍駒，手執定唐金刀，氣宇軒昂。（《五虎平西》第五回）

> 這裡大將軍左良玉也自親身臨陣，……使一把偃月刀賽過虎牢殺將，跨一匹胭脂馬勝於淮蔡擒凶。（《新史奇觀演義全傳》第七回）

從開天闢地的遠古蠻荒，到封建末期的明清易代，陣上將軍無一不愛好馬。因為在冷兵器時代，馬的優劣往往牽涉乘坐者的生命。故而，選擇一匹好馬，是每一位將軍的最低要求，也是最高要求。而寫好名馬與名將之間的血肉聯繫，則是小說家、尤其是描寫戰爭故事的小說家的基本任務之一。正因如此，《開闢演義》和《有商志傳》等小說的作者，甚至置歷史真實於不顧，竟然讓在以車戰為主的先秦時代披掛上陣的將帥們騎上了「千里追風馬」。

除了統兵上陣的將帥之外，另一類喜歡好馬的極大人群就是江湖豪客了：

> 丁兆蘭看來將面如黑炭，相貌猙獰，黑盔黑甲，騎著一匹烏錐，就像畫的元壇一般。（《續俠義傳》第六回）

> 只見一人牽過一匹馬來，乃是一匹川馬，遍身雪白，唯脊上一片黑毛，此馬名為烏雲蓋雪，俱是新鞍新轡。（《四望亭全傳》第二回）

> 頭上戴頂武生巾，身穿白綾箭幹，腳上薄底快靴，坐下一匹銀白快馬，便下山去。（《七劍十三俠》第五回）

三例中的英雄，都是江湖中人，但卻有正邪之分。第一例中丁兆蘭眼中那個又可怕又可惡的敵人飛天狻猊鄭天雄，是襄王手下的「五虎之冠」，但卻是個反面人物。第二例中的主人公名叫花振方，是一個典型的江湖大俠。第三例中的主人公伍天熊乃是一位占山為王的二寨主，是一個年輕而性格急躁的江湖好漢。三人之間雖然有著年齡、性格乃至政治立場的重大差別，但有一點卻是共同的：愛馬，愛好馬，而且是那種黑白分明的好馬。

不僅英雄豪傑愛好馬，就是英雄的家人子女，往往也會騎上父輩留下的駿馬，從事各種社會活動。下面這位小姐就是：

> 小姐上馬，武國南背著鍾麟，武國北拉著紅沙馬，出了後寨門，把門人俱都醉倒。（《小五義》第三十九回）

小姐乃君山寨主鍾雄的女兒，父親醉酒被擒，只好聽從母命，騎著紅沙馬，跟隨父親的手下逃亡他鄉。從某種意義上講，一匹好馬往往就是逃難之人的救命稻草，也是闖蕩江湖者的生命之舟。正因如此，但凡行走江湖者，勢必千方百計尋覓良駿以為腳力。請看下面這位好漢對好馬的尋尋覓覓：

> 希真辭歸，將錢開發馬保兒，便問那保兒道：「我要買匹好馬，但一時好的難遇，你可曉得哪裏有？」保兒道：「今日聽得他們說，北固橋郭教頭昨日死了，他有匹棗騮好馬，有名喚做『穿雲電』，因無喪葬之費，聽他娘子說要賣。小人亦曾見來，果然好馬。」（《蕩寇志》第七十三回）

陳希真本為一中下級軍官，因受到權豪勢要的陷害威逼，不得已亡命江湖。於是，擁有好馬對他就是勢在必得的基本要求了。最後，他從郭教頭的未亡人那裡買到了喚作「穿雲電」的棗騮馬，便可以帶著女兒陳麗卿行走江湖了。

當然，如果愛馬的英雄碰到一位豪爽的朋友，或許也能得到被贈送的駿馬。西晉時名將齊萬年就有這麼好的運氣。

> 元度曰：「前得月氏駿馬一匹，勢雄力猛，無人可馭，久閒在廄，今特送與將軍乘跨，少壯神威。」遂命取得鞍轡，與萬年親自披控。不移時，一員鬼將，赤髮黄鬢，赤眉碧眼，裸臂赤胸，帶著番馬，嘶鳴咆哮而至。劉淵等抬頭一看，但見自足至背，約高八尺，從頭至尾，挺長一丈，鬃如黑漆，身似丹珠，龍軀火目，巨口方蹄，勢如彪迅，正是越火不須誇赤兔，沖波何須羨烏騅。（《續三國演義》第九回）

對於好馬，古代小說中很多英雄好漢除了買得、受贈以外，也還有愛馬愛到癡迷狀態，以至於為了得到一匹真正的好馬而不顧一切的「傻蛋」。下面這位紀獻唐先生就是如此。

> 除了那些玩的之外，第一是一味地裏愛馬。他那愛馬也和人不同，不講毛皮，不講骨格，不講性情，專講本領。紀太傅家裏也有十來匹好馬，他都說無用，便著人每日到市上拉了馬來看。他那相馬的法子也與人兩道，先不騎不試，只用一個錢扔在馬肚子底下，他自己卻向馬肚子底下去揀那個錢。要那馬見了他不驚不動，他才問價。一連拉了許多名馬來看，那馬不是見了他先尥蹶咆哮的閃躲，便是嚇得周身亂顫，甚至嚇得撒出尿來。這日，他自己出門，偶然看見拉鹽車駕轅的一匹鐵青馬。那馬生得來一身的卷毛，兩個繞眼圈兒，並且是個白鼻樑子，更是渾身磨得純泥稀爛。他失聲道：「可

惜這等一個駿物，埋沒風塵。」也不管那車夫肯賣不肯，便垂手一百金，硬強強的買來。可煞作怪，那馬憑他怎樣的摸索，風絲兒不動。他便每日親自看著，刷洗餵養起來。那消兩三個月的工夫，早變成了一匹神駿。（《兒女英雄傳》第十八回）

太傅家的公子紀獻唐雖然愛馬成癖，但太平天國的英王陳玉成卻比他更善於騎馬。因為這位作戰英勇的年輕將軍騎馬「騎」出了儒雅的風度。那可是非常人所能比擬的：「陳玉成又善騎，惟非臨陣不騎。平時喜乘筍輿，控兩馬以隨輿後；輿中縱橫史策，實取乘輿以便觀書。遇急時，即改而乘馬；兩馬皆日行五六百里，一名追漢，一名破楚。」（《洪秀全演義》第四十五回）然而，陳玉成的儒雅騎馬又不如以下幾位騎馬姿態的俏麗。

那樊梨花披掛上馬，……身穿索子黃金甲，外罩繡花龍袍，足穿小緞靴，坐下騰雲馬，手執雙刀。（《說唐三傳》第四十五回）

瓊玉出馬，……跑一匹五花馬，勢若遊龍；開一張百石弓，形如滿月。（《南史演義》第三卷）

郭勇見一女子，錦帕紫額，高挑雉尾，身穿紅錦戰袍，坐下一匹銀鬃白馬，飛也似來。郭勇欺他弱小，大喝道：「賊婢緩來！」舉刀便砍，小鬟舉槍相迎。（《嶺南逸史》第四回）

你道這屠俏怎生模樣？……騎匹白點子馬，緊緊夾定；坐副錦繡銀鞍，穩穩斜蹺。（《後水滸傳》第十五回）

那麗卿便去箭架上挑選了十五支雕翎狼牙白鏃箭，把來插在箭袋裏；弓箱內取了一張泥金塔花暖靶寶雕弓，換了一根新弦，套在弓囊裏；又去把兩匹馬喂好。那棗騮已是將息得還原，周身火炭一般赤，父女二人都騎試過，端的好腳步。（《蕩寇志》第七十四回）

這裡有女元帥樊梨花的八面威風，也有女將軍楊瓊玉的英姿颯爽，還有蠻公主李小鬟的急如星火，更有女煞星屠俏的橫空出世，甚至還有牽著「棗騮馬」準備亡命江湖的憨癡女俠陳麗卿的從容不迫。各種毛色的好馬，與這些妙齡女郎的佩飾、裝備、神態結合在一起，便在中國古代小說中形成了一道又一道奇特而亮麗的風景線。由此可見，喜歡寶馬並非將軍俠客的專利，那些巾幗豪傑也不乏愛馬如命者，她們甚至更能以自身的綽約風姿與風馳電掣的寶馬相映成趣。

除了陣前將帥、江湖豪俠、巾幗英姿都酷愛好馬之外，就連廟堂天子也喜歡良駿。當然，帝王們的寶馬必然更帶有華貴的皇家氣象，最為常見的乃是一種「驌驦馬」。

> 貞觀天子同軍師徐茂公，出了午朝門，跨上日月驌驦馬，一竟到教軍場來。(《說唐後傳》第一回)

> 將驌驦良驥獻上朝廷，使人到了汴京，近臣引奏真宗，真宗見馬大悅。(《楊家府通俗演義》卷三)

可見，在小說家的心目中，像唐太宗、宋真宗這樣一些明君都喜愛「驌驦」馬，那麼，「驌驦」究竟是一種什麼樣的好馬呢？驌驦，或作「驌騻」。《後漢書・馬融傳》載馬融於「元初二年上《廣成頌》」，有云：「乘輿乃以吉月之陽朔，登於疏鏤之金路，六驌騻之玄龍。」李賢注：「驌騻，馬名。《左傳》云，唐成公有兩驌騻馬。」在今本《左傳》中，「驌騻」作「肅爽」。《左傳・定公三年》：「唐成公如楚，有兩肅爽馬，子常欲之。」杜預注：「肅爽，駿馬名。」孔穎達疏：「爽或作霜。賈逵云：『色如霜紈。』馬融說：『肅爽，雁也。其羽如練，高首而修頸，馬似之，天下稀有。』」「肅爽」又作「肅霜」，酈道元《水經注・湞水》：「《春秋》定公三年，唐成公如楚，有兩肅霜馬，子常欲之，弗與，止之三年，唐人竊馬而獻子常，歸唐侯是也。」

由上可知，「驌驦」是一種白色、昂首、長頸的駿馬，尤為帝王所喜愛。更有意味的是，不僅漢民族的君王喜歡白馬，就連少數民族的君王也有白馬之好。

> 到江邊無船可渡，金主騎赭白龍馬，徑到江中，傳令道：「看我鞭梢向哪裏，就依著走。」大軍果然跟了，水才浸到馬腹。上了江岸，遣人回到渡處一探，深不見底。軍士踴躍大呼道：「這是真命天子了！」(《水滸後傳》第十五回)

金國國王的這匹白馬不僅英俊，而且神異，它居然能夠在大江之中為三軍將士「踩」出一條路來，並直接證明了「金主」是真命天子，真正是神乎其「馬」也！但還有更神的，有的小說乾脆讓小白龍變成神俊白馬。

> 菩薩上前，把那小龍的項下明珠摘了，將楊柳枝蘸出甘露，往他身上拂了一拂，吹口仙氣，喝聲叫：「變！」那龍即變做他原來的馬匹毛片，又將言語吩咐道：「你須用心了還業障，功成後，超越凡

> 龍，還你個金身正果。」那小龍口銜著橫骨，心心領諾。（《西遊記》第十五回）

白龍馬的故事在中國幾乎盡人皆知，當然是由於《西遊記》的藝術魅力所致，但說到底，更因為「白馬」在佛教中是最純潔高貴的馬，難道沒有看見，佛教東傳至中國，所建立的第一個寺院就是洛陽白馬寺嗎？

相對於西方淨土崇信白馬而言，陰曹地府所常用之馬當然就應該以「黑」為主了。可不是嗎？那位在陽間、陰間「兩班倒」的天下第一清官包公，第一次到陰間上班時騎得就是「黑馬」。

> 頭剛著枕，已覺自己立在丹墀之上，見下面有二青衣，拉著一匹黑馬，那鞍轡雖然鮮明，卻也是一色黑的，忽聽青衣說道：「請星主乘騎。」包公便下了丹墀，一抖絲韁，一個抽扶，一個認墜鐙，將馬乘上。（《龍圖耳錄》第二十七回）

在陰間，像包公這樣的面黑心紅的好官，所用儀仗，都是以黑色為主的，不僅馬是黑的，就連僕役穿的也是青衣，鞍韉也清一色的黑。作者這樣構思，乃是因為黑色是一種沉重的色調，它給人以壓抑感，但同時又顯得非常肅穆莊重。

然而，有的名馬除了給人乘坐之外，還可以作為一種矇騙人的工具。明代的一部小說，就寫到借獻馬而手刃仇人的故事。這故事的主人公，乃名將呼延贊，不過，當時隱姓埋名成為「馬贊」。

> 耿忠曰：「適與強人相爭，贏得一匹好馬，名曰『烏龍馬』。將要送往河東，賣與歐陽丞相，因過尊兄莊上，特來相訪。」馬忠曰：「既賢弟有此好馬，不如只賣與小兒，就中更有一事相告。」……耿忠令贊近前，謂之曰：「汝今只將此馬送入歐陽彷府中，稱作拜見之物。他得此馬，定問汝要何官職，須道不願為官，只願跟隨相公養馬，彼必喜而收留。待遇機會處，因而殺之，此冤可報也。」贊拜受其計。（《北宋志傳》第一回）

後來，馬贊果然留在歐陽彷身邊，果然瞅準時機報了父仇。但是，在這個故事中，馬是沒有什麼感情色彩的，它基本上只是主人公用來矇騙仇人的一個道具。書中的主人公馬贊，以及作者，都是絲毫沒有顧及馬「情感」的。那麼，是否所有的馬都沒有情感呢？是否所有的古代小說中所寫到的馬都沒有情感呢？答案是否定的。在許多小說中，馬不僅有情感，而且豐富著哩！

三、情感與智商：靈物人性美

馬是靈物，它有著豐富的情感。說到馬的情感，我們不妨先從小事說起。「隋唐系列小說」中的大英雄秦叔寶，曾經倒楣到賣馬的地步。然而，當萬分無奈的好漢將那瘦馬拉著準備離開客棧大門時，卻發生了令人鼻酸的一幕：

> 王小二開門，叔寶先出門外，馬卻不肯出門，徑曉得主人要賣他的意思。馬便如何曉得賣他呢？此龍駒神馬，乃是靈獸。曉得才交五更，若是回家，就是三更天也鞴鞍轡、捎行李了；牽棧馬出門，除非是飲水齕青，沒有五更天牽他飲水的理。馬把兩隻前腿蹬定這門檻，兩隻後腿倒坐將下去。若論叔寶氣力，不要說這病馬，就是猛虎，也拖出去了。因見那馬尩瘦得緊，不忍加勇力去扯它，只是調息綿綿的喚。王小二卻是狠心的人。見那馬不肯出門，拿起一根門閂來，照那瘦馬的後腿上，兩三門閂，打得那馬護疼撲地跳將出去。(《隋唐演義》第八回)

你看那馬的動作：「把兩隻前腿蹬定這門檻，兩隻後腿倒坐將下去」。這是多麼人性化的描寫啊！面對這樣一匹通人性的馬，不要說主人公秦瓊不忍心用力拖拉，但凡是「情商」優於那狠心的店小二者，都會心頭震顫的。

秦叔寶的那匹馬，可以說是情商和智商兼具的。情商方面已見上述，其實，這匹馬還有十分聰明的一面，它「徑曉得主人要賣他的意思」，而且，這個判斷是邏輯推理得來的：「曉得才交五更，若是回家，就是三更天也鞴鞍轡、捎行李了；牽棧馬出門，除非是飲水齕青，沒有五更天牽他飲水的理。」像這樣情商、智商兼具的馬，實在罕見！但是，在情商、智商二者之間具有一方面「靈異」也就相當不錯了。下面這匹馬，就是情商較高而智商較低的。

> 素臣遠遠望見一堆柴草，說道：「好了，那不是救這些馬的命麼？快趕到那裡買去。」那馬一似懂得說話，搖頭擺尾，直躥的往前去了。看看至近，素臣叫聲：「啊呀！」把馬勒住。後面的馬，早跑過幾匹，將草亂搶。素臣這馬十分要吃，因素臣神力所勒，不能上前，兩眼滴淚，哀鳴不已。素臣道：「畜生，我豈不知你餓？但草已下毒，食之即死，何苦為嘴傷生！」……走不到半里，那吃草之馬，已滾倒在地，不能活命了。(《野叟曝言》第四十四回)

文素臣的馬，情商很豐富，當主人說有草料時，「那馬一似懂得說話，搖頭擺尾，直躥的往前去了」，而當主人有所發現，不讓它吃草時，它的表現簡直就像一個可憐的孩子：「兩眼滴淚，哀鳴不已」。但相對於主人的智商而言，它還是相差甚遠的。這種差距勢所必然，因為文先生南征北戰，見多識廣，最後位極人臣，是一個非常了不起的角色。一匹馬，就是再聰明，也不可能超過最聰明的人。但是，這匹馬卻與一般人的智商相差不遠，因為在當時，放縱自己的馬匹去吃有毒的草料的人不止一個，那幾匹「滾倒在地，不能活命」的「吃草之馬」就是證明。這些馬主人的智商，或者說社會經驗與文素臣之間的距離，應該與文素臣的馬一樣，相差無幾。從這個意義上講，文素臣這匹馬的智商也不算低。

還有情商更高的馬，因為它可以幫助一個父親尋找到失散的女兒。

> 忽見一位長髯的官長，騎匹無鞍馬遠遠跑來。剛剛跑到門前，那馬把官長掀翻在地，叫聲：「哎喲！跌死我也。」老樵上前把他扶起。是時小姐企立門邊，被他一眼窺見，大叫一聲：「我兒！你怎麼來到這裡？你母親兄弟今在何處？」小姐抬頭一看，見是父親，忙上前跪下。(《鐵冠圖忠烈全傳》第三回)

戰亂之中的父女重逢，竟然來自極重情感的馬兒的長途跋涉和狠狠一掀，雖然那老兒跌得不輕，但他得到了最重要的收穫，見到了女兒。我們實在不能埋怨這匹將主人掀翻在地的好馬，因為它不會講話呀！它最為直截了當的辦法，就是製造一點大動靜，讓父女相見。它的目的達到了，而且表現得非常優秀。

表現優秀的駿馬還有一類，那就是極有骨氣、極有眼光，甚至能分清是非、預知禍福。

> 西戎吐谷渾，乃慕容廆之庶長兄也。……廆既即位，聚集諸部議事，忽馬奴來報，稱說御馬出浴於河，因見吐谷渾所乘之馬，各相狠鬥，御馬反輸踶，請大王令人醫之。廆聽見其說，大怒，謂吐谷渾曰：「先公分封有別，奈何不相遠離而令鬥馬！」吐谷渾曰：「馬為畜，鬥者其常性也，何怒於人？」廆轉怒曰：「遠別甚易，當去汝於千里之外矣」吐谷渾聞言曰：「遠別甚易，恐後會為難！」言訖，忿氣即出外，領家屬遂西行。……於是樓馮即出追著，言：「大王令小臣請殿下還國，不可遠離！」吐谷渾勒住馬曰：「先公稱卜筮之

言，當有二子克昌，祚流後裔。我卑庶也，理無並大，今因馬為弟所怒而別，殆天所啟乎？諸君若請吾還，誠驅我馬令東，馬若還東，我當相隨還耳，若西，不歸矣。」言未畢，樓馮即遣從人擁馬東去，數百步，馬輒悲鳴，復西走不去。吐谷渾對樓馮曰：「我不歸耳！」馮跪下曰：「此天意，非人事也。」於是吐谷渾策馬西去。(《西晉演義．慕容廆大霸棘城》)

在封建時代，兄弟之間為了皇位之爭奪異常激烈，絕無善終，因為這種鬥爭必然是你死我活的。上述故事中，慕容廆因為庶兄的馬戰勝了自己的馬而要將哥哥趕到千里之外，後來雖然後悔了，派人追回，但他哥哥心裏明白，嫌隙既生，回去後總有一天會爆發矛盾的，甚至會有殺身之禍。於是，吐谷渾借助馬兒的態度委婉地拒絕了弟弟的召回，而那匹馬的表現簡直妙極了：「從人擁馬東去，數百步，馬輒悲鳴，復西走不去。」徘徊後的堅定，思考後的決絕，這哪兒是匹馬呀，簡直就是一個深思熟慮的人。最後，這匹馬決定了主人千里征程的方向，還決定了主人政治生命的走向，當然，也決定了自己的生命歷程的去向！

天下之大，無奇不有。「走」的好馬走得有道理；「不走」的好馬居然也大有道理在。包公的馬，就是這樣一個靈物。

老爺從新摟住扯手，翻身上馬。雖然騎上，馬卻不走，盡在那裡打旋轉圈。老爺連加兩鞭，那馬鼻翅一扇，返倒往後退了兩步。老爺暗想：「此馬隨我多年，他有三不走，遇歹人不走，見冤魂不走，有刺客不走。難道此處有事故不成？」(《七俠五義》第十五回)

作為一匹「馬」，居然有「三不走」！簡直神了，簡直比人還「人」！除了包公以外，一般人恐怕沒有如此超凡的判斷力。即便是包大人，也是受到此馬的啟發然後才能破若許冤案的。這樣的馬，智商簡直到了無以復加的高級狀態。

然而，在中國古代小說、甚至於在中國古代通俗文學中，更為人們所津津樂道還是好馬救主的故事，而且被救者多半是真命天子。劉備的盧馬躍檀溪的故事、李世民玉鬃馬三跳虹霓澗的故事早已被喜好中國古代小說的讀者所熟知，這裡再補充二例：

話說燕王被瞿能追到堤盡頭，奈堤高馬乏，跳不上去。瞿能漸

> 漸趕上，燕王事急，大叫道：「甚麼小將，敢逼我至此！要天地鬼神何用？」叫聲未絕，坐下的馬，忽驚嘶一聲，平地裏一躥，早躥起五尺高，竟跳上堤去。（《續英烈傳》第十八回）
>
> 這一日，八位好漢往養軍山打獵去了，單留薛仁貴在內煮飯。這騎雲花鬃拴在石柱上，飯也不曾滾好，這匹馬四蹄亂跳，口中亂叫，要掙斷絲韁一般，跳得可怕。……這是寶馬與凡馬不同，最有靈性的，把頭點點。仁貴就全身披掛，結束停當，手端畫戟，跨上馬，解脫絲韁，帶出藏軍洞中，過仙橋，鞭子也不消用，四蹄發開，望山路中拼命的跑了。（《說唐後傳》第四十二回）

燕王朱棣策馬跳高堤的故事，完全可以與躍檀溪和跳虹霓鼎足而三，但說到底，都是後起的故事對先前同類故事的模擬，沒什麼意思。而薛仁貴飛馬救唐王的故事，則有點推陳出新的意味了。因為當時追趕李世民的是蓋蘇文，那是一個強大而危險的敵人，靠一匹馬是救不了這位真命天子的。因此必須有人，有蓋世英雄來擊敗蓋蘇文。於是，薛仁貴騎著花鬃馬上場了，最終殺敗了蓋蘇文，救了唐天子。表面看起來，是能人騎著好馬救了李世民，而實際上，這段故事所展現的乃是好馬積極主動地載著大英雄救了貞觀天子。在整個故事進程中，「馬」一直是主動的，發現敵情，焦慮不安，點頭示意，拼命狂奔，都是「馬」的行為，而作為「人」的薛仁貴只是十分被動地在「馬」的帶動下立下蓋世奇功的。這功勞，真正是「汗馬功勞」！

然而，最通人性的馬還不在這兒，不在這些好馬救主的故事中，而是在那些烈馬以身殉主的動人段落裏。《三國演義》中的赤兔馬最後是怎麼死的呢？且看：「關公既歿，坐下赤兔馬被馬忠所獲，獻與孫權。權就賜與馬忠騎坐。其馬數日不食草料而死。」（第七十七回）一匹馬，為了表示對自己主人的崇敬和懷念，竟至以身殉主，絕食而亡。無怪乎毛宗岡讀到此處，會情不自禁地寫道：「此馬不為呂布死而為關公死，死得其所矣。馬亦能擇主乎？」無獨有偶，《飛龍全傳》中也有這麼一匹馬。當苦命的京娘為了報答俠義的趙匡胤大恩、也為了表明自己的清白上弔自殺後，她的靈魂竟然騎著馬兒手執紅燈為趙匡胤送行。當趙匡胤問京娘為何死後還能騎馬時，她的回答出人意料：「好叫恩兄得知，此馬自蒙恩兄所賜，乘坐還家，今見恩兄已走，小妹已亡，此馬悲嘶，亦不食而死。」（《飛龍全傳》第十九回）原來，這烈女的靈魂騎的乃是烈馬的靈魂，而且，這匹馬生前就是趙匡胤送給京娘的，當它看見舊主人離去、新主人自殺，竟然為死者而死並「魂送」生者一程。這樣的「馬」，這樣的極重感情的馬，人世間那些利盡交疏、見異思遷、忘恩負義之徒，難道不會見之而臉紅嗎？

其實在古代小說中，還有一匹差一點以身殉主的馬，只不過由於它的特殊表現，將故事引向了另一種範式。

> 一面將家人屍首收拾出莊屋宇，所有金銀一應歸官，押回衙中，將瓊玉收監。差副將韓忠帶本章申詳上憲，以待拜本上京，將寶馬進呈為據。但此馬純熟人性，數天不食草料，不飲米湯，似癲惡嘶叫狼嗥，不表。……卻說高角、雲龍弟兄扮一客商作式到蘇州府城。只見城門壁上張掛賞格示諭，為總兵大人所得回瓊玉番馬，數天不食料，狂嘶利叫不絕，逢人近身即被踢咬傷，是匹顛狂狼馬。只為外邦進貢皇上之物，今既得之，一來質證梁瓊玉通山寇無疑，二來乃進貢寶馬，不敢失去。城門下榜文賞格，招醫馬師之人。（《銀瓶梅》第十一回）

由於此馬思主而絕食嗥叫，故而導致了總兵大人的醫馬廣告；又由於醫馬廣告，便引出了另一種關於好馬的故事：英雄馴馬。上面這段描寫，就是「好馬殉主」到「英雄馴馬」兩種故事類型的轉折載體。

四、英雄與烈馬：改惡而向善

在古代小說中，按照歷史時間先後，最早馴馬的英雄人物當為楚霸王項羽。

> 眾人馬頭前告曰：「塗山大澤中，有一黑龍忽化為馬，每日至南阜村咆哮，揉踏禾黍，民不能禁。聞將軍大兵至，願為民除害。」籍同恒楚等數十人，步行到大澤邊，只見那馬見人來到，咆哮近前，兩足騰起，其勢有齧人之狀。籍大呼叱吒，捺衣近前，就勢將馬鬃揪住，直身上馬，繞澤邊馳驟十餘遍，馬汗出勢弱，遂搭轡徐行一二里，無復跳躍。……又將所降馬，牽過堂下，那馬高七尺，長一丈，真龍駒也，梁遂命名曰烏騅。（《西漢演義》第十一回）

項羽所馴之馬，也就是後來他的坐騎烏騅馬。但根據這部小說所寫，此馬乃「黑龍」所化，與《西遊記》中的白龍馬恰好配成對比鮮明的一對。而且，它們各自的主人也形成黑白分明的一對。其實，這種馬與人的同位色素配合，多半是小說家美麗的藝術謊言。歷史上的唐僧是否長得白白淨淨，是一個說不清的問題，即便他原本白淨，但經過西行漫遊的長途跋涉以後，也應該被曬黑了吧？把他寫得白白淨淨，漂亮無比，無非是故事情節的需要而已。如此，他所騎的馬就不可能黑不溜秋，必須「白」得可以。項羽呢？他的馬是烏騅，那可是有證據的。因為他自已臨危唱了一首歌，歌詞中與虞美人相提並論的就是烏騅馬：「力拔山兮氣蓋世，時不利兮騅不逝。騅不逝兮可柰何，虞兮虞兮柰若何！」（《史記・項羽本紀》）既然烏騅馬是黑色的，項王就不可能長得過分白淨，於是，也就藝術地「黑」起來。至於歷史上的楚霸王究竟長得什麼模樣，是白是黑，那只有天知道！當然，還有虞美人知道。

楚霸王之後，這種馴馬英雄逐漸多了起來。這裡有歷史名人，也有藝術虛構。但無論何種人物，都是英雄好漢，他們馴馬的過程都是很精彩的。

> 見一馬甚猛，四面皆以鐵欄圍之。六渾曰：「此馬何故防衛甚嚴？」榮曰：「此馬號為毒龍，莫能御他。往往蹄齧傷人，人不敢近。」歡細視之曰：「良馬也。胸項間有旋毛一叢，故此作孽。若剪而去之，必足為明公用也。」……命六渾往廄中牽馬。毒龍一見欄開，雙蹄並起，掙斷鐵索，奔出廄外，騰踔跳躍，勢甚猛烈。六渾當前攔住，喝道：「你雖畜類，亦有性靈。既受豢養，自當任人駕馭，何得蹄齧殺人？我為你改惡為良，異日立功邊上，方顯爾能。」毒龍聽了，頓時收威斂跡，伏地低頭。六渾貼近馬身，不加羈絆，剪去旋毛。眾人皆為危懼，六渾神色自若，以旋毛獻上。榮大喜道：「果然名不虛傳，毒龍殺人多矣，卿乃獨能制之。」歡曰：「御惡人亦猶是矣。」榮奇其言，便道：「此馬即以賜卿，卿為我試之。」六渾騰身上馬，那馬放開四足，風馳電掣，團團走了幾遍。（《北史演義》第十二卷）
>
> 原來此馬乃東番進貢朝廷，名曰火騮駒，只因此馬兇惡得很，聖上賜與龐國丈，豈知馬性頑強，不伏鞍轡拘鎖，反傷陷了幾名家丁。只為欽賜之物，故制囚籠，將它困禁了。這火騮駒不伏拘禁，力勢兇狠，天天吵鬧。這日卻被他掙脫了籠廄，逃走出府外。家人飛報太師，龐洪聽了，忙喚能幹家人，上前追趕，諭令眾人如有能降伏得此馬，不拘軍民，也須請到府中領賞。眾家人領命，一程來追趕火騮駒，跑近橋邊，只見一位少年，揪住火騮駒，還是縱跳不

已，嘶怒如雷。眾人看見此人生得堂堂一表，力能挽擒此馬，十分驚駭，看不出此人氣力有這般大。當下狄公子手挽馬鬃，那馬掙跳不脫，前蹄掀，後腳蹂，惱了狄青，喝聲：「逆畜，強什麼！」狠力一捺，馬已按倒塵埃，不能掙跳。公子性起，連連踹他幾腳，痛得極了，滾來滾去，叫跳不出來。又復狠狠踹踏幾腳，這火騮駒雖則雄壯，怎經得英雄虎力威狠，登時端破肚腹，腸多已瀉出，橫倒於橋邊。(《萬花樓》第十二回）

前一例中的馴馬好漢一會兒被稱之為「歡」，一會兒又被稱之為「六渾」，其實「歡」就是「六渾」，此人名叫高歡，字賀六渾，這可是北朝著名人物。他曾經被北魏封為渤海王，擁立過北魏孝武帝，當宰相後又逼走皇帝，旋即別立孝靜帝，於是自己也就成為北魏分裂後之東魏的大臣。最後，高歡在北齊天保初被追崇為獻武帝，廟號太祖，天統初改謚神武皇帝，廟號高祖。這位賀六渾為人性深密，極權變，馭軍旅法令嚴肅，聽斷明察，是一個亂世奸雄。小說寫這樣一位英雄人物識別並馴服一匹毒龍馬，可以說是人與馬相得益彰的。第二例中的狄青，也是歷史名人。他曾經在北宋名臣韓琦、范仲淹手下為將領，受范仲淹指導，熟讀左氏春秋，精通兵法，成為一代名將。他先後平叛西夏，宣撫兩湖，經制廣南，南征破敵，官拜樞密使，謚號武襄。狄青為人慎密寡言，尤喜推功將佐，善用奇兵，南征儂智高時曾於上元佳節張燈結綵、把酒言歡之際，三鼓而奪關，一晝夜破敵。反映狄青故事的小說，除《萬花樓》外，還有《五虎平西》《五虎平南》等。像這樣一位歷史上和傳說中的雙料名人，寫他腳踢火騮駒之風采，也恰到好處。

五、叫騾與嘯驢：騏驥變形美

以上，我們簡略巡閱了中國古代小說中形形色色的好馬、名馬以及這些駿馬與英雄之間的故事。但實際上，還有一種「馬」的變體也值得我們注意，那就是驢子與騾子。騾子是非驢非馬、亦驢亦馬的動物，但在乘坐功能方面，一匹好騾子往往並不亞於好馬。

素臣把那騾子一看，見有四尺高身材，頭尾八尺多長，昂起頭來，有五六尺上下，膀圓腰細，耳峻蹄輕，渾身青色，沒有一根雜毛。向日京道：「名士愛馬，怎這匹騾，你還嫌他瘦？可謂相騾於牝牡驪黃之外者矣！你嫌他瘦，可知他筋骨的利害哩！」(《野叟曝言》

第十三回）

文素臣慧眼，識得一匹遍體青色的騾子，而且高大無比，而他對騾子主人所說的誇讚之詞卻是「名士愛馬」。可見在文素臣心目中，這匹騾子的好處不在名馬之下。當然，騾子也像好馬一樣，比較適合於身材魁梧的男子漢乘坐。但是，那身軀相對柔弱的驢子呢，其主人卻不太合適由彪形大漢充當了。在歷史長河和古代文學作品中，與驢子相得益彰的主人多半是兩大類別：文士與女俠。文士如王安石，如陸游，其風格大致上是「詩人味」。女俠呢，騎著匹小毛驢的巾幗豪傑，似乎更具幾分別樣風采。

> 說話之間，猛聽得一聲驢嘯，震天的響。二人抬頭看時，道旁樹下，拴著個黑花點白叫驢兒。其大如馬，其瘦如狼，好生異樣。沙地上，又坐著一個婦人，年紀三旬上下，不膏不粉，自有一種出世的風韻。（《女仙外史》第三十三回）

> 只見一個人，騎著匹烏雲蓋雪的小黑驢兒，走到當院裏把扯手一攏，那牲口站住，她就棄鐙離鞍下來。這一下牲口，正是正面面東，恰恰的和安公子打了一個照面。（《兒女英雄傳》第四回）

> 衛茜急把黑驢一磕，追風般縱下嶺去，手中盤螭劍迎風一晃，一團白光，滾進垓心，兩旁的人頭亂落。（《熱血痕》第三十二回）

第一例中「年紀三旬上下，不膏不粉，自有一種出世的風韻」的女子，就是唐人傳奇小說中創造的著名女俠聶隱娘，在後世許多部英雄小說或劍俠小說中，她出鏡率頗高，而這裡，她所表現的卻是一種最為原始的狀態，因為在唐人傳奇小說《聶隱娘》中，她和丈夫就都是騎著小毛驢的：「一丈夫、一女子，各跨白黑衛。」白黑衛就是白色和黑色的驢子，因為古代衛國盛產好驢子，故古人稱驢子為「衛」。第二例中乘驢的女俠也很有名，乃清代小說家文康在其《兒女英雄傳》中塑造的江湖女俠何玉鳳，人稱「十三妹」。第三例中的衛茜，也是小說中描寫的一位本領高強的江湖女俠，而她所騎的驢子的皮毛卻與前面兩位各有特「色」：一個白為主帶黑點，一個身軀黑而四蹄白，這一個卻是通體純黑。相比較而言，三匹驢子當以聶隱娘的最為兇悍，十三妹的最為乖巧，衛茜的最為迅捷。但無論如何，它們都映襯了各自女主人的颯爽英姿。

「天上石麟，誇小兒之邁眾；人中騏驥，比君子之超凡。」（《幼學瓊林．鳥獸》）

馬也罷，騾也罷，驢也罷，中間可是大有堪與君子比德者。
進而言之，一匹好馬，其實是真善美的化身。
反過來說，人而無德，不如騾馬！

（原載《明清小說研究》2015 年第一期）

仙姑・妖精・賢婦・辣妹
——螺女在古代小說中的變身及其文化意蘊

關於中國古代許許多多的「螺女」故事的文學體裁歸屬，嚴格而言是一個說不清楚的問題。從最大的層面劃分，她應該屬於「民間故事」。再細分，她又該屬於民間故事中的「童話」。但也可以說她是一個神話、仙話、傳說故事。當然，她又被「嫁」到了中國古代小說的大家庭中。

民間故事具有集體性、口頭性、變異性、匿名性、傳承性、地域性等特點。它是人民大眾的口頭創作，完整而美妙的情節是其基本要求，這些作品中的時間、地點、人物、事件往往隨著敘述者的變化而產生著微妙的變化。童話則是充滿幻想的民間故事，因此，又可稱之為幻想故事。它以豐富的想像為主要特徵，當然，這種想像多半又建立在充分現實化的基礎之上。童話故事一般都表揚那些勤勞、勇敢、善良、寬容、公正和充滿智慧的人們，所批判的對象呢？當然就是那些懶惰、怯弱、兇惡、狹隘、自私和自以為聰明其實很愚蠢的傢伙。童話往往將動物、植物乃至無生命物人格化，從而，通過這些生動形象的「人物」去勾起少年兒童的心理共鳴，去引發他們豐富的審美想像力。當然，童話也可以發掘成年人乃至老年人的「童心」，讓他們的心理年齡變得年輕起來，進而在一個個美麗的童話世界中暫時回到那金色而迷蒙的孩提時代。

「螺女」故事的演變過程，正好體現了這些特點。

一、天上掉下林妹妹：螺仙

從某種意義上講，螺女的傳說正是「天上掉下個林妹妹」的標準體現。因為中國最早的螺女本是白水素女，她是受天帝派遣從「天漢」掉到「邑下」的。這個故事見於一篇南朝小說，或謂出自《搜神記》，或謂出自《搜神後記》，今以最新輯本《搜神記》為準引錄如下：

> 謝端，晉安侯官人也。少喪父母，無有親屬，為鄰人所養。至年十七八，恭謹自守，不履非法。始出作居，未有妻，鄰人共愍念之，規為娶婦，未得。端夜臥早起，躬耕力作，不捨晝夜。後於邑下得一大螺，如三升壺，以為異物，取以歸，貯甕中畜之。十數日，端每早至野，還見其戶中有飯飲湯火，盤饌甚豐，如有人為者。端謂鄰人為之惠也。數日如此，便往謝鄰人。鄰人皆曰：「吾初不為是，何見謝也？」端又以鄰人不喻其意。然數爾不止，後更實問，鄰人笑曰：「卿以自娶婦，密著室中炊爨，而言吾為之炊耶？」端默然，心疑不知其故。後方以雞鳴出去，平早潛歸，於籬外竊窺其家中，見一少女美麗，從甕中出，至灶下燃火。端便入門，徑至甕所視螺，但見殼。乃到灶下問之曰：「新婦從何所來，而相為炊？」女大惶惑，欲還甕中，不能得，答曰：「我天漢中白水素女也。天帝哀卿少孤，恭慎自守，故使我來，權相為守舍炊烹。十年之中使卿居富得婦，自當還去。而卿今無故竊相伺掩，吾形已見，不宜復留，當相委去。雖爾，後自當少差，勤於田作，漁採治生。今留此殼去，以貯米穀，常不可乏。」端請留，終不肯。時天忽風雨，翕然而去。（《搜神記·白水素女》）

這個故事有幾個要點：第一，男主人公謝端是個窮苦而又勤勞的青年農民。第二，他撿到了一隻田螺並蓄養在家。第三，螺女幫他燒菜弄飯。第四，謝端發現並抓住了螺女。第五，螺女自稱是白水素女，乃受天帝派遣而來。第六，螺女沒有嫁給謝端，但留下可以永遠裝滿糧食的田螺殼而去。

這一則東晉時期由文人記載的螺女的故事，到唐代則由另一個文人改寫。改寫後的作品，以上六個要素中的有些情況卻悄然發生了變化。先看唐代人記述的前半段：

> 常州義興縣有鰥夫吳堪，少孤，無兄弟。為縣吏，性恭順。其家臨荊溪，常於門前以物遮護溪水，不曾穢污。每縣歸，則臨水看

> 玩，敬而愛之。積數年，忽於水濱得一白螺，遂拾歸，以水養。自縣歸，見家中飲食已備，乃食。如是十餘日。然堪為鄰母哀其寡獨，故為之執爨，乃卑謝鄰母。母曰：「何必辭，君近得佳麗修事，何謝老身。」堪曰：「無。」因問其母。母曰：「子每入縣後，便見一女子，可十七八，容顏端麗，衣服輕豔，具饌訖，即卻入房。」堪意疑白螺所為，乃密言於母曰：「堪明日當稱入縣，請於母家自隙窺之，可乎？」母曰：「可。」明旦詐出，乃見女自堪房出，入廚理爨。堪自門而入，其女遂歸房不得。堪拜之，女曰：「天知君敬護泉源，力勤小職，哀君鰥獨，敕余以奉媿，幸君垂悉，無致疑阻。」堪敬而謝之，自此彌將敬洽，閭里傳之，頗增駭異。(《原化記·吳堪》)

較之《搜神記》，《原化記》中螺女的故事要素有哪些變化呢？第一，男主人公由貧窮的農民變成了縣吏——國家公務員。第二，螺女沒有離開，而是嫁給了男主人公吳堪。除了這一頭一尾之外，中間主要情節的四點基本沒有變化。那麼，產生變化的兩點體現了什麼呢？答曰：作者的自戀和媚俗心理。所謂自戀，乃是對作者自身身份的一種美好認識，體現在作品中就是有如此豔遇的不應該是一個農民，而應該是一個知識分子，最好是有一官半職的知識分子。所謂媚俗，當然是遷就普通民眾的心理，一個故事中男主人公與女主人公之間最好有一點豔情，讓螺女嫁給男主人公得了，何必「可望而不可即」？這兩種心理在作品中的體現，實在也說不上好壞。

中國古代小說史的發展往往是波瀾起伏的，螺女的故事也不能例外。清代坊刊本擬話本小說集《別有香》第十五回，竟然一下子又寫了兩個螺女的故事。前者是一個堅貞不屈抗拒歹徒的烈女形象，後者卻是個淫蕩不堪的妖精形象，真正是相反相成。後者後面再說，我們不妨先看前者。

這個故事的開始很正常，與上面兩個傳說只有細微的不同。

> 先年有一人姓張，事母至孝。每日砍柴，易粟供母，寒暑無替，忽一日，母病將亡，張焚香告天，願以身代，然修短有數，豈人代得的，其母竟以病亡，張殯殮了，哀毀骨立，飲食不進。鄰人再三勸諭，方始食粥，但張□身自出砍柴，向賴母三餐炊煮，及母沒了，張要親身經歷，每一舉火，即想其母，未嘗不慟哭，常至廢餐。忽一日，進山砍柴，見路傍有螺殼一個，大如甕，可以盛斗粟，

> 張愛之，遂懸擔頭持歸，掛在臥房壁上，每日早飯了出去，至暮方回，即炊煮晚膳，習以為常。偶一日歸來，見鍋內有熱氣，忙揭開一看，夜飯並下飯的小菜，悉皆齊備。(《別有香．大螺女巧償歡樂債》)

這裡，除了將農夫改為樵夫而外，與《搜神記》中的描寫並沒有什麼本質的不同。螺女與張郎做了一段時間的夫妻，並告訴張郎，她是奉「龍主」之命來給張郎燒菜弄飯並做妻子的，原因是張郎「行孝無偶」，同時又與張郎有「夙緣」。最終，在緣盡之時，螺女留下珍珠一囊，分別而去。後張郎用那些珠子聘妻成家，子孫綿延。

上述而外，古代小說中的螺女故事還有另一種形態，帶有「妖氣」的女人和環境。唐代小說中就有這麼一種描寫：

> 鄧元佐者，潁川人也，遊學於吳。好尋山水，凡有勝境，無不歷覽。因謁長城宰，延挹託舊，暢飲而別。將抵姑蘇，誤入一徑，其險阻紆曲，凡十數里，莫逢人舍，但見蓬蒿而已。時日色已暝，元佐引領前望，忽見燈火，意有人家，乃尋而投之。既至，見一蝸舍，惟一女子，可年二十許。元佐乃投之曰：「余今晚至長城訪別，乘醉而歸，誤入此道，今已侵夜，更向前道，慮為惡獸所損，幸娘子見容一宵，豈敢忘德？」女曰：「大人不在，當奈何？況又家貧，無好茵席祗侍，君子不棄，即聞命矣。」元佐餒，因捨焉。女乃嚴一土塌，上布軟草，坐定，女子設食。元佐餒而食之，極美。女子乃就元佐而寢。元佐至明，忽覺其身臥在田中，傍有一螺，大如升子。元佐思夜來所餐之物，意甚不安，乃嘔吐，視之，盡青泥也。元佐歎吒良久，不損其螺。元佐自此棲心於道門，永絕遊歷耳。出《集異記》。(《太平廣記》卷四百七十一)

與《搜神記．白水素女》相比，《集異記．鄧元佐》中的故事發生了較大的變化。上述六個要素都不同程度被「顛覆」了。第一，男主人公鄧元佐再也不是窮苦勤勞的青年農民，而是一位遊學的學子。第二，鄧元佐並沒有撿到田螺，而是在荒郊野外遇到田螺變成的美女。第三，螺女雖然也給他提供精美的食物，但卻是青泥「幻化」的。第四，謝端發現「美女」原來是田螺乃是在第二天早上。第五，美女現形田螺後並沒有變回來，當然也就更沒有辦法交代自己的來歷。第六，螺女雖然沒有嫁給鄧元佐，但卻「就元佐而寢」，與他做了一夜情的露水夫妻。這樣一個脫胎換骨的螺女的故事，意味著在《搜神記・白水素女》的影響下，雖然有著《原化記・吳堪》那種基本繼承的「正格」，但也有著《集異記・鄧元佐》這樣的「變格」。而「變格」之變，核心就在於仙女的「妖精化」。

然而，這僅僅只是螺女「妖精化」的開始。

二、江河湖海變相多：螺妖

在《集異記・鄧元佐》的影響下，「螺」在後世小說中常常以妖精的面目出現，而且是形形色色，多種變相。

一種情況螺精乃為害一方的妖孽，且看：

> 卻說武當山揚子江中，有水螺精、馬精、蝸精、篾纜精眾精，見祖師在凡間，不敢作亂。聞師上天，眾精於江中興波作浪，遍害客商，怨氣衝天。(《北遊記》第二十四回)

這樣一個螺精，可不是什麼好東西，與那些溫柔美麗的螺仙相比，完全是天壤之別。當然，作為妖精的「螺」也並非只是在江河湖泊中有，大海之中也有這種螺中敗類：

> 透龍寶劍落下來，照著妖僧的頸項，咕咚的將妖僧的頭砍將下來。死屍栽倒，現露原形。時長青將遯法冠摘下，現出本面來，二位佳人來到近前細看，原來是個海螺，多年成精得道，神通廣大，變作人形。(《小八義》第九十八回)

然而，像這種極其卑劣的螺妖在中國古代小說中畢竟是少數，更多的「螺」在水族則是充當「將士」的角色。例如：

> 白蛤為前隊，黃蜆作左衝。蠒揮利刃奏頭功，蚶奮空拳冒白刃。牡蠣粉身報主，大貝駝臂控弓。田螺滾滾犯雄鋒，簇擁著中軍老蚌。(《型世言》第三十九回)

> 楚玉遊於宮外，見了些水兵水將、水宮水殿。那長劍將軍，是蝦體曲而成精；那八卦軍師，是龜頭老不能伸；那鐵甲大王，是螺螺身帶重殼；那雙戟先鋒，是蟹精同步横行。真個水旅盛似百萬兵！(《比目魚》第九回)

這些螺妖，有男有女，或正或邪，一般說來，屬於古代小說中最普通、最無意義的螺精形象。但是，也有稍具文化意味的螺妖，如下面這位一心向道的螺中女子：

> 真君乃站在石上，用力一扯，石遂裂開。石至今猶在。因名為釣龍石。只見扯起一個大螺，約有二三丈高大，螺中有一女子現出，真君曰：「汝妖也！」那女子雙膝跪地，告曰：「妾乃南海水侯第三女。聞尊師傳得仙道，欲求指教修真之路。故乘螺舟特來相叩。」真君乃指以高蓋山，可為修煉之所，且曰：「此山有苦參甘草，上有一井，汝將其藥投於井中，日飲其水，久則自可成仙。」遂命女子復入螺中，用巽風一口，吹螺舟浮於水面，直到高蓋山下。女子乘螺於此，其螺化為大石，至今猶在。（《警世通言·旌陽宮鐵樹鎮妖》）

這裡的真君，即許旌陽，俗名許遜，他所指點的這位「螺女」嚴格而言只是「乘螺之女」，是「南海水侯第三女」「乘螺舟特來相叩」，似乎本身並不是螺精或螺仙。但如果這樣看問題，就有點膠柱鼓瑟了，因為本文涉及的大量螺女，都是藏身螺中的女子，就連白水素女也是如此。故而，這位「郡主」我們也應算作「螺女」。這可是一位正面人物，她潛心向道，拜真君為師，最後終登仙籍。

與南海郡主相類似的還有一位螺精，不過他可是位雄性「巨螺」，而且是身處妖邪之中而真靈不滅的。且看他的表現：

> 卻說此室之內，有一九頭烈馬，修成人體，常在八境宮殿現形，驚物左右。山鄰聘請巫師，時為和解。恐人誤觸此怪，將室緊閉。三緘師徒在八境煉道，怪已知得，恨不能吞之。歷此廿里許，有一搏龍潭，內一巨螺，煉道千年，亦能化作人形，常與潭中婆龍相善。二怪道法高妙，九頭烈馬頻相往來。故見三緘師徒煉道於此，烈馬喜甚，飛身來潭，向巨螺、婆龍言及此事。巨螺曰：「彼煉彼道，吾修吾身，同為造道之人，何容自相殘賊？」……巨螺曰：「三緘奉上天命，為道祖所遣，一止一行，皆有仙真護持。噬之弗得，反自尋死路也，烏得不畏！」婆龍曰：「爾畏三緘，吾不畏之！」九頭烈馬曰：「如婆龍不畏，吾等今夜乘其不備噬之，可乎？」婆龍曰：「可。」二怪商議停妥，於傍晚時駕動妖風，將欲行矣。巨螺又止之曰：「是三緘也，不惟命奉上天，爾等噬之，必遭天譴，而且隨身法寶亦復多多。吾不忍爾二人修道有年，一旦喪失。如其不聽吾

> 語，為彼寶物傷卻，那時追悔，嗟何及乎？」婆龍不以為然，與九頭烈馬驅風竟去。……婆龍、烈馬勢不可支，剛欲飛奔入潭，早被飛龍一爪抓定婆龍，一爪抓定烈馬。二怪急不能脫，忙化為細小堅石，龍爪抓之不著，方得逃入潭中。所恨遍體負傷，羞見巨螺，暗暗養好傷痕，深恨三緘入骨。（《繡雲閣》第八十六回）

這個巨螺，可謂身陷污泥之中而保持頭腦的清清白白，因此，他可以得到善終。由此亦可見得，即便是低賤的螺妖，在靈魂深處也要「正心誠意」，而絕不可有私心雜念，更不能有淫邪歹毒的想法。說到底，這其實正是儒家思想的一種非常態表現。

螺妖的故事到這裡似乎是窮相極態了吧？但且慢，還有逆向思維的例子，主人公也是一隻巨螺，只不過是雌性，而且淫邪不堪。

前文引述的《別有香・大螺女巧償歡樂債》中的那位堅貞不屈抗拒歹徒的烈女形象的螺仙，在那篇作品中不過是一個大大的「頭回」，該篇真正的意旨則是後面那個故事。

有戚玄修、戚玄感兄弟二人，讀書之暇，江邊觀景，見江舟之中兩個美女，兄弟頓生相思情意，不料卻招惹上了巨無霸的田螺女。

> 不說他兩兄弟的相思，卻說這一點思慕之心，早打動了巨螺仙女。那仙女就乘螺出游水面，遇玄修兩兄弟尚垂涎昨日那舟中的女子，因雙雙步出園來。……玄修道：「此景不除天台。」玄感道：「只少了兩個仙女，將我劉阮二人沒著腳處。」因相與大笑，正笑間，只見灘上似有一大物，倏沉倏浮，又忽半浮半沉。玄感道：「哥哥，你見麼。」玄修道：「見來，似一個大螺，我和你去捉他起來，養在園中，也是難得有的。」遂走下灘來。那螺又沉了下去，若曉得有人要捉他的一般。玄修道：「兄弟，莫做聲，此物也曉人意。」玄感果不做聲，又立了一會，那螺果又浮起來，被他兩人一齊下手，遂捉住了，竟抬到園中書房後，放在一大缸內。（《別有香・大螺女巧償歡樂債》）

旋即，兄弟二人分別去多情地「乞靈」「叩問」田螺，而這位大螺女居然也就分別與兄弟二人相好：「自此後，那螺女夜間去陪玄修宿，日間去陪玄感宿。」如此一個月之後，大螺女忽然不來，兄弟二人在苦苦思念、等待之時也情不自禁地相互間將隱情說破。不料大螺女又突然出現，原來是「緣法已到」，「來奉郎君一夕之歡」，作最後告別的。於是，出現了所有螺女傳說中最為淫穢的一幕：

> 螺女道：「但妾來意，妾不明言，郎君不知，君昆玉前世為姊妹，妾幸為郎，因以私染，蒙君姊妹交枕床，愛不忍分，後以情敗禁足，各以愁死，妾尚沉水族，君姊妹今世為兄弟，思慕恩情，未修前債，故借螺身，巧償君之願，今孽已償，妾安敢久留？」玄修驚道：「有這一段光景，我與卿真前世姻緣，但緣止今夕，光陰有限，為歡幾何，抑誰先誰後，早自為之。」玄感道：「哥哥先，弟心不安，弟先，哥哥不安，弟意做個兄弟同窠，你不先，我不後，何如？」玄修道：「此論固好，只恐一窠不容二鳥。」螺女道：「妾縱不堪，也勉強承受，了二君之歡，成一朝之別。」玄修遂與螺女解衣，抱坐膝上，把莖從後插人。玄感立螺女前，起其雙足，從前突進，你一抽，我一遞，如一個井，兩個弔桶打水，一上一下，一深一淺，約有兩個更次，弄得筋麻骨軟。……（《別有香·大螺女巧償歡樂債》）

如此描寫，多麼無恥，又多麼無聊！這是一種披著因果報應外衣的縱慾淫亂。這種寫法，在中國古代小說中並不少見，但卻傳染到田螺故事之中，使得原本聰明美麗的純情女子變成一個縱慾無度的蕩婦淫娃。這是田螺故事最大的墮落，是文人的無聊情趣與市井的不良風氣的渾濁結合。但是，這並不奇怪，因為在小說史前進的長江大河之中，既有潺潺流水，也有激流險灘，既有波光瀲灩，當然也就免不了有污濁泥潭。

三、勤儉持家民間女——賢婦

以上兩節中涉及的螺女，有些已經具有了民間家庭主婦的特色。然而，這種角色的動人風采真正豐滿的展現則是清代章回小說《八仙得道》，這部作品中塑造的螺女形象堪稱與仙姑、妖精鼎足而三的新的範型——賢婦。故事是從一個一輩子吃齋而突然想「開葷」吃田螺的老婦人開始寫起的：

> 誰知王氏這樣不要那樣不喜，單單要吃那田螺。這是因為大水之後，家中不知從哪裏流來一個大田螺，劉氏看這田螺大得奇怪，弄點清水把他養了起來，曾給王氏瞧見，所以此時想要拿來嘗嘗這種新鮮味兒。依孫傑的意思，只要母親愛吃，管他葷素，請他吃了

再講。劉氏卻知這是婆婆的亂命，他吃了幾十年的長齋，無端為這田螺開葷，萬一吃下肚去忽然懊悔起來，仍要添出毛病。而且吃素之人一旦無端開葷，也是非常罪過的事情。於是由他想個法子，特去外面找來幾個田螺殼，用滾水洗得乾乾淨淨，一點氣味都沒有了，卻拿麵筋乾等物搗之成醬，做成田螺肉模樣，嵌入田螺殼中，哄那王氏，只說遵命燒了田螺請他嘗新。王氏果然歡歡喜喜吃了幾個，也並不知道是人工製成的假貨。吃了之後，又過了一天，他的壽數已到，就此一命嗚呼。孫傑夫妻哀毀骨立，不消細說，拚當所有，辦完喪葬之事。劉氏因婆婆臨終愛吃田螺，所以見到那個大田螺就傷心到了不得。孫傑便把這田螺送去水中放生。後來劉氏也得病去世，臨死之時，含淚對丈夫道：「我隨你二十年，替你養親持家，自問並沒失德，只不曾替你生下一男半女。我家境況又如此貧苦，我死之後你哪有銀錢再娶！這孫氏血脈，豈不由你而斬！這是我死不瞑目的事情。」說畢而死。從此孫傑一家只剩他一人，也不能再做田工，每日只在村中有錢人家幫傭作工維持一身生活。（《八仙得道》第九回）

這部作者姓名不詳的《八仙得道》，堪稱古代仙話傳說百衲衣。該書將歷史、神話、傳說融為一爐，加之想像虛構，東扯西拉，卻饒有趣味。書中最大的特點是作者能將神話、仙話、傳說中的人和事扯到一起。尤其是對「八仙」出身的描寫，更具有非常濃厚的世俗意味，甚至有的地方帶有民俗特色。如第七回起敘張果老出身，第十八回起敘鐵拐李出身，第二十五回起敘何仙姑故事，第三十八回起敘鍾離權出身，第五十五回寫藍采和故事，第七十九回起敘呂洞賓故事，第九十二回敘韓湘子出身，第九十七回寫曹國舅出身等等，都很精彩。而螺女的故事，就是附著在張果老出身的大故事之中的。但是，就其對螺女故事的描寫本身而言，又的的確確具有相對的獨立性，並且，這個故事與《白水素女》和《吳堪》相比，均有很大差別。第一，男主人公既非未婚的青年農民，也不是一個單身漢的縣吏，而是一個有家有室的傭工者。第二，螺女並非上天派來，而是大水漂來。第三，孫傑的妻子對田螺客觀上有救命之恩，故而，田螺後來的行為可視為一種報恩行為。當然，這篇作品也有與《白水素女》和《吳堪》相同的情節，那就是螺女幫男人燒菜弄飯終被發現被「抓獲」的情節，這大概也是所有螺女故事不可移易的「當家」情節。然而，《八仙得道》中螺女賢惠的勞作卻不是「目標準確」和「第一時間」的。對其客觀上有恩的本是孫傑的妻子劉氏，而她報恩的對象卻選擇了孫傑，而且是在劉氏去世之後。這又是為什麼呢？因為這位螺女立志要將報恩的行為落實到恩人最為盼望的「焦灼點」上。劉氏一輩子最大的遺憾是什麼呢？用她自己的話說：「我隨你二十年，替你養親持家，自問並沒失德，只不曾替你生下一男半女。我家境況又如此貧苦，我死之後你哪有銀錢再娶！這孫氏血脈，豈不由你而斬！這是我死不瞑目的事情。」不孝有三，無後為大。在封建時代，一個女人嫁到夫家，如果不能生下一個或幾個兒子，那將是極大的恥辱和遺憾，甚至還會產生負罪感。正是出於這樣一種心態，劉氏有了這最大的「焦灼點」。故而，螺女要報劉氏之恩，最好的方式就是將她的「焦灼點」變成興奮點、幸福點。質言之，這一位螺女必須繼承劉氏的遺志，拋棄自己的一切，為孫傑生一個兒子！這才是最能讓施恩者愉快接受的報恩。於是螺女義無反顧地去了，去為恩人的丈夫孫傑燒菜弄飯、漿衣洗裳、疊被鋪床、生兒育女去了。她當然會被「抓獲」，當然會留下來，當然，也會做了孫傑賢惠的妻子，並且還有了自己的名字——羅圓，諧音「田螺圓圓」的簡稱。且看這神奇而又溫馨的一幕：

> 這天羅圓替孫傑做完一切事情，仍自回去，到了晚上，孫傑恐怕誤事，坐待到子時，忙忙去西首河干一找，果見自己和劉氏所放的大田螺還在岸邊，歡歡喜喜地抱了回來。照他所囑咐的說話，一一布置妥貼，方去睡覺。一到天亮，便聞廚屋內有人講話之聲。心中大疑。起身一看，原來羅圓又帶來兩個小丫環兒，正在指揮他們弄茶弄水，煮飯做菜。一見孫傑起來，羅圓先謝了他提挈之恩，又命兩個丫鬟前來叩見。並說：「這兩個孩子年紀不大，也很做得事情。」二婢一齊拜過孫傑。孫傑益發大喜，從此羅圓便長住孫家和孫傑成了夫婦。孫傑家中本來一無所有，此時卻逐漸興盛起來。不但柴米衣服完全不用憂慮，其他起居服用都舒適非常，比平常有錢人家還來得寫意。（《八仙得道》第十回）

在上述所有螺女的故事中，這一個是最纏綿的，也是最世俗的。你看它，竟然讓螺女變成了富家小姐，還帶著兩個丫鬟來出嫁，還給丈夫家帶來了享不盡的榮華富貴。但即便如此，還有一個根本問題沒有解決，羅圓嫁到孫傑家的終極目標是生孩子，其他的，都不過是陪襯，是背景色而已。當然，作者是不可能忘記這個核心指標的。不僅不會忘記，而且還要重筆寫來。一定要讓羅圓這個「報恩」的麟兒生產得非同凡響。

剛巧孫傑妻懷孕十月，夜間夢見一位官吏送來一隻黑色飛禽，對他說道：「你夫妻行善多年，感動天心，冥王派某親送仙禽為爾男子。此物本是仙種，前程遠大，不可限量。爾等宜好好看視，不要輕覷了他。」說畢把飛禽一放，那鳥投入懷中，一驚而醒，立刻覺得肚子生疼。那消半個時辰，呱呱墜地，卻是一個面白唇紅眉清目秀的佳兒。夫妻倆這一喜也就非同小可，而且照夢中所見景況，可見此兒不是尋常之輩，必係絕有根器之人，心中愈覺慰悅。因他是神仙所賜，取名仙賜。(《八仙得道》第十一回)

看到這裡，稍有文化知識的讀者應該會恍然大悟了。儘管羅圓報恩生子的故事本身也很生動，但在「八仙出身」的大故事中，它不過是一個美麗的插曲而已。這裡的螺女故事是附著在張果老出身的故事中得到表現的。在中國古代傳說中，張果老的最早形態就是一隻蝙蝠，亦即故事中「變形」而成的「黑色飛禽」。這「仙禽」由閻王送給羅圓，就是她的報恩子——孫天賜。孫仙賜再次投胎即為張果，亦即八仙中的張果老。至此，羅圓的恩也報了，螺女故事的一個新的範型也就自然而然產生了。

四、智勇雙全鬥強權——辣妹

其實，前面提到的唐人傳奇《原化記・吳堪》篇最引人注目的地方並非前半段，而在故事的後半部分，相對於《白水素女》而言，那簡直就是另開天地的再創作。

時縣宰豪士，聞堪美妻，因欲圖之。堪為吏恭謹，不犯笞責。宰謂堪曰：「君熟於吏能久矣，今要蝦蟆毛及鬼臂二物，晚衙須納，不應此物，罪責非輕。」堪唯而走出，度人間無此物，求不可得，顏色慘沮，歸述於妻，乃曰：「吾今夕殞矣！」妻笑曰：「君憂餘物，不敢聞命，二物之求，妾能致矣。」堪聞言。憂色稍解，妻曰：「辭出取之。」少頃而到，堪得以納令。令視二物，微笑曰：「且出。」然終欲害之。後一日，又召堪曰：「我要蝸斗一枚，君宜速覓此。若不至，禍在君矣！」堪承命奔歸，又以告妻。妻曰：「吾家有之，取不難也。」乃為取之。良久，牽一獸至，大如犬，狀亦類之。

曰：「此蝸斗也。」堪曰：「何能？」妻曰：「能食火，奇獸也。君速送。」堪將此獸上宰。宰見之，怒曰：「吾索蝸斗，此乃犬也。」又曰：「此何所能？」曰：「食火，其糞火。」宰遂索炭燒之，遣食。食訖，糞之於地，皆火也。宰怒曰。「用此物奚為？」令除火掃糞，方欲害堪，吏以物及糞，應手洞然，火飆暴起，焚爇牆宇，煙焰四合，彌亙城門。宰身及一家，皆為煨燼。乃失吳堪及妻。（《原化記．吳堪》）

《原化記．吳堪》的後半段，完全改變了螺女的主題思想，它由一個上帝悲憫弱者或民眾同情善良的主題轉變為反映人世間真善美與假醜惡的搏鬥。在這裡，螺女代表真善美，與縣官代表的假醜惡之間進行了一系列的鬥智，最後，光明戰勝黑暗，正義戰勝邪惡，善良戰勝兇殘，美好戰勝醜陋。縣官代表的邪惡勢力化作泥土，遺臭千年；田螺代表的正義力量化作金星，輝煌萬世。如此一來，我們對《吳堪》一篇就當刮目相看了。而且，與《白水素女》相比，《吳堪》的前半顯然稍遜一籌，但就其後半而言，那卻是超乎其上的。

是金子總會閃光的，《吳堪》篇精華所在，又被明代作家改編為一段白話小說，作為一篇擬話本小說的「頭回」。其間的語言表現力更強，當然也就更為廣大讀者所喜聞樂見。我們且將與上面那個片段相關的片段引出，以資比較：

知縣心生一計，一日出早堂，分咐吳堪身上要取三件物。那三件？第一件，升大雞蛋；第二件，有毛蝦蟆；第三件，鬼臂膊一隻。知縣分付道：「晚堂交納。如無此三物，靠挺三十板！」吳堪做聲不得，暗暗叫苦道：「這三件走遍天下那裡去討？卻不是孫行者道『半空中老鴉屁，王母娘娘搽臉粉，玉皇戴破的頭巾』麼？」出得衙門，眼淚汪汪，一步不要一步。走到家間，見了妻子，放聲大哭道：「我今日死矣！」妻子道：「莫不是知縣相公責罰你來？」吳堪搖頭道其緣故，那妻子笑嘻嘻的道：「這三件何難，若是別家沒有，妾家果有這三件。如今就到家間去取了來，官人晚堂交納，休得啼哭！」……吳堪連叫「蝸斗救我」三聲，那蝸斗大吼一聲，驚天震地，堂上知縣、兩旁眾多人役一時顛仆在地；吼聲未了，口內吐出火光高數十丈，煙焰漲天，把縣堂牆屋燒起，知縣妻子老小一家走投沒路，頃

> 刻之間盡被燒死。火焰罩滿了一城，火光之中都見吳堪並妻子坐於火光之上，冉冉昇天而去。(《西湖二集·祖統制顯靈救駕》)

這真是善惡到頭終有報，只爭來早與來遲。這樣的白話小說形式，當然會使《吳堪》篇後半部那個最能為廣大民眾喜聞樂見的「說法」更為普及，更為發揚光大。

除了鬥官府的強權而外，對於那種生活中的邪惡勢力，例如歹徒惡棍之類對自身的調戲褻瀆，辣妹們也是毫不客氣地予以堅決反抗鬥爭的。如上面提到的《別有香》中的螺女在被發現而尚未與張郎為妻時，忽然有個歹毒的鄰居刁某，乘張郎不在家，居然上門調戲，當然，也就遭到了這位辣妹子的反抗和戲弄。

> 又一摟，那女子又一閃。小刁又合撲一跌，幾乎跌下水缸去，心裏就覺有些惱，道:「仙姑，不是我小刁誇嘴，我小刁吃不得半分兒虧，今日我這般相求，你故意這般推卻，我一聲張起來，大家走攏來捉住，那時莫說老張顧你不得，就是我也顧你不得了。」那女子道:「何慮，任你千萬人來，我要去就去，那一個強留得，但我終與張郎有緣，緣盡即去，你強求得何益？」小刁見話不投機，道:「沒甚的奈何你，我把你這殼兒拿了去，看你何處藏身？」就去除那螺殼兒，不提防屋上打一塊瓦下來，恰好打一個滿面。小刁撫了臉道:「不好了，迷了我的眼睛了。」停一會，撐眼來看，那女子已不見。小刁道:「這又是他耍我，我終不然罷了不成，偏要拿這殼兒去。」復舉手來拿，這螺殼真好古怪，卻是有千來斤重的一般，好似蜻蜓搖石柱，動也動他不得一動兒。(《別有香·大螺女巧償歡樂債》)

但事情並沒有完，以上所述僅僅是文人筆下的螺女故事。這則美麗的童話故事在漫長的發展過程中，對其青睞有加或肆意強暴的並非都是文人，還有許許多多的民眾，甚至是處於文盲狀態的勞苦大眾。面對螺女的故事，他們也有話說。於是，大家都來對這個美麗的神話、仙話、童話故事進行加工、編造，於是很多種「民間版」的螺女故事就以烈火燎原之勢在千百年的神州大地蔓延開來。而且，每一個時代、每一個地方的老百姓都在按照自己的審美心態創造並講述著自己的螺女故事。例如在溫州民間故事《田螺姑娘》中，男主人公就變成了一個打柴度日的沒爹沒娘的窮孩子王小，白水素女自然也就乾脆以田螺姑娘直接稱呼，經歷了那段每個「田螺姑娘」的故事都有的幫助男孩燒菜弄飯最終被「抓獲」的必然過程之後，她做了王小的妻子。尤其引人注目的是，故事的後半，又在《吳堪》篇的基礎上大寫特寫螺女斗大官的情節，而且更具「輕喜劇」特色，甚至大有喧賓奪主之勢，使後半段幾乎成為故事的主體和人們注目的焦點。且看這個故事的最後一段：

> 大官正站在門口盼著呢！遠遠見到螺女走了來，都喜瘋啦，興沖沖地跑出來迎。一腳剛跨出門檻，田螺姑娘就迎了上去，跑到大官面前，用手掌在大官的額角頭上一拍，那大官就慢慢後退，慢慢後退，到門前，倏然掛了上去，變作「門神」啦。這樣一來，只要田螺姑娘開門時，大官總能見著，但是他已不能動，只好永遠貼在大門上羅。田螺姑娘就和王小搬進這房子裏，過著很快活的日子。（陳煒君《談談民間故事》）

如此一來，螺女的故事就帶有更多的民俗性的正義戰勝邪惡的色彩了。更有甚者，像這樣的田螺姑娘的故事在從古到今的民間實在是不勝枚舉。上述這個故事的搜集者陳煒君在他的文章中引用了「溫州版」田螺姑娘故事以後接著說：「這是我 1952 年搜集的，發表在《民間文學選集》上。1955 年，收進我的民間故事集《長壽草》裏。當時，我搜集到同類故事三則。故事梗概，都是講一個樸實的孤苦伶仃青年，拾到一隻田螺，放進水缸裏。以後他從外面歸來，發現總有人把他的飯燒好了。日子一久，他很驚疑，於是躲起來察看。見田螺化成個姑娘幫他燒飯，馬上上前抓住，並向她求親。所有《田螺精》故事都有這個情節。這三則故事也如此，不過結果不同。一說是田螺精落凡三年期滿，就領著青年一道昇天成仙。二是田螺精生了孩子，一次孩子哭，他爸勸不住，於是拿出了田螺殼來，唱道：『篤篤篤，這是你媽的田螺殼；叮叮叮，你媽是個田螺精！』田螺精聽見很氣，一頭栽進田螺殼裏就不見了。第三則故事如上所述，而故事情節更為豐富，更加曲折，更臻完善。田螺精輕易地完成了大官所設置的種種難題，最後還巧妙地懲罰了大官。……今天中國民研會浙江分會收到《田螺精》的故事，來自十三個縣市的就有十六則之多。」（陳煒君《談談民間故事》）

乖乖，來自十三個縣市的就有十六則之多！

那麼，來自更多的縣市的螺女故事該有多少？

儘管還沒有一個精確的統計，但我們可以想像，那該是一個多麼巨大的數字！

這麼一個巨大的數字說明什麼呢？

說明螺女是由天上飄然而下最終紮根田野的女人。

而螺女的紮根田野，又說明民間文學無與倫比的巨大能量！

（原載《明清小說研究》2016 年第三期）

從古代小說中的「肉球化生」談起

所謂「肉球化生」，就是嬰兒出生時並非正常的人體，而是一個「肉球」，只有破開肉球，才能得到嬰兒。在中國古代小說中，有好幾位這樣的特殊人物。其中，名氣最大的是哪吒。

明代小說《封神演義》中寫道，陳塘關總兵李靖的夫人殷氏懷孕三載有餘，未能生產，夫妻二人異常擔憂。忽然夢見一道人進入內室，叫「夫人快接麟兒！」夫人醒後，果然「腹中疼痛」，即將生產，而李靖在前廳焦急等待。此時，奇怪的事情發生了：

> 只見兩個侍兒，慌忙前來，「啟老爺：夫人生下一個妖精來了！」李靖聽說，急忙來至香房，手執寶劍，只見房裏一團紅氣，滿屋異香。有一肉球，滴溜溜圓轉如輪。李靖大驚，望肉球上一劍砍去，劃然有聲。分開肉球，跳出一個小孩兒來，滿地紅光，面如傅粉，右手套一金鐲，肚腹上圍著一塊紅綾，金光射目。（第十二回）

這位從肉球中跳出的孩子就是哪吒，長大後成為姜子牙手下的「先行官」，武藝高強，英勇無比，屢建功勳。同時，這位敢作敢當的少年英雄也是《封神演義》中最為成功的人物形象之一。

《封神演義》之後，在不晚於清代乾隆年間出現的一部小說《後三國石珠演義》中，又出現了一位「肉球化生」的英雄人物劉弘祖。

劉弘祖的出生過程比哪吒更其複雜。首先，是一位姓劉的員外打從平陽府龍門山經過，聽到了有關「肉球」的傳說：「一年前，山頂之上不知何故，忽然滾出一個肉球，約有小斗大，在樹底下滾來滾去，圓轉不定。有幾個人看見了，以為奇事，要去拿他，那知此球見了人來，便寂然不動，竟陷入泥底。看的人一發驚怪，百般的打他，竟不能動損他分毫，只得大家罷了。誰知此球陷入泥底，每到了黃昏清早，便有神光透出，或時有幾百十隻老鴉，飛鳴蓋覆，算將來，已是一年有餘了。」（第三回）

緊接著，這位好奇的劉員外得到了這個肉球：「劉員外走到了樹下，便分開眾人，向前仔細一看，卻是一個肉球，其光彩異常，一半還陷在泥裏的。劉員外心下也暗暗稱奇，便屈了身子，將雙手去摸他，只見那球已漸漸頂起來，竟出了泥底，在樹下滾個不住。劉員外看見，喜得眉花眼笑，輕輕的去捧將起來，回身便走。」（同上）

劉員外不僅得到這個肉球，還知道肉球極有可能變成男孩。他對眾人講了一個故事，說是西漢時有一個名叫「夜郎」的人在水邊拾得一個肉球，後來變成男孩。這男孩長大後成為英雄，受漢朝爵祿，直做到巴蜀郡王。有趣的是，劉員外所講的這個故事，在他自己身邊也變成了事實。在他回家途中的一座古廟裏，他所撿到的那個肉球果然化作男孩。且看：

> 忽然，陰雲四合，狂風大作，劉員外看天的氣色，知道有大雨來了，連忙走進路旁邊一個古廟中避雨。果然不多時，雷電交加，大雨如注，古廟中牆穿屋漏，滿身打得透濕。劉員外無奈，只得脫下一件布衫，將肉球裹好，放在神櫥內了，自己卻蹲在櫥底下，等那雨住了走路。誰知門外風雨越來越大，劉員外正在憂悶，忽然見一道紅光，直衝入神櫥之內，說時遲，那時快，一霎時，一聲霹靂過去，神櫥內呱呱的忽有哭聲起來。劉員外聽見，驚駭異常，連忙向神櫥內去摸那肉球，只見一個小孩子，端端正正的生在他布衫之上，那肉球已不見了。劉員外明知是這肉球化生，又驚又喜，即忙抱在手中。仔細看了一看，果然生得面方耳大，眉清目秀，比尋常孩子大不相同。及向亮明之處，看他手掌之內，卻有「神霄子」三字，生在掌內。（同上）

這個被稱為「神霄子」的小孩就是後來小說中的主人公劉弘祖，亦即於史有徵的東晉列國漢政權的建立者劉淵（字符海）。

就《後三國石珠演義》與《封神演義》二者之間關於「肉球化生」的描寫相比較而言，應該說劉弘祖的化生過程被寫得更其細膩，也更有趣味性。

在中國古代小說中，除了「肉球化生」這種模式而外，還有一種類似的模式，那就是「蛋子化生」。最有名的人物就是《平妖傳》中的那位「蛋子和尚」。

那麼，蛋子和尚是怎樣來到這個世界的呢？

明代小說《平妖傳》中寫道，泗州城有一座迎暉寺，寺中住持老和尚法名慈雲，人稱「慈長老」。有一天，慈長老到寺前的潭中汲水洗衣服。這時候，奇異現象發生了：「只見圓溜溜的一件東西在水面上半沉半浮，看看嗒到桶邊，乘著慈長老汲水的手勢，撲通的滾到桶裏來。慈長老只道是蛋殼兒，撈起來看到是囫圇蛋兒，像個鵝卵。慈長老道：『這近寺人家沒見養鵝，那裡遺下這個蛋兒？且看他有雄無雄？若沒雄的，把與小沙彌咽飯。若有雄的，東鄰的朱大伯家雞母正在那裡看雞，送與他抱了出來，也是一個生命。佛經上說好吃蛋的死後要墮空城地獄，倘或貪嘴的拾去吃了，卻不是作孽。』把蛋兒向日光下照時，裏面滿滿地是有雄的。忙到朱大伯家教他放在雞窠裏面，若抱出鵝來，便就送你罷。朱大伯應承了。不抱猶可，抱到七日，朱大伯去餵食，只見母雞死在一邊，有六七寸長一個小孩子，撐破了那蛋殼鑽將出來，坐在窠內。別的雞卵都變做空殼，做一堆兒堆著。」（第七回）

這位「蛋子化生」的小兒，長大後就是神通廣大的蛋子和尚。這個蛋子和尚，恰是馮夢龍改編二十回本《三遂平妖傳》為四十回本《平妖傳》後，書中被塑造得最為成功的人物形象之一。

其實，「蛋子化生」與「肉球化生」從本質上講是一樣的。二者都是從球形體中破繭而出，其形態有些像人類從母體的子宮中生產出來一樣。與正常的母體生產相比，這種奇異的化生，只不過將子宮搬到母體之外而已。然而，「蛋子化生」與「肉球化生」畢竟有一點小小的區別，那就是這顆「蛋」必須是「有雄」的，亦即必須是「受精」的，否則就不能化育新的生命，而肉球卻無須這一番檢驗。

從《平妖傳》對慈長老的一段自言自語的心理描寫中，我們又可得到一點題外的知識，那就是和尚並非絕對不准吃蛋類。這裡，慈長老說得很清楚，「沒雄」的蛋類是可以「把與小沙彌咽飯」的，因為那不是生命。佛教徒之所以不准吃雞鴨魚肉，主要是因為那是「殺生」的行為，而「有雄」的蛋不能吃，則因為它「也是一個生命」。當然，這只是明代小說中某一位「住持」的說法，或者說，是作者馮夢龍的說法。至於今天的各種級別的「和尚」們是否吃「蛋」，是否吃某些蛋而不吃某些蛋，那只有天知道。

值得注意的是，「肉球化生」（包括蛋子化生）的故事並非明清章回小說作家們的發明，早在宋元話本之中就有了這方面的描寫。請看：

> 且說曹州冤句縣，有個富人黃宗旦，家產數萬，販鹽為生，喜聚集惡少。是那懿宗皇帝咸通元年上，黃宗旦妻懷胎，一十四個月不產。一日，生下一物，似肉球相似，中間卻是一個紫羅覆裹得一個孩兒。忽見屋中霞光燦爛，宗旦向妻道：「此是不祥的物事？」將這肉球使人攜去僻靜無人田地拋棄了。歸來不到天明，這個孩兒又在門外啼叫。宗旦向妻子道：「此物不祥，害之恐惹災禍。」遣伴當每送放曠野，名佐青草村，將這孩兒要頓放烏鳶巢內，便是攧下來，他怎生更活。過個七個日頭，黃宗旦因行從青草村過，但聽得烏鳶巢裏孩兒叫道：「耶耶！你存活咱每，他日厚報恩德！」宗旦使人上到巢裏，取將孩兒下來，抱歸家裏看養，因此命名佐黃巢。（《新編五代梁史平話》卷上）

真是不看不知道，一看嚇一跳，原來「黃巢」的名字是這樣得來的。民間藝人的想像力真是夠豐富的。他們不僅想像黃巢是肉球化生，而且曾經被他的「耶耶」（父親）放在樹上的烏鳶巢中。而這位黃巢也夠纏綿的了，一而再再而三地要求父親承認自己。其實，他父親生下這樣的孩兒，也是淵源有自，一脈相承。故事一開始不就交代了這位黃宗旦先生「販鹽為生，喜聚集惡少」嗎？儼然就是一位鹽梟。他不生下一位「混世魔王」才怪哩！

由上可見，諸如哪吒、巴蜀郡王、劉弘祖、蛋子和尚、黃巢等等這些英雄人物都是「肉球化生」或「蛋子化生」的。其實，肉球就是無殼的蛋子，蛋子就是有殼的肉球。它們的原型都是「卵」，它們之所化育人類就是「卵生」。把話說穿了以後，我們就會進一步發現，卵生者其實遠遠不止黃巢、哪吒等人這種形式，還有一種相反的模式——吞卵而生人。

直接「吞卵」的模式過於原始，我們不妨先看一個變形的「吞卵」的例子——吞珠。《警世通言》寫道：「卻說吳赤烏二年三月，許肅妻何氏，夜得一夢。夢見一隻金鳳飛降庭前，口內銜珠，墜在何氏掌中，何氏喜而玩之，含於口中，不覺溜下肚子去了，因而有孕。……光陰似箭，忽到八月十五中秋，其夜天朗氣清，現出一輪明月，皎潔無翳。許員外與何氏玩賞，貪看了一會、不覺二更將盡，三鼓初傳，忽然月華散彩，半空中仙音嘹喨，何氏只一陣腹痛，產下個孩兒，異香滿室，紅光照人。」（卷四十《旌陽宮鐵樹鎮妖》）

這個孩兒就是著名的許遜許真人，又被後世稱為許旌陽。按照「三言」

中的描寫，這位真君乃是其母吞珠而生。其實，這所謂「珠」，也就是「卵」。許旌陽不同於哪吒等人，他是卵生的另一種形式。

究其實，這樣一種「吞卵而生」的形式，並非從許真人開始，就在《旌陽宮鐵樹鎮妖》同一篇中，還有另一個「吞卵而生」的故事。書中寫道：「一是道家，是太上老君，乃元氣之祖，生天生地、生佛生仙，號鐵師元煬上帝。他化身周歷塵沙，也不可計數。至商湯王四十八年，又來出世，乘太陽日精，化為彈丸，流入玉女口中，玉女吞之，遂覺有孕，懷胎八十一年，直到武丁九年，破脅而生。生下地時，鬚髮就白，人呼為老子。老子生在李樹上，因指李為姓，名耳，字伯陽。」

原來老子也是「卵（彈丸）生」，原來老子是這樣叫做「老子」，原來老子因此而姓「李」！我們在佩服馮夢龍或者民間藝人想像豐富的同時，又得到了一個「吞卵生產」的典型。

然而，「三言」畢竟只是明代的產物，就是它的來源之一——宋元話本也是宋元的產物。「吞卵生產」的傳說還有更加遙遠的源頭。且看兩則最權威的記載：

> 殷契，母曰簡狄，有娀氏之女，為帝嚳次妃。三人行浴，見玄鳥墮其卵。簡狄取吞之，因孕，生契。(《史記・殷本紀》)
>
> 秦之先帝，顓頊之苗裔，孫曰女修。女修織，玄鳥隕卵。女修吞之，生子大業。(《史記・秦本紀》)

這兩位「太夫人」，或者說是「太皇太后」，一個是殷人的祖先，一個是秦人的先祖。她們之所以能化育殷人或秦人，主要是吞了「鳥卵」，這就與上面的「肉球化生」和「蛋子化生」有了一些不同。哪吒們是直接由「卵生」的，而殷人和秦人則是由他們的母親吞卵而生。這似乎又有點將「子宮」由外而「內化」到母體的意味。說不定在古人看來，婦人那神秘的子宮，正是鳥卵被吞後變成的哩！

說到子宮，我忽然覺得最先用這個概念指代孕育人類之場所的某位先生確實是萬分高明。那裡，真正是萬民誕生的淵藪，而且它的原始意象碩大無比，大到能裝下全人類然後還有足夠的空間。由此進而推之，根據上古先民的看法，我們人類全都是「卵生」的。

何以見得？中國有句古話叫做「自從盤古開天地，三皇五帝到如今」。盤古，不管他是個什麼東西，總之是我們中華民族祖先的祖先。那麼，盤古從何而來？曰：「卵生。」謂予不信，請看：「天地混沌如雞子，盤古生其中。……後乃有三皇。」（《藝文類聚》卷一引《三五曆紀》）

本來，盤古的「卵生」已經足以讓後世兒孫明白自身的出處了。但我們的祖先仍然怕後人忘掉自己從哪裏來，於是不斷提醒大家：我們是「卵生」的。因此，才有了「簡狄吞卵」的故事、「女修吞卵」的故事，才有了「玉女吞丸」的故事、「何氏吞珠」的故事。

然而，《史記》、「三言」的記載或描寫到底不如《三五曆紀》那麼大氣。那是一個多麼磅礴的世界呀！我們人類最早最早的祖先「盤古老爺爺」從一個雞蛋中爬出，而這個雞蛋竟然就是浩莽無邊的天地！

其實，假若我們能跳到天外去鳥瞰一下，所謂宇宙天地何嘗不是一個大大的子宮（肉球、卵、彈丸、珠）呢？

（原載《古典文學知識》2010 年第五期）

論中國古代文學中的「同夢」情結

夢，是人類生活中一種既正常又特殊的現象。說它正常，是因為人人都做過夢；說它特殊，是因為「夢」究竟是什麼？誰也說不清楚。

夢是虛幻的，也是現實的；夢是過去的，也是現在的；夢是回憶的，也是憧憬的；夢是荒唐的，也是邏輯的……。

然而，就「夢」本身而言，又有普通的「夢」和特別的「夢」之區別。

本文所探討的，就是那些在中國古代文學作品中出現的一種特別的夢——「同夢」。

一

唐人白行簡對那些特別的「夢」有特別的研究。他說：「人之夢，異於常者有之。或彼夢有所往而此遇之者，或此有所為而彼夢之者，或兩相通夢者。」(《三夢記》)

在這裡，白行簡的言論涉及三種特別的「夢」。其實，進一步概括則只有兩種情況：一是數人異地的行為而由「夢」印證之，二是數人同時進入同一夢境。

前一種情況，白行簡在《三夢記》中列舉了兩個故事印證之。

第一個故事說官員劉幽求奉使歸家，在一個破舊的寺院中看到了意想不到的異常情況：「見十數人，兒女雜坐，羅列盤饌，環繞之而共食。見其妻在坐中語笑。劉初愕然，不測其故久之。且思其不當至此，復不能捨之，又熟視容止言笑，無異。將就察之，寺門閉不得入。劉擲瓦擊之，中其罍洗，破迸走散，因忽不見。……比至其家，妻方寢。聞劉至，乃敘寒暄訖，妻笑曰：『向夢中與數十人遊一寺，皆不相識，會食於殿庭。有人自外以瓦礫投之，杯盤狼藉，因而遂覺。』劉亦具陳其見，蓋所謂彼夢有所往而此遇之者矣。」

第二個故事說元稹「為監察御史，奉使劍外」。十多天後，作者與哥哥白居易以及李杓直同遊曲江，在飲酒的過程中，又發生一件怪事：「兄停杯久之，曰：『微之當達梁矣。』命題一篇於壁，其詞曰：『春來無計破春愁，醉折花枝作酒籌。忽憶故人天際去，計程今日到梁州。』實二十一日也。十許日，會梁州使適至，獲微之書一函，後寄《紀夢詩》一篇，其詞曰：『夢君兄弟曲江頭，也入慈恩院裏遊。屬吏喚人排馬去，覺來身在古梁州。』日月與遊寺題詩日月率同，蓋所謂此有所為而彼夢之者矣。」

上述第一個故事，寫一個男人回家途中，看到自己的妻子與別人飲酒作樂，於是憤怒地拋擲瓦礫，沖散了這些「狗男女」的「鬼混」。不料回到家中，才知道自己所看到的一切不過是妻子的夢境而已。此種故事，在唐代可是熱門話題。《三夢記》而外，至少還有兩篇唐人小說寫到類似的情節。

「有張生者，家在汴州中牟縣東北赤城阪。以飢寒，一旦別妻子游河朔，五年方還。……忽於草莽中，見燈火熒煌。賓客五六人，方宴飲次。生乃下驢以詣之。相去十餘步，見其妻亦在坐中，與賓客語笑方洽。……酒至紫衣胡人，復請歌云：『須有豔意。』張妻低頭未唱間，長鬚又拋一觥。於是張生怒，捫足下得一瓦，擊之，中長鬚頭。再發一瓦，中妻額。闃然無所見。張君謂其妻已卒，慟哭連夜而歸。及明至門，家人驚喜出迎。君問其妻，婢僕曰：『娘子夜來頭痛。』張君入室，問其妻病之由。曰：『昨夜夢草莽之處，有六七人。遍令飲酒，備請歌。孥凡歌六七曲，有常鬚者頻拋觥。方飲次，外有發瓦來，第二中孥額。因驚覺，乃頭痛。』張君因知昨夜所見，乃妻夢也。」（《纂異記・張生》）

「遐叔至蜀，羈棲不偶，逾二年乃歸。……復有公子女郎共十數輩，青衣黃頭亦十數人，步月徐來，言笑宴宴。遂於筵中間坐，獻酬縱橫，履舄交錯。中有一女郎，憂傷摧悴，側身下坐，風韻若似遐叔之妻。……其妻冤抑悲愁，若無所控訴，而強置於坐也。遂舉金爵，收泣而歌曰：『今夕何夕，存耶沒耶？良人去兮天之涯，園樹傷心兮三見花！』滿座傾聽，諸女郎轉面揮涕。一人曰：『良人非遠，何天涯之謂乎！』少年相顧大笑。遐叔驚憤久之，計無所出。乃就階陛間，捫一大磚，向坐飛擊，磚才至地，悄然一無所有。……遐叔至寢，妻臥猶未興，良久乃曰：『向夢與姑妹之黨相與玩月，出金光門外，向一野寺，忽為兇暴者數十輩脅與雜坐飲酒。』又說夢中聚會言語，與遐叔所見並同。又云：『方飲次，忽見大磚飛墜，因遂驚魘殆絕，才寤而君至，豈幽憤之所感耶？』」（《河東記・獨孤遐叔》）

值得注意的是，以上故事中那些沖散他人夢境的憤怒的「莽撞者」，自身並沒有進入夢境。但無論如何，總有點「靈魂出竅」的意味，否則，你一個大活人怎麼會平白無故地進入別人的夢境之中呢？從心理學的角度來看，這其實是封建時代長期出門在外的男人擔心自己的妻子受人欺凌或者「紅杏出牆」的一種「人同此心，心同此理」的表現。雖然這種心理今天出門在外的男人也可能具有，但不會那麼嚴重。因為現代人可以通過各種方式與妻子取得聯繫或得到妻子的最新信息，實在不行，坐個飛機、火車回家看看，也就是一兩天的事。但是在交通相對落後的封建時代，長期在外的男人對妻子的擔心是很難盡快解除的。古人常說的恨不能生雙翅飛回家中，也就是這個意思。在這種心理的支配下，遊子思鄉的情結就會油然而生，而且揮之不去。究其實，所謂「思鄉」，大半是思念家鄉的親人；而親人中間之「至親」者，無非是父母妻兒；而在父母妻兒之間，從道義到感情再到性慾這三者相結合的，唯有妻子而已。因此，思鄉情結的核心和重點應該是「思妻」。但是，這種原本正常不過的思想在封建時代是不能公開表達的，因為將思念妻子放在思念父母的前面，在當時會被認為是大逆不道的不孝行為。既然這種思妻情結在「顯意識」中不能得到充分的表達，那麼，就只好將它們擠到「潛意識」中去。而「夢幻」，正是潛意識得到充分表達的重要通道。明白了這一點，我們就會明白唐代的讀書人為什麼一而再再而三地做那種向調戲自己老婆的歹徒拋擲磚頭瓦礫的憤怒之夢了。

至於白行簡向我們講述的第二個故事，更為迷離恍惚而令人匪夷所思。白行簡和他的哥哥白居易等人在京城曲江池遊玩，白居易忽然說他們的好朋友元稹應該到梁州了，並且寫了一首詩來充當「計程器」。更妙的是，白氏兄弟等人的這種思念朋友的行為，居然被那位「被思念」的朋友夢中印證了，也寫了一首詩回來證明之。這個故事，較之上一個故事而言，由單方的「闖入」他人夢境進而成為帶有雙方「心靈感應」的意味，可以說是更「夢」進了一步。這種情況在古書的記載中也有不少，只是大多沒有什麼趣味性，且篇幅所限，故不贅舉。

然而，還有較之「心靈感應」更進一步的事情，那也就是前面講到的第二種情況，數人同時進入同一夢境，亦即白行簡所謂「兩相通夢」，古人又謂之「同夢」。

二

要瞭解「同夢」的一般狀態，我們還是先看白行簡在《三夢記》中講述的第三個故事：

「貞元中扶風竇質與京兆韋旬同自亳入秦，宿潼關逆旅。竇夢至華岳祠，見一女巫，黑而長。青裙素襦，迎路拜揖，請為之祝神。竇不獲已，遂聽之。問其姓，自稱趙氏。及覺，具言於韋。明日，至祠下，有巫迎客，容質妝服，皆所夢也。顧韋謂曰：『夢有徵也。』乃命從者視囊中得錢而環，與之。巫撫掌大笑，謂同輩曰：『如所夢矣！』韋驚問之，對曰：『昨夢二人從東來，一髯而短者祝酹，獲錢二環焉。及旦，乃遍述於同輩，今則驗矣。』竇因問巫之姓氏。同輩曰：『趙氏。』自始及末，若合符契。蓋所謂兩相通夢者矣。」

竇質夢見一女巫，長得如何如何，且與他如何如何對話；不料，那女巫竟然在相同的時間進入了同一夢境，也夢見竇質長得如何如何，且與她如何如何對話。這就是「同夢」的一般狀態：兩個人同時進入同一個夢境，但是這兩個人之間並沒有什麼特殊的關係。在這裡，「同夢」不過是作為一種稀奇古怪的現象被人記載而已，並沒有什麼深刻的文化內涵。

然而，關於「同夢」的記載和描寫，絕非始於白行簡，而是早在《詩經》中就有所表現，並且還具有些許文化意義。

《詩・齊風・雞鳴》：「蟲飛薨薨，甘與子同夢。」毛傳：「古之夫人配其君子，亦不忘其敬。」鄭玄箋：「蟲飛薨薨，東方且明之時，我猶樂與子臥而同夢，言親愛之無已。」《雞鳴》篇中的這句詩，通過夫妻同夢的描寫生動而深刻地表現了夫妻間的深情厚意。這本來是民間的匹夫匹婦之間正常感情的一次「超常」表達，「毛傳」所謂「不忘其敬」的闡述有些過於強調倫理化，「鄭箋」所謂「言親愛之無已」的理解則頗為恰切。雖然說「詩無達詁」，但對同一句詩做出完全不同的解釋，還是體現了一種文化闡釋上的差異。

秦漢以降，大量的詩文小說作品對這種「同夢」現象作了不同程度的描寫。而其間的文化意蘊也各各不同。請看：

「桓哲，字明期。居豫章時，梅玄龍為太守，先已病矣，哲往省之，語梅曰：『吾昨夜忽夢見作卒，迎卿來作太山府君。』梅聞之愕然，曰：『吾亦夢見卿為卒，著喪衣來迎我。』數日，復同夢如先，云二十八日當拜。至二十七日晡後，桓忽中惡，腹脹滿，遣人就梅索麝香丸。梅聞，便令作凶具。二十七日桓便亡，二十八日而梅卒。」（《新輯搜神後記》卷四）

這便是魏晉南北朝那麼一個篤信鬼神的時代人們通過「同夢」現象而編織的兩個老朋友共同遵守的死亡之旅的時間表，除了體現當時開始泛濫成災的「宿命」思想而外，並無太多的積極意義。但下面這一篇的文化意蘊可就深刻得多了。

「隴西李捎雲，范陽盧若虛女婿也。性誕率輕肆，好縱酒聚飲。其妻一夜夢捕捎雲等輩十餘人，雜以娼妓，悉被髮肉袒，以長索繫之，連驅而去，號泣顧其妻別。驚覺，淚沾枕席，因為說之。而捎雲亦夢之，正相符會。因大畏惡，遂棄斷葷血，持《金剛經》，數請僧齋，三年無他。後以夢滋不驗，稍自縱怠。因會中友人，逼以酒炙。捎雲素無檢，遂縱酒肉如初。明年上巳，與李蒙、裴士南、梁褒等十餘人，泛舟曲江中，盛選長安名倡，大縱歌妓。酒正酣，舟覆，盡皆溺死。」（《廣異記・李捎雲》）

唐人小說中對於鬼神世界的理解較之六朝小說有青藍之勝，這些作品中的鬼神世界更為完整有序，而且中間因果報應的思想也滲透得更為深入，這大概與到唐代時佛教始真正「漢化」有關。當然，唐代也是一個充分人性化的時代。不然，該篇中那個大食葷腥的李捎云何以能夠被陰曹地府判了「死緩」並「監外執行」呢？只怪他李某人不知悔改，舊態復萌，故而最後還是由「水路」到陰間報到。但值得我們注意的是，這故事的轉折點卻是由於一次夫妻間的「同夢」。由此亦可見得，對於某些犯罪分子，讓其家屬、親人做思想工作是有特別效果的。現在我們某些司法部門的這種有效措施，原來古人早有研究。

然而，對於執法者而言，他們如果犯了錯誤尤其是在執法過程中犯了重大錯誤，那卻是不可饒恕的，因為這種錯誤的社會影響太過惡劣。對這種「犯官」，閻王爺（其實是老百姓）是不會輕易放過他的。謂予不信，請看五代十國時人們對犯官的態度：

「孟蜀工部侍郎劉義度判雲安日，有押衙覃隲，夢與友人胡針同在一官署，廳前見有數人引入劉公，則五木被體，孑然音旨，說理分解。似有三五人執對，久而方退，於行廊下坐。見進食者，皆是鮮血。覃因問旁人，答曰：『公為斷刑錯誤所致，追來已數日矣。』遂覺。及早，見胡針，話之。針曰：『余昨夜所夢，一與君葉，豈非同夢乎？』因共祕之。劉公其日果吟感懷詩十韻，其一首曰：『昨日方髫髻，如今滿頷髯。紫閣無心戀，青山有意潛。』今其詩皆刊於石上，人皆訝其詩意。不數日而卒，豈非斷刑之有錯誤乎？」（《野人閒話・覃隲》）

你看，一個在執法過程中有重大失誤的官員，陰曹地府必定要對他執行「死刑」，而且，在執行判決之前，還要通過「同夢」的方式向這位「犯官」的屬下等人廣為宣傳，並且是頗為殘酷、頗為血腥、頗為刺激的夢境畫面的宣傳。這難道不是民眾意願的一種強烈表現嗎？這難道對當時的和此後的犯官們不是當頭棒喝嗎？這難道不值得後人永久而深刻地記取嗎？「同夢」寫到這個份上，確乎有點「意在言外」的韻味了。

三

宋代的「同夢」題材的作品，也有自身的特點：各種文學體裁的作品，分別體現了各社會階層人士不同的情感訴求。

首先來看詩詞作品中體現的異性之間的友好情誼：

「比翼曾同夢，雙魚隔異鄉。玉樓依舊暗垂楊，樓下落花流水自斜陽。」（鄧肅《南歌子》）

當然，這裡所謂「同夢」，或許只是「愛情」的一種形象表現而已，並非一定要雙方同時進入同一夢境。

筆記中的記載則與詩詞中的表達大異其趣。愛情自不待言，即便是在表達親情友情的時候，也是一定要真正「同夢」的。

我們不妨先看看關於蘇軾乃五戒禪師之後身的「同夢」描寫：

「蘇子由初謫高安時，雲庵居洞山，時時相過。聰禪師者，蜀人，居聖壽寺。一夕，雲庵夢同子由、聰出城迓五祖戒禪師。既覺，私怪之，以語子由，未卒，聰至。子由迎呼曰：『方與洞山老師說夢，子來亦欲同說夢乎？』聰曰：『夜來輒夢見吾三人者，同迎五戒和尚。』子由拊手大笑曰：『世間果有同夢者異哉？』良久，東坡書至，曰：『已次奉新，旦夕可相見。』二人大喜，追筍輿而出城。至二十里建山寺，而東坡至。坐定，無可言，則各追繹向所夢以語坡。」（釋惠洪《冷齋夜話》卷七）

雲庵禪師、聰禪師與蘇軾的弟弟蘇轍，三人同做了一個夢，夢見他們共同迎接早已圓寂的「五戒禪師」，結果，卻迎來了蘇東坡。於是，在三個「禪者」的強烈「感覺」下，蘇軾也就自然而然地成為五戒禪師之後身。這種充滿宿命意味的題目，正是禪悅之風盛行的宋代文人所津津樂道的。只不過，這裡借用了「同夢」作為載體。

與上述這種充滿禪意的朋友之情同時出現的還有執著而熱烈的骨肉親情，這種親情同樣可以借助「同夢」得到表達。

「家居泰，偽蜀眉州下方壩民。姓家氏，名居泰。夫妻皆中年，唯一男。既冠，忽患，經年羸瘠。日加醫藥，無復瘳減。父母遂虔誠置千金方一部於所居閣上，日夜焚香，望峩眉山，告孫真人，禱乞救護，經旬餘。一夕，夫婦同夢白衣老翁云：『汝男是當生時授父母氣數較少，吾今教汝，每旦，父母各呵氣，令汝男開口而咽之。如此三日，汝男當愈。』夫婦覺而皆說，符協如一，遂冥心依夢中所教。初則骨未始壯，次乃能食而行。積年，諸苦頓愈。後冠褐入道，常事真人無怠焉。」（黃休復《家居泰》）

夫妻二人中年得子，不料卻過分羸弱。日漸衰老的父母擔心兒子生命是否久永，只好「日夜焚香，望峩眉山，告孫真人，禱乞救護」。如此舐犢之情果然感動了神仙，在夫妻共同的夢境中，他們終於得到了解救兒子的方法，那就是不斷給兒子增加「人氣」，而且是世界上最親的「人氣」——父母的氣息。這個故事的內涵其實是非常感人的，尤其是當今世界上那些不肖兒孫聽了以後，多少應該受到一點觸動。

四

「同夢」的故事延及明清兩代，在一些戲劇小說作品中發生了微妙的變化：其表現形態更其複雜，其文化內涵更其發人深思，其趣味性更其濃烈，總之是更其美妙絕倫。

在湯顯祖的《牡丹亭》中，男女主人公杜麗娘、柳夢梅同入風流夢境是全劇最關鍵、最感人、最美麗的關目。無論是梅派的「遊園驚夢」，還是青春版的《牡丹亭》，演到這裡都是神采飛揚、美不勝收的。之所以如此，除了美的人物、美的情節、美的思想、美的觀念以外，還有一個至關緊要的因素——美的境界。這個境界就是在牡丹亭邊、芍藥欄畔、梅花樹下，千里迢迢的柳夢梅與緊鎖深閨的杜麗娘情愛的魂靈在同一夢境中擁抱到了一起、融合到了一起。這是任何物質世界和精神世界的力量都無法阻止的擁抱和融合。由於篇幅的限制，我們只能將這個境界中證明「同夢」的兩個片斷稍作展示，至於誰要想得到整體的感受，當然只有去讀原著了。

「（旦歎介）……身子困乏了，且自隱几而眠。（睡介）（夢生介）（生持柳枝上）『鶯逢日暖歌聲滑，人遇風情笑口開。一徑落花隨水入，今朝阮肇到天台。』小生順路兒跟著杜小姐回來，怎生不見？（回看介）呀，小姐，小姐！（旦作驚起介）（相見介）（生）小生那一處不尋訪小姐來，卻在這裡！……（旦作羞）（生前抱）（旦推介）……（生強抱旦下）」（第十齣《驚夢》）

「（旦）……秀才啊，你也曾隨蝶夢迷花下。（生想介）是當初曾夢來。（旦）俺因此上弄鶯簧赴柳衙。若問俺妝臺何處也，不遠哩，剛剛在宋玉東鄰第幾家。（生作想介）是了。曾後花園轉西，夕陽時節，見小娘子走動哩。（旦）便是了。」（第二十八齣《幽媾》）

如果說，湯顯祖是從「美妙」的角度使得「同夢」描寫得到最佳表現的話，那麼，蒲松齡則從「曲折」的角度進一步增強了「同夢」故事的可讀性。

「鳳陽一士人，負笈遠遊。……妻翹盼綦切。一夜，才就枕，紗月搖影，離思縈懷，方反側間，有一麗人，珠鬟絳帔，搴帷而入，笑問：『姊姊，得無欲見郎君乎？』妻急起應之。麗人邀與共往。……移時，見士人跨白騾來。見妻大驚，急下騎，問：『何往？』女曰：『將以探君。』又顧問麗人伊誰。……士人注視麗者，屢以遊詞相挑。夫妻乍聚，並不寒暄一語。……少間，麗人偽醉離席；士人亦起，從之而去。……女獨坐，塊然無侶，中心憤恚，頗難自堪。思欲遁歸，而夜色微茫，不憶道路。輾轉無以自主，因起而覘之。近其窗，則斷雲零雨之聲，隱約可聞。又聽之，聞良人與己素常猥褻之狀，盡情傾吐。……憤然方行，忽見弟三郎乘馬而至，遽便下問。女具以告。三郎大怒，立與姊回，直入其家，則室門扃閉，枕上之語猶喁喁也。三郎舉巨石如斗，拋擊窗櫺，三五碎斷。內大呼曰：『郎君腦破矣！奈何！』……女頓驚寤，始知其夢。越日，士人果歸，乘白騾。女異之而未言。士人是夜亦夢，所見所遭，述之悉符，互相駭怪。既而三郎聞姊夫遠歸，亦來省問。語次，問士人曰：『昨宵夢君歸，今果然，亦大異。』士人笑曰：『幸不為巨石所斃。』三郎愕然問故，士以夢告。三郎大異之。蓋是夜，三郎亦夢遇姊泣訴，憤激投石也。三夢相符，但不知麗人何許耳。」（《聊齋誌異・鳳陽士人》）

鳳陽士人的故事，直接繼承的是唐人小說《張生》、《獨孤遐叔》等作品。不過，那些作品並未明明白白寫到「同夢」，而蒲松齡不僅寫了「同夢」，而且是三人同夢。尤其是加上了「麗人」錦上添花，「小舅子」大打出手，使得故事更加曲折，更加情味盎然。由此，我們也不得不佩服聊齋先生編織故事的能力。從故事性的角度看問題，《聊齋誌異》中的這篇《鳳陽士人》毫無疑問是「同夢」題材中最精彩、最引人入勝同時也是最具有諧趣意味的。

五

「同夢」故事既有湯若士筆下的美妙絕倫，又有蒲留仙筆下的趣味橫生，似乎再也沒有向前發展的餘地了。殊不知中國文學史總是不斷出現奇蹟，偏偏有人能在百尺竿頭更進一步。當然，這位站在文學巨匠肩頭上更「巨」的「匠」，就非曹雪芹莫屬了。

《紅樓夢》中至少有兩處寫到「同夢」，一次是甄賈寶玉同夢，一次是寶黛同夢。我們先看第一次：

「不覺就忽忽的睡去，不覺竟到了一座花園之內。……只見那些丫鬟笑道：『寶玉怎麼跑到這裡來了？』寶玉只當是說他，自己忙來陪笑說道：『因我偶步到此，不知是那位世交的花園，好姐姐們，帶我逛逛。』眾丫鬟都笑道：『原來不是咱家的寶玉。他生的倒也還乾淨，嘴兒也倒乖覺。』……寶玉納悶道：『從來沒有人如此塗毒我，他們如何更這樣？真亦有我這樣一個人不成？』一面想，一面順步早到了一所院內。……只見榻上那個少年歎了一聲。一個丫鬟笑問道：『寶玉，你不睡又歎什麼？想必為你妹妹病了，你又胡愁亂恨呢。』寶玉聽說，心下也便吃驚。只見榻上少年說道：『我聽見老太太說，長安都中也有個寶玉，和我一樣的性情，我只不信。我才作了一個夢，竟夢中到了都中一個花園子裏頭，遇見幾個姐姐，都叫我臭小廝，不理我。好容易找到他房裏頭，偏他睡覺，空有皮囊，真性不知那裡去了。』寶玉聽說，忙說道：『我因找寶玉來到這裡。原來你就是寶玉？』榻上的忙下來拉住：『原來你就是寶玉？這可不是夢裏了。』寶玉道：『這如何是夢？真而又真了。』一語未了，只見人來說：『老爺叫寶玉。』唬得二人皆慌了。一個寶玉就走，一個寶玉便忙叫：『寶玉快回來，快回來！』襲人在旁聽他夢中自喚，忙推醒他，笑問道：『寶玉在那裡？』此時寶玉雖醒，神意尚恍惚，因向門外指說：『才出去了。』襲人笑道：『那是你夢迷了。你揉眼細瞧，是鏡子裏照的你影

兒。』寶玉向前瞧了一瞧，原是那嵌的大鏡對面相照，自己也笑了。」（第五十六回）

「甄賈」寶玉同夢實際上也就是「真假」寶玉同夢，賈寶玉夢中神遊江南甄府，然而他所看到的卻是大觀園中的人和物，甚至包括他自己。在這裡，作者是在讓賈寶玉照鏡子，讓他跳出自己的身外來觀察自身，也就是讓他站在對面來認識自己的廬山真面目。至於賈府的寶玉是真抑或甄府的寶玉是真，這個問題作者在全書剛剛開始的時候就已經明明白白告訴讀者了：「假作真時真亦假」。

甄賈寶玉同夢一段，不僅僅體現了「你夢見我時，我也夢見你」，而且還體現了「我夢見的你其實是我，你夢見的我其實是你」，甚至進而體現了「夢中的假其實是真，現實的真其實是假」。這真有點「莊生夢蝶」的意味。殊不知這便是一種哲學思考，是在美麗的幻境中將人生點透。能認識到這一點的人，還有什麼東西不能參透，還有什麼東西不能割捨呢？這也正是曹雪芹高於所有寫「同夢」故事的作者的地方。甄賈寶玉同夢不僅是美麗的，還是迷離的，不僅是幻妙的，還是思辨的。

至於寶黛同夢一段，出現在後四十回，究竟是曹雪芹的構思抑或是高鶚的手筆，今天很難考證清楚。但無論如何，它都是一段非常成功的藝術描寫。

「黛玉恍惚又像果曾許過寶玉的，心內忽又轉悲作喜，問寶玉道：『我是死活打定主意的了。你到底叫我去不去？』寶玉道：『我說叫你住下。你不信我的話，你就瞧瞧我的心。』說著，就拿著一把小刀子往胸口上一劃，只見鮮血直流。黛玉嚇得魂飛魄散，忙用手握著寶玉的心窩，哭道：『你怎麼做出這個事來，你先來殺了我罷！』寶玉道：『不怕，我拿我的心給你瞧。』還把手在劃開的地方兒亂抓。黛玉又顫又哭，又怕人撞破，抱住寶玉痛哭。寶玉道：『不好了，我的心沒有了，活不得了。』說著，眼睛往上一翻，咕咚就倒了。黛玉拼命放聲大哭。只聽見紫鵑叫道：『姑娘，姑娘，怎麼魘住了？快醒醒兒脫了衣服睡罷。』黛玉一翻身，卻原來是一場惡夢。」（第八十二回）

「襲人輕輕走過來問道：『姑娘睡著了嗎？』紫鵑點點頭兒，問道：『姐姐才聽見說了？』襲人也點點頭兒，蹙著眉道：『終久怎麼樣好呢！那一位昨夜也把我唬了個半死兒。』紫鵑忙問怎麼了，襲人道：『昨日晚上睡覺還是好好兒的，誰知半夜裏一疊連聲的嚷起心疼來，嘴裏胡說白道，只說好像刀子

割了去的似的。直鬧到打亮梆子以後才好些了。你說唬人不唬人。今日不能上學，還要請大夫來吃藥呢。』」（第八十三回）

這一段描寫較之甄賈寶玉同夢具有強烈的刺激性，因為它寫得有些赤忱到赤裸裸的地步。一邊是黛玉眼睜睜地看著寶玉將心挖出來給她看，一邊是寶玉說心痛得像被刀割了一樣。這兩個片斷，一詳一略，一正一側，相互照應，從寫作學的角度看當然是上乘製作。但較之甄賈寶玉同夢的描寫而言，畢竟少了一點蘊藉，少了一點含蓄，也少了一點深邃。因此，我相信這是出自高鶚的手筆，如果「黛玉之死」也出自高鶚筆下的話。因為「寶黛同夢」和「黛玉之死」這兩段都是強調對比、對應，強調刺激、甚至血色的刺激。似乎曹雪芹不太喜歡採用這種方式。當然，話說回來，如果沒有「甄賈寶玉同夢」的描寫，「寶黛同夢」一段完全可以算得中國文學史上最高級的「同夢」描寫。這多少能給人一點「既生瑜何又生亮」的感覺。

六

在《紅樓夢》的前前後後，當然還有不少小說中有關乎「同夢」的描寫，但那都不過是《紅樓夢》這座藝術巔峰的來龍去脈而已。試看如下例子：

「這許玄見他去了，掛起冰弦，心中歡喜，吃了些晚酒，情思迷離，便向床中和衣去睡。……只見一女子身著麗服，兩鬢堆雅，拂翠雙眉，櫻唇半露，輕移蓮步近前萬福。……不覺樓頭五鼓，蓉娘拔下金鳳釵一隻，……將釵付與許生，……許生亦從袖裏取扇上玉魚墜一個，……將墜付與蓉娘。……還要綢繆，忽見一聲響亮，許玄一驚，醒來卻是一夢，且驚且喜。走起身來，總然有聲，把燈往床邊一照，拾起一看，果夢中蓉娘所付金鳳釵也。大為驚異道：『此夢非常。』回憶夢中，付蓉娘玉墜而扇上則無了。……且說蓉娘一夢醒來，好生驚異說：『日裏果然情動，為何就做路一夢？』……秋鴻忙去整被，枕側忽見白玉魚墜一枚，……蓉娘一見，忙取向袖中藏了，隨覓金釵，失去一枚。蓉娘思曰，此生夢裏姻緣，這般靈感，曾記拈香設誓，兩無嫁娶。」（《歡喜冤家．許玄之賺出重囚牢》）

「玉壇受了尤氏一場大罵，出來氣倒在床，……扒起身來，走到書桌前，將這一切薄情輕節的劣跡，先寫了一篇大略。復又照著情節，吟成一首長句毀之。才得寫完，覺得陰風一陣，冷氣逼人，燈影漸微，毫毛直豎，不覺雙眸怠倦，就憑几睡著了。……尤氏亦在夢中，坐在榻上，正想要戒飭玉壇，忽見一個赤髮獠牙的抓住玉壇跪在面前。……尤氏將字紙一看，氣滿胸臆。施辣手送一根硬木棍子與尤氏，尤氏便將王壇拖翻在地，拽起棍子向著玉壇上上下下一口氣打了七八十下。……忽聞窗外明炮一聲，兩處俱驚醒了，原來是南柯一夢。玉壇醒來，一身大汗，遍身猶覺隱隱作痛。心中以為日之所思夜之所夢而已。這裡尤氏醒來，夢中的事歷歷如見。」（《載陽堂意外緣》第七回）

「話說挹香一夢醒來，不勝驚奇，又將詩意細參，依然不解。甫黎明，起身梳洗，正欲往拜林處訴其事，恰巧拜林來。挹香大喜，請入書房。拜林道：『我昨得一怪夢。』挹香道：『得非遇見瀟湘妃子乎？』拜林大驚道：『如何與我夢相同，難道冊子果同你一處見的？』挹香遂把昨日之夢細述一遍。」（《青樓夢》第四回）

以上三例，第一例在《紅樓夢》前，後二例在《紅樓夢》之後。就第一例而言，許玄之與蓉娘的同夢實際上是「慾火」的相互點燃，從這裡「走向」寶黛同夢，所完成的正是從「欲」到「情」或曰從「肉」到「靈」的轉換。第二例，寫少年才子玉壇和半老徐娘尤氏愛恨交加的同夢與寶黛同夢相比則不啻天壤之別，因為一邊是美豔的哀情，一邊是醋意的惡趣。第三例就更不用多說了，挹香與拜林同夢，不過是兩個風流才子準備「捧妓女」時的心心相印，其間所體現的，乃是從情愛描寫的康莊大道誤入狹邪幽巷的遷徙延俄。「同夢」故事寫到這裡，真可謂從藝術巔峰上的極度滑落。但即便如此，它們也有存在的價值的和趣味。

因為，梅花是花，牡丹是花，桃花也是花，罌粟還是花。只有各種各樣的花，才能構成百花園。「夢」，就是人類精神生活的百花園。「同夢」，則是這百花園中最為神秘的一角。在「你夢見我時，我也夢見你」這個最為神秘的夢境花壇中，永遠盛開著五顏六色、千奇百怪的花朵。

（原載《廈門廣播電視大學學報》2012 年第一期）

漫談轎子

我國的轎子，據有關記載大約始於北朝。《北史》卷三二《崔挺傳》載：「乃遙授挺本州大中正。掖縣有人年逾九十，板輿造州。」這裡所說的「板輿」，乃是轎子的一種別稱。

到唐代，轎子雖也使用，但受到很大的限制。程大昌《演繁露》載：「《唐會要》三十卷云：開成五年春，黎植奏：朝臣出使，自合乘驛馬，不合更乘擔子。自是請不論高卑，不許輒乘擔子。如有疾病，即任所在陳牒，申中書門下及御史臺。其擔夫，自出錢顧。宰相僕射與致仕官，有疾病者，亦許乘之。」這裡所說的「擔子」，也是轎子的一種別稱。開成是唐文宗李昂的第二個年號，這時朝廷對大臣一般要求是乘馬，不許乘轎。唯有疾病者，才能乘轎，而且還得向有關部門申請，並由自己出轎夫的力資。可知唐代轎子尚未在官僚士大夫中普及。

五代時，形勢比較混亂。乘轎子也比較自由，逐步推廣。《舊五代史》卷六七《盧程傳》云：「時朝廷草創，程受命之日，即乘肩輿，呵導喧沸。」「肩輿」也就是轎子。盧程為後唐莊宗李存勖同光年間（923～926）的宰相，可知當時大官可以乘轎子入朝。又據《舊五代史》卷九一《王建立傳》：「天福五年入覲。高祖曰：三紀前老兄，宜賜不拜，仍賜肩輿入朝。」天福是後晉高祖石敬瑭年號，這時皇帝竟然賜人以轎子入朝，可知五代時轎子比唐代已漸為士大夫所多用。

到宋代，雖然仍允許士大夫乘轎子，但有些人卻不願乘。《宋史》卷三六三《司馬光傳》云：「元祐初，許乘肩輿，三日一入省。光辭不敢當。」元祐是宋哲宗趙煦年號（1086～1094），司馬光不願乘轎，不知為何緣故，大概是不願意讓人家認識到他的地位，「但求人不識」吧。至於同時的王安石，也不乘轎，其理論又似乎帶有一點人道主義的因素。據惠洪《冷齋夜話》云：「荊公食宮使祿，居蔣山，時時往來白下，出從一鯨卒，挾蹇驢。門人乘間諷曰：竹輿宜老人。公曰：自古王公雖至不道，未敢以人代畜。」作為封建士大夫，能有王安石這樣的認識，也難能可貴了。誰知還有比王安石更直接、更尖銳的關於轎子的言論。晁以道《客話》說：「富人懶行，使人肩輿；貧人不能自行，而又肩以輿人。此皆習以為常而不察者也。」竟然從轎子這個問題上看到了貧富的對立，同時，也讓我們知道，宋時的轎子，不僅官員可乘，且富人也可乘坐了。不過，在北宋，士大夫乘轎畢竟屬少數，直到南渡前後，才形成一股乘轎的風氣。南宋朱熹《朱子語類》卷一二八云：「南渡以前，士大夫皆不甚乘轎。如王荊公、程伊川，皆云不以人代畜。朝士皆乘馬，或有老病，朝廷賜以乘轎，皆辭而後受，至今則無人不乘轎矣。」

明代，貧富懸殊越來越大，轎子也就更為風行。明萬曆間進士謝肇淛《五雜俎》卷一四云：「唐、宋百官，入朝皆乘馬，宰相亦然。政和間以雨雪泥滑，特許暫乘轎，自渡江後，俱乘轎矣。蓋江南轎多馬少故也。國朝京官，三品以上方許乘轎，三五十年前，郎曹皆騎也。其後因馬不便，以小肩輿代之，至近日遂無復乘馬者矣。晉江李公為宗伯時嚴禁之，然終以不便，未久即復故。蓋乘馬不惟雇馬，且雇控馬持机者反費於肩輿，不但勞逸之殊已也。國初進士皆步行，後稍騎驢。至弘、正間，有二三人共雇一馬者，其後遂皆乘馬。余以萬曆壬辰登第，其時郎署及諸進士皆騎也。遇大風雨時，間有乘輿者，迄今僅二十年，而乘馬者，遂絕跡矣，亦人情之所趨。且京師衣食於此者殆萬餘人，非惟不能禁，亦不必禁也。」從三品的京官，到三品以下的郎官，一直到剛及第的進士，就是這樣逐步以人代畜、易馬換轎的。

到清代，大小官員幾乎無一不乘轎，而且以轎子的顏色來區分官階的大小。清代制度，三品以上官員坐綠呢大轎，四品以下官員坐藍呢大轎。而各省總督只是正二品，各省巡撫為從二品，各省按察使為正三品，各省鹽運使為從三品，與這些大官僚同品級以上的才能坐綠呢大轎。至於各省道員為正四品，各省知府為從四品，等而下之，就只能坐藍呢大轎了。

乘轎子，這麼一個小問題，愈演愈烈，竟可以作為舊中國人欺壓人的歷史見證。真是一滴水可見大千世界啊！

（原載《黃石日報》1986 年 4 月 2 日）

清代皇帝最大的獵場——木蘭圍場

清代皇帝在盛京（今瀋陽）、吉林、熱河和京郊，都闢有大面積的圍場，供皇帝圍獵之用。其中以熱河的木蘭圍場為最大，從康熙至嘉慶的一百多年間，清代皇帝幾乎每年都要率領王公大臣和八旗軍隊到木蘭圍場射獵。

所謂「木蘭」，即滿州語「哨鹿」的意思。「哨鹿」就是打獵時皇帝的侍從身披鹿皮並作公鹿之聲以引母鹿。據《清史稿‧禮志九》載：「木蘭在承德府北四百里，……周千三百餘里，林木蔥鬱，水草蔥茂，群獸聚以孳畜焉。」

那麼，「圍獵」時的情況又是怎樣的呢？據《清史稿‧禮志九》載：「蓋圍制有二：馳入山林，圍而不合，曰行圍，國語曰阿達密。合圍者，則於五鼓前，營團大臣率從獵各士旅，往眡山川大小、遠近，紆道出場外，或三五十里，或七八十里，齊至看城，是為合圍，國語曰烏圖哩阿察密。」所謂「看城」，就是專為圍獵而設的「黃幔城」。合圍以後，皇帝於日出前騎馬先到看城稍事休息，等藍色大旗一到，皇帝就武裝齊整，周覽圍場內的形勢，指揮圍獵。若有野獸突圍，大臣們以箭射之，若遇猛獸，就派虎槍營官兵去追擊。圍獵過程中，如射倒牝鹿，馬上取其血飲之，不僅益壯，且可以習勞。有時，因圍場內野獸過多，便網開一面，放走一部分，圍獵結束後，獲得的獵物，必須分類呈獻到皇帝面前。皇帝還宮時，稱為「散圍」，並把所獲之物賜給扈從者。

清初的皇帝為什麼都如此重視圍獵呢？乾隆六年，有一個御史奏請暫停行圍，乾隆皇帝的答覆是：「皇祖行圍，即裨戎伍，復舉政綱，至按歷蒙藩，曲加恩意，尤為懷遠宏略。……況今承平日久，人習宴安，弓馬漸不如舊，豈可不加振厲？」(《清史稿·禮志九》) 可見這些皇帝之所以對木蘭等地的圍獵有著如此濃厚的興趣，主要是為了保持和加強八旗軍隊的戰鬥力，並利於同屬國藩臣搞好關係。

（原載《黃石日報》1987 年 4 月 1 日）

七夕之約，讓年輕人讀懂愛

記者：七夕節是怎麼來的？有何愛情典故？

石麟：「七夕節」來自牛郎織女的傳說，而牛郎織女的傳說源於上古神話。《詩經・大東》寫道：「維天有漢，監亦有光。跂彼織女，終日七襄。雖則七襄，不成報章。睆彼牽牛，不以服箱。」詩中已出現了「天漢」「牽牛」「織女」等意象。這裡的天漢就是銀河，牽牛指的是河鼓座，織女則是天琴座三星。形如等邊三角形的織女星在銀河以西，與河東的牽牛星相對。後來，這種天象被人們賦予人情化色彩，形成一個愛情故事。

《史記・天官書》云：「織女，天女孫也。」班固《西都賦》：「臨乎昆明之池，左牽牛而右織女。」《歲華紀麗》卷三引應劭《風俗通》佚文：「織女七夕當渡河，使鵲為橋。」曹植《洛神賦》：「歎匏瓜之無匹兮，詠牽牛之獨處。」李善注引曹植《九詠》注：「牽牛為夫，織女為婦，織女牽牛之星，各處河鼓之旁，七月七日，乃得一會。」

司馬遷、班固、應劭都是漢代人，曹植則是東漢末年人。可見最遲在漢代，牛郎織女的故事就已經被作為愛情典故傳播、使用了。

記者：有人說，把七夕稱為「中國的情人節」是誤讀，為何人們總會把七夕和愛情聯繫在一起？有何淵源？

石麟：雖然將七夕稱為「中國的情人節」有點歪打正著的「古為今用、洋為中用」的意思，但還是有一定道理的。因為「七夕」、「天河」、「牛郎」、「織女」這些意象在民間傳說中的確與「愛情」關係密切。

最早對牛郎織女故事進行完整而生動描寫的是漢代佚名作者的「古詩十九首」中的一篇：「迢迢牽牛星，皎皎河漢女。纖纖擢素手，札札弄機杼。終日不成章，泣涕零如雨。河漢清且淺，相去復幾許？盈盈一水間，脈脈不得語。」這裡，已經出現了牛女雙星遙隔天河而不能相會、甚至不能交談的痛苦情狀。牛女雙星已具有了人性意味，故事也初具規模。

再往後，到了南朝．梁代殷芸的《小說》中，這個傳說更具有了文學意味的曲折性：「天河之東有織女，天帝之女也，年年機杼勞役，織成雲錦天衣。天帝憐其獨處，許嫁河西牽牛郎，嫁後遂廢織紝。天帝怒，責令歸河東，許一年一度相會。」同時，宗懍的《荊楚歲時記》，則將牛郎織女的故事與民間婦女七月七日的「乞巧」活動聯繫到了一起：「七月七日，為牽牛織女聚會之夜。」「是夕，人家婦女結綵縷，穿七孔針，或以金銀鍮石為針。陳瓜果於庭中，以乞巧。有喜子網於瓜上，則以為符應。」

因此，「七夕節」在中國古代又被稱為「乞巧節」。順便說明一點，文中的「喜子」指的是「喜蛛」。在七夕之夜，如果蜘蛛結網於陳列的瓜果之上，就證明這些婦女「乞巧」的成功，這樣的民間風俗具有非常獨特的情趣。

記者：七夕節發展至今，節日內涵和文化意義有了新的變化，那麼在當今社會，您認為七夕節有何現代意義？

石麟：七夕節發展到今天，牛郎織女由天上的星辰形成一個美麗動人的傳說故事，他們的歡樂與悲哀，體現了廣大人民對封建婚姻的一種抗議，也體現了普通民眾對正常的夫妻生活的一種渴望與追求。而且，這種抗議、渴望和追求的影響極為深遠，直到今天，這個故事的再創造仍未終止。在黃梅戲等多種傳統戲曲形式中，牛郎織女的故事成為盛演不衰的劇目。

就我看來，在歷朝歷代歌頌牛郎織女故事的文學作品中，宋代秦觀的一首《鵲橋仙》詞最為引人注目和發人深思，詞曰：「纖雲弄巧，飛星傳恨，銀漢迢迢暗度。金風玉露一相逢，便勝卻人間無數。　　柔情似水，佳期如夢，忍顧鵲橋歸路。兩情若是久長時，又豈在朝朝暮暮！」這首詞好就好在立意高遠，表現了詞人對於愛情的一種不同凡響的看法。他否定了朝歡暮樂的庸俗生活，歌頌了天長地久的忠貞愛情。尤其是上下兩片的結語，更是發人深思的警句。「金風玉露一相逢，便勝卻人間無數。」這裡，將「一」和「無數」對抗。一般情況下，「一」是不可能勝過「無數」的，但在牛郎織女那兒，「一」卻勝過了「無數」。

其中，最根本的條件就是愛情的專一純潔、愛情的一往無前。世界上有無數對匹夫匹婦，有無數次的男女親密，但又有多少人能夠像牛郎織女的愛情那樣無限堅貞、無比純潔呢？「兩情若是久長時，又豈在朝朝暮暮！」一般人看來，情愛的雙方朝朝暮暮、長相廝守豈不是人世間最為愜意的事？然而，關鍵的是，你長相廝守的是真正的愛情呢？還是一種肉慾或者物慾？如果是縱慾無度的朝朝暮暮，往往會產生不利於身心健康的惡劣後果；如果是爾虞我詐的朝朝暮暮，那還不如及早決絕，省卻煩惱。這就使我們明白：像牛郎織女這種真正的兩情久長，難道不勝過那庸俗的朝朝暮暮嗎？

同時，秦觀的詞句對於那些由於種種客觀原因而不得不暫時分離的情侶而言，也未嘗不是一種安慰和鼓勵。在勞燕分飛、黯然神傷的時候，情侶們心中倘若默默吟誦著秦觀的這些極富生活哲理的詞句，將會感到無比的慰藉。由此可見，秦觀的這首詞兩次做了翻案文章，而兩次將愛情推向更高的境地！

我認為，七夕節現代文化意義的底蘊就是讓年輕的朋友讀懂愛情的真諦！

（原載《東楚晚報》2013 年 8 月 12 日）

明代文學「俗」與「雅」的雙向轉化

一

明代戲劇小說的高度繁榮和傳統詩文的極不景氣，如今已成為人們的共識。然而，形成這種局面的決定因素是什麼？對此，人們的看法卻未必一致。當然，我們不能絕對排除諸如政治、經濟等外在因素對於明代文學狀況的作用和影響；但歸根結底，其決定因素則是那從事文學創作的人，包括從事口頭創作的民間作家和從事書面創作的封建文人，尤其是在文學領域中占主導地位的文人，其作用更為重要。

宋元時期，以話本與雜劇為代表的俗文學勃興，對傳統文學形成了強有力的衝擊。但這只是一種文學現象，只是一種主要由民間作家、書會才人訴諸講唱藝壇和戲劇舞臺的藝術實踐，並不意味著宋元時期文學觀念的轉變，因為任何觀念的產生或轉變都只能發生在實踐之後。直到元末明初，人們，主要是文人，才開始把俗文學當作「文學」看待，並不斷提高它的地位，使之與傳統詩文並駕齊驅，進而占壓倒優勢。正是由於文人的文學觀念發生了巨大的變化，才導致了中國文學發展過程中一次至關重要的自我調節，而這種文學自身調節的主要表現形態便是明代文學「俗」與「雅」的雙向轉化。

明代文學俗與雅雙向轉化的主要特徵，乃在於當時的文人在從事傳統詩文的寫作時，不得不向通俗的民歌時調靠攏；同時，又在日益重視俗文學的基礎上逐步將其「雅」化。

二

向民歌學習的口號，雖在晚明才響亮地提出，但在明代詩壇上早已湧現出了諸如劉基、高啟、袁凱、于謙、沈周、楊慎、黃省曾、翁大立、王叔承等注重學習民歌的作家和為數可觀的擬民歌之作。如袁凱《京師得家書》詩云：「江水一千里，家書十五行。行行無別語，只道早還鄉。」在文人生活的描寫中明顯滲入了民歌風味。再如王叔承《竹枝詞》寫道：「白鹽出井火燒畬，女子行商男作家。橦布紅衫來換米，滿頭都插杜鵑花。」更是以民歌情調寫異鄉風俗。諸如此類的擬民歌佳作，在許多明人別集中俯拾皆是。自然，也有弄巧成拙的事例：如《剪燈新話》的作者瞿祐有一次聽到妓女唱吳歌「月子彎彎照幾州，幾人歡樂幾人愁，幾人高樓行好酒，幾人飄蓬在外頭」，竟翻其意以為詞曰：「簾卷水西樓，一曲新腔唱打油，宿雨眠雲年少夢，休謳，且盡生前酒一甌。　明日又登舟，卻指今宵是舊遊。同是他鄉淪落客，休愁，月子彎彎照幾州。」（見田汝成《西湖遊覽志餘》卷二十五）結果弄得不倫不類。但瞿祐翻作民歌一事，本身就說明了明代文人對民歌是何等喜愛。更有趣的是，某些一向被人們認為屬於最保守、最頑固的詩歌流派的作家，也自覺不自覺地被捲入學習民歌的時代潮流中去。「臺閣體」三楊之首的楊士奇，居然也寫出了頗具民歌風調的小詩《發淮安》：「岸蓼疏紅水荇青，茨菰花白小如萍。雙鬟短袖慚人見，背立船頭自採菱。」李夢陽這位明代復古派的中堅分子、「前七子」的領袖，竭盡全力倡言復古三十年，但在他生命的最後幾年終於也承認「今真詩乃在民間」，「予之詩非真也」。（《詩集自序》）而他的夥伴何景明，則乾脆提出：「夫詩，本性情之發者也」，並寫下了不少諸如《竹技詞》一類的擬民歌之作。至於徐禎卿、邊貢、王廷相等，我們只要讀讀他們的《雜謠》、《運夫謠送方文玉督運》、《巴人竹枝歌》等作品，也不難看出民間歌謠對他們詩作的滋潤。「後七子」領袖王世貞獨主文壇二十年，然其詩風晚年漸造平淡，集中亦不乏擬民歌之作。明代詩壇的復古派中，最強硬的除了李夢陽便是李攀龍了，但誰能料到「布帆百餘幅，阿娜自生風，江水滿如月，那得不愁儂」這樣的《懊儂歌》竟也出現在他的《滄溟集》中。「後七子」結詩社的「老社長」謝榛，其七言絕句堪稱明詩冠冕，然其間頗類民歌之作屢見不鮮。如《遠別曲》：「阿郎幾載客三秦，好憶儂家漢水濱。門外兩株烏桕樹，丁寧說向寄書人。」逼真女兒口吻、一派民歌風味，直可作為袁宏道《橫塘渡》一詩中「妾家住虹橋，朱門十家路，認取辛夷花，莫過楊柳樹」之先導。屬於保守的復古陣營中的詩人尚且如此，至於像李贄、袁宏道、馮夢龍等一些在文學主張上求新、求變的文人，則更是從理論到實踐、從創做到整理，於中晚明掀起了一個向民歌學習的歷史狂潮。正是這樣一種時代風氣、詩苑氛圍，使中國傳統詩歌的寫作在明代才真正出現了自十五國風以來前所未有的歷史危機，遭受到民歌時調強有力的挑戰，從而不得不從正統的殿堂中走下來，去與那處於偏廈的民歌風調擁抱握手。而造成這種明代詩歌由「雅」向「俗」轉化的原因主要有兩點，一是在明代文人面前盛唐隆宋那不可企及的高峰所造成的精神壓力實在太大，二是終明一代民歌高度發展的排山倒海般的衝擊力實在太強。正是在這兩大強力的擠壓之下，明代詩人才不得不於失望與痛苦之中作出這種「求之於野」的選擇和嘗試。

明代散文由雅向俗的轉化，不像詩歌那麼明顯，但有一種現象亦不容忽視，即明代散文被大多數讀者所接受的恰恰是那些寫作者身邊瑣事的篇章。號稱「開國文臣之首」的宋濂，在他的「奏御之書」《洪武聖政記》和所謂「至公甚當」的《浦陽人物記》中，該有多少正言高論哪，但卻敵不過他那篇娓娓而談的《送東陽馬生序》的生命力。王、唐、茅、歸以標舉唐宋古文始，而最終足以饗餐後人的倒是歸有光那幾篇專寫日常瑣事的篇什。至若那真、趣、瑣、俗的晚明小品文，在後來的「桐城派」看來，似乎不能入經邦濟國的正宗宏論之列，而實際上，卻真正代表著明代散文的最高成就。整體而言，明代散文固然是情趣戰勝了性理，但何嘗又不是古雅讓位於瑣俗？

中國傳統的詩文發展到明代，已然翻過了唐宋的高峰峻嶺，同樣，也渡過了金元的低谷丘陵。明人既看到了唐宋詩文之不可及，也看到了金元詩文之不可取。何以為文？何以為詩？是擺在明代文人面前的一個大難題。為此，明代文人進行了艱苦的探索、反覆的論辯，從而也幾乎耗費了終明一代近三百年的時光。明代前期諸作家，基本上處於一種各行其事的摸索階段，有的回歸三唐，有的模擬漢晉，有的標舉風骨，有的崇尚自然，種種主張，種種嘗試，都給中晚明諸家以進一步發展之端緒。至前後七子聯袂登壇，文學秦漢、詩學盛唐，復古派喧囂一時並漸占統治地位；但隨即便有「唐宋派」以唐宋古文來反撥「文必秦漢」，便有「公安派」以性靈之說來反對「詩必盛唐」。中晚明之際，復古與創新兩大派拉鋸也似爭奪；即便同是主張復古，以何時何代為指歸又生齟齬。延至晚明，求新求變之風日盛，給泥於古者以極大的打擊，然而「公安」「竟陵」諸家的詩歌創作卻又遠遠未能真正實踐他們自身所提出的具有真知灼見的詩學理論。鍾惺於詩不取所謂「膚者、狹者、熟者」，然就中晚明詩壇而論，七子派詩作固然是「熟者」不少，公安派諸作卻也「膚者」屢見，而竟陵派詩作本身恰恰多半是唯待「一二賞心之人獨為之諮嗟彷徨」之「狹者」。三者均不足彪炳千秋，最終反倒讓那以宗唐法杜為基礎加之強烈時代精神的明末愛國詩歌給明代傳統文學的發展史打上了一個凝重的句號。由此可見，明代詩文，復古固未脫前人藩籬，創新也未見別開生面。當詩國巨人駕著六駿飛越過高山峻嶺、優游過低谷丘陵之後，便陷入沼澤泥潭而無以自拔，等待著他的，不過是三百年後爬上丘墳堤岸的老態龍鍾的櫛沐整理。這正是中國傳統詩文的歷史悲劇。

明代文人，在如何發展傳統文學的問題上，似乎總是在無休止地探索、無休止地論爭，這正好說明了明代文人在盛唐隆宋的高峰峻嶺面前無法突破而又力圖突破的一種徘徊與掙扎，也正標誌著我國傳統詩文發展到明代已不得不進入一個自我反思、自我調節的必然階段。終明一代，沒有出現一個與韓、柳、歐、蘇並肩的文章大家，也未能產生像陶、謝、李、杜那樣的詩國巨匠，並非明人的才氣不如前人，而是時代使然、形勢使然，誰叫他們出生在傳統詩文江河日下的明代？對於明代文人而言，這或許也算是一個令人遺憾的悲劇。

除了唐風宋韻的重壓之外，民歌的極盛也給明代傳統文壇以極大的衝擊。明末卓人月曾總結說：「我明詩讓唐，詞讓宋，曲又讓元，庶幾〔吳歌〕、〔掛枝兒〕、〔羅江怨〕、〔打棗竿〕、〔銀絞絲〕之類，為我明一絕。」（陳宏緒《寒夜錄》引）明代民歌猶如元之散曲，乃是新鮮活潑的民間歌詞。尤其是當元代後期至明代，散曲日益書面化、文人化之後，明代的民歌時調便以如火如荼之聲勢，遍布黃河兩岸、大江南北。沈德符在《萬曆野獲編》卷二十五中，曾系統地介紹了自宣德到萬曆間民歌發展的大概，最後，他不禁對民歌時調的生命力發出由衷的慨歎：「不問南北，不問男女，不問老幼良賤，人人習之，人人喜聽之，以至刊布成帙，舉世傳誦，沁人心腑，其譜不知從何而來，真可駭歎！」就目前所知，早在成化年間，就刊行了民歌時曲《新編四季五更駐雲飛》、《新編題西廂記詠十二月賽駐雲飛》、《新編太平時賽賽駐雲飛》、《新編寡婦烈女詩曲》四種。至晚明馮夢龍輯《童癡一弄・掛枝兒》四百三十五首、《童癡二弄・山歌》三百八十三首、《夾竹桃》一百二十三首，再加上諸如龔正我《摘錦奇音》、熊稔寰《徽池雅調》之類曲選以及其他雜書的選刊和引錄，現存明代民歌的總數絕不下於一千首。面對如此繁盛而有生命力的民歌時曲，明代一些有見識的文人歎為觀止，並給予高度評價。李開先《詞謔》二十七載：「有學詩文於李崆峒者，自旁郡而之汴省。崆峒教以：『若似得傳唱〔鎖南枝〕，則詩文無以加矣。』請問其詳，崆峒告以：『不能悉記也。只在街市上閒行，必有唱之者。』越數日，果聞之。喜躍如獲重寶，即至崆峒處謝曰：『誠如尊教！』何大復繼至汴省，亦酷愛之，曰：『時詞中狀元也。如十五國風，出諸里巷婦女之口者，情詞婉曲，有非後世詩人墨客操觚染翰、刻骨流血所能及者，以其真也。』每唱一遍，則進一酒。終席唱數十遍，酒數亦如之，更不及他詞而散。」從這裡可以看出民歌時曲對復古派詩人們所產生的巨大影響。至於那些原本就重視俗文學的文人們，對民歌時調的讚美便更加熱烈。李開先嘗言：「正德初尚〔山坡羊〕，嘉靖初尚〔鎖南枝〕。……語意則直出肺肝，不加雕刻，俱男女相與之情，雖君臣友朋，亦多託此者，以其情尤足感人也。故風出謠口，真詩只在民間。」（《市井豔詞序》）袁宏道嘗言：「近來詩學大進，詩集大饒，詩腸大寬，詩眼大闊。世人以詩為詩，未免為詩苦。弟以〔打棗竿〕、〔劈破玉〕為詩，故足樂也。」（《與伯修》）馮夢龍嘗言：「自楚騷唐律，爭妍競暢，而民間性情之響，遂不得列於詩壇，於是別之曰山歌。……今雖季世，而但有假詩文，無假山歌。則以山歌不與詩文爭名，故不屑假。苟其不屑假，而吾藉以存真，不亦可乎？」（《敘山歌》）賀貽孫嘗言：「近日吳中〔山歌〕、〔掛枝兒〕，語近風謠，無理有情，為近日真詩一線所存。」（《詩筏》卷一）民歌時曲就是這樣影響著明代文人，使他們的文學觀念發生著巨大而深刻的變化，也使得他們在從事傳統詩文的寫作時自覺不自覺地吸取民歌時調求真求俗的精神，從而使那曾經稱雄八代的楚騷唐律終於在明代這麼一個特殊的歷史階段中不得不發生由雅而俗的傾斜與轉化。

三

當明代的傳統詩文經受著民歌時調的衝擊而未能免「俗」的同時，諸如戲曲小說這些本不登大雅之堂的俗文學更加得到明代文人的特殊重視。隨著印刷業、出版業的發達發展，許多在宋元時期為訴諸聽覺或展現於舞臺服務的話本、劇本，經過明代文人與書商的合作，得以廣泛的整理和刊行。有明一代，對俗文學的喜愛蔚然成風，許多文人不僅饒有興致地閱讀俗文學作品，甚而禁不住親自動手，參與評點、進行加工乃至展開創作。當時，不僅出現了許多兼寫傳統詩文和戲曲小說的「兩栖」作家，甚至還出現了一些將畢生精力貢獻給俗文學的「專業戶」。這種來自社會各階層文人對通俗文學的普遍認同，一方面更有效地推動了俗文學的發展，另一方面也勢必使戲曲小說這些俗文學品種經歷著由俗而雅的轉化。在這個俗文學雅化的過程中，原本屬於文人們的某些意識觀念、審美情趣、表現技法也必然會滲透或強加到俗文學作品中去。

在改進或創作通俗文學作品的過程中，借助於那些廣大民眾喜聞樂見的故事來寄託各自的歷史反思、政治理想、道德評判、價值取向，乃至於通過戲曲小說來宣揚教化、訓誡人心，這正是明代戲曲小說的作者們既照顧審美對象、又照顧創作主體所採用的一種經常的方式。例如：《三國志平話》對「天下三分」的解釋，是通過司馬仲相斷獄的描寫來宣揚一種世俗而愚昧的因果報應思想。但到了《三國志通俗演義》中，卻被改造成為一種「天下者，非一人之天下，乃天人之天下也，惟有德者居之」（卷十二張松語）的進步歷史觀。這實際上是為那些洞察人心背向、順應歷史潮流、起而取代舊王朝的歷史英雄們「不合法」的行為製造「合理」的輿論。正因如此，人們才可能承認周武王以臣伐君（《封神演義》）、曹劉孫裂土稱王（《三國演義》）、李淵父子代隋而起（《隋史遺文》）、元末群雄各據一方（《英烈傳》）的合理性。而《浣紗記》、《寶劍記》、《鳴鳳記》等戲曲作品對於昏君寵信權奸而誤國的黑暗政治的揭示，則在明中葉更帶現實性，更能引起廣大民眾和士大夫階層的注目。較之一般民眾渴望聖君賢臣、痛恨權豪姦佞的樸素感情，明代文人在戲曲小說中所體現出的歷史觀、政治觀顯然更帶理性色彩、更具思辨性。再如：《大宋宣和遺事》中那粗獷而豪俠的宋江，在《水滸傳》中，卻被改造成為在那不肖處上、大賢處下的黑暗現實中徘徊於反抗與屈從之間的知識分子心靈流程的載體。在他身上，昂揚奮發的進取精神與抑鬱憤懣的悲劇意味融為一體。不僅宋江如此，幾乎所有明代戲曲小說作品中的英雄豪傑都是這樣。他們一方面積極用世，在慘淡塵寰中進行著不屈不撓的掙扎與抗爭，希望在紛紛亂世中幹出一番驚天動地的大事業；另一方面，他們又都戴著十分沉重的傳統倫理道德的枷鎖，頓不開、解不脫，欲破不能、欲罷不忍。殘酷的現實造成了他們內質深厚的悲劇性格、悲劇心理，從而也決定了他們悲劇的人生、人生的悲劇。宋江之所以功成名就而飲鴆酒自殺身亡，是忠心不負宋朝；劉備之所以帝業方興便伐東吳慘遭大敗，是不忘桃園之義。同樣，在關羽、諸葛亮、姜子牙（《封神演義》）、楊業（《楊家府演義》）、于謙（《于少保萃忠全傳》）以及岳飛（《精忠記》）、張巡許遠（《雙忠記》）、楊繼盛（《鳴鳳記》）、林沖（《寶劍記》）等各式各樣的英雄人物身上，無不寄託著作者們的倫理道德評判和人生價值取向。「若讀到古人忠處，便思自己忠與不忠；孝處，便思自己孝與不孝。至於善惡可否，皆當如此，方是有益。」蔣大器《三國志通俗演義序》中的這段話，闡述的正是這種文人意識滲透於通俗文學之後所希望達到的社會效果。自元末高則誠在《琵琶記》中提出「不關風化體，縱好也徒然」的標準之後，明代文人利用戲曲小說來宣揚教化、訓誡人心之風亦自不息。有的要求樂戶女兒要「立心貞，出言準，守清名，志堅穩」，「料生前熬不出這醃臢運」，「到身後標題個烈女魂」。（朱有燉《香囊怨》）有的高標作戲曲要「備他時世曲，寓我聖賢言」，「若於倫理無關緊，縱是新奇不足傳」。（丘濬《五倫全備記》）有人認為讀小說要明白「作者亦自有意，蓋為世戒非為世勸也」。（東吳弄珠客《金瓶梅序》）甚至有人認為「從來說的書不過談些風月，述些異聞，圖個好聽。最有益的，論些世情，說些因果，等聽了的觸著心裏，把平日邪路念頭化將轉來」。（《二刻拍案驚奇》卷十二）所有這些，足以說明作為戲曲小說的俗文學作品，到了明代某些文人手中，已被改造成為宣教化、明人倫的工具。綜上所述，反思也罷、評判也罷、訓誡也罷，如此種種移植在俗文學土壤上的文人意識的蕙、芷、芑、茅，就其本質而言，自有香花惡草之別，但遠遠望去，則都是對一片黑土地色彩絢麗的妝點；文人意識對俗文學的介入，本身就是俗文學得到「雅」化的一個重要標誌。

明人論戲曲之優劣，多半是論「曲」，而不是論「戲」。明人之寫戲曲，多半也是借流傳於民間的「奇事」來抒寫「奇情」，從而希望在程式化的舞臺表演中揉入文人的審美趣味，在世俗的歌唱中平添幾許「雅」音；同時，文人們所具備的詩詞歌賦方面的驚才絕豔的本領，亦可借助於優伶之口表現出來，文人們心中的某些鬱悶、某種意願，亦可借助於戲曲的形式得以宣洩或實現。作為戲曲主體的曲辭，在明代差可成為文人慣於抒情言志的詩歌的變種。這種重「曲」而不重「戲」的審美意識，造成了明人戲劇創作中的兩種傾向。一是常常讓故事情節的進展停頓下來，讓時間流程暫時凝固，舞臺上只展開抒情言志的空間。《寶劍記》中第三十七齣林沖夜奔時所唱的〔新水令〕到〔收江南〕八支曲子是如此，《牡丹亭》中第十齣麗娘遊園時所唱的從〔遶池遊〕到〔隔尾〕六支曲子亦大略如此，《玉簪記》中第三十二齣妙常追別中生旦或獨唱或對唱的一大段也是這種情調，明人傳奇戲中幾乎每一個劇本都少不了這樣的場次。創作如此，評論亦然。明人之所以特別推重元劇中的《西廂》、南戲中的《拜月》，《元曲選》之所以「破題兒」便是《漢宮秋》，均在於這些劇本以優美的曲辭表達了濃鬱的抒情意味，符合文人的胃口。第二種傾向是，本沒有什麼複雜、曲折的故事情節，也不是為了塑造幾個不朽、動人的藝術形象，但鬱積在作者心中的某種情緒不吐不快，於是，借他人之酒杯澆心中之壘塊，將喉中骨鯁吐將出來，王九思《杜子美沽酒遊春》、康海《東郭先生誤救中山狼》、徐渭《狂鼓吏漁陽三弄》、王衡《王摩詰拍碎鬱輪袍》等均屬此類。當然，在淋漓酣暢地撰「曲」的同時，明人也沒有完全忘記「戲」的一面，不過相對外在化的矛盾衝突而言，他們更重視內在化的人物情感衝突而已。這種文人審美情趣對戲劇創作的滲透，在一定程度上「淨化」了戲劇舞臺，已在某種意義上提高了廣大觀眾的審美水平。或許文化水平低的觀眾不一定能完全聽懂那曲辭中的每一個字眼，但卻可以從中領會到某種整體情緒。這是作者之心、劇中人之心通過優伶演唱的中介而與觀眾之心進行交流的一種最佳方式，其審美效應、社會功能，遠比一篇抒情言志的詩詞歌賦要大得多、快得多、廣泛得多。然而，物極必反。當這種「雅」化的程度過了頭，並形成一種新的模式之後，廣大觀眾自然會反感，作品自然會失去生命力，明代後期那一批「傳奇十部九相思」的劇作，抒寫的盡是一個套路的才子佳人之情，便難以廣泛流傳，而清代之「花部」對「雅部」強有力的衝擊，最終取而代之，也正代表著廣大民眾的一種必然選擇，這中間恐怕不僅僅是音樂方面的問題。

明代小說，在審美趣味方面「雅」化的程度較之戲曲要小得多，但優秀的作家也能抓住機會略顯身手。試看《三國演義》中劉玄德三顧茅廬一段、《水滸傳》中林教頭風雪山神廟一段、《西遊記》中唐三藏木仙庵談詩一段、《金瓶梅》中潘金蓮雪夜弄琵琶一段，都寫得情味盎然。至於馮夢龍對於小說話本的整理、加工、再創造，往往更是變庸俗而為高雅、變粗鄙而為精緻。我們只要將《清平山堂話本》、《熊龍峰刊行小說四種》與「三言」中某些相應的故事對比一下，便不難看出其中「雅」化的痕跡。諸如《翫江樓》等「鄙俚淺薄，齒牙弗馨」（綠天館主人《古今小說序》）的作品，經過馮夢龍的改造，則「頗存雅道，時著良規，一破今時陋習」。（即空觀主人《拍案驚奇序》）明人除了在審美情趣方面「雅」化通俗小說之外，更重視小說寫作技法的提高。

在這個問題上，至少有以下三點至為明顯，即：將原本離奇的情節加以曲折化，將原本零星的故事加以系統化，將原本世俗的傳說加以哲理化。唐僧取經的故事本來充滿傳奇色彩，而《大唐三藏取經詩話》卻不過是一系列奇事怪事的拼合，但到了吳承恩手中，西遊故事卻寫得那麼瑰麗神奇而又曲折多致。宋江起義的故事在民間流傳極其迅速而廣泛，而活躍於講唱文學或戲劇舞臺上的梁山好漢的故事卻是各自獨立的片斷，但《水滸傳》的作者卻以「以暴抗暴」的思想一線貫穿，使之渾然一體。武王伐紂本是一段歷史事實，《武王伐紂平話》寫來盡是一片神奇的熱鬧，但《封神演義》中卻蘊含了許多至今為人們所未完全參透的哲理。表面看來，明代小說家們是在迎合廣大民眾好奇、求全、喜熱鬧的世俗心理，而實際上他們卻在不知不覺中提高著廣大讀者的審美趣味和鑒賞水平。在明代小說的審美效應普遍提高的前提下，也出現了兩種極端的情況。一是尚未經過文人認真「雅」化的作品，如《三遂平妖傳》、《兩宋志傳》、《楊家府演義》、《四遊記》等，仍然是一片混沌、雜亂無章，怪誕而不神奇、低劣而不精緻。這主要是由於一些沒有藝術良心的出版商因急於牟利或照本搬出或粗製濫造之所致。另一種情況是某些作品被文人「雅」化過了頭，如明末開始出現的才子佳人小說，雅則雅矣，卻完全是文人情調，只能在文人圈子裏自我欣賞、自我滿足。處於這兩個極端的作品，由於達不到「雅俗共賞」的地步，最終只有被歷史所揚棄。

明代文人何以要「雅」化俗文學作品？其主要原因仍然是文人文學觀念的轉變和文學發展自身調節的必然和需要。宋元以來，俗文學的兩大代表——話本與戲曲愈益猛烈地衝擊著傳統的文壇。這種既成局勢對明代文人來說，既有壓迫感，又具誘惑力。不少文人十分敏感地意識到俗文學那不可遏止的發展勢頭和拔山撼石的社會功能。他們逐漸認識到，利用俗文學，同樣可以言志抒情，同樣可以做出經世濟國的大文章，同樣可以救世道、懲人心，同樣可以進行道德評判，甚至同樣可以展現自己的文學才能。總之，凡傳統詩文能達到的，通俗文學無不可達到，而俗文學的社會功能卻比傳統詩文要大得多。故而，他們中間的某些人，便自然而然地對俗文學進行重新估價、重新認識。例如，李開先就認識到戲劇創作可以「激勸人心，感移風化。非徒作，非苟作，非無益而作之者」。(《改定元賢傳奇後序》) 張尚德就認識到通俗小說「是是非非，了然於心目之下，裨益風教，廣且大焉，何病其贅耶？……牛溲馬勃，良醫所珍，孰謂稗官小說，不足為世道重輕哉？」(《三國志通俗演義引》）湯顯祖就認識到「萬物之情，各有其志。董以董之情而索崔、張之情於花月徘徊之間，余亦以余之情而索董之情於筆墨煙波之際。董之發乎情也，鏗金戛石，可以如抗而如墜。余之發乎情也，宴酣嘯傲，可以以翱而以翔。」（《董解元西廂記題詞》）而可一居士甚至認為：「六經國史而外，凡著述皆小說也。……崇儒之代，不廢二教，亦謂導愚適俗，或有藉焉。以二教為儒之輔可也。以《明言》、《通言》、《恒言》為六經國史之輔不亦可乎？」（《醒世恒言序》）這實際上是把通俗文學提到了除六經國史之外與其他所有文字學說相併列的地位。由金元而入明，一方面是傳統詩文的舊的表達方式日見式微，另一方面是通俗文學的新的表達方式雲蒸霞蔚。在這樣一個文學領域發生著翻天覆地的變化的特殊時代，明代文人始而被動地接受著俗文學的衝擊，繼而逐步看清了俗文學一往無前的發展趨勢，終至涉足其間、主動地對俗文學進行「雅」化。

四

李贄說得好：「詩何必古《選》，文何必先秦，降而為六朝，變而為近體，又變而為傳奇，變而為院本，為雜劇，為《西廂》曲，為《水滸傳》，為今之舉子業，大賢言聖人之道皆古今至文，不可得而時勢先後論也。」（《童心說》）這段求新、求變的名言，正好道出了明代許多文人如何對待傳統文學與通俗文學的一種心態；或者說，正代表了明代文人文學觀念的一種根本轉變。正是因為有了這種觀念的轉變，明代文人才能在傳統詩文「山重水複疑無路」之際，找到了通俗文學這「柳暗花明又一村」。從而，也就形成了我國文學史上盛況空前的文人創作的通俗化與通俗文學的文人化的「俗」與「雅」雙向轉化的局面。

魏晉六朝文人對什麼是文學的審視，使文學真正獨立於經史的附庸之外，是我國歷史上一次文學觀念的更新；而明代文人對通俗文學的認同，則進一步從觀念上對什麼是文學作出了重新的界定，是我國歷史上又一次文學觀念的更新。這兩次觀念的更新在中國文學史上所發生的影響無疑都是巨大的，它們各自導致和推動了當時或稍後的文學創作的高度繁榮。

（原載《湖北師範學院學報》1994 年第二期）

劉備・宋江・作者心態

羅貫中毫無疑問是中國古代最傑出的小說家之一，現存而與之有干係的小說有五部：《三國志通俗演義》、《水滸傳》、《三遂平妖傳》、《殘唐五代史演義傳》、《隋唐兩朝志傳》。關於這五部小說作品最早署名的具體情況如下：《三國志通俗演義》有明嘉靖壬午（1522）刊大字本，二百四十則，題「晉平陽侯陳壽史傳」「後學羅本貫中編次」。《水滸傳》有嘉靖間刊行《忠義水滸傳》（殘本），題「施耐庵集撰」「羅貫中纂修」。《三遂平妖傳》二十回，萬曆間刊本，題「東原羅貫中編次」「錢塘王慎修校梓」。《殘唐五代史演義傳》六十回，明刊本，題「貫中羅本編輯」「李卓吾批點」。《隋唐兩朝志傳》，一百二十二回，萬曆己未（1619）刊本，題「東原貫中羅本編輯」「西蜀升菴楊慎批評」。

雖說五部作品的作者都署有羅貫中字樣，但如果作進一步探究，便可發現上述作品的作者署名狀況並不相同，大致可分為兩類。第一類，《三國志通俗演義》和《水滸傳》。其中，《三國志通俗演義》所謂「陳壽」云云，完全是虛晃一槍，因為沒有任何人相信西晉的陳壽會寫起章回小說來。這只不過藉以強調此小說所根據的乃是陳壽的《三國志》，從而以表示其歷史真實性而已。因此，《三國志通俗演義》的著作者實際上只署有羅貫中一人的名字。《水滸傳》所謂「施耐庵」云云，在沒有過硬材料出現的前提下，我們無法確認施耐庵的著作權問題，只好存疑；即便是施耐庵確有其人，並且對《水滸傳》的成書作過貢獻，也是施在前、羅在後，最終寫定者當為羅氏。要之，《三國》與《水滸》這兩部小說與羅貫中的關係更為親密一些。第二類，《三遂平妖傳》、《殘唐五代史演義傳》、《隋唐兩朝志傳》。這三部小說署名均為羅貫中在前，後有「王慎修校梓」「李卓吾批點」「楊慎批評」云云。不管王、李、楊三人的署名是真是假，總之是這三部作品在作者署名問題上已暴露出它們是經過羅貫中以後的人動了一番手腳的，應該說這三部小說與羅貫中的關係要疏遠一些。

當然，所謂「遠」與「近」，只是相對而言。即便再近，也不可能隻字不改；即便再遠，也不可能脫胎換骨。參照後來毛宗崗父子修訂《三國演義》、金聖歎刪改《水滸傳》的情況，可以推斷，明代中後期的文人或書商對羅氏原作的修改只能是局部的，而不可能推倒重來。因此，可以說，這五部小說的基本精神和大體框架仍然是由羅貫中所奠定的。

有趣的是，羅貫中所賦予的上述五部小說大體一致的基本精神，又與羅貫中所處的元末明初的社會狀況有著頗為緊密的聯繫。對於元末明初的政治形勢，我們可作如下簡明概括：元末政治腐敗，引發農民起義，進而群雄割據、逐鹿中原，經過一段時間的大混戰之後，天下歸於一統、誕生了新的政權——大明王朝。這種社會狀況，恰恰全都反映在上述五部小說之中，不過各有側重點而已。《三國志通俗演義》重在寫群雄角逐、軍閥割據，但前面又以黃巾大起義作引子，最終又寫三國歸晉。《水滸傳》重在以農民大起義為載體，反映了廣大民眾在動盪不安的社會中所萌發的以暴抗暴的反抗精神。《三遂平妖傳》以王則起事為契機，表現的是與《水滸傳》相近似的思想，只不過比較多地滲入了神異描寫。《殘唐五代史演義傳》乃是一幅天下大亂、群雄並立、相互攻伐的歷史畫卷。《隋唐兩朝志傳》所反映的時間跨度雖然比較大，從楊堅受禪直寫到王仙芝被剿殺，計二百九十五年事蹟，但對亂世的描寫卻仍然佔了大半篇幅。總之，這五部小說均著重表現了處於「亂世」中的各類英雄人物的心理和行為。而這一點，恰恰符合處於元末那種「天下大亂」的形勢下有政治眼光和希望有所作為的羅貫中的心理狀態。除小說外，羅貫中還寫有雜劇。保存至今的《宋太祖龍虎風雲會》一劇，所表現的作者心態正與上述五種小說大體相同：身處亂世而思有所作為。儘管在現實中壯志難酬，也不妨「紙上談兵」，將自己的政治理想和人格理想通過小說、戲曲這些最通俗的藝術形式表現出來。

僅就與羅貫中關係至為密切的《三國志通俗演義》和《水滸傳》二書而言，作者之良苦用心——對政治理想和人格理想的執著追求，又著重體現在二書之主人公劉備、宋江這兩位「精神領袖」身上。

《三國志通俗演義》中的劉備在本質上其實是與曹操一致的，作者將他們寫成了「奸雄」或「梟雄」。相比較而言，梟雄劉備比奸雄曹操多了一些作為美麗羽毛來裝飾自己的「忠義」。進而言之，書中所寫劉備所謂「忠」，乃是他奪取天下的藉口和保護色；而他的「義」，倒是作者賦予他的真正的生命的光閃。縱觀《三國志通俗演義》中劉備的一生，其假「忠」真「義」具有一貫性。

小說一開始，就寫劉備「好交遊天下豪傑，素有大志」。那麼，劉備的大志是什麼呢？作者旋即作了回答：「玄德年幼時，與鄉中小兒戲於樹下，曰：『我為天子，當乘此羽葆車蓋。』」（卷之一）成人後，劉備反反覆覆向別人介紹自己時，總忘不了強調「漢室宗親」的身份。初見張飛，劉備說：「我本漢室宗親。」回答督郵，劉備又說：「備是中山靖王之後。」（均見卷之一）而這種特殊身份在那樣一個動亂的時代裏所表達的潛臺詞就是「最有資格當皇帝」的意思。同樣，劉備政治集團中的骨幹成員如諸葛亮、關羽、張飛等人也再三重複劉備的這種說法，都在為劉備當皇帝作輿論準備。如張飛對呂布怒吼：「我哥哥是金枝玉葉，你是人家奴婢，怎敢叫我哥哥做賢弟！」（卷之三）關羽則在別人面前口口聲聲稱劉備為「劉皇叔」。（卷之六）更有甚者，在以諸葛亮、關羽、張飛等一百二十人聯名申奏漢獻帝的表章中宣稱劉備進位漢中王的主要理由之一就是「臣等以備肺腑枝葉，宗子藩翰，心存國家，念在弭亂。」（卷之十五）至於劉備稱帝時，諸葛亮說得更加清楚明白：「主上平定四海，功德昭於天下，況是大漢宗派，宜即正位。」（卷之十六）意謂劉備當皇帝的理由是「功德」與「宗派」各占一半。

劉關張桃園三結義的誓詞是既空洞又具體的：「念劉備、關羽、張飛雖然異性，結為兄弟，同心協力，救困扶危，上報國家，下安黎庶，不求同年同月同日生，只願同年同月同日死。皇天后土，以鑒此心，背義忘恩，天人共戮！」（卷之一）所謂空洞者，是其「忠」也：「上報國家，下安黎庶」；所謂具體者，是其「義」也：「不求同年同月同日生，只願同年同月同日死。」

桃園結義以後，劉備帶領著關、張等人開始轉戰四方。破黃巾、討董卓、棲徐州、依曹操、竄荊州、戰赤壁，直至橫跨荊益二州，從漢中王「晉升」蜀漢皇帝。在轉戰南北的漫長征途中，劉備一貫標榜自己是復興漢室，而實際上是為自己謀奪天下尋找藉口。其實，劉備出身之微賤是人所共知的。舌戰群儒時，諸葛亮與東吳陸績的一段對話很有意思。陸績說：「曹操雖挾天子而令諸侯，猶是曹相國曹參之後。汝劉豫州雖中山靖王苗裔，無可稽考，眼見只是織席販履之庸夫，何足與曹操抗衡哉？」諸葛亮回答：「昔漢高祖皇帝，起身泗上亭長，寬宏大度，重用文武而開大漢基業四百餘季。至於吾主，縱非劉氏宗親，仁慈忠孝，天下共知，勝如曹操萬倍，豈以織席販履為辱乎？」（卷之九）可見，劉備集團的主要成員對其出身並非正統是非常清楚的。如若劉備要真正的「忠」，他便只能興勤王之師護衛漢獻帝，而不應該為自己謀奪地盤煞費苦心。劉備的這種並非真正拱衛漢獻帝的思想，在他的義弟關羽「降漢不降曹」的口號中露出了馬腳。所謂「降漢」者，其前提是「非漢臣」，天下豈有「漢臣降漢」的道理？當關羽標榜「降漢不降曹」的時候，無意中暴露了他和他的主子劉備並沒有死心塌地當漢獻帝大臣的潛意識。因此，從劉備到諸葛亮再到關羽、張飛等人，他們內心深處其實都很清楚，忠於漢室的口號是喊給別人聽的，「劉皇叔」取代漢獻帝才是他們共同的奮鬥目標。

與「忠」相比較而言，劉備的「義」倒是很實誠的。當張飛丟了徐州，使劉備的兩位夫人成為俘虜以後，劉備只是默默無語。當張飛被關羽責備不過，要拔劍自殺時，劉備卻奪其劍而言曰：「古人有云：『兄弟如手足，妻子如衣服。』……吾三人桃園結義，不求同日生，誓願同日死。今日雖無了城池老小，安忍教兄弟中道而亡？」（卷之三）更有甚者，當趙雲於千軍萬馬之中救得阿斗生還時，「玄德接過，擲之於地，指阿斗而言曰：『為汝這孺子，幾乎損吾一員大將！』」（卷之九）有論者認為，這些地方反映了劉備的虛偽，其實不然，若聯繫劉備最後為一「義」字而拋棄天下和生命的表現，可知其「義」之真誠。亂世之中，一個希望有所作為的人，可以拋棄一切，唯獨不能拋棄「義」。劉備深深懂得這層道理。

劉備是一個複雜而又真實的人物，在那樣一個天下大亂、軍閥混戰的時代，他的思想和行為都是與時代同調的。他不可能抱著真正的「忠心」去擁護漢獻帝，因為那樣在客觀上不可能有效果，在主觀上也有悖於劉備的梟雄之心。因此，他只可能打著「忠於漢室」的旗號，又反覆稱言自己的皇族血統，這樣，就使自己奪取天下的行為變得名正言順。當然，僅僅在理論上搶佔一個政治制高點是遠遠不夠的，所有的政敵都不會將天下拱手相讓。要想創建帝業，還必須擁有實力。在整部《三國志通俗演義》中，劉備在忠君報國的旗號下所幹的就是一件事，增強自己的實力。而所謂實力，主要指的是地盤、軍隊、人才等要素。而在諸多要素中，人才又是第一位的，有了人才以後，才可能爭奪更多的地盤，發展更為強大的軍隊。而要搜羅人才，又必須在「忠」的大旗下，用「義」來感化人心。這就是「忠」與「義」在劉備心目中、行動上的各具特色的分量和各司其職的作用。劉備，是一個真正懂得「忠」與「義」的價值的聰明人。

相對於劉備的聰明而言，宋江便顯得有幾分「傻」氣。《水滸傳》中宋江的基本性格特徵也可用兩個字概括——「忠」與「義」。這二者有時是矛盾的，有時是統一的。實際上，二者是在宋江的思想性格中矛盾著的統一。

宋江乃是一個以儒家思想為基礎的能幹的縣吏，是處於社會中下層的知識分子。這樣的出身、地位以及所受的正統教育，決定了他頭腦裏具有濃厚的忠君思想。同時，宋江又只是一個小吏。「吏」是一個極易分化的社會階層，其中有些人固然可能為虎作倀、欺壓善良，但也有人也因接觸社會下層的機會較多而同情人民，宋江屬於後者。除了同情弱者之外，宋江又「愛習槍棒，學得武藝多般，平生只好結識江湖好漢」。（第十八回）宋江之所以廣交天下英雄，主要是為了幹一番忠君報國的大事業而網羅人才。但同時，江湖好漢的義氣又對宋江的思想有著積極的影響。而這種江湖義氣與忠君報國的思想相結合，就構成了宋江性格內涵矛盾統一的主導面。在宋江看來，忠義二者是完全吻合、統一的，忠臣和義士二者完全可以一體。宋江一生的奮鬥目標，就是要做一個忠臣兼義士。

然而，嚴酷的現實生活卻並不像宋江所想像的那麼簡單。他想當忠臣，偏有姦臣當道，阻塞賢路；他欲為義士，但「義」又時時與「忠」發生矛盾。儘管宋江竭盡全力想把忠義二者結合起來，但事實上，這二者在更多的時候卻是矛盾的，有時甚至發展到尖銳衝突的地步。要忠就不能義，要義就不能忠。宋江悲劇性的一生，就是持久地處於兩大矛盾衝突之中：一是自己頭腦中「忠」與「義」的矛盾，二是其忠義思想與殘酷現實的矛盾。

在宋江的生命歷程中，忠義思想自始至終呈現出鮮明而又複雜的狀態。

上梁山之前，宋江頭腦中「忠」佔了主導地位。他上山的過程是那麼曲折，歸根結底，也是一個「忠」字在作怪。這是從宋江主觀思想方面來說，另一方面，宋江雖以忠為指導思想，但在許多地方仍不失一個江湖好漢的本色。他上山以前的許多義舉，對梁山事業可以說是起到了鞏固發展的作用。梁山此時的四十名頭領，除少數幾個人之外，大多都是在宋江的直接或間接影響下上梁山的。而這些人不管認識宋江與否，只一聞「及時雨」三字，便佩服得五體投地。實質上，這就是宋江的「義」在江湖上所具有的巨大的感召作用。宋江上山之前，本人雖處處講忠，所行卻經常顯義。他的忠，阻撓了他個人走上梁山的進程；他的義，卻在客觀上推動了梁山事業的發展。

宋江上梁山的同時，也把他頭腦中矛盾著的「忠義」思想帶上了山。上山不久，作者有意安排宋江於夢中接受了九天玄女娘娘的法旨：「為主全忠仗義，為臣輔國安民，去邪歸正，他日功成果滿，作為上卿。」（四十三回）這一段話，就是宋江往後一生的行動綱領。在梁山為主時，宋江充分發揮了自己的組織才能和軍事才幹，全力貫徹了「全忠仗義」這四個字。可惜的是，作為梁山領袖的宋江卻始終未能擺脫對皇權的迷信。他認為「今皇上至聖至明」，（七十一回）從未想到與大宋皇帝作個對頭。他認為打擊姦臣是維護皇帝的利益，愛護百姓也是替皇帝爭取民心。這一切的義，都是與忠統一的。他就是這樣企圖把忠與義結合在一起，以忠為目的、以義為手段來施展自己的政治才能，達到經世濟國的政治目的。宋江一直以為自己的做法是既忠且義的，是既符合皇帝利益又符合民眾利益的。直到柴進簪花入禁院，在「睿思殿」的屏風上看到了御書四大寇的姓名，並把「山東宋江」四字刻下來帶回梁山時，「宋江看罷，歎息不已」。（七十二回）才意識到自己思想裏的忠義實際上是不可能統一的，要忠於皇帝，就必須接受朝廷招安而不再當強盜。

宋江接受招安後，忠的思想在頭腦中佔了絕對優勢。為了忠，他可以幹不義之事了，陳橋驛斬小卒就是明顯的例子。殺小卒，是忠對義的摧毀，正如宋江自己所言：「我自從上梁山以來，大小兄弟，不曾壞了一個，今日一身入官，事不由我，當守法律，雖是你強氣未滅，使不的舊時性格。」（八十三回）宋江殺小卒，無異於向梁山軍大小將士宣告：「強氣」必滅，「舊時性格」不准使，義已在這支軍隊中滅亡了，在這裡，只能講忠，只能維護朝廷法度，至於江湖義氣、反叛精神，一概不容許存在了。征方臘而建功受封後，朝廷向他送來了鴆酒。宋江的「忠」，此時竟至發展到「愚忠」的地步，把對皇帝的一片忠心帶進了墳墓。

《三國志通俗演義》之劉備與《水滸傳》之宋江都是非常成功的藝術形象，二者之間最大的共同點乃在於他們都是作者用「心」創造的。在劉備和宋江這兩個藝術典型身上最大限度地融入了作者羅貫中——一個生活在那樣的時代而有良心的下層文人對歷史、現實、社會、人生的深刻感受和深入思考。小說作品中的劉備與宋江，都離歷史人物有較大的距離，而與作者心中的形象更為貼近。質言之，他們都是作者精神的外化，是作者以自己的心靈解讀現實的載體。

除相同之處而外，劉備與宋江亦有相異之處。他們雖然都是徘徊於政治理想與人格理想之間的人物，但最後，劉備體現了人格理想的自我完善，他不顧萬里江山而為義弟報仇；宋江則體現了政治理想的自我完善，為忠於朝廷而將義弟拉來做了殉葬品。當這兩位英雄人物即將走完生命的最後階段的時候，作者對他們的描寫都是動人心旌甚至是刺人肺腑的。

先看劉備為義弟報仇的決心：「朕自桃園與關、張結義，誓同生死。今不幸二弟關公被東吳孫權所害，此仇誓不共天地同日月也！今朕已即帝位，皆賴卿等扶持，若不與關公報仇，是負當時之盟也。朕今起傾國之兵，剪伐東吳，生擒逆賊，以祭關公，方雪此恨，是朕之願也！」（卷之十六）「朕不與弟報仇，雖有萬里江山，何足為貴？」（卷第十七）在江山與義弟之間，劉備毅然決然選擇了後者。劉備的這種選擇，其實所體現的乃是一種政治理想向人格理想的讓步。換言之，《三國志通俗演義》的作者在這裡是塑造的一個「義」高於一切的劉備，或者說，是在借劉備這一人物鼓吹「義」高於一切的人格理想追求。

再看宋江毒死義弟以盡忠時的表白：「兄弟，你休怪我！前日朝廷差天使賜藥酒與我服了，死在旦夕。我為人一世，只主張忠義二字，不肯半點欺心。今日朝廷賜死無辜，寧可朝廷負我，我忠心不負朝廷。我死之後，恐怕你造反，壞了我梁山替天行道忠義之名，因此請將你來，相見一面。昨日酒中已與了你慢藥服了，回到潤州必死。」（一百回）宋江明知自己將成為朝廷犧牲品時，只是擔心李逵重舉義旗，壞了他的忠名，竟設計將李逵藥死，作了自己的殉葬品。當走到生命盡頭的時候，宋江頭腦中的「義」已消除殆盡，只剩下赤裸裸冷冰冰的「忠」了。這是人性向政治性的臣服，是政治理想對人格理想的殺滅。

在「臨危垂死」的緊要關頭，劉備與宋江截然相反的表現是饒有意味的，作者的這種描寫，一方面體現了一種顯意識的創作心態：通過書中主要人物來評判歷史，進而達到抒發自己心頭的憤懣的目的，亦即人們常常說到的借古人酒杯，澆自己胸中塊壘，使書中人物成為作者傳達政治理想和人格理想的載體和傳聲筒。另一方面，作者對劉備、宋江的不同描寫，還體現了一種來自於千百年來中華民族成千上萬的芸芸眾生對歷史偉人的一種「集體無意識」的評判，而這種深深埋藏在民眾心底的對歷史偉人的要求，經過作者的融會貫通以後，又變成了一種作者潛意識的創作心態：位在上者求其施「義」，位在下者求其盡「忠」。說得更明確一點，就是中國的老百姓希望那些有權有勢的人尤其是最高統治者能夠施行仁政、德治；而對那些有能力的人、甚而是可能引起社會動盪的強悍者，人民則希望他們以忠君報國為本，不要讓大家陷於戰亂之中。

封建社會的中國人民，他們只希望在仁義之君、忠藎之臣的領導下過太平生活，至於社會走向、政治理想、人類未來，那些問題乃是社會精英們考慮的，老百姓管不了那許多「遙遠」的事。而《三國志通俗演義》也罷，《水滸傳》也罷，不管這些作品是多麼偉大，但它們最大的讀者群依然是普通民眾。因此，這些作品的作者之創作心態是分屬於不同的人群的，其顯意識的一面屬於知識分子，而其潛意識的一面則屬於人民大眾。

（原載《東平與羅貫中〈三國演義〉〈水滸傳〉研究》，
中國出版社，2006 年 10 月出版）

從《黃鶴樓》到《甘露寺》——片談戲曲小說作品中劉備與東吳的恩恩怨怨

元代後期有雜劇《黃鶴樓》，全稱《劉玄德醉走黃鶴樓》。其作者，或稱無名氏，或謂朱凱。朱凱，字士凱，約元文宗至順（1331）前後在世，屬元雜劇後期作家。《黃鶴樓》為末本戲，共四折，無楔子。第一折正末扮趙雲，第二折正末扮禾俫（農村小夥子），第三折正末扮姜維，第四折正末扮張飛。其故事梗概如下：赤壁之戰後不久，周瑜於黃鶴樓設宴請劉備，欲殺之。劉封慫恿劉備赴宴，而趙雲卻認為不可。劉備赴宴後，正在追趕曹操的諸葛亮得知消息，派關平給劉備送寒衣及拄拂子。在拄拂子中，藏有赤壁之戰時諸葛亮向周瑜要來鎮壇的一枝令箭。隨後，又令姜維扮漁夫到黃鶴樓獻魚，並在姜維手中寫上「彼驕必褻，彼醉必逃」八字，讓他伺機以告劉備。後周瑜果驕果醉，劉備依照諸葛亮的安排，利用令箭騙過衛兵，逃離黃鶴樓，渡江而歸。

從戲曲文學的角度看問題，雜劇《黃鶴樓》有兩大特點：其一，以賓白見長。該劇唱詞平平，而賓白卻非常生動，是典型的以情節取勝而非以文辭取勝的劇本。其二，第二折由鄉村姑娘小夥擔任主角，充滿鄉土氣息。該劇在星光燦爛的元雜劇劇壇上雖算不上什麼輝煌之作，但卻在元代「三國戲」中據一席之地，尤其是在流傳於民間的「三國」故事系列中佔有相當重要的位置。

《黃鶴樓》是一個民間傳說色彩特別濃厚的劇本，在時間、地點、人物等方面都呈現出與歷史事實大不相符的狀態。

我們不妨先來看看歷史上的赤壁之戰前後，劉備和周瑜所處的地理位置和所作所為。按《三國志．先主傳》載，赤壁戰前，劉備「遇表長子江夏太守琦眾萬餘人，與俱到夏口」。戰後，「先主與吳軍水陸並進，追到南郡」。「先主表琦為荊州刺史，又南征四郡」。「琦病死，群下推先主為荊州牧，治公安。權稍畏之，進妹固好。」《三國志．周瑜傳》所載，亦可互為映照。赤壁戰前，劉備「進住夏口，遣諸葛亮詣權。遂遣瑜及程普等與備並力逆曹公，遇於赤壁」。戰後，「備與瑜等復共追，曹公留曹仁等守江陵城，逕自北歸。瑜與程普又進南郡，與仁相對，各隔大江，兵未交鋒」。「權拜瑜偏將軍領南郡太守，……屯據江陵。劉備以左將軍領荊州牧，治公安。備詣京見權，瑜上疏曰：『劉備以梟雄之姿，而有關羽、張飛熊虎之將，必非久屈為人用者。愚謂大計宜徙備至吳，盛為築宮室，多其美女玩好以娛其耳目，分此二人各置一方，使如瑜者得挾與攻戰，大事可定也。今猥割土地以資業之，聚此三人，俱在疆場。恐蛟龍得雲雨，終非池中物也。』權以曹公在北方，當廣擥英雄，又恐備難卒制，故不納」。

除了周瑜曾經勸告孫權要「控制」劉備這一基本要求之外，對照歷史事實，《黃鶴樓》雜劇存在著嚴重的「失實」問題。先看時間方面，歷史上的赤壁之戰以及劉備南征四郡都發生在東漢建安十三年（208），而黃鶴樓卻始建於吳大帝孫權黃武二年（223），兩者之間相隔了 15 年之久，周瑜怎麼可能提前十幾年請劉備到未曾興建的黃鶴樓飲酒呢？再看地點，這方面的問題更多。按劇本所寫，黃鶴樓在今武漢市的武昌江邊無疑。周瑜給劉備的邀請信中有云：「今因武昌有黃鶴樓，瑜設碧蓮會，敬請明公以賀近退曹兵。」而劉封與趙雲爭執時又云：「哎，趙叔！你不知道，那黃鶴樓近在水邊。」那麼，此「水」是什麼水呢？趙雲的唱詞說得很清楚：「憑著這的盧戰馬十分壯，怎跳過那四十里漢陽江。」劉備逃脫時也說：「我片帆飛過漢陽江。」那麼，這漢陽江究竟是漢水還是長江呢？答案是後者。有張飛唱詞可證：「你怎生賫發的我哥哥，去那四十里長江那壁。」進而言之，周瑜在江南武昌黃鶴樓宴請劉備，劉備卻駐紮何處呢？曰：赤壁連城，這是劇本中反覆交代的。劉備云：「說與趙雲眾將，緊守赤壁連城。」「某屯軍於赤壁城中。」那麼，這裡所謂赤壁連城在什麼地方呢？周瑜云：「差手將魯肅，直至赤壁連城，請劉玄德過江赴會。」周瑜又對魯肅說：「你過江直至赤壁連城，請劉玄德去。」且劉封亦曾揚言：「我安排戰船，搭起浮橋，接應我父親。」張飛亦云：「收拾戰船，我與他交戰去，務要拿住周瑜。」可見，劉備的駐紮地就在武昌對面江北的

「赤壁連城」。武昌對岸的今漢口漢陽一帶是否有赤壁連城我們暫且不論，我們要追究的是赤壁之戰以後，劉備還呆在赤壁嗎？甚至可以問，劉備親自到過赤壁嗎？按照我們上面所引的《三國志》中所言，劉備倒是曾經與周瑜隔江相望，但一個在江陵，一個在公安，而且那裡也沒聽說過有什麼赤壁連城。其實，武昌對面的漢陽漢口也沒有聽說過有什麼赤壁連城，這地名純然是劇作家的「發明創造」。最後，看看在人物設置方面的問題。首先，周瑜如果想在黃鶴樓上喝酒，他必須晚死十三年，從公元 210 年（周瑜卒年）再活到公元 223 年（黃鶴樓始建）。其次，那大膽的姜維（202～264）也必須在六歲時就參軍入伍，聽命於諸葛亮帳下，投身於赤壁之戰（208），隨後又為劉備送去孔明妙計。這些，顯然都是不可能的。如果將上述時間、地點、人物等問題綜合交叉考察，就會發現這個劇本簡直是胡編亂造，錯得一塌糊塗。

元雜劇《黃鶴樓》既然如此與歷史事實冰炭不相容，那麼，它是根據什麼材料寫成的呢？答案是：流傳於宋元之際的民間講史話本《三國志平話》。

《三國志平話》全稱《至治新刊全相平話三國志》。其中，與元雜劇《黃鶴樓》相關的一段描寫不到一千字，不算太長，不妨全文引錄如下：「周瑜自思：曹操乃篡國之臣。吾觀玄德隆準龍顏，乃帝王之貌。又思：『諸葛命世之才，輔佐玄德，天下休矣。我使小法，囚了皇叔，捉了臥龍。無比二人，天下咫尺而定。』魯肅點頭言：『元帥言是也。』次日天曉，皇叔作宴，元帥以下眾官皆請。至晚，周瑜告皇叔：『南岸有黃鶴樓，有金山寺、西王母閣、醉翁亭，乃吳地絕景也。』皇叔允了。來日，周瑜邀皇叔過江，上黃鶴樓延（筵）會。皇叔過江，上黃鶴樓，劉備大喜，見四面勝景。周瑜言：『南不到百里，有□□關；北有大江，西有荔枝園，東有集賢堂。』眾官與皇叔筵會罷，周瑜言曰：『前者朱（諸）葛過江，美言說主公孫權，舉周瑜救皇叔。』周瑜有酒，言：『諸葛祭風，有天地三人而會。今夏口救得皇叔，若非周瑜，如何得脫？諸葛然強，如何使皇叔過江？』皇叔聞之，大驚，此乃醉中實辭。後說漢寨趙雲心悶，使人趕諸葛、關公，二人復回。軍師入寨，不見皇叔。趙雲對軍〔師〕說張飛之過。軍師有意斬張飛，眾官告軍師免死。糜竺為參徒，使船過江，至黃鶴樓上見皇叔，令皇叔換衣，卻拾得紙一條，上有八字，書曰：『得飽且飽，得醉即離。』皇叔讀了，碎其紙。周瑜帶酒言：『曹操弄權，諸侯自霸。』皇叔告曰：『若公瑾行軍，備作先鋒。』周瑜大喜。皇叔將筆硯在手，寫短歌一首，呈與周瑜看。歌曰：『天下大亂兮劉氏將亡，英雄出世兮掃滅四方。烏林一兮剉滅權剛，漢室興兮與賢為良。賢哉仁德兮美哉周郎。』贊曰：『美哉公瑾，間世而生。與吳吞霸，與魏爭鋒。烏林破敵，赤壁鏖兵。似此雄勇，更有誰同。』周瑜令左右人，將焦尾橫於膝上，有意彈夫子杏壇。琴聲未盡，周瑜大醉，不能撫盡。玄德曰：『元帥醉也。』眾皆交錯，起坐喧嘩。皇叔潛身下樓，至江岸，把江人言：『皇叔何往？』玄德曰：『元帥醉也，今（令）明日準備筵會，等劉備過江，來日小官寨中回宴，請您眾官。』把江官人不語，皇叔上船。後說周瑜酒醒，按琴膝上，緩然而坐，問左右曰：『皇叔何往也？』告曰：『皇叔下樓去了多時。』周瑜大驚，急叫把江底官人，言：『玄德自言，元帥有令，過江準備筵會去也。』卻說周瑜碎其琴，高罵眾官：『吾一時醉，走了滑膚（虜）劉備。』使凌統、甘寧將二千軍趕駕數隻戰船趕皇叔：『若趕上，將取皇叔首級來者！』皇叔前進，吳軍後趕。先主上岸，賊軍近後，張飛攔住，唬吳軍不敢上岸，回去告，周瑜心悶。」

至此，我們已經清楚地看到，元雜劇《黃鶴樓》所依據的不是歷史事實而是民間傳說。然而，「劉玄德醉走黃鶴樓」的故事到了歷史演義小說《三國志通俗演義》中，卻被堅決地摒棄了，這又是為什麼呢？

嘉靖本《三國志通俗演義》卷十一在描寫赤壁之戰以後，緊接著就是諸葛亮智取南郡，一氣周瑜，又旁略四郡，趙雲取桂陽，關羽戰長沙，孫權戰合肥。再往後就是周瑜設美人計，趙雲救主，二氣周瑜云云。根本就沒有「黃鶴樓」一節，甚至連「黃鶴樓」三字都沒有出現。

小說作者為什麼要這樣做？原因至少有兩條。其一，《三國志通俗演義》是一部比較嚴肅的歷史演義小說，在時間、地點、人物等問題的設置方面，要求大體上符合歷史事實，只是在細節描寫方面進行虛構。而《黃鶴樓》雜劇恰恰是在大的方面出現明顯的問題，故而這一節不為作者所取。其二，歷史上赤壁之戰發生地的具體位置究竟在那裡，是有很大爭論的，而且，這爭論一直延續到今天。但在作者看來，赤壁就在今天的黃州。我們且看《三國志通俗演義》中的描寫：卷九「周瑜三江戰曹操」一節中寫道：「玄德盡把荊州之兵屯於樊口駐紮」。在卷十「周公瑾赤壁鏖兵」中作者又寫諸葛亮又對劉備說：「主公可於樊口屯兵，憑高而望，坐看今夜周郎成大功也。」由此可知，赤壁之戰發生時，劉備一直駐紮在樊口。樊口在哪裏？就在今天鄂州市的江邊上，與黃州赤壁隔江相望。既然羅貫中認定赤壁之戰發生在黃州，那麼，在同一部書中，他就不可能又將「赤壁連城」搬到漢口或漢陽，去與黃鶴樓隔江相望。所以從細節描寫的角度，他也不可能吸取《黃鶴樓》雜劇於《三國志通俗演義》之中。

然而，《三國志通俗演義》的作者儘管沒有照搬《黃鶴樓》雜劇於自己的作品之中，卻將這一戲劇性極強的故事一分為二，在書中進行了兩次「再創造」。

先看是書卷九「周瑜三江戰曹操」一節，當劉備移兵駐紮樊口之後，周瑜定下計謀，請劉備到自己軍中飲酒，同時傳下密令：「如玄德至，先埋伏刀斧手五十人於壁衣中，吾擲盞為號，便出下手。」不料關羽卻跟定劉備一起到周瑜營中，結果發生了下面一幕：「卻說孔明偶來江邊，見說玄德與都督相會，吃了一驚，急入中軍帳，正遇魯肅。肅與孔明乃攜手而入，偷目先視周瑜，面有殺氣，兩邊密排壁衣。孔明思之：『吾主休矣！』回視玄德，談笑自若；看玄德背後，一人按劍而立，乃雲長也。孔明喜曰：『吾主無危矣！料周瑜懼怕雲長，必不敢下手。』孔明不入，復回舡上，江邊伺候。周瑜起身把盞，猛見雲長在背後，忙問曰：『此何人也？』玄德曰：『乃吾弟關雲長也』瑜曰：『莫非向日斬顏良、文醜者乎？』玄德曰：『是也。』周瑜汗流滿臂，就與把盞。……雲長目之，玄德會其意，乃辭瑜曰：『備暫告別，破敵收功之後，專當拜賀。』瑜亦不留，送出轅門。玄德至船邊，忽見孔明。孔明曰：『主公知今日之危乎？』玄德曰：『不知。』孔明曰：『若無雲長，已遭瑜之難矣。』玄德方省悟。」這是《三國志通俗演義》中唯一的一次以暗殺為前提的周公瑾與劉玄德的正面衝突，在《三國志》中亦無這方面的記載，很有可能是小說作者借鑒《三國志平話》或《黃鶴樓》雜劇的結果。

另一次就是著名的「劉備招親」，其故事內容見《三國志通俗演義》卷十一中「周瑜定計取荊州」、「劉玄德娶孫夫人」、「錦囊計趙雲救主」、「諸葛亮二氣周瑜」諸節。篇幅頗長，故事亦頗為曲折動人，是《三國志通俗演義》中精彩的片斷之一，且為廣大讀者所熟悉，故而不多贅述。但有一點必須指出，在《三國志》中，只有周瑜上疏孫權企圖軟禁劉備一段話，且孫權並未實施。因此，只能說《三國志通俗演義》的作者間接受到史書的啟發，而直接受到《三國志平話》或《黃鶴樓》雜劇的影響。

更為引人注目的是，當劉備與東吳的恩恩怨怨的故事經過《三國志通俗演義》的作者生花妙筆的改造之後，反而掩蓋了原作的光華，產生了更大的藝術魅力，從而給後世造成更大的影響。僅以京劇劇本而論，有照《黃鶴樓》

雜劇改編者，亦有照《三國志通俗演義》改編者，今據陶君起《京劇劇目初探》中相關材料縷述如下：

京劇《黃鶴樓》，一名《竹中藏令》，基本上是根據《劉玄德醉走黃鶴樓》雜劇改編而成的。其故事梗概為：周瑜設宴於黃鶴樓，誆劉備過江，伏兵樓下，逼寫退還荊州文約，並囑部屬非有令箭不得縱放。劉失措，而諸葛亮事先將借東風時攜走之令箭一支，裝入竹節中預付趙雲；此時破竹出示，周部下不察，劉備得安然脫險。

另有京劇《蘆花蕩》，敘張飛奉諸葛亮之命，假扮漁夫，預伏蘆花蕩，伺周瑜領兵到來，突出阻擋，擒而縱之，周瑜氣憤嘔血。此劇一名《三氣周瑜》。出明人《草廬記》傳奇。京劇原附於《黃鶴樓》之後，後來演出又移植於《回荊州》之後，亦作單折演出。

所謂《回荊州》，亦乃京劇劇本。它與《甘露寺》《破石兆》《美人計》連接起來，大致相當於《三國志通俗演義》卷十一中「周瑜定計取荊州」、「劉玄德娶孫夫人」、「錦囊計趙雲救主」、「諸葛亮二氣周瑜」諸節內容。其中，《甘露寺》與《美人計》連演，又名《龍鳳呈祥》，是京劇著名傳統劇目，直到今天仍盛演不衰。順帶提及一個小問題，京劇《甘露寺》中喬國老那一段著名的「勸千歲」的唱詞，從立意到句法，又都是從元雜劇名篇關漢卿的《單刀會》中第一折喬國老的唱詞和第二折司馬徽的唱詞借鑒過來並加以改造而形成的。

以上諸劇，大致可分為《黃鶴樓》系列（以元雜劇《黃鶴樓》故事為主）和《甘露寺》系列（以《三國志通俗演義》故事為主），而《蘆花蕩》則徘徊於兩者之間。稍作對比即可看出，《甘露寺》系列的京劇較之《黃鶴樓》系列的京劇影響要大得多，甚至原屬於《黃鶴樓》系列的《蘆花蕩》，竟至也被《甘露寺》系列「奪去」。產生這種衍變的原因可能有很多方面，但《三國志通俗演義》巨大藝術魅力的影響是絕對不能排除的。

研究上述問題，表面上看似乎意義不大，但實際上卻是一件很有意義的事情。通過以上簡略的巡閱和分析，我們可以看到，在文學創作尤其是帶有濃厚的民間色彩的文學創作過程中，姊妹藝術形式之間的相互滲透和影響是何等的巨大，而一部中國文學史或一部中國藝術史，就是在這種姊妹藝術形式的相互吸收、滲透、揚棄、融合的情勢下不斷前進的。

（原載《藝術百家》2004 年第五期）

造反英雄的歸宿
——「水滸」系列故事的思想矛盾與整合

在討論「水滸」一類的故事或作品的時候，我不太喜歡用「農民起義」這個概念，而更願意採用「英雄造反」的提法。這首先是因為中國歷史上的多次「起義」、或者說那種以謀得生存為原始動因而破壞舊有社會秩序的以下犯上的行為，其實並不都代表著農民階級的利益，有的甚至並不發生在純粹的封建時代。其次，就起義者的主體而言，在許多情況下，從領袖到骨幹成員也大多不是農民。再次，即便是反映或部分反映典型的農民起義的文學作品，其中的人物形象也往往產生了非農民化的傾向。《西漢演義》如此，《隋唐演義》如此，《英烈傳》、《洪秀全演義》仍然如此，而「水滸」系列的小說尤其如此。最後，從那些描寫造反的文學作品所產生的社會效果來看，它們也並沒有達到喚起農民的作用，相反，到是增強了年輕讀者紙上談兵的江湖俠氣，勾起了老年讀者難以忘懷的歷史滄桑，還有，就是更多的讀者對那些傳奇人物、精彩故事各取所需的審美欣賞。因此，當我認真讀完那些描寫造反故事的長篇小說之後，我所產生的整體印象就是：它們不屬於農民起義。

一

中國歷史上造反者的成分是異常複雜的，其中，有貧苦農民，有城市居民，有地方豪強，有軍隊官兵，也有從事種種非法商業活動的生意人，當然，還有不得志的知識分子甚至官場中人。他們之所以造反，各有各的原因，或因衣不蔽體、食不果腹，或因社會矛盾、市井紛爭，或因利益相關、土地兼併，或因壯志難酬、滿懷悲憤，……也堪稱五花八門。至於他們造反的結局，則不外乎以下幾種情況：其一，為政府鎮壓；其二，被朝廷招安；其三，搞封建割據；其四，建新興政權。有趣的是，這四種情況，都在中國古代小說中得到了頗為詳細生動的表現。

《西漢演義》《英烈傳》之所反映者，以第四種情況為主。《水滸後傳》《洪秀全演義》之所反映者，以第三種情況為主。《水滸傳》《隋唐演義》之所反映者，以第二種情況為主。《三遂平妖傳》《蕩寇志》之所反映者，以第一種情況為主。此外，在小說創作中，還反映了一種現實生活中不可能出現的結局——或以夢幻、或以神異作結，金本《水滸》與《後水滸傳》是其例也。

通過以上排比，一個更為有趣的現象映入我們的眼簾：在反映英雄造反小說所描寫的五種結局中，「水滸」故事系列的作品竟佔了四類，唯一未能展開描寫的乃是第四種情況——建新興政權。這也難怪，因為小說尤其是以歷史人物、歷史事件為描寫對象的小說，雖然不一定要求百分之百地符合歷史真實，但也不能太離譜。在中國歷史上，宋江及其化身楊么壓根兒就沒有建立新朝當過皇帝，作者又怎能胡亂編造呢？

然而，即便是僅僅反映了四種類型，也足以使我們進一步的思考：「水滸」故事系列的造反英雄的結局何以在不同作者的筆下呈現出如此迥然有異的狀況？這些不同結局的描寫到底能說明一些什麼問題？

要回答上述問題，標準答案是不存在的。我們每個人只能在這一問題面前遞交屬於自己思考的那一份答卷。我的回答是，這種複雜的狀況是長期以來人們對於造反英雄歸宿問題的思想矛盾的體現。

前面，我們曾經涉及中國古代英雄造反的原因。雖然說了好幾條，但最帶有傳統文化積澱的、或者說最能體現封建時代廣大人民群眾心理的，則是由上述諸多原因提煉出來的一種複雜而抽象的情緒——仇恨心理的發洩。這裡有英雄失路的悲憤，有大賢處下的痛苦，有飢寒交迫的掙扎，還有對現實政治的怨懟……。總之，他們實在不願意在現狀中繼續窩窩囊囊地生活下去，從而仇恨現實、仇恨代表統治者的官府。要想充分發洩這種仇恨心理，其最高表現形式莫過於兩個字——造反。在一定的歷史前提下，這種情緒往往不是個人的，而是全民的，至少是得到廣大民眾的同情和支持的。「水滸」系列故事就是這方面的典型代表。

何以見得廣大民眾就同情和支持像宋江那樣一些造反英雄呢？「說話」中的「青面獸」「武行者」「花和尚」就是證明，「宋江三十六畫贊」就是證明，《大宋宣和遺事》就是證明，雜劇舞臺上的「水滸戲」就是證明，《寶劍記》等傳奇戲就是證明，「宋江萬萬貫」的馬弔牌就是證明，尤其是《水滸傳》《水滸後傳》《後水滸傳》更是證明，而《蕩寇志》則無疑又是一種反面的證明。千千萬萬的讀者、觀眾之所以關心、同情、支持、讚賞水滸英雄，正是出於一種集體無意識的「共識」——水滸英雄所幹的，正是許多普通人想幹而不敢幹的。芸芸眾生從水滸英雄身上都不同程度地看到了一個「自我」。自我的生活願望，自我的仇官情節，自我的同情心，自我的正義感，總之是對現實不滿而又「欲起平之恨無力」的一種深刻而普遍的自我感受。

既然同情和讚揚水滸英雄，既然在思想深處將這些英雄人物一定程度地當作自己靈魂的載體，人們必然會進而關心這些造反英雄的結局。英雄們殺了人（當然多半是壞人），放了火（當然主要是正義之火），造了反（當然是造貪官污吏的反），總不能不了了之吧。英雄們將會有什麼樣的結局？他們最終向何處去？廣大人民群眾希望有一個交代。如果誰來創作反映水滸造反英雄的文學作品，尤其是染指那些必然要描寫整體大結局的長篇通俗小說，那他就必須給人民一個交代。施耐庵也罷、金聖歎也罷、陳忱也罷、青蓮室主人也罷，俞萬春也罷，概莫能外。換個角度看問題，各位「水滸」系列小說的作者或修訂者，也都非常願意通過作品來反映自己的思想。而故事結局、人物結局，則是最能體現作者指導思想的地方。因此，從主觀上講，小說的締造者們也必然會重視對造反英雄結局的描寫。

二

那麼，「水滸」系列小說的各位作者究竟是怎樣思考自己筆下的人物和故事的結局的呢？

《水滸傳》的作者，或許就是施耐庵吧，他對造反英雄的結局問題的思考是非常複雜與深沉的。就作品所描寫的實際情況來看，作者似乎認為造反英雄的結局應當是接受招安。因為書中第八十二回明明白白地寫著「梁山泊分金大買市，宋公明全夥受招安」。在此之前，還有宋江等人為接受招安所作出的種種努力；在這之後，還有宋公明奉詔破大遼、征方臘的重筆描寫。所有這些，似乎都指向了一點：作者以為招安是造反英雄的唯一出路。然而，仔細讀讀《水滸傳》全文，尤其是最後十幾回的原文，我們就會發現，作者的內心其實是非常矛盾、非常痛苦的。請看如下描寫：當宋江破大遼班師回朝之時，本應當「鞭敲金鐙響，人唱凱歌還」的，作者卻安排了「五臺山宋江參禪，雙林渡燕青射雁」兩個情節，使這支得勝之師在凱旋途中被蒙上了一層陰暗和悲涼。作者甚至讓宋江寫了一首詞，詞云：「楚天空闊，雁離群萬里，恍然驚散。自顧影，欲下寒塘，正草枯沙淨，水平天遠。寫不成書，只寄的相思一點。暮日空壕，曉煙古塹，訴不盡許多哀怨！揀盡蘆花無處宿，歎何時玉關重見！嘹嚦憂愁嗚咽，恨江渚難留戀。請觀他春晝歸來，畫梁雙燕。」眾所周知，在古代詩詞中，雁行代表兄弟。詞中對孤雁的哀傷感歎，其實正體現了宋江對即將失去結義兄弟的一種預感。正因如此，宋江才在作詞之後「心中鬱鬱不樂」。（《水滸傳》第九十回）

果不其然，在以後征方臘的戰爭中，宋江手下的弟兄「三停內折了兩停」，宋江因此而「眉頭不展，面帶優容」。破方臘後，宋江身邊只剩下三十六員將佐。誰知就連這三分之一的弟兄，宋江也未能帶回京師。首先是魯智深向宋江表示一不當官、二不為「僧首」「只得個囫圇屍首，便是強了」。最後，這位花和尚終於坐化浙江六和寺。而他的好友武松也對宋江說：「小弟今已殘疾，不願赴京朝覲，盡將身邊金銀賞賜，都納此六和寺中陪堂公用，已作清閒道人，十分好了。哥哥造冊，休寫小弟進京。」這位打虎英雄終於也留在寺院之中，相伴魯智深的靈魂。隨即，當宋江準備起程進京時，「不想林沖染患風病癱了，楊雄發背瘡而死，時遷又感攪腸沙而死。宋江見了，感傷不已。丹徒縣又申將文書來，報說楊志已死，葬於本縣山園。林沖風癱，又不能痊，就留在六和寺中教武松看視，後半載而亡。」更有意味的是燕青和李俊等人的離去。燕青臨走之前對其主人盧俊義反反覆覆地說：「只恐主人此去，定無結果。」「主公，你可尋思，臨禍到頭難走。」「既然主公不聽小乙之言，只怕悔之晚矣。」在勸說盧俊義無效之後，燕青給宋江留下一封書信，飄然而去。如果說燕青離去的行為是明明白白的話，那麼，李俊的離去則用了些心計。他是在蘇州城外，「詐中風疾」，離隊而去。臨別對宋江說：「哥哥可憐李俊時，可留下童威、童猛看視兄弟，待病體痊可，隨後趕來朝覲。」（同上，第九十九回）如此騙過宋江以後，李俊等人就幹自己的事業去了。

再往後，宋江帶領二十七人進京，結果又如何呢？雖然他們都被封為

「安撫使」、「都統制」、「都統領」之類的官兒，但不久卻風流雲散。首先是戴宗「納還了官誥，去到泰安州岳廟裏，陪堂出家」。接著是阮小七被追奪「本身的官誥，復為庶民」。再往後是柴進「推稱風疾病患，不時舉發，難以任用，不堪為官，情願納還官誥，求閒為農」。還有鄆州都統制李應「也推稱風癱，不能為官。申達省院，繳納官誥，復還故鄉獨龍岡村中過活」。偏將中，亦有回家過活或云遊求閒者，如宋清、杜興、鄒潤、蔡慶、裴宣、楊林、蔣敬、朱武、樊瑞、穆春等等。

結局最慘的還是宋江和盧俊義，二人均被姦臣毒害致死。請看作者的描寫：「高俅、楊戩已把水銀暗地放在裏面，供呈在御案上。天子當面將膳賜與盧俊義，盧俊義拜受而食。」「盧俊義星夜便回廬州來，覺道腰腎疼痛，動舉不得，不能乘馬，坐船回來。行至泗州淮河，……不想水銀墜下腰胯並骨髓裏去，冊立不牢，亦且酒後失腳，落於淮河深處而死。」害死盧俊義後，四大奸賊又向宋江下手。「姦臣們將御酒內放了慢藥在裏面，卻教天使齎擎了，徑往楚州來」。「宋江自飲御酒之後，覺道肚腹疼痛，心中疑慮，想被下藥在酒裏。」但宋江深怕壞自己一世忠義之清名，臨死還拉上一個殉葬品——李逵。「連夜使人往潤州喚取李逵星夜到楚州」，將「下了慢藥」的「接風酒」給李逵飲了。第二天，宋江又對李逵說出了心裏話：「兄弟，你休怪我！前日朝廷差天使賜藥酒與我服了，死在旦夕。我為人一世，只主張忠義二字，不肯半點欺心。今日朝廷賜死無辜，寧可朝廷負我，我忠心不負朝廷。我死之後，恐怕你造反，壞了我梁山泊替天行道忠義之名，因此請將你來，相見一面。昨日酒中已與了你慢藥服了，回至潤州必死。」其實，為宋江殉葬的又豈止區區一個「黑旋風」？宋江死後，吳用、花榮不約而同地趕到宋江墓前，「大哭一場，雙雙懸於樹上，自縊而死」。（第一百回）

筆者之所以不厭其煩地列舉水滸造反英雄的悲慘結局，無非是為了說明一點：作者反反覆覆地描寫梁山英雄接受招安後的悲劇結局，恰可表明作者內心的矛盾。一方面，他認為招安或許是造反英雄們的唯一出路；另一方面，他又隱隱約約地感到招安並非是造反英雄的最佳結局。這樣，他就在用重筆、甚至是讚頌之筆描寫宋公明全夥受招安的同時，又不得不真實地反映出招安給宋公明們帶來的痛苦和災難。甚至在全書的最後還安排了一個「宋徽宗夢遊梁山泊」的情節，讓這位糊塗天子於夢中看見了令人膽戰心驚的一幕：「忽見宋江背後轉過李逵，手掿雙斧，厲聲高叫道：『皇帝，皇帝！你怎地聽信四個賊臣挑撥，屈壞了我們性命？今日既見，正好報仇！』黑旋風說罷，掄起雙斧，徑奔上皇。」（同上）這正是深刻體現作者痛苦萬分而又無可奈何的神來之筆。

在這裡，創作主體的主觀意圖和他的現實主義精神產生了矛盾，產生了連作者自身也無法解釋更無法解決的矛盾。於是，作者就把這一矛盾留給了後人。誰知，這一矛盾的遺留，又導致了此後許許多多的矛盾和思考，也造成了對於如何描寫造反英雄結局的不同方案的理論探討和寫作實踐的分歧意見。

三

造反英雄應該有一個什麼樣的結局？小說作品又怎樣反映這一問題？對此，施耐庵沒有很好地解決，在他之後的諸多染指《水滸》系列小說的文人也都沒有真正解決這一問題。但是，他們又都以各自不同的方式在提出解決這一問題的方案。

金聖歎採取的是快刀斬亂麻的做法，乾脆不正面描寫招安問題。他在百回本《水滸傳》上動了一個大手術，將後面三十回一刀斬斷，並在手術的創面上「敷」了一塊大紗布——梁山泊英雄驚噩夢。在梁山泊英雄大聚義之後，金聖歎先生寫道：「是夜，盧俊義歸臥帳中，便得一夢。」「只見一聲令下，壁衣裏蜂擁出行刑劊子手二百一十六人，兩個伏侍一個，將宋江、盧俊義等一百單八個好漢，在於堂下草裏，一齊處斬！盧俊義夢中嚇得魂不附體，微微閃開眼，看堂上時，卻有一個牌額，大書『天下太平』四個青字。」（《水滸傳會評本》第七十回）

金聖歎對於梁山造反，一向採取抽象否定、具體肯定的做法。在他看來，梁山泊諸人反抗到底是沒有出路的，招安投降也不能被統治者所真正認同和容納。怎麼辦？梁山造反英雄的出路究竟在哪裏？金聖歎無法解決這一問題。於是，他只有通過「驚噩夢」的描寫來一個虛幻的結局，來一個不了了之「天下太平」。這樣，似乎給讀者和官方都有一個交代，儘管金聖歎自己也明白這是無法交代的「交代」。可見，一代怪傑金聖歎，在處理梁山造反英雄的結局時，也是充滿矛盾和迷惘的。

與金聖歎的「夢幻結果法」相比，青蓮室主人的「神異結果法」則更為狡猾一些。他在《後水滸傳》中寫宋江的後身楊么、盧俊義的後身王摩等三十六員梁山造反英雄的「後身」人物被岳飛趕到軒轅井中即將全部覆沒的時候，忽然空中掉下一片紙條，上面寫著梁山泊與洞庭湖兩次造反的因緣以及上天對這些造反者的安排。岳飛見大功告成，於是班師回朝而去。那麼，這群惡煞天罡究竟該如何了結呢？作者作了這樣的描寫：「這楊么等一時進了石門，急走多時，忽見前面冲起一道黑煙，將三十六人一陣昏迷，撲地皆倒，過了半晌，各醒轉立起身來，竟虛飃飃如若雲霧。再回看地下，只見地下有許多屍骸堆疊，只不知緣故。忽見賀雲龍領著一陣人，笑嘻嘻迎著走來，說道：『哥哥們俱已脫去骸殼，各現本來面目。吾奉真人法旨，指引眾弟兄相聚於此。從今已後，不復世塵。』楊么等聽明恍然大悟。一時三十六天罡、七十二地煞相逢於穴中，化成黑氣，凝結成團，不復出矣。」（《後水滸傳》第四十五回）

青蓮室主人一方面認為岳飛代表朝廷剿滅楊么是正義的，另一方面，又認為楊么等人的造反行為可以理解；一方面必須讓岳飛消滅楊么等人，另一方面又不願楊么等人被斬首示眾。於是，他採取了迴避現實的做法，用一個虛幻的結局來搪塞讀者，同時，也掩蓋自己思想上的矛盾。殊不知這樣一來卻更加體現了他思想的矛盾性，也反映出怎樣描寫造反英雄的結局才能讓讀者滿意這一問題的難以解決性。

《水滸後傳》的作者陳忱與上述諸家都不相同，他另闢蹊徑，借《水滸傳》第九十九回中李俊「後來為暹羅國之主」一句話，寫梁山餘部揚帆出海，興邦立國，搞海外割據。且看作者的描寫：「話說太尉宿元景奉欽差到暹羅，冊立李俊為國王，其餘四十三人皆針顯官，回朝覆命，不在話下。卻說李俊送宿太尉起身之後，次日在元帥府升座，傳各官俱到，相見坐定。李俊道：『某本一介武夫，蒙眾兄弟扶助，得權攝國事，今朝廷冊立即真，可謂非分之福。但我才疏德薄，有失民望，還藉眾位輔弼，匡救過失，庶不負朝廷封爵之重。眾位的官爵，俱是朝廷論功頒授，非某有厚薄。自今以後，各供其職；若冒祿幸位，有干法紀，某亦不能念私情而曠國典也。』眾皆頓首稱謝。……諸事完備，把一個海外番邦化作聲明文物之地了。」（《水滸後傳》第三十九回）

陳忱所展現的這個充滿理想色彩的結局，其實仍然是充滿矛盾的。梁山餘部稱王海外，卻又奉宋朝正朔；殺人的強盜當了國王顯官，奄奄一息的朝廷卻送去頒授。這樣一來，造反的英雄和造反的對象成了一家，他們共同的敵人變成了「外寇」。然而，仔細一想，這種結局也還是符合中國封建時代的實際的。廣大人民群眾長期以來所面對的最大的對立面不是皇帝而是各級貪官污吏，他們一般只具有「仇官」情結，卻並不「仇君」。一首民歌唱得好：「天高皇帝遠，民少相公多。一日三遍打，不反待如何？」（黃溥《閒中今古錄》）廣大民眾不僅不「仇君」，甚至還希望君王能處治那些貪官污吏。《水滸傳》中的宋江就是具有這種思想的代表人物，《水滸後傳》中的李俊的行為則是這種思想的擴大和延伸。在上述這段文字中，李俊奉宋朝正朔也罷，發表就職演講也罷，宣布政令也罷，分派工作也罷，都體現了那種忠君王、尊法度、反貪官、做良臣的思想。至於將大宋王朝和梁山餘部的共同敵人定為入寇的金兵，那則是因為作者陳忱本人原本就是一個抗清志士的緣故。總之，陳忱給梁山造反英雄所安排的這麼一種既新鮮又傳統、既帶時代氣息又帶文人情結的結局，其本身也是發人深省的。

相比較而言，俞萬春在《蕩寇志》中給梁山造反英雄所安排的結局是最為乾淨利落、也最為極端的——將造反者斬盡殺絕。請看那慘烈的一幕：「初五日庭訊，三法司及大將軍匯奏：宋江、盧俊義、吳用、公孫勝，元兇渠魁，罪大惡極。其餘三十二賊：……均屬罪無可逭，合擬凌遲。天子依議，即於初六日恭詣太廟獻俘畢，即將宋江、盧俊義、吳用、公孫勝、柴進、朱仝、雷橫、史進、戴宗、劉唐、李逵、李俊、穆洪、張橫、張順、阮小二、阮小五、阮小七、朱武、黃信、宣贊、郝思文、單廷珪、魏定國、裴宣、歐鵬、燕順、鮑旭、樊瑞、李忠、朱貴、李立、石勇、張青、孫二娘、段景住，一齊綁赴市曹，凌遲處死，首級分各門號令。」（《蕩寇志》第一百三十八回）這還是最後被處決的一批，在此之前，梁山造反者中的三分之二已被各路朝廷軍隊剿滅殺害。

表面看來，俞萬春是完完全全站在造反英雄的對立面，對凡是造反者必誅之而後快的，似乎他並沒有絲毫的思想矛盾。其實不然，將《蕩寇志》全書讀過，我們就會發現，俞萬春同樣具有「仇官」情結。《蕩寇志》的前半部，如「女飛衛發怒鋤奸」、「麗卿痛打高衙內」、「女諸葛定計捉高封」乃至「豹子頭慘烹高衙內」等故事，簡直就是《水滸傳》前七十回的翻版。而《蕩寇志》的後半部，寫各路官軍剿滅梁山造反者，又與《水滸傳》寫宋江征方臘的十數回書如出一轍。只不過《水滸傳》將大部分的篇幅歌頌造反，小部分的篇幅鼓吹剿寇，而《蕩寇志》則小部分篇幅鼓吹造反，大部分篇幅歌頌剿寇而已。雖然數量與質量可以發生轉化，《水滸傳》與《蕩寇志》的性質也因此而絕不相同，但兩者之間卻有一個最大的相同之處——思想矛盾。儘管兩部小說在處理梁山造反者的結局問題上有招安與剿滅的本質區別，但在壓迫、反抗、招安、剿滅這些與造反英雄緊密相關的根本問題上，他們乃至所有「水滸」故事的創造者們都充滿矛盾、彷徨甚至痛苦。

四

幾乎所有的「水滸」故事的創造者都無法迴避那些造反英雄的結局問題，並且，他們也都在試圖通過自己的方式來解決這一問題。然而，可以毫不客氣地說，上述那些作家沒有任何人真正地解決了這一難題。於是，他們都陷入了深深的矛盾甚至痛苦之中。儘管如此，他們的努力並沒有白費，一次又一次的思想矛盾的展現，甚至相互間的撞擊，實際上已經在進行著對這一問題——造反英雄的歸宿問題的思想整合。這種整合的結果，我認為就是兩個字——「官俠」。

「官」與「俠」，本是風馬牛不相及的兩種社會角色，但是，我們的小說作家們硬是將它們整合為一種新的社會角色，而且是在通俗文學尤其是通俗小說的藝術世界裏甚為走俏的社會角色。當然，完成這種整合的再也不是「水滸」故事的作家，而是這些作家的後裔——俠義小說的作者。而這些後起的小說家們似乎也很自信地認為，這種整合可以解決他們的前輩作家們的思想矛盾。可惜，他們並沒有認識到，這種整合其實是一種災難、一種更大的悲劇。

「官俠」的基本特點是什麼？簡言之，就是受不了貪官污吏的壓迫、企圖造反、但又不想從根本上反抗朝廷、反而去依附清官、幫助朝廷清除所有對立面的既「忠」且「義」的俠客。說得好聽一點，他們是整頓社會秩序的「雙刃劍」：既打擊貪官污吏、地方豪強，也剿滅草澤英雄、綠林好漢。說得難聽一點，他們是封建王朝的「雙料奴才」：直接忠於清官，間接忠於皇帝，是皇帝奴才的奴才。

在晚清小說創作領域，這種「官俠」大量存在，鼓吹這種「官俠」的作品也層出不窮，如《施公案》《彭公案》《三俠五義》《小五義》《續小五義》《續俠義傳》《七劍十三俠》等等。直到今天，這些作品以及其中的「官俠」們還很有市場。

一個可悲的事實是，在一個相當長的時間裏，這種「官俠」式的人物成為許許多多中國老百姓心目中英雄的化身；一個更為可悲的事實是，中國古代小說創作中關於造反英雄的歸宿問題經過作者們長時間的思想矛盾狀態之後，卻「整合」到了「官俠」這麼一個基點之上；一個還要可悲的事實是，「官俠」的特點是「奴性」，而造反英雄的特點是「個性」，最終，個性卻臣服於奴性，進而演變成奴性。這真是我國封建文化的百年悲劇、千年悲劇啊！

（原載《水滸爭鳴》第七輯，武漢出版社，2003 年 5 月出版）

男兒鐵骨水柔柔
——《水滸》前後傳作者的江南情結

《水滸傳》及其續書之一的《水滸後傳》，毫無疑問都是以錚錚鐵骨的江湖硬漢為描寫對象的。即便是諸如顧大嫂、孫二娘、扈三娘等女性，也基本上是充分男性化的。故而，《水滸傳》與《水滸後傳》從本質上講乃是充滿陽剛之氣的小說作品。但為什麼筆者要在男兒鐵骨後面加上「水柔柔」三個字呢？那是因為《水滸》前後傳的作者都具有相當濃厚的江南情結。這樣，就使得陽剛和陰柔奇妙地結合到了一起。

一

本文所謂江南情結，其實也就是狹義的江南文化情結。狹義的江南文化又可稱之為吳越文化、江浙文化。這種文化的根源可以追溯到「三代」。越，又稱於越，是我國東南部地區的古老民族——百越的一支。於越最早活動區域在今浙江省北部以及太湖一帶，相傳其始祖為夏代少康的庶子無餘。又，殷商末年，周太王之子泰伯、仲雍因讓王位於其弟季歷而南奔，其最早活動區域主要在以今南京、鎮江為中心的長江下游一帶。他們斷髮文身，得到當地土著的擁護，建立了吳國，自號句吳。以「句吳」與「於越」相結合而跨過漫長的歷史時期形成的文化圈，我們稱之為狹義的江南文化。就今天的地理區域而論，這種文化的核心其實也就是「環太湖文化」，以太湖為中心點形成了大小兩個三角：小三角蘇、湖、常，大三角滬、寧、杭，如果就其文化圈波及的更大範圍而論，則可以包括今天的浙西、皖東、蘇南的廣袤地域。

說到江南文化的靈魂，筆者認為離不開一個「水」字。吳、越瀕臨大海，境內江河湖泊交錯縱橫，水資源異常豐富。水，造成了江南一帶美妙絕倫的自然景觀，太湖、西湖、揚子渡、浙江潮、吸管般的長江口、喇叭狀的杭州灣，還有那數不清的珍珠一樣的大大小小的島嶼，無不令人神往。江南一帶海岸線漫長曲折，且多海灣良港，永不休止地吐納著華夏文明與海洋文化！人們在這裡興修水利以種植，結網造船以捕撈，舟車楫馬以航運，疊石造橋以交通。當然，有時洪水泛濫也會給這裡帶來災難，這又使得人們在對水熱愛、親近的同時，也產生了一種神秘感和恐懼感。故而，這裡的先民就有了春祭三江、秋祭五湖的習俗，就有了對龍王和海神崇拜。水，不僅造就了江南文化，而且還將這種文化傳向世界，同時，又將世界文明帶回江南。唐代，鑒真法師從這裡渡東海；明代，三寶太監從這裡下西洋。至於那些發生在吳越大地水邊的傳說故事，更是更僕難數：一葦渡江，水漫金山，錢王射潮，曲水流觴，子陵垂釣，西施浣紗……。在這片水網地帶，到處蒸騰著水的氣息。

水，柔柔的水，又怎麼會與錚錚鐵骨的梁山好漢緊密相連呢？那是因為創造英雄人物的《水滸》前後傳的作者具有十分濃厚的江南「水」文化情結。

《水滸傳》的作者是誰？有三種說法，施耐庵、羅貫中、施耐庵和羅貫中。下面是明清兩代文人對這一問題的諸多說法：

> 忠義水滸傳一百卷。錢塘施耐庵的本，羅貫中編次。（高儒《百川書志》卷六）

> 三國、宋江二書乃杭人羅本貫中所編，予意舊必有本，故曰編，宋江又曰「錢塘施耐庵的本」。（郎瑛《七修類稿》卷二十三《辯證類・三國宋江演義》）

> 元人武林施某所編水滸傳，特為盛行。世率以其鑿空無據，要不盡爾也。（胡應麟《少室山房筆叢》卷四十一《莊嶽委談下》）

> 錢塘羅貫中本者，南宋時人，編撰小說數十種，而《水滸傳》敘宋江等事，奸盜脫騙機械甚詳。（田汝成《西湖遊覽志餘》卷二十五）

> 《水滸傳》相傳為洪武初越人羅貫中作，又傳為元人施耐庵作，田叔禾《西湖遊覽志》又云此書出宋人筆。（周亮工《書影》卷一）

> 水滸實元季施耐庵先生所撰，羅所編者，特徵四寇之後水滸耳。（錢靜方《小說叢考．水滸演義考》）

上述說法，從明中葉到清末民初，雖然對《水滸傳》的作者眾說紛紜，但卻可以概括為施作、羅作、施作羅續三種說法。這裡，我們不想討論這些說法孰是孰非，而是將眼光放在另一個層面：施耐庵也罷，羅貫中也罷，他們究竟是哪里人？這個問題就更複雜了，就目前學術界對這一問題的爭論來看，施耐庵的籍貫至少有大豐、興化、杭州三種說法，羅貫中的籍貫則有太原、東平、杭州、廬陵四種說法。然而，只要我們將上述材料稍加整理，就可看出明清的這些文人，但凡涉及施羅二公的籍貫，就出現了「錢塘」「杭人」「武林」「越人」等字樣。實際上，這些字樣所指向的都是同一個地方——杭州。筆者無意於就此證明施羅二公都是杭州人，但我們必須承認一個事實，《水滸傳》的作者無論是施某還是羅某，卻都與杭州脫不了干係。上述材料至少可以證明一點，《水滸傳》理當產生於杭州。

與《水滸傳》的作者及其籍貫大有疑問不同，學術界對《水滸後傳》的作者及其籍貫的意見卻基本一致。且看以下說法：

> 陳忱，忱字遐心，烏程人。（沈德潛、周準編《明詩別裁集》卷十一）
>
> 清初，有《後水滸傳》四十回，云是「古宋遺民著，雁宕山樵評」，蓋以續百回本。……實乃陳忱之託名。忱字遐心，浙江烏程人。（魯迅《中國小說史略》第十五篇）
>
> 《水滸後傳》八卷四十回，題「古宋遺民著」、「雁宕山樵評」。……雁宕山樵為由明入清的陳忱，實即作者，乃託「宋遺民」刊行。……陳忱，字遐心，號雁宕山樵，浙江烏程（今湖州市）人。生於明萬曆四十二年（1615）。（袁世碩《水滸後傳前言》）

由上可知，陳忱是明末清初時人，其籍貫是烏程。烏程縣明清兩代均屬湖州府，地在太湖以南，杭州以北。

綜上所述，施耐庵也罷，羅貫中也罷，陳忱也罷，他們生命的絕大多數時間，就生活在狹義的江南，主要在太湖到杭州一帶。或許有人會說，即便如此，也不能就此認定他們有多麼濃厚的「江南情結」呀！要想說明這一問題，我們必須走進他們各自的作品——《水滸傳》和《後水滸傳》。

二

《水滸》前後傳作者的江南情結，首先表現在對江南風物、尤其是水鄉景物充滿激情的描寫。

《水滸傳》中寫宋江征方臘，在渡過長江以後，是沿著蘇南到浙北再到浙西的路線前進的。所經歷的府州縣主要有蘇州、建康、潤州、揚州、常州、丹徒、無錫、吳江、崑山、湖州、嘉興、杭州、崇德、海寧、吳興、秀州、德清、諸暨、越州、富陽、海鹽、臨安、桐廬、睦州、清溪、建德、嚴州、金華、蘭溪等處。這些地方，絕大多數都與「水」關係密切。一路上，作者以淋漓酣暢的筆墨描寫了江南「水靈靈」的氣息、「水濛濛」的美景，而且在更多的時候還是人境交融的情景。我們不妨來看幾個片段：

> 是夜星月交輝，風恬浪靜，水天一色。黄昏時分，張順脫膊了，匾紮起一腰白絹水裩兒，把這頭巾衣服裹了兩個大銀，拴縛在頭上，腰間帶一把尖刀，從瓜洲下水，直赴開江心中來。那水淹不過他胸脯，在水中如走旱路。看看赴到金山腳下，見石峰邊纜著一隻小船，張順爬到船邊，除下頭上衣包，解了濕衣，抹拭了身上，穿上衣服，坐在船中，聽得潤州更鼓正打三更。（第九十一回）

這是浪裏白跳張順從江北的瓜州到江南的潤州進行軍事偵察時的一段描寫，作者寫得有聲有色，人境交融。尤其是張順的水下工夫，通過滾滾長江東逝水和星月交輝、潤州更鼓的襯托，顯得那麼從容自若、藝高膽大，簡直是一種化境。《水滸後傳》中亦有長江岸邊的描寫，但卻是從南京經鎮江而南。起點是燕子磯：

> 那燕子磯是建康第一名勝之所。三春時候，柳明花放，士女喧闐，笙歌鼎沸。遠遠望去，宛然如一隻燕子撲在江面。遊人不絕，題詠極多。但見：山勢玲瓏，石上都裝螺子黛。苔痕鮮媚，路旁盡貼翠花細。下瞰萬里長江，遠縈若帶。上倚千尋高嶂，近列如屏。遠遠見龍城鳳闕，茫茫吐海市蜃樓。香車寶馬，往來士女賽神仙。酒肆茶坊，羅列珍饈誇富貴。（第八回）

就是在這樣風景如畫的地方，又發生了《水滸傳》中高衙內與林沖娘子相類似的故事，花榮的妹子和妻子遭到惡少調戲，幸虧被欒和所救，從燕子磯逃到秦淮河桃葉渡，又經龍江關取路到鎮江、過姑蘇，經吳江，最後到了太湖。全程所走，都是「水路」。尤其是對太湖的描寫極有氣勢：

> 那太湖一名具區，一名笠澤，周圍三萬六千頃，環繞三州，是江南第一汪洋巨浸。湖中有七十二高峰，魚龍變化，日月跳丸，水族蕃庶，蘆葦叢生。多有名賢隱逸，仙佛遺蹤。昔人曾有詩道：天連野水水連天，環列三州注百川。日月浴生銀浪裏，蛟龍鬥出翠峰邊。帆歸遠浦飛煙雨，楓落高秋滿釣船。羡殺功成辭上賞，風流千古載蟬娟。（第九回）

這是陳忱對太湖的鳥瞰式的整體介紹，可以看出作者對家鄉水澤的無比熱愛，這種情感毫無疑問是發自內心的。不要說太湖南岸的烏程人陳忱了，就拿籍貫可能不是江南，而長期僑居於此的施羅二公而言，他們對太湖的情感也是非常深厚的。請看：

> 且說李俊帶了童威、童猛，駕起一葉扁舟，兩個水手搖櫓，五個人逕奔宜興小港裏去，盤旋直入太湖中來。看那太湖時，果然水天空闊，萬頃一碧。（第九十三回）

接下去，作者還用一段駢文和一首詩，極力讚揚太湖之美。其中佳句為：「天接遠水，水接遙天。高低水影無塵，上下天光一色。雙雙野鷺飛來，點破碧琉璃；兩兩輕鷗驚起，衝開青翡翠。」其詩云：「溶溶漾漾白鷗飛，綠淨春深好染衣。南去北來人自老，夕陽常送釣船歸。」對於浩大無邊的太湖美景的描寫，可謂真實可感、生意盎然。

太湖南岸是湖州，湖州號稱在「人間天堂之間」，因為這座城市正處於蘇州和杭州之間。追尋《水滸》前後傳給我們造成的霧濛濛的水汽，我們到了錢塘江畔而環繞西湖的杭州。《水滸傳》有兩首詞正面描寫杭州，一是《水調歌詞》，一是《臨江仙》，均在第九十四回。前者寫得概括：「三吳都會地，千古羨無窮。鑿開混沌，何年湧出水晶宮？春路如描桃杏發，秋賞金菊芙蓉，夏宴鮮藕池中。柳影六橋明月，花香十里薰風。也宜晴，也宜雨，也宜風，冬景淡妝濃。王孫公子，亭臺閣內，管絃中。北嶺寒梅破玉，南屏九里蒼松。四面青山疊翠，侵漢二高峰。疑是蓬萊景，分開第一重。」後者則更為充分地描寫了杭州的「水」，詞云：「自古錢塘風景，西湖歌舞歡筵。遊人終日玩花船，簫鼓夕陽不斷。昭慶壇聖僧古蹟，放生池千葉紅蓮。蘇公堤紅桃綠柳，林逋宅竹館梅軒。雷峰塔上景蕭然，清淨慈門亭苑。三天竺曉霞低映，二高峰濃抹雲煙。太子灣一泓秋水，佛國山翠藹連綿。九里松青蘿共翠，雨飛來龍井山邊。西陵橋上水連天，六橋金線柳，纜住採蓮船。斷橋回首不堪觀，一輩先人不見。」這兩首詞，涉及杭州的菜市門、薦橋門、候潮門、嘉會門、錢湖門、清波門、湧金門、錢塘門、北關門、艮山門、昭慶壇、放生池、蘇公堤、林逋宅、雷峰塔、淨慈寺、三天竺、南高峰、北高峰、太子灣、佛國山、九里松、九井山、西陵橋、六橋、斷橋等景致。那些「門」「塔」「橋」「堤」，無一不是因水而建或水中倒影。

《水滸後傳》對杭州的描寫，較之前傳更為細膩。該書第三十八回有一大段對於下天竺、靈隱飛來峰、法相、龍井、虎跑、吳山頂、萬松嶺、錢塘江、西湖、淨慈寺等武林勝景的描寫，尤其是寫清明將近之時的杭城白日和西湖月夜：

> 時值清明將近，柳垂花放，天氣晴和。香車寶馬，士女喧闐。畫船簫鼓，魚鳥依人。況又作了帝都，一發繁盛，真有十里紅樓，一窩風月。……出了寺門，過了斷橋，沿堤步去。正值望夜，月明如晝，湖山清麗，好一派夜景。原來臨安風俗是怕月色的，遊湖都在巳午未三時。此時初更天氣，畫船空冷，湖堤上悄無人跡，愈覺得景物清幽。

上述這些以「水」為靈魂的江南風物描寫，絕非某些小說景物描寫時人云亦云的公式化的「有詩為證」之類的敷衍塞責之詞，而是《水滸》前後傳作者發自內心的讚美。要達到這種境界，至少得具備兩點：其一，熟悉這些風景人情；其二熱愛這些風景人情。施羅二公也罷，陳忱也罷，正是具有了這種熟悉和熱愛，才能寫出這些極具「水文化」精靈的江南美景。

三

較之對江南風物、尤其是水鄉景物充滿激情的描寫而言，《水滸》前後傳的作者們在描寫水滸英雄時所體現的江南情結更為深厚，也更為深刻。但在這一問題上，《水滸傳》之作者與《水滸後傳》之作者在具體方式上卻又大相徑庭。

先看《水滸傳》，作者幾乎將水滸英雄中那些最為讀者喜愛的人物全都「留」在了江南的湖光水色之中。而且，「留」的方式又各種各樣。是書第九十九回有一份統計，大體說明了英雄們各種不同的被「留」方式：

陣亡五十九人：秦明、徐寧、董平、張清、劉唐、史進、索超、張順、阮小二、阮小五、雷橫、石秀、解珍、解寶、宋萬、焦挺、陶宗旺、韓滔、彭玘、鄭天壽、曹正、王定六、宣贊、孔亮、施恩、郝思文、鄧飛、周通、龔旺、鮑旭、段景住、侯健、孟康、王英、扈三娘、項充、李衮、燕順、馬麟、單廷珪、魏定國、呂方、郭盛、歐鵬、陳達、楊春、郁保四、李忠、薛永、李雲、石勇、杜遷、丁得孫、鄒淵、李立、湯隆、蔡福、張青、孫二娘。

於路病故一十人：林沖、楊志、張橫、穆弘、楊雄、孔明、朱貴、朱富、白勝、時遷。

杭州六和寺坐化一人：魯智深。

六和寺出家一人：武松。

於路離去四人：燕青、李俊、童威、童猛。

在上面這個消逝於江南的「英雄譜」中，並非每一個英雄都為普通讀者所熟知。水滸英雄，給人們印象最深的主要有林沖、魯智深、武松等。李逵太嗜殺，宋江有些虛偽，而且他們二位的「死」又有特殊的含義，因此作者沒有將這二位「留」在江南。吳用、花榮亦乃如此，他們「死得其所」，作者自有特殊安排，故而也沒有「留」在江南。至於楊志、雷橫、史進、石秀、張順、劉唐、秦明、李俊、燕青、三阮、二解等英雄，從人物塑造的角度，正與吳用、花榮屬於同一層次，有意味的是，他們中的絕大多數卻都在江南消失或者被留下。

我們先來看那些將肉體和靈魂全都留在江南的英雄人物，作者在寫他們的時候，充滿了同情和惋惜，同時將他們留下這裡，為他們尋找一片美麗的土地作為靈魂棲息地，也間接體現了作者對江南的熱愛。其中，楊志患病不能征進，寄留丹徒而死。雷橫在德清縣南門外，被敵人砍下馬而死。烏龍嶺下方臘水寨，阮小二船上迎敵被火燒，自刎而亡。烏龍嶺上，解珍從百十丈高岩上，倒撞下來，死於非命。解寶被山上滾下大小石塊，並短弩弓箭射死。史進、石秀等六人，做一堆兒都被射死在昱嶺關下。清溪縣大戰，秦明急躲飛刀時，卻被方傑一方天戟聳下馬去，死於非命。同樣在清溪縣，阮小五被婁丞相殺死。而死得最為壯烈的則是劉唐和張順。

《水滸傳》第九十五回寫道：「且說副先鋒盧俊義引著林沖等，調兵攻打候潮門。軍馬來到城下，見城門不關，下著弔橋。劉唐要奪頭功，一騎馬，一把刀，直搶入城去。城上看見劉唐飛馬奔來，一斧砍斷繩索，墜下閘板，可憐悍勇劉唐，連馬和人同死於門下。原來杭州城子，乃錢王建都，製立三重門關。外一重閘板，中間兩扇鐵葉大門，裏面又是一層排柵門。劉唐搶到城門下，上面早放下閘板來，兩邊又有埋伏軍兵。劉唐如何不死？」相較於劉唐，張順的犧牲更為驚心動魄：

> 此時已是初更天氣，月色微明。張順摸近湧金門邊，探起頭來，在水面上聽時，城上更鼓卻打一更四點，城外靜悄悄地沒一個人。……張順摸到水口邊看時，一帶都是鐵窗櫺隔著。摸裏面時，都是水柵護定。簾子上有繩索，索上縛著一串銅鈴。張順見窗櫺牢固，不能夠入城，舒隻手入去扯那水簾時，牽得索子上鈴響。城上人早發起喊來。張順從水底下，再鑽入湖裏伏了。……扒上岸來看時，那城上不見一個人在上面，便欲要扒上城去。且又尋思道：「倘或城上有人，卻不甘折了性命，我且試探一試探。」摸些土塊，擲上城去。有不曾睡的軍士叫將起來。再下來看水門時，又沒動靜。再上城來敵樓上看湖面上時，又沒一隻船隻。原來西湖上船隻，已奉方天定令旨，都收入清波門外和淨慈港內，別門俱不許泊船。眾人道：「卻是作怪？」口裏說道：「定是個鬼。我們各自睡去，休要睬他。」口裏雖說，卻不去睡，盡伏在女牆邊。張順又聽了一更次，不見些動靜。卻鑽到城邊來聽，上面更鼓不響。張順不敢便上去，又把些土石拋擲上城去，又沒動靜。張順尋思道：「已是四更，將及天亮，不上城去，更待幾時！」卻才扒到半城，只聽得上面一聲梆子響，眾軍一齊起。張順從半城上跳下水池裏去，待要趁水汉時，城上踏弩硬弓、苦竹箭、鵝卵石，一齊都射打下來。可憐張順英雄，就湧金門外水池中身死。（第九十四回）

事後，梁山兄弟「想起張順如此通靈顯聖，去湧金門外，靠西湖邊建立廟宇，題名金華太保。宋江親去祭賽。」（第九十六回）至今，在西湖邊湧金門的水面上，還有手持魚叉的張順塑像「活躍」其中。由此可見杭州百姓對這位英雄人物的喜愛，同時，也體現了作者和廣大讀者非常希望將浪裏白跳張順留在西湖的地域情結。

《水滸傳》作者的這種地域情結是異常濃厚的，誠如有的學者所言：「《水滸》中關於江南尤其是浙江境內杭州地區的地理描述，不論是大的城鎮，還是小的村莊、橋樑、山頭以致廟宇等都很具體、詳細而且準確。」（馬成生《水滸通論》）

的確如此，且以作者筆下結局更令人唏噓感歎的林沖、魯智深、武松是如何「留」在錢塘江邊的描寫來窺探這一問題。

林冲，無論是就其主觀願望抑或是書中所寫的情勢都決定了他不可能在征方臘後回到京師，因為他無法面對高俅父子，更不可能在高俅手下苟延殘喘、即便是享有暫時的榮華富貴的苟延殘喘。因此，作者必須將他留在江南。但出於對林冲的同情以及作者與廣大讀者的「同情」——同一種情緒，人們又不願意林冲向上述英雄那樣慘死。於是，施羅二公給林冲安排了一個差強人意的結局：「宋江等隨即收拾軍馬回京。比及起程，不想林冲染患風病癱了。……林冲風癱，又不能痊，就留在六和寺中，教武松看視。後半載而亡。」（第九十九回）這個結局雖然不能令人滿意，但畢竟作者讓林冲的靈魂安息在錢塘江邊這一片淨土，而沒有回到那齷齪不堪的朝廷。但是，為什麼會讓武松看視林冲？因為武松比林冲更為「主動」地看穿了朝廷的齷齪不堪，不願回京。更何況武二郎除了看視生病的林冲而外，還要為死去的兄長魯智深守靈。這也是一段十分動情的描寫：

> 當下宋江看視武松，雖然不死，已成廢人。武松對宋江說道：「小弟今已殘疾，不願赴京朝覲，盡將身邊金銀賞賜，都納此六和寺中陪堂公用。已作清閒道人，十分好了。哥哥造冊，休寫小弟進京。」宋江見說：「任從你心。」武松自此只在六和寺中出家，後至八十善終，這是後話。（第九十九回）

武行者變成了清閒道人，真正出家為僧了。而這位當年的打虎英雄欲為花和尚守靈，則是因為花和尚的靈魂和肉體，甚至是他一的一切、一切的一全都留在了錢塘江邊、六和寺內，留在了人間天堂的江南杭州。那是一種什麼樣的場景和境界呀！

> 且說魯智深自與武松在寺中一處歇馬聽候，看見城外江山秀麗，景物非常，心中歡喜。是夜月白風清，水天同碧。二人正在僧房裏睡，至半夜，忽聽得江上潮聲雷響。魯智深是關西漢子，不曾省得浙江潮信，只道是戰鼓響，賊人生發，跳將起來，摸了禪杖，大喝著便搶出來。眾僧吃了一驚，都來問道：「師父何為如此？趕出何處去？」魯智深道：「洒家聽得戰鼓響，待要出去廝殺。」眾僧都笑將起來，道：「師父錯聽了，不是戰鼓響，乃是錢塘江潮信響。」魯智深見說，吃了一驚，問道：「師父，怎地喚做潮信響？」寺內眾僧推開窗，指著那潮頭叫魯智深看，說道：「這潮信日夜兩

> 番來，並不違時刻。今朝是八月十五日，合當三更子時潮來。因不失信，為之潮信。」魯智深看了，從此心中忽然大悟，拍掌笑道：「俺師父智真長老，曾囑付與洒家四句偈言，道是：『逢夏而擒』，俺在萬松林裏廝殺，活捉了個夏侯成；『遇臘而執』，俺生擒方臘；今日正應了：『聽潮而圓，見信而寂』。俺想既逢潮信，合當圓寂。眾和尚，俺家問你，如何喚做圓寂？」寺內眾僧答道：「你是出家人，還不省得？佛門中圓寂便是死。」魯智深笑道：「既然死乃喚做圓寂，洒家今已必當圓寂。煩與俺燒桶湯來，洒家沐浴。」寺內眾僧，都只道他說耍，又見他這般性格，不敢不依他。只得喚道人燒湯來與魯智深洗浴，換了一身御賜的僧衣，便叫部下軍校：「去報宋公明先鋒哥哥，來看洒家。」又問寺內眾僧處，討紙筆寫下一篇頌子。去法堂上，捉把禪椅，當中坐了。焚起一爐好香，放了那張紙在禪床上，自疊起兩隻腳，左腳搭在右腳，自然天性騰空。比及宋公明見報，急引眾頭領來看時，魯智深已自坐在禪椅上不動了。看其頌曰：「平生不修善果，只愛殺人放火。忽地頓開金枷，這裡扯斷玉鎖。咦！錢塘江上潮信來，今日方知我是我。」……眾僧誦經懺悔，焚化龕子，在六和塔山後，收取骨殖，葬入塔院。所有魯智深隨身多餘衣缽金銀並各官布施，盡都納入六和寺裏，常住公用。（第九十九回）

梁山一百八人，魯智深最少「私心雜念」。他一片童心、一片真心，身為和尚居然連什麼是「圓寂」都不知道。然而，他一旦明白了「圓寂」之內涵後，尤其是將錢塘江潮、圓寂與師父智真長老的偈語「聽潮而圓，見信而寂」聯繫在一起之後，他便瀟灑而堅定地離開了那卑鄙齷齪的紅塵世界，選擇了無異於自殺的方式結束了自己世俗的臭皮囊，在一個美麗而又聖潔的地方升騰為涅槃境界的「新我」。這樣的描寫，其實是深諳佛門三昧的。一方面，這正是「今日方知我是我」的基本含意，另一方面，花和尚的生前身後都在實踐著佛門的一種境界——「赤條條往來無牽掛」。他對地位、名譽、利益、金錢一無所求，圓寂之時，甚至「隨身多餘衣缽金銀，並各官布施，盡都納入六和寺裏，常住公用」。這是真正的赤條條往來無牽掛！在對一百八人最終「下場」的描寫中，施耐庵將最潔淨、最高尚、最富有詩意和哲理的境界獻給了花和尚魯智深。同時，書中也特別表示了魯智深、還有武松對這種境界的欣然領受。讀者難道沒有注意到上引文字的開頭就寫到「魯智深自與武松在寺中一處歇馬聽候，看見城外江山秀麗，景物非常，心中歡喜」嗎？更有意味的是，錢塘江的潮信接納了花和尚，美麗的杭州城接納了花和尚，錦繡江南接納了花和尚，六和寺內那尊魯智深活佛般的雕像將與其靈魂一道，永遠留在了那月白風清，水天同碧的地方。

與魯智深、武松、林沖、張順、劉唐等人相比，另一個可愛的人物燕青的「留」在江南就顯得有些另類。知機而退，隱匿在美麗的江南，這就是浪子燕青的華麗轉身。請看作者夾敘夾議的描寫：「再說宋江與同諸將，離了杭州，望京師進發。只見浪子燕青私自來勸主人盧俊義道：『小乙自幼隨侍主人，蒙恩感德，一言難盡。今既大事已畢，欲同主人納還原受官誥，私去隱跡埋名，尋個僻淨去處，以終天年。未知主人意下若何？』盧俊義道：『自從梁山泊歸順宋朝已來，北破遼兵，南征方臘，勤勞不易，邊塞苦楚。弟兄殞折，幸存我一家二人性命。正要衣錦還鄉，圖個封妻蔭子，你如何卻尋這等沒結果？』燕青笑道：『主人差矣！小乙此去，正有結果。只恐主人此去，定無結果。』若燕青，可謂知進退存亡之機矣。……燕青納頭拜了八拜。當夜收拾了一擔金珠寶貝挑著，徑不知投何處去了。」（第九十九回）

然而，還有比燕青更為「另類」的，那就是以李俊與童威童猛還有新結識的費保等好漢。他們先是「留」在蘇州城外，而後，竟至在太湖大幹一場，最終揚帆出海，另造一番天地。

四

毫無疑問，《水滸後傳》在故事情節上是沿襲前傳的，尤其是對「留」在江南一帶的李俊等人故事的敘述，更是地地道道的「後」水滸。《水滸後傳》第九回寫李俊出場，是這樣介紹的：

> 大凡古來有識見的英雄，功成名就便拂衣而去，免使後來有鳥盡弓藏、兔死狗烹之禍。卻說那混江龍李俊本是潯陽江上的漁戶，不通文墨，識見卻是暗合。他征方臘回來，詐稱瘋疾，不願朝京受職。辭了宋公明，與童威、童猛弟兄來尋向日太湖小結義的赤鬚龍費保、卷毛虎倪雲、太湖蛟高青、瘦臉熊狄成四個好漢，在水泊里居住，終日飲酒作樂。

這樣的描寫，完全是對前傳的延續。前傳第九十四回寫太湖上的四條好漢與李俊、二童結拜時，曾經提出：「今我四人既已結義了哥哥三人，何不趁此氣數未盡之時，尋個了身達命之處，對付些錢財，打了一隻大船，聚集幾人水手，江海內尋個淨辦處安身，以終天年，豈不美哉！」當時，李俊以方臘未剿、宋公明恩義難拋為由暫時擱置了這一建議，但同時約定收伏方臘之後一定前來赴約聚義。

平方臘後，為踐行與費保等人之約，李俊採取非常手段離開了宋江，地點恰就在太湖之濱的蘇州城外：

> 宋兵人馬，迤邐前進。比及行至蘇州城外，只見混江龍李俊詐中風疾，倒在床上，手下軍人來報宋先鋒。宋江見報，親自領醫人來看治李俊。李俊道：「哥哥休誤了回軍的程限，朝廷見責，亦恐張招討先回日久。哥哥憐憫李俊時，可留下童威、童猛看視兄弟。待病體痊可，隨後趕來朝覲。哥哥軍馬，請自赴京。」宋江見說，心雖不然，倒不疑慮，只得引軍前進。又被張招討行文催趲，宋江只得留下李俊、童威、童猛三人，自同諸將上馬赴京去了。且說李俊三人竟來尋見費保四個，不負前約。（第九十九回）

李俊等人的離去，至為詭秘而堅定，同時，也是一種「頓開金鎖走玉龍」的沉著與瀟灑！李俊運用欺騙的手段，離開了宋江，其實也就是離開了回到朝廷做官的機會。何以如此？因為知機的混江龍們已經看清了北宋朝廷的不可救藥。於是，他們便毅然決然地將自己的清白之軀「留」在美麗的江南明珠——太湖。

《水滸後傳》與《水滸傳》的關係，筆者認為可用三句話概括。後傳繼承了前傳什麼？曰「官逼民反」。後傳發展了前傳什麼？曰「民族意識」。後傳不及前傳什麼？曰「文人氣味」。《水滸後傳》的作者陳忱，既是一個文人，同時又是一個愛國志士。「順治間，曾參加葉桓奏、吳炎、顧炎武、歸莊、顧樵等名士組織的驚隱詩社（又名『逃之盟』）。」（袁世碩《水滸後傳前言》）驚隱詩社是一個民族意識極其強烈的組織，甚至可以說就是一個秘密抗清組織。由此看來，陳忱筆下的《後水滸傳》中具有民族意識，具有文人氣味是有著深刻的背景文化的。因為這兩個問題與本文關係不大，此不贅言。至於後傳繼承前傳「官逼民反」的基本精神，則是通過幾個大故事來體現的。其中一個故事就是樂和以及李俊等太湖上的七條好漢與漁霸巴山蛇丁自變及其後臺呂太守的鬥爭。鬥爭是艱苦的，但勝利屬於梁山餘部。且看他們的勝利果實：

> 樂和道:「要殺你只似殺豬狗一般，恐污了刀！饒便饒你，單要依三件事。」……樂和道:「呂太守，你喚書吏寫下百來張告示，各處張掛，說丁自燮代納秋糧之故。」就叫書吏納紙領狀，呂太守用印簽押，這是一件了。又問道:「你倉中有多少米穀？」丁自燮道:「有三千多斗。」樂和道:「可喚附近居民並各佃戶來，你畢竟一向刻剝他們的，分散與他，這是二件了。第三件，太湖不許霸佔假做放生湖！大小漁船抽過的稅，都要加倍還他。你今要改過自新，若再不悛，早要早取，晚要晚取，決放不過了！」丁自燮又磕頭致謝。樂和道:「呂太守，你回去也要改過做好官，愛惜百姓，上報朝廷。若蹈前轍，亦不輕恕！你兩個送我回船。」倪雲、高青扯了呂太守，費保、狄成揪了丁自燮到船中，揚帆而去。到半路拋在荻洲上，乘風去了。(第十回)

梁山餘部鬥漁霸貪官，其地點當然是在水面上，在太湖流域的水面上。而樂和與丁自燮約法三章最重要的一點也是「太湖不許霸佔假做放生湖！」最終怎麼處理漁霸貪官？「到半路拋在荻洲上」！這一切都離不開水，離不開江南太湖的水。其實，這也是一種江南水文化的體現，而且是更大層面的體現。

李俊等人乘風去了！去了哪裏？這倒無須陳遐心先生煞費苦心。因為施羅二公的《水滸傳》中早已做了「預敘」。該書最後的第九十九回寫道:「七人都在榆柳莊上商議定了，盡將家私打造船隻，從太倉港乘駕出海，自投化外國去了。後來為暹羅國之主。童威、費保等都做了化外官職，自取其樂，另霸海濱。這是李俊的後話。」

巴山蛇丁自燮一段故事，自然是陳忱加上去的。他要讓李俊等人出海之前，先大鬧太湖。這樣，才能將前傳「官逼民反」的精神寫足，同時，也將自己的江南水文化情結充分釋放。然後，才讓李俊等太湖好漢揚帆出海。那又是一個多麼令人心往神馳的江南水文化場景啊！我們不妨隨陳遐心如椽巨筆一遊:「其時正是三月望夜，燒了紙。黃昏月明如晝，開了船，出了吳淞江，野水漫漫，並無阻隔。到得海口，把船停泊，再定去向。李俊、樂和登了海岸，望那海拍天無際，白浪翻空，寒煙漠漠，積氣彌彌，不辨東西，哪分晝夜。」(第十回)

李俊等人從江南水鄉走向了更為遼闊的水域——揚帆出海。「古宋遺民」依據《水滸傳》中閒閒的一筆，竟然寫成了洋洋數十萬言的《水滸後傳》，讓梁山餘脈李俊等人在海天之國真真切切地「火」了一把。有人說這種描寫寄託了當時的許多遺民對孤懸海外而堅持抗清的鄭成功的一腔期待和滿腹希冀，筆者認為此說有絕大的可能性。

按說，李俊等人揚帆出海，建立島國，到異國他鄉去創建了一個屬於作者、也屬於作者那個時代的新天地，《水滸後傳》的故事應該與江南水鄉文化沒有什麼干係了吧？其實不然！作者竟然讓許多梁山餘部在建功立業之後，為了救宋高宗大駕，而重新回到錢塘江邊、西子湖畔。其實政治因素只是幌子，潛藏在作品字裏行間的則是古宋遺民未了的江南水文化情結。謂予不信，請看他寫這些英雄人物回到杭州後的表現：

> 俯瞰城中六街三市，繁華無比。蕭讓指道：「錢塘江外白茫茫的是海，虧這鱉子門一鎖，成了門戶，所以臨安建都，還可偏安。」樂和道：「我還有杞人之憂。看那西湖之水，錢塘門一帶幾與城平，倘一時用起兵來，湖中水滿引來灌城，恐怕不浸者三版。」李應道：「你這遠慮倒也不差。」柴進回頭向北道：「可惜錦繡江山，只剩得東南半壁，家鄉何處？祖宗墳墓，遠隔風煙。如今看起來，趙家的宗室比柴家的子孫也差不多了。對此茫茫，只多得今日一番歎息。」燕青道：「譬如沒有這東南半壁，傷心更當何如？」傷今弔古一番，到淨慈寺裏宿了。次早，呼延灼說道：「武都頭在六和塔出家，不知存沒若何，該去一探，就拜魯智深骨塔。」……蕭讓道：「兄長往日英雄，景陽岡打虎、血濺鴛鴦樓本事都丟下麼？」武松道：「算不得英雄，不過一時粗莽。若在今日，猛虎避了他，張都監這干人還放他不過！」眾人齊笑起來。（第三十八回）

這裡有民族意識，有遺民心態，還有憂國憂民的意識形態。當然，梁山兄弟的情義也在其中，懲惡揚善的精神也在其內，但作為這一切的背景、底色，卻是在作者心靈深處的江南水文化情結！生長於太湖之濱的陳忱如此，長期生活在以杭城為中心的江南浙北的施羅二公亦乃如此。

男兒鐵骨水柔柔，這是《水滸》前後傳作者江南文化情結的表現，也是至剛至硬的梁山精神與柔中帶剛的江南水文化的有機融合。

（原載《首屆四大名著與杭州論壇暨全國市縣三國研究機構第五屆學術會議論文集》，中國文聯出版社，2018 年 9 月出版）

從太湖到錢塘——再論陳忱在《水滸後傳》中所體現的江南情結

明末清初，太湖南岸至少有兩位名叫陳忱的文人。一位是秀水陳忱，一位是烏程陳忱，後者就是我們這裡討論的《水滸後傳》作者的那位。這位陳忱，很多專家學者對其字號、交遊等情況都進行了論證考察，如馮保善《陳忱字敬夫嗎？》(《明清小說研究》1999 年第四期)，楊志平《陳忱生平交遊考》(《明清小說研究》2005 年第一期)，陳會明《陳忱生平事蹟及有關問題的辨正》(《明清小說研究 2005 年第二期》) 等，都使人讀後深受啟發。而陳會明的文章最後對陳忱生平的概括尤為簡明：「陳忱，浙江烏程南潯鎮人，生於明萬曆四十三年仲春（公元 1615 年 3 月），字遐心，號雁宕，自號默容居士。二十歲時潛居南垌野寺，苦讀詩書三年。二十四至二十七歲遍遊名山大川。後『適膺時難，閉門掃軌者垂二紀』。這期間他參加了驚隱詩社，活動於東池草堂，創作了不少通俗文學作品，並有《雁宕雜著》、《雁宕詩集》二卷，可惜俱已散佚不見，只留下了一百多首慷慨悲壯的詩歌和與他人合著的《東池詩集》一書以及《水滸傳》的第一部也是最優秀的續書之一——《水滸後傳》。」

烏程，即今浙江省湖州市，南潯鎮一帶，現為該市南潯區。這個地方北邊瀕臨太湖，與東洞庭山隔水相望。南潯鎮往南，幾十公里就是錢塘之地。這裡是典型的以太湖為核心的江南文化圈的腹地。陳忱生於斯長於斯，腦海中積澱下濃厚的江南文化情結。而這，在他的《水滸後傳》中得到了強烈表現。

一

袁世碩先生在《水滸後傳前言》中說：

> 《水滸後傳》八卷四十回，題「古宋遺民著」、「雁宕山樵評」。……雁宕山樵為由明入清的陳忱，實即作者，乃託「宋遺民」刊行。……《水滸後傳》是接《水滸全傳》而敷演成書，敘梁山泊英雄幸存者李俊、李應、燕青等三十餘人，受姦臣之迫害，並有憤於貪官土豪之害民，再度聚嘯山林，處死蔡京、高俅等。逢金兵南侵，陷汴京，擄徽、欽二帝，於是以報國勤王為己任，最後勢不得已，乃聚集海島，於「暹羅國」建立王業，支持宋高宗建都臨安。（《古本小說集成》第四輯）

《水滸後傳》全書四十回，其中故事背景放在江南的有兩大片段：其一，自第七回後半開始，到第十一回，重點在太湖；其二，第三十七回和三十八回，重點在錢塘。

《水滸後傳》將梁山餘部的故事由北方引向江南的路線如下：揚子江－建康—龍江關—鎮江—姑蘇—太湖，具體描寫如下。

> 渡了揚子江，到了建康。是六朝建都之地，龍蟠虎踞之鄉。山川秀麗，人物繁華。（第七回）

這說的是反面人物郭京從北方來到南國。就在這山川秀麗之地，郭京和王宣慰等人一起遊燕子磯。按《讀史方輿紀要》卷二十：「燕子磯在觀音門西。《金陵記》：幕府山東有絕壁臨江，梯磴危峻，飛檻淩空者，弘濟寺也；與弘濟寺對岸相望，翻江石壁，勢欲飛動者，燕子磯也；俱為江濱峻險處。」小說中對燕子磯的描寫則更加具體而動人：

> 出了觀音門，就到磯邊。那燕子磯是建康第一名勝之所。三春時候，柳明花放，士女喧闐，笙歌鼎沸。遠遠望去，宛然如一隻燕子撲在江面。遊人不絕，題詠極多。但見：山勢玲瓏，石上都裝螺子黛。苔痕鮮媚，路旁盡貼翠花細。下瞰萬里長江，遠縈若帶。上倚千尋高嶂，近列如屏。遠遠見龍城鳳闕，茫茫吐海市蜃樓。香車寶馬，往來士女賽神仙。酒肆茶坊，羅列珍饈誇富貴。（第八回）

就在這美得無以復加的地方，郭京遇到了美得無以復加的美女，並打聽到美女的端倪：「問那船家，他說姓花，也是官宦人家。住在雨花臺，是水西門雇的船，不知他詳細。」（同上）這就引起他進一步尋訪的欲望，同時，也就帶出一連串南京城的名勝之地：聚寶門、朱雀橋、慧業庵、雨花臺。後來，樂和又循跡探查，作者藉故寫出雨花臺的雄偉壯闊：「信步登雨花臺，縱目一看，真是大觀。千岩萬壑，應接不暇。那大江中，煙帆飛鳥，往來不絕。望著鍾山，王氣鬱鬱蔥蔥，不覺胸次豁然。」（同上）

接下去，當樂和打聽到花榮之子花逢春及其母親花恭人、姑媽秦恭人因為到楚州給花榮掃墓回來，經過燕子磯，被郭京等人撞見，又被郭京挑唆王宣慰抓入府中之後，設計救出了花逢春一家。值得注意的是，《水滸後傳》的這些描寫是緊接著《水滸傳》的情節線索而下的，地名的涉及也符合原著。按《水滸傳》描寫，花榮與吳用趕到楚州宋江墳前，「兩個大哭一場雙雙懸於樹上，自縊而死。……本州官僚置備棺槨，葬於蓼兒窪宋江墓側」。（第一百回）更有甚者，梁山好漢平方臘回來，二十多人受朝廷封賞，「花榮授應天府兵馬都統制」。應天府與建康一樣，都是南京的異名。

樂和救了花逢春一家，他們逃走的路線是向東南延伸，直至太湖：

> 母子三人急忙下樓，恰好有朦朧微月，樂和引到後園門首，開了門走出。原來王宣慰正住在秦淮河桃葉渡邊，老蒼頭停船俟候，一齊下船。花恭人見家中細軟並養娘、小廝俱在船內，感激樂和不盡。……說話之間早已雞鳴，城門開了。從龍江關取路到鎮江，進了關口，一路順風。過了姑蘇，到寶帶橋，天色已晚，催著船家趕到吳江停泊。一時狂風驟起，那太湖裏的水從橋裏衝出來，洶湧難行。（《水滸後傳》第八回）

至此，作者通過書中人物將故事發生地從北國引向江南的任務已經完成，下面，就將進行江南兩個重點地域的描寫，第一個就是太湖。

二

關於太湖，我們先看酈道元《水經注》中的記載：「南江東注於具區，謂之五湖口。五湖，謂長蕩湖、太湖、射湖、貴湖、滆湖也。郭景純《江賦》曰：注五湖以漫瀁。蓋言江水經緯五湖而苞注太湖也。是以左丘明述《國語》曰：越伐吳，戰於五湖是也。又云：范蠡滅吳，返至五湖而辭越。斯乃太湖之兼攝通稱也。」（卷二十九）

這裡有兩個概念：其一，太湖是「五湖」之一；其二，太湖即「五湖」的統稱。《水滸後傳》第九回正面描寫太湖：

> 那太湖一名具區，一名笠澤，周圍三萬六千頃，環繞三州，是江南第一汪洋巨浸。湖中有七十二高峰，魚龍變化，日月跳丸，水族蕃庶，蘆葦叢生。多有名賢隱逸，仙佛遺蹤。（第九回）

陳忱生活在太湖南岸，對太湖景物早已爛熟於胸。這裡，先對太湖作一鳥瞰式的整體觀照，隨後，又對太湖的物產人情、民風世俗多次進行具體描寫。

> 費保道：「大哥豈不聞太湖中有七十二高峰，只有東西兩山最為高曠。那東山上有莫釐峰，居民富庶，都出外經商；西山上有縹緲峰，更是奇峻，上頂江海皆見，民風樸素，家家務農、打魚，種植花果為業。更有消夏灣，是吳王同西施避暑之地。林屋洞是神仙窟，宅角頭是『商山四皓』甪里先生的故宅。這幾個去處，何不同去一看，擇可居之所，蓋造房子起來便了。」李俊大喜，一同上船，竟到西山各處遊覽一遍，果是山明水秀，物阜民康。那消夏灣四面皆山，一個口子進去，匯成一湖，波光如練。湖邊一片平陽之地，可造百十間房屋。四圍有茂林修竹，桔柚梨花，真是福地。（第九回）

作者這裡所寫的縹緲峰、林屋洞、莫釐峰等，均實有其地：「包山，府西南八十五里太湖中。……山亦名林屋山，周回百三十五里，遙望一島，而重岡複嶺，茂林平野，閭巷井舍，不異市邑。諸峰皆秀異，而縹緲峰最高，登其巔，則吳越諸山，隱隱在目。其支峰別隴，皆以山名，逶迤起伏，爭奇競勝，而尤名者曰林屋洞。……莫釐山，亦在太湖中，與包山並峙，相去二十里。」（《讀史方輿紀要》卷二十四）

至於消夏灣，明代詩人高啟有《消夏灣》詩為證：「涼生白苧水浮空，湖上曾開避暑宮。清簟疎簾人去後，漁舟占盡柳陰風。」原注：「在太湖，吳王避暑處也。姑蘇志：『在西洞庭縹緲峰之南灣，可十餘里，三面皆山繞之，獨南面如門闕。』」

太湖風景如此壯美，那裡的人民生活狀況如何？又有哪些水鮮物產？《水滸後傳》亦有細緻的描寫：

> 那沿湖的兩山百姓，都在太湖中覓衣飯，打魚籠蝦，簖蟹翻鳧，撩草刈蒿，種種不一。只有那罛船，是有大本錢做的。造個大船，拽起六道篷，下面用網兜著，迎風而去，一日一夜打撈有上千斤的魚，極有利息。（第九回）

這種罛船，不僅用來打魚，收穫頗豐，而且還可以坐人，為旅行之便。著名詩人查慎行就曾經坐過這種船，有《重陽日由鄧尉坐罛船沿太湖濱抵漁洋灣登法華嶺與觀卿拈韻各賦五章》為證。我們再看書中人境交融的描寫：

> 李俊道：「這般大雪，那湖光山色一發清曠，我們何不登那縹緲峰飲酒賞雪？也是一番豪舉。」費保道：「極妙！」將帶來的肉脯、羊羔、鮮魚、醉蟹，喚小漁戶挑了兩三壇酒，各人換了氈衣斗笠，衝寒踏雪而去。那峰只有三里多高，魚貫而上。到了峰頂，一株大松樹下有塊大石頭，掃去雪，將肴饌擺上。石中敲出火來，拾松技敗葉燙得酒熱，七個弟兄團團坐定，大碗斟來。吃了一會，李俊掀髯笑道：「你看湖面水波不興，卻如匹練，倒平了些。山巒粉妝玉砌，像高了些，好看麼？」（第九回）

> 其時一輪明月湧出東方，照得天街如水。遍處懸掛花燈，看燈的人一片笑聲，和那十番簫鼓融成一塊。那紅樓畫閣，卷上珠簾。玉人嬋娟，倚欄而望。衣香鬢影，掩映霏微。真是天上月圓，人間月半，早春節序，江南風景最是銷魂。（第九回）

以上兩段，一寫縹緲峰的雪天，一寫常州城的月夜，都是極美的景致，無怪乎書中人物和作者要反覆稱讚「好看」「銷魂」云云。

還有一些太湖上的地名，陳忱也是熟悉得很，信手拈來，如：「小漁戶扯起風篷，望北駛去。過了大雷山，到馬跡山邊。」（第九回）據《讀史方輿紀要》卷二十五：「馬跡山，府東南六十里太湖中。」這裡所謂「府」，指的是常州。再如：「認做東洞庭山郭大官人在此飲酒，元來不是。」（第九回）這個「東洞庭山」，在當時的通俗小說中經常提及，如與《水滸後傳》差不多同時的《說岳全傳》第二十八回寫道：「這裡太湖，團團三萬六千頃，重重七十二高峰。中間有兩座高山：東邊為東洞庭山，西邊為西洞庭山。」至於環太湖的常州、蘇州、湖州三府，在《水滸後傳》中更是多有描寫。處於太湖西北一帶的常州府，上面已有涉及，再補充其他二府的例證。

例之一：「童威、童猛的船從木瀆收港，過了蘇州。」（第十回）《讀史方輿紀要》卷二十四南直六：「西南曰越來溪，曰木瀆，皆自太湖分流來會。又東出橫塘橋，去府城十里。」此處府城即太湖之東的蘇州。

例之二：「我二人到湖州東塘，有一起販紗羅的客人，搬得三四百沙羅也，也準折得銀子。」（第九回）各地叫做「東塘」的地名不少，陳忱特地點明此處是「湖州東塘」，可見他對家鄉小地名的熟悉程度。

陳忱不僅細膩地描寫了他再熟悉不過的太湖一帶的自然景觀、民風世俗，還生動塑造了活躍在太湖的梁山餘部的英雄好漢。且看下面幾段：

> 李俊、費保聞知，心中不忍道：「啱大一個太湖，怎的做了你放生池？我們便不打魚也罷，怎生奪了眾百姓的飯碗！氣他不過，偏要去過界與他消遣一消遣，看他怎麼樣！」……費保、倪雲、童威、童猛一齊動手，把木篙撐的撐、打的打，大船風高勢勇，小船抵當不住，翻了三個小船，十來個人落水。李俊叫回舵而去。（第九回）

> 那童威、童猛捱到太守身邊，說時遲，那時快，把太守袍口封住。倪雲、高青颼的一聲，拔出短刀，明晃晃的架在太守頸上，喝道：「你這害百姓的賊！還是要死要活？」（第十回）

> 李俊、費保、狄成也藏械立在旁邊，丁自燮卻不認得。三個聽他說了，那火直衝出泥丸宮，足有千丈多高，哪裏按捺得定？把丁自燮劈胸扭住道：「我李俊正來交納銀子！」費保、狄成兩口短刀早向衣底抽出，丁自燮面如土色，魂不附體道：「怎麼說？」李俊罵道：「怎麼說！你這蠹國害民的活強盜！你占著太湖，抽百姓的私稅；詐詐我們銀子，今日你與呂太守當面對明！」丁自燮見勢頭兇惡，雙膝跪下，說道：「總是該死！只憑好漢怎麼，只留下這條草命罷。」李俊道：「我們不要怎麼，只剝你巴山蛇的皮！」（第十回）

李俊等人，在《水滸傳》中本來算不上頂級英雄好漢。李俊在三十六天罡中排名第二十六位，戲份也不多，只是在第三十六回到三十七回「偶而露崢嶸」而已。身處地煞的童威、童猛亦乃「備員」。樂和排名更在二童之後，也只是次要人物。至於費保等人，本不屬一百單八將，他們的姓名綽號，只在第九十三回提及而已：「小弟是赤鬚龍費保，一個是卷毛虎倪雲，一個是太湖蛟卜青（《水滸後傳》作『高青』），一個是瘦臉熊狄成。」但在《水滸後傳》中，他們卻一個個精神抖擻，勇敢機智，成為主要人物或重要人物。個中原因，除了故事本身發展的需要而外，還因為他們活躍在江南水鄉，是縱橫於太湖之上的浪裏蛟龍。這對於從小生活在太湖之濱的陳忱而言，自然會感到分外親切。有了這一份情結，筆下自然生風，英雄自然感人。

三

《水滸後傳》第三十七回，寫梁山餘部三十多人通過種種艱難險阻，終於齊聚海外，建功立業。此時，混江龍李俊都已經「權勾當暹羅國事」了，本來已經無事可寫，但作者陳忱卻偏要寫出李俊等人牡蠣灘救駕一節，將宋高宗請到金鼇島嵩呼拜舞，並在暹羅國過新年。大年初三，李俊又派柴進、燕青、樂和、蕭讓、呼延灼、李應、孫立、徐晟率領二千兵護駕，送高宗回臨安。如此，作者將生花妙筆再一次伸向江南。不過，此次非太湖，而是另一處江南名勝之地錢塘。

《水滸後傳》對錢塘風物的描寫，極盡細膩風流之能事。第三十八回寫到的著名景點有昭慶寺、下天竺、靈隱飛來峰、法相、龍井、虎跑、吳山頂、萬松嶺、錢塘江、西湖、淨慈寺、錢塘江、六和塔、湧金門、錢塘門、斷橋、翠湖亭、葛嶺、西泠橋等，且看數例。

> 次早，呼延灼說道：「武都頭在六和塔出家，不知存沒若何，該去一探，就拜魯智深骨塔。」……武行者攤出脊樑，行童與他搔癢。見眾人走來，吃了一驚，叫聲「阿呀！」衣服不曾穿好，提了袖口就與眾人作揖，說道：「兄弟們怎得到此？夢裏也想不到。」……蕭讓道：「兄長往日英雄，景陽岡打虎、血濺鴛鴦樓本事都丟下麼？」武松道：「算不得英雄，不過一時粗莽。若在今日，猛虎避了他，張都監這干人還放他不過！」眾人齊笑起來。……次早，住持同十二眾僧人，焚香擊磬，一齊禮了魯智深骨塔。林沖墓上奠了酒，眾人在墓門松樹下坐著，說起在中牟縣殺高俅等一節，武松稱快道：「殺得好！林教頭的魂也是松暢的。」（第三十八回）

《水滸傳》第九十九回寫魯智深圓寂之後：「眾僧誦經懺悔，焚化龕子，在六和塔山後，收取骨殖，葬入塔院。所有魯智深隨身多餘衣缽金銀並各官布施，盡都納入六和寺裏，常住公用」。同一回，又寫武松自願與魯智深守靈並照顧重病的林沖：

> 武松對宋江說道：「小弟今已殘疾，不願赴京朝覲，盡將身邊金銀賞賜，都納此六和寺中陪堂公用。已作清閒道人，十分好了。哥哥造冊，休寫小弟進京。」宋江見說：「任從你心。」武松自此只在六和寺中出家，後至八十善終，這是後話。……林沖風癱，又不能痊，就留在六和寺中，教武松看視。後半載而亡。

六和塔的來歷，明末張岱《西湖夢尋》卷五記載頗為清楚：「宋張君房為錢塘令，宿月輪山，夜見桂子下塔霧，旋穗散墜，如牽牛子。峰旁有六和塔，宋開寶三年，智覺禪師築之以鎮江潮。塔九級，高五十餘丈，撐空突兀，跨陸府川，海船方泛者，以塔燈為之嚮導。宣和中，毀於方臘之亂。紹興二十三年，僧智曇改造七級，明嘉靖十二年毀。」又據清代梁章鉅《浪跡叢談》載：「陸次雲《湖壖雜記》謂六和塔下舊有魯智深像，又言江滸人掘地得石碣，題曰『武松之墓』，當時進征青溪，或用兵於此，稗乘所傳，不盡誣。」（卷六《宋江》）可見《水滸傳》中魯智深葬六和塔下以及武松為其守靈的描寫對後世影響之巨。而《水滸後傳》寫呼延灼等人看望武松一段，既是對《水滸傳》故事情節的延續，也充分表達了陳忱對梁山英雄人物魂留江南的崇敬情結。

> 出了寺門，過了斷橋，沿堤步去。正值望夜，月明如畫，湖山清麗，好一派夜景。原來臨安風俗是怕月色的，遊湖都在巳午未三時。此時初更天氣，畫船空冷，湖堤上悄無人跡，愈覺得景物清幽。柴進挽了燕青的手，見兩三個人同一美人席地而坐，安放竹爐茶具，小童蹲著扇火。聽得那美人唱著蘇學士「明月幾時有，把酒問青天」那套《水調歌頭》，真有留雲過月之聲，嬌滴滴字字圓轉。月光照出瘦懨懨影兒，淡妝素服，分外可人。燕青近前一看，扯了柴進，轉身便走道：「我們回去罷。」柴進道：「如此良夜，美人歌得甚好，何不再聽聽去。」燕青低低說道：「這便是李師師，怕他兜搭。」（第三十八回）

浪子燕青為什麼怕李師師「兜搭」？原來《水滸傳》中有所描寫：「這李師師是個風塵妓女，水性的人，見了燕青這表人物，能言快說，口舌利便，倒有心看上他。酒席之間，用些話來嘲惹他。數杯酒後，一言半語，便來撩撥。燕青是個百伶百俐的人，如何不省得？他卻是好漢胸襟，怕誤了哥哥大事，那裡敢來承惹？」有了這段「前緣」，故而燕青害怕李師師兜搭。但最終，梁山好漢與京城名妓還是在「銷金窩子」西湖之濱「兜搭」上了，並在一起喝茶飲酒：

> 到葛嶺邊，背山面湖，是最勝去處。王小閑推開竹扉，一帶雕欄護著花卉，客位裏擺設花梨木椅桌，湘簾高控，香篆未消，掛一幅徽宗御筆畫的白鷹，插一瓶垂絲海棠。簷前金鉤上鎖的綠衣鸚鵡喚道：「客到茶來！」屏風後一陣麝蘭香，轉出李師師來。不穿羅綺，

> 白苧新衫，宮樣妝束，年紀三旬以外，風韻猶存。……獻出龍井雨前茶。李師師將絨絹抹了碗上水漬，又逐位送來。……王小閒到來道：「湖船在西泠橋，請爺們下船。」李師師又去更衣勻臉，兩個丫環抱了衣包、文具，下了船。……王小閒擺過酒來，都是珍奇異巧之物，香爇金猊，杯浮綠蟻。李師師軟款溫存，逐個周旋，在燕青面上分外多叫幾聲兄弟。飲至日落柳梢，月篩花影，把船撐到湖心亭，萬籟無聲，碧天如洗。喚丫環取過玉簫，遞與燕青道：「兄弟，你吹簫，待我歌一曲，請教列位。」燕青推音律久疏，樂和接過來，先和了調，李師師便唱柳耆卿「楊柳外曉風殘月」這一套，果然飛鳥徘徊，遊魚翔泳，盡皆稱讚。（第三十八回）

在美麗的西湖邊，流落到此的京城名妓又一次與梁山好漢見面。此情此景，作者在描寫時究竟是豔羨還是譏諷？恐怕二者兼而有之。但無論如何，能寫出這些以「水」為靈魂的江南風物，作者必須得熟悉這些風景人情進而熱愛這些風景人情，也就是說，必須要有濃厚的江南文化情結方才寫得如此動人。

四

綜上所述，陳忱的江南情結在《水滸後傳》中得到頗為充分的展現。具體而言，就是通過燕子磯到寶帶橋的「引子」以後，重點描寫了太湖和錢塘這兩個點。值得注意的是，這種江南情結的「外化」卻具有陳忱在寫作《水滸後傳》時有意無意流露出的個人品格的獨特性。

第一，順承前傳與獨闢蹊徑的結合

《水滸後傳》作為《水滸傳》的續書，當然得在很多地方順承前傳。其中非常重要的一點就是「官逼民反」。金聖歎在評點《水滸傳》時說過一段很有名的話：

> 夫高俅勢要，則豈獨一高廉倚仗之而已乎？如高廉者，僅其一也。若高俅之勢要，其倚仗之以無所不為者，方且百高廉正未已也。乃是百高廉，又當莫不各有殷直閣其人；而每一高廉，豈僅僅於一殷直閣而已乎？如殷直閣者，又其一也。若高廉之勢要，其倚仗之以無所不為者，又將百殷直閣正未已也。夫一高俅，乃有百高廉：而一高廉，各有百殷直閣，然則少亦不下千殷直閣矣！是千殷直閣

也者，每一人又各自養其狐群狗黨二三百人，然則普天之下，其又復有寧宇乎哉？（第五十一回回前總批）

這就是官逼民反的社會現實！《水滸後傳》對此也多有反映，如阮小七與張別駕的鬥爭、顧大嫂與毛孔目的鬥爭，以及飲馬川等地的聚義等。但後傳並沒有停留在前傳的基礎上，而是獨闢蹊徑，寫出了李俊等人太湖反漁霸巴山蛇丁自燮的故事，而最後的結果卻是英雄與漁霸約法三章：第一，適逢災荒之年，一府百姓秋糧由「丁自燮代納」；第二，將「三千多斗」米穀分散給「附近居民並各佃戶」；第三，「太湖不許霸佔假做放生湖！大小漁船抽過的稅，都要加倍還他。」（第十回）這三條，都是關乎苛捐雜稅的問題，關乎漁民和農民的溫飽問題，在《水滸傳》中似乎未曾涉及，而陳忱筆下的英雄人物卻能站在江南水鄉民眾的基礎上想問題，這就是在描寫「官逼民反」的基礎上的獨闢蹊徑之舉。

正因如此，這一段鬥漁霸反租稅的故事深受廣大民眾的喜愛和歡迎。此後，在京劇舞臺上有一個盛演不衰的劇目《打漁殺家》，據研究，就是取材於這一段描寫：「一名《慶頂珠》，又名《討漁稅》。似取《水滸後傳》中李俊事改編而成」。（陶君起《京劇劇目初探》）

第二，家鄉情結與愛國情懷的結合

陳忱具有濃厚的江南情結，因為江南就是他的家鄉，在對太湖的描寫、杭州的描寫之中都充分體現了這一點。但如果將這種家鄉情結放大，就是家國情結，結合書中描寫的背景，就是南宋情結，就是維護半壁河山的愛國情懷。請看書中描寫：

樂和道：「我還有杞人之憂。看那西湖之水，錢塘門一帶幾與城平，倘一時用起兵來，湖中水滿引來灌城，恐怕不浸者三版。」李應道：「你這遠慮倒也不差。」柴進回頭向北道：「可惜錦繡江山，只剩得東南半壁，家鄉何處？祖宗墳墓，遠隔風煙。如今看起來，趙家的宗室比柴家的子孫也差不多了。對此茫茫，只多得今日一番歎息。」（第三十八回）

結合陳忱生存的時代，《水滸後傳》中這種寄託於江南的愛國情結是有現實依據的。小說中的金國與現實中的後金，小說中南宋與現實中的南明抗清力量乃至鄭成功的依託臺灣抗清，都有著驚人的相似之處。因此，陳忱要寫李俊海外建國並奉南宋正朔，其間，隱隱約約寄託著對孤懸海外而抗清之志不滅的鄭成功的希冀和願想。更何況，《水滸後傳》的作者陳忱本身就是一個抗清志士：「順治間，曾參加葉桓奏、吳炎、顧炎武、歸莊、顧樵等名士組織的驚隱詩社（又名『逃之盟』）。」（袁世碩《水滸後傳前言》）驚隱詩社，某種意義上就是一個秘密抗清團體。陳忱託名《水滸後傳》為「古宋遺民著」，也是這個道理。

第三，陽剛之氣與陰柔之美的結合

仔細比較，《水滸後傳》對於太湖的描寫和對錢塘的描寫在大體相同的基礎上還是有些不一樣的。最大的相異之處就是太湖一段寫李俊等人與官府漁霸的鬥爭是刀光劍影、血濺火燃的，是生與死的搏鬥。而且整個故事充滿了陽剛之氣，這是對水滸英雄基本氣質的繼承。

然而，西湖燕青等人遇李師師一段卻寫得溫柔婉轉，纏綿多情。梁山好漢餘部乃至好漢的後裔某種程度上都被逃亡到銷金窩子的京城名妓所軟化、柔化。這種描寫，與西湖風光旖旎的環境密不可分，與陳忱出產江南的地脈氣息密不可分。當然，這也從一個側面反映了陳忱寫作手段的多樣性。

但其實，陳忱的這種剛柔相濟的寫作手段也是從《水滸傳》中變化過來的。請看金聖歎的一段妙語：

> 上篇寫武二遇虎，真乃山搖地撼，使人毛髮倒卓。忽然接入此篇，寫武二遇嫂，真又柳絲花朵，使人心魂蕩漾也。（第二十三回回前總批）

在《水滸傳》中，「武松打虎」與「金蓮戲叔」就是這樣相反相成地排列在一起的；而《水滸後傳》中，太湖之上的陽剛之氣與西湖邊上的陰柔之美也是這樣有意識的排列，只不過中間隔離了若干回故事而已！

第四，民眾喜好與文人趣味的結合

除了體現陽剛之氣與陰柔之美的對比之外，太湖和錢塘這兩段深深「外化」作者江南情結的描寫還體現了「小說」這種文體「共載」民眾喜好和文人趣味的特點。

太湖上智鬥巴山蛇一段，所體現的主要是民眾的願望，是《水滸傳》這種市井小說代表民眾心聲的必然產物：殺富濟貧，反對苛捐雜稅，打盡不平方太平。但是，《水滸後傳》畢竟不同於《水滸傳》，它不是世代積累型小說而是文人借助民眾小說來宣揚自家心境的載體。故而，它沒有太多的鮮血淋漓的殺戮，只是讓好漢們將巴山蛇痛加懲罰之後，「倪雲、高青扯了呂太守，費保、狄成揪了丁自燮到船中，揚帆而去。到半路抛在荻洲上，乘風去了。」多麼瀟灑，多麼率意，多麼輕鬆！殺兩條命算什麼？對於貪官污吏、土豪劣紳，懲罰其錢財，打擊其威風，磨滅其心志，摧毀其精神，這才是反抗者最大的「愜意」和「釋放」。但這裡面已經帶有文化人的思考，從作者與作品之關係看問題，這就是「俗中雅」！

西湖上遇李師師一段則相反，所體現的主要是一種文人趣味。

本來，作者寫李俊等人海外建國稱王了，已經沒有必要再寫後來的錢塘一段。但是，如果就此終結，一是沒有充分展示作者的愛國情懷，因此必須加上護駕回錢塘一段；二是沒能充分體現作者的錢塘情結，既然前面寫了家鄉北面的太湖，怎麼能將家鄉南面的錢塘輕輕放過？還有第三，太湖鬥巴山蛇一段，並不能充分展示文人趣味，必須到西湖這個人文薈萃之地，文人氣息才能得到無盡的釋放。

於是，作者續寫了李師師與燕青的故事，而且寫得那麼風流蘊藉、攝魄銷魂。

> 眾人說說笑笑，燕青低著頭，再不開口。李師師餘情不斷，叫道：「兄弟，我與你隔了多年，該情熱些，怎地反覺得疏落了？難得相逢，到我家裏寬住幾日。媽媽沒了，是我自作主張。」燕青道：「有王事在身，只怕明日就要起程。」（第三十八回）

其實，根據宋人所寫的《李師師外傳》，李師師在北宋滅亡、金人破汴之時就吞簪自盡了。

> 未幾，金人破汴，主帥闥懶索師師，云：「金主知其名，必欲生得之。」乃索之累日不得，張邦昌為蹤跡之，以獻金營。師師罵曰：「吾以賤妓，蒙皇帝眷，寧一死無他志。若輩高爵厚祿，朝廷何負於汝，乃事事為斬滅宗社計？今又北面事醜虜，冀得一當，為呈身之地，吾豈作若輩羔雁贄耶？」乃脫金簪自刺其喉，不死；折而吞之，乃死。

而宋元間的講史話本《宣和遺事》所記李師師結局則是：「是時徽宗追咎蔡京等迎逢諛佞之失，將李明妃廢為庶人；在後流落湖湘間，為商人所得。因自賦詩云：輦轂繁華事可傷，師師垂老過湖湘。縷衫檀板無顏色，一曲當年動帝王。」李師師這種「民間版」的結局也甚是淒涼，令人嗟歎。既如此，陳忱何以要涉厚誣李師師之嫌寫下這位汴京城名妓在銷金窩子西湖上苟且偷安的低俗媚態？除了表達自己胸中的民族感情、愛國情懷之外，還有一點，就是傳統文人認為女人禍水論心態的自覺不自覺流露。謂予不信，請看作者借書中人物燕青之口說出的話：「燕青道：『這賤人沐了太上皇帝恩波，不思量收拾門頭，還在這裡追歡賣笑，睬他怎的？』」（第三十八回）「浪子」燕青，竟然說出這種「大頭巾」的話來。其實，這不是燕青的話，而是陳忱的話。陳忱既要寫風流故事，又要發表道學理論，說到底，這是陳忱的悲哀，從寫作的角度看，這就是雅中之大俗。

然而，「俗中雅」也罷！「雅中俗」也罷！都是在《水滸後傳》作者陳忱濃厚的江南文化情結中得以頑強體現的！

（原載《荊楚學刊》2020 年第一期）

從「水滸戲」到《水滸傳》看李逵形象的發展

李逵這個人物，無論是在元代的「水滸戲」中，或是在明代的《水滸傳》裏，都可以作為一個農民起義的典型來看待。但是，如果把「水滸戲」和《水滸傳》作一比較，就可以發現它們在對李逵這個藝術典型的塑造上，既有相同之處，又有不同的地方。

元代「水滸戲」今存劇目的有二十種以上，其中把李逵作為主要人物或重要人物來寫的至少有十四種。可惜的是：這些描寫「黑旋風」的雜劇卻只保留下來《李逵負荊》、《還牢末》、《雙獻功》、《黃花峪》四個。但僅僅如此，也很可觀了。因為元代「水滸戲」也只保留下六個劇本，而寫李逵的卻佔了三分之二。可見李逵在元代的舞臺上已經是個很活躍的人物了，而我們也就可以從這現存的幾本「水滸戲」中，來窺視一下這位「黑爺爺」的形象。

要談「水滸戲」中的李逵，首先必須指出：為民除害，嫉惡如仇乃是他的主要性格特徵。李逵，是一個農民階級的兒子，一個平平常常的人。但同時他又是一個不平常的人，他路見不平，拔刀相助，深入虎穴，誅賊鋤奸，正如他自己所言：「理會的山兒性，我從來個路見不平，愛與人當道撅坑」。正是出於這種嫉惡如仇，愛打抱不平的英雄性格，在《雙獻功》中，他殺死了害人的白衙內和郭念兒；在《還牢末》中，他殺死了趙令史和蕭娥這對壞蛋；在《黃花峪》中，又是他救了遭劫的李幼奴，打了橫行霸道的蔡衙內。尤其是在《李逵負荊》裏，他為了替一個平民的女兒作主報仇，竟打上忠義堂，要把自己一向敬重的宋大哥抓住治罪。雖然這是一場誤會，但這種精神的確可嘉。

後來誤會解釋開之後，又是他下山殺了冒名害人的賊子。以上事例，說明了一個問題：保護受壓迫者的利益，是李逵行動的準則。李逵所幫助的都是受壓迫、受欺凌的弱者，而他所打擊的卻是那些魚肉人民、無惡不作的貪官、惡霸，歹徒。這都是李逵的不平常之處。然而，李逵的不平常又正是出於他的平常之中，正因為他是農民階級的一員，親身受過階級的壓迫，他才能深刻地體會到下層人民的痛苦，才能對他們伸出援助的雙手，也才能伸張正義，把鋒利的板斧如「旋風」一般向封建統治者及其爪牙砍去。

誠然，保護受壓迫者的利益，正是李逵性格的本質之所在。但如果單獨地、孤立地來看這個問題，就會使李逵這個形象顯得單薄，缺乏根基。因此，我們應當著重指出：李逵的所作所為絕不僅僅是他個人的行為，而是有著厚實的基礎和堅強的後盾的。這個基礎和後盾，就是李逵以生命來維護的「寨名水滸，泊號梁山，縱橫河港一千條，四下方圓八百里」的山寨，就是那「三十六大夥，七十二小夥，半垓來小婁羅」的農民起義軍。可以說，李逵的行動，正是代表著山寨的意志和動向，代表了農民階級對封建統治階級的仇恨和反抗。他作為農民起義軍這個戰鬥集體的一員，勇猛地殺向了不平的封建社會，在李逵胸中，燃燒著的乃是一團被壓迫階級的熊熊怒火。

只有這樣來看李逵，我們才可以從這個人物身上，看到時代的特徵，看到被壓迫階級的力量，從而也才能確認李逵這個人物的典型性。當然，這些「水滸戲」作者所描寫的李逵，都是他們所看到、聽到或者各自理解中的農民起義英雄的形象，故而這些李逵時兒莽撞、時兒機智、時兒風趣、時兒天真。但萬變不離其宗，這些李逵雖各具其個性特徵，但從本質上來講，他們無一不是代表著農民階級的利益，無一不是農民起義英雄的代表。這些具有共性又各具個性的李逵形象的成功塑造，正是元代「水滸戲」中的「黑旋風」深為人民所喜愛的根本原因。

《水滸傳》對李逵形象的塑造較之「水滸戲」，是既有繼承，更有發展的。

《水滸傳》繼承了「水滸戲」對李逵那種嫉惡如仇，愛打抱不平的描寫。《水滸傳》中的李逵同樣地心中放不下不平之事。如第五十二回裏，李逵目睹殷天錫無故欺負柴皇城，不由得怒從心上起，揮拳打死了這個惡霸。這裡，李逵維護的雖是一個貴族後裔，但對於高唐州的百姓來說，這黑旋風無異於替他們除了一害。因為這個殷天錫並非欺負柴某一人，他「倚仗他姐夫高廉的權勢，在此間橫行害人」，不知有多少百姓都受到他的荼毒啊！打死這樣的人，難道不正是表現了李逵嫉惡如仇，愛打抱不平的性格特徵嗎？

在《水滸傳》裏，也有李逵誤會宋江搶人女兒因而打上忠義堂要與宋江算帳的描寫。儘管作者把王林老漢的女兒改成了劉太公的女兒，從維護的對象來說是改變了。但在李逵把山寨的榮譽置於個人恩怨之上這一點來說，顯然也是對「水滸戲」的繼承，是對李逵形象成功的刻畫。

此外，《水滸傳》對李逵那種粗豪、天真、純樸、憨厚甚至莽撞的性格特徵的刻畫，都借鑒和繼承了「水滸戲」，由於篇幅的限制，在這裡不必贅言了。

《水滸傳》對李逵形象的塑造，除了繼承「水滸戲」之外，更有不少地方是對「水滸戲」的發展。

《水滸傳》裏的李逵一出場，他的命運便和梁山山寨緊緊地連在一起了。作為書中的一個主要英雄人物，作者沒有像對魯智深、林沖、武松等人那樣集中幾回來描寫李逵。他的形象往往都是交織在梁山起義軍的一系列重大事件中來表現的。李逵的命運最能代表山寨的命運。李逵沒有多少個人的勝利，他的勝利，大多是山寨的勝利；他也沒有什麼個人的悲劇，他的悲劇，就是農民起義軍的悲劇。如果說，「水滸戲」中的李逵是以山寨為後盾進行著個體的戰鬥的話，那麼，《水滸傳》則著重描寫了李逵作為山寨農民起義軍的一個頭領的集體的戰鬥生活。李逵自從上梁山之後，他的行動往往都是與山寨密不可分的，他總是作為山寨一分子生活在戰鬥的集體中，活躍在鬥爭的最前線。

作為梁山義軍這個戰鬥集體中的一員，李逵在革命戰爭中那種出生入死、衝鋒陷陣的勇猛的英雄氣概，在《水滸傳》中得到了充分的表現。這一點，在「水滸戲」中卻是很少從正面來表現的。像在四十七回一打祝家莊時，李逵聽說山寨兄弟被捉，便要求衝鋒說：「我先殺入去，看是如何」。後來殺到獨龍岡時，只見「先鋒李逵脫得赤條條的，揮兩把夾鋼板斧，火剌剌地殺向前來」。第六十三回梁山打北京城時，「東陣上只見一員好漢，當先出馬，乃是黑旋風李逵，手舞雙斧，睜圓怪眼，咬碎鋼牙，高聲大叫：『認得梁山泊好漢黑旋風麼！』。」第六十七回與水火二將作戰時，宋江已派人前往，而李逵又要求出戰，宋江不允，李逵便說：「兄弟若閒便要生病，若不叫去時，我獨自也要去走一遭。」李逵就是這樣心甘情願地為山寨衝鋒陷陣。幾乎每一次戰鬥，李逵都爭著打頭陣；每一次下山行事，他都吵著要去。在他看來，山寨就是他的家，自己這黑凜凜的幾尺身軀早已交給起義事業了。為了農民革命戰爭的勝利，哪怕是拋頭顱，灑熱血，上刀山，下火海他都在所不辭。至於個人的生死存亡，榮辱毀譽，李逵是早已置之度外了。這正是李逵形象閃閃發光的地方，也正是這個英雄人物數百年來為廣大人民群眾所喜愛的重要原因。

《水滸傳》除了對李逵英勇戰鬥的精神的刻畫之外，還著重體現了李逵堅持革命，反對招安的鬥爭性。在眾多的梁山頭領中，很少有像李逵這樣積極主動，自覺自願上梁山的。他不僅自己決心造反，而且希望一些患難弟兄們一起走上反抗鬥爭的道路。第四十一回江州劫法場之後，大家談到上梁山問題的時候，李逵大叫：「都去，都去！但有不去的，吃我一鳥斧。」方法雖有點兒粗暴，但他這一顆燃燒著階級仇恨烈火的、堅持革命的赤心卻是炙熱滾燙的。上梁山後，對於宋江所搞的投降活動，李逵是最堅決的反對者。讀過《水滸傳》的人，大概都不會忘記七十一回中的那次「菊花會」吧。當宋江宣揚投降主義的「滿江紅」一詞剛剛唱完，李逵的「招安，招安，招甚鳥安」的那一聲大吼，是何等的動人心魄！李逵把桌子顛得粉碎的那一腳，又是何等的大快人心啊！這一叫、一腳，充分體現了李逵這個農民階級的兒子堅持革命，反對投降的堅強決心。又如第七十五回中，當陳太尉來梁山宣讀招降書時，「只見黑旋風李逵從梁上跳將下來，就蕭讓手裏奪過詔書，扯得粉碎」。並公開痛罵朝廷：「你那皇帝正不知我這裡眾好漢，來招安老爺們，倒要做大！……你莫要來惱犯著黑爹爹，好歹把你那寫詔的官員盡都殺了。」就是在梁山泊全夥受招安之後，李逵還是念念不忘梁山，念念不忘造反起義。在第九十四回裏，他這樣對宋江說：「當初在梁山泊裏，不受一個的氣，卻今日也要招安，明日也要招安，討得招安了，卻惹煩惱，放著兄弟們都在這裡，再上梁山泊去，卻不快活。」乃至遭到宋江的斥責，說他的「反心尚兀自未除」。殊不知李逵可貴就可貴在他始終具有這種未除的反心，始終具有這種堅持革命，反對投降的鬥爭精神。關於這一方面的描寫，在「水滸戲」裏也是基本上未曾涉及的。而《水滸傳》卻發展了「水滸戲」，寫出了李逵這種金子一般堅硬的反抗性，使李逵這個形象更加豐滿厚實，璀璨奪目。

李逵的這種出生入死、勇猛頑強的戰鬥精神，這種堅持革命、反對招安的鬥爭性，一方面固然是由於他作為農民階級的忠實兒子的性格所決定的。

但更重要的，還是因為這個農民起義的英雄有著自己的理想。他不是糊塗地造反，盲目地拼命，而是為了他的理想，才奔上梁山，英勇殺敵的。那麼，李逵的理想是什麼呢？就是要推翻「大宋皇帝」的統治。這一點，在「水滸戲」中也是很少涉及的，而在《水滸傳》裏，卻得到了鮮明的表現。請看第四十一回李逵的一段話：「放著我們有許多軍馬，便造反，怕怎地！晁蓋哥哥便做了大皇帝，宋江哥哥便做了小皇帝，吳先生做個丞相，公孫道士便做個國師，我們都做個將軍，殺去東京，奪了鳥位。」這一段話裏雖然帶有明顯的皇權思想，但在封建社會裏的農民起義英雄又怎能超越這種思想呢？不難看出，李逵的這種思想，不但與宋江的「忠心不負朝廷」的奴才思想有著本質的區別，就是比起「水滸戲」中的李逵那種單純的「路見不平，當道撅坑」的思想來，也是一個躍進。在這裡，李逵鬥爭的矛頭已不是單單指向那封建統治者中的昏官、爪牙，而是直接指向了最高的封建統治者——皇帝。李逵所要求的也不只是殺幾個壞蛋，出口鳥氣；而是要殺去東京，奪了鳥位，鬧個天翻地覆。李逵的這種思想，在我們今天看來，帶有很大的侷限性。因為農民起義即使取得了政權，也只不過是成為封建統治者改朝換代的工具。但在當時，具有這種理想的人，我們應該充分肯定他是最進步的革命者。正由於李逵具有這種理想，我們才把他當作中國農民起義英雄的典型代表；也正因為李逵具有這種理想，我們才覺得《水滸傳》中的李逵比之「水滸戲」中更加光彩照人，令人謳歌。

然而，由於封建社會的農民不是新生產力的代表者，農民起義總是以失敗而告終。李連只是一個農民起義的英雄，他照樣擺脫不了這種悲劇的結局。正因如此，我們才說李逵的悲劇乃是梁山義軍的悲劇，甚至可以說是封建社會裏農民起義的歷史悲劇。

總之，《水滸傳》對李逵形象的塑造比起「水滸戲」來說，是既有繼承，更有發展的。毫無疑問，《水滸傳》中的李逵較之「水滸戲」來說顯得更為豐滿，更為真實，也更典型，更理想，因此就更令人喜愛。可以說，李逵這個起義英雄的藝術形象，經過了在民間長期的流傳、創造、加工之後，在《水滸傳》裏最後定型。

那麼，造成李逵這一形象的變化發展又有哪些原因呢？原因當然是多方面的，這裡我們僅從「水滸戲」與《水滸傳》的產生時代和它們各自不同的體裁方面，談點粗淺的意見。

首先，這種變化發展的產生，是由於元、明時代不同的階級鬥爭形勢所決定的。

元代社會，廣大人民生活在蒙古貴族集團的鐵蹄之下，受著階級和民族的雙重壓迫。尤其是漢人和南人，所受的災難更為深重。《元史・刑法志》載：「諸蒙古人與漢人爭，毆漢人，漢人勿還報。許訴於有司。」「諸蒙古人因爭及乘醉毆死漢人者，斷罰出徵，並全徵燒埋銀」。在這種不合理的規定下，元蒙貴族統治者及其爪牙便可以在社會上橫行霸道，為所欲為。廣大人民，尤其是漢族人民有苦無處訴，有冤無處申。於是在那暗無天日的社會裏，人民往往就把希望寄託在神仙、好漢、清官身上。這就是在「元雜劇」中出現那麼多神仙劇、水滸劇、公案劇的原因。但把這三類人一比較，人們就會發現：神仙畢竟太虛幻了，清官畢竟太稀少了，唯有那路見不平，拔刀相助的綠林好漢、起義英雄才最為現實。因為他們本身就是人民的一員，他們生活在人民中間，最瞭解人民的疾苦，替人民申冤報仇也最為直接、徹底、痛快。這樣一來，從南宋開始就在民間廣泛流傳的水滸英雄的故事就大大發展了，並被搬上了舞臺。李逵，作為水滸英雄的一員，而且是最傑出的一員，當然就會為人民所愛戴、傳頌了。

儘管在將近一個世紀的元代歷史上，人民的反抗鬥爭從未停息，可是，農民起義的烈火在元初畢竟尚未燒向全國。這樣的現實生活，也就決定了元雜劇作家儘管也寫出了梁山農民起義軍的根據地的建立，但在具體描寫裏，卻只可能側重於表現李逵等英雄的零星的復仇的火花。儘管如此，卻也體現了生活在水深火熱之中的元代人民的願望、要求和意志，使這些苦難的百姓在重壓之下吐了一口惡氣。於是，在戲劇舞臺上，李逵等水滸英雄便責無旁貸地代替著包龍圖，代替著張鼎，代替著一切清官，來為人民復仇雪恨。尤其是李逵，他是要殺盡不平而後快的。這些水滸英雄的活動鼓舞著人民，使他們在痛苦的深淵中，看到了一線希望。

而到了元末明初，階級鬥爭的形勢發生了變化，規模浩大的農民大起義在全國興起，形成了燎原之勢。震撼封建統治的基礎的農民大起義，打開了進步作家的視野，而那可歌可泣的農民革命戰爭，更為作家的創作提供了豐富的素材。儘管元末農民大起義的果實，為朱元璋所攫取，但是，對於在農民起義中堅持鬥爭，浴血奮戰的英雄們，人民是要紀念他們、歌頌他們的。在這種情況下，《水滸傳》誕生了。而李逵這個水滸中的傑出英雄，又接受了歷史賦予他的新的使命，他再不只是拔刀救人，為民除害的好漢，而是一個帶有農民階級的理想的衝鋒陷陣的勇士了。《水滸傳》中李逵形象的塑造，正代表著人民群眾對那些堅持革命，英勇戰鬥的起義英雄的紀念和讚頌。

再者，元代「水滸戲」是以戲劇的形式來演述水滸故事的。由於文學體裁的限制，要想在四折一楔子的雜劇中，演出一個個波瀾壯闊，浩大紛繁的戰鬥場面是很困難的，就算像《西廂記》、《西遊記》那樣地連著寫幾本，也很難再現梁山起義從發生、發展到失敗的全過程。因而，「水滸戲」只可能從不同的側面來描寫李逵等英雄以梁山為後盾的個體的鬥爭。而《水滸傳》則不同了，它是反映農民起義武裝鬥爭的長篇小說，完全可以而且應該對大規模的農民起義進行細緻深入的描寫，並且能夠更成功地塑造李逵等一系列的英雄形象。

總之，李逵這個形象是農民起義英雄的典型。但是，《水滸傳》中的李逵較之「水滸戲」更有發展，是一個更為典型的藝術形象。數百年來，人們為他的勝利而高興，為他的悲劇而傷心，他代表著農民起義的英雄為人民所喜愛、歌頌。李逵，真不愧是一個封建時代裏真正的農民階級的忠實兒子啊！（本文與人合作）

（原載《水滸爭鳴》第一輯，長江文藝出版社，1982 年 4 月出版）

楊家將故事的流變及其文化積澱

中國古代的老百姓非常喜愛傳誦富有傳奇色彩的英雄人物及其故事，這也可以算作是一種民族心理在文學創作（包括口頭創作和書面創作）領域的反映。楊家將世世代代前仆後繼抗擊契丹的故事，在我國得到了廣泛流傳，可謂家喻戶曉、婦孺皆知。但是，如果有人提出楊家將故事中的人物多半是假的，楊家將的故事多半是編的，這一定會使人感到大煞風景。然而，這卻是一個基本事實。有趣的是，廣大民眾卻不管這些，大家繼續編造著自己心目中的楊家將的故事，並繼續傳頌著這一愛國英雄家族的輝煌業績。而且編造得魏紫姚黃、各有韻味。這種情況，與三國故事、梁山故事、取經故事、岳飛故事的流傳過程至少有兩點明顯的不同。其一，楊家將的故事根本就沒有一個集大成的作品；其二，楊家將的故事也不像上述那些故事一樣，在改造過程中總超越不了《三國志通俗演義》、《水滸傳》、《西遊記》、《說岳全傳》這些成型的總結性作品光輝的籠罩。楊家將的故事一直流傳到今天，在故事情節、人物形象的創造性方面，仍具有相當大的彈性和無比廣泛的空間。

這種現象可以說明什麼問題嗎？應該說，它可以說明楊家將故事的流傳過程所體現的傳統文化的積澱具有其自身的特殊性。要說明這一問題，我們有必要首先對楊家將故事的流變過程作一鳥瞰式的巡閱。

一

北宋名將楊業及其子孫數人的事蹟，歷史上早有記載。歐陽修《供備庫副使楊君墓誌銘》云：「君諱琪，字寶臣，姓楊氏。……君之伯祖繼業，太宗時為雲州觀察使。與契丹戰歿，贈太師中書令。繼業有子延昭，真宗時為莫州防禦使。父子皆為名將，其智勇號稱無敵，至今天下之士，至於里兒野豎，皆能道之。」歐陽修的這個墓誌銘寫於北宋皇祐三年（1051 年），距楊業之死的雍熙三年（986）只不過六十五年的時間，而此時楊業的孫子楊文廣還生活在世上哩！

在《宋史》《東都事略》《十國春秋》等書中，對楊業、楊延昭、楊文廣等祖孫三代數人的事蹟亦多有記載。篇幅所限，這裡僅就其中重要之處略作綜合簡介如下。

「楊業，并州太原人，父信，為漢麟州刺史。業任俠善騎射，弱冠事劉崇為保衛指揮使，以驍勇聞。累遷至建雄軍節度使，屢立戰功，所向克捷，國人號為『無敵』。」「本名繼業，北漢睿宗賜劉姓，比如諸子。及降宋，太宗復其姓，止名業。」降宋後，鎮守邊陲，與契丹交戰，殺得「契丹望見業旌旗，即引去」。陳家谷一戰，因後兵卻走，孤立無援，率部力戰，「馬重傷不能進，遂為契丹所擒。其子延玉亦沒焉，業不食，三日死」。楊業七子，除延玉隨軍陣亡外，餘者延朗、延浦、延訓、延環、延貴、延彬均受宋朝官職。其中以延朗（後改名延昭）最為傑出，宋真宗曾誇獎他說：「延昭治兵防塞，有父風，深可嘉也。」他在「邊防二十餘年，契丹憚之，目為楊六郎」。楊延昭「子文廣，字仲容」，曾在范仲淹麾下，又曾「從狄青南征」，也是宋朝的有功之臣。可見楊家從楊業到楊延昭、楊文廣三代，不僅實有其人，而且都是宋朝有名的將領，這是歷史的真實情況。

到了南宋，隨著說話藝術的興盛，楊家將的故事也進入「說話」領域。南宋羅燁《醉翁談錄》一書在「樸刀」類話本中，載有《楊令公》的名目；在「杆棒」類話本中，又載有《五郎為僧》的名目，可惜這些話本均已失傳。

楊家將故事流傳的第一個階段，即在宋朝，它是由歷史的真實而進入朝野士庶的群眾流傳，再由民間的傳說而進入說話藝術的領域。這一點，與三國、水滸、西遊等故事的流傳並沒有什麼不同。

二

楊家將的故事在由民間流傳而進入說話藝術領域的同時，也被搬上了戲曲舞臺。據元代陶宗儀《輟耕錄》記載，在金院本的「諸雜院爨」名目中就有《打王樞密爨》的劇目。內容大體上是反映楊家與樞密王若欽之間的忠奸鬥爭。

由金及元，雜劇勃興，楊家將的故事同樣被搬上雜劇舞臺。清代李玉編的《北詞廣正譜．仙呂》曾引《青哥兒》曲兩句，題曰：「關漢卿《孟良盜骨》劇。」可知元雜劇的奠基者關漢卿也寫過楊家將故事的劇本，可惜沒有留下全本。此外，元雜劇後期作家朱凱有《昊天塔孟良盜骨》一劇，今存；王仲元有《楊六郎私下三關》一劇，佚。再往後，就是元明間闕名雜劇作家的作品了，至少有五部，即《八大王開詔救忠臣》、《黃眉翁賜福上壽》、《焦光贊活拿蕭天祐》、《楊六郎調兵破天陣》、《謝金吾詐拆清風府》。以上作品，《黃眉翁賜福上壽》一本，演的是楊六郎之母佘太君壽誕，黃眉翁以仙酒仙桃上壽，實際上是藝人為武臣母上壽之作，嚴格而言，並不能算是演楊家將的故事。其他劇作，主要表現了兩方面的內容：一是寫楊家將外與番邦的鬥爭，如《孟良盜骨》、《昊天塔孟良盜骨》、《楊六郎調兵破天陣》、《焦光贊活拿蕭天祐》；二是寫楊家將內與姦臣的鬥爭，如《打王樞密爨》、《楊六郎私下三關》、《八大王開詔救忠臣》、《謝金吾詐拆清風府》。這中間，也有一劇同時寫兩方面內容的。

《宋史》等史書中對楊業父子的記載，重點在於他們抵抗契丹的戰績，而對於所謂忠奸鬥爭，並沒有什麼詳細的資料。然而，民間藝人卻根據《宋史》中「主將戍邊者多忌之，有潛上謗書斥言其短，帝覽之，皆不問，封其奏以付業」之類的話，或者更確切地說，是根據楊業陳家谷兵敗致死與同僚的忌害有關的歷史事實和民間傳說，從而在楊家將的故事中加強了忠奸鬥爭的內容。這樣，楊家將的故事在由歷史的真實進入藝人創作的過程中，外禦強敵、內鬥權奸的雙重主題就已經初步形成了。

至於人物塑造，戲劇作家們更是根據當時的現實生活，根據思想表達、情節發展的需要，而進行了大量的創造。這些創造又主要有這麼幾種情況：一是改頭換面，即將歷史上的人物更改名字。如史載楊業七子，以「延」字行輩，具體的名字已見前引《宋史》，但在雜劇中，他們的名字卻成為平、定、光、昭、朗、景、嗣。楊六郎則名景，字彥明。他的昭、朗兩個名字，卻分別派給了他的兩個哥哥。二是無中生有，即編造一些人物，如楊六郎部下的焦贊、孟良。三是以訛傳訛，即寫出真假摻半的人物。如楊業之妻佘太君，據孔另境《中國小說史料》「楊家將」條：「業娶府州永安軍節度使折德扆女，今山西保德州折窩村，有大中祥符三年折太君碑，即業妻也。西北人讀『折』音如『蛇』，故稗官家作佘太君。」四是張冠李戴，即將歷史上甲的事情移植在乙的身上。如楊業兵敗致死一事，據《宋史》，當時潘美為主帥，楊業副之，王侁亦同在軍中。陳家谷一戰，見死不救者實乃王侁，而潘美只能算治軍不嚴之罪。但是到了朱凱的《昊天塔孟良盜骨》一劇中，卻通過楊業鬼魂回憶道：「因與北番韓延壽交戰，被他圍在虎口交牙峪，裏無糧草，外無救軍，……我第七個孩兒楊延嗣，他為搭救我來，被潘仁美攢箭射死，老夫不能得脫，撞李陵碑而亡。」將王侁的賬一股腦兒算在潘美名下。五是借樹開花，即把當時有些人物的故事與楊家將的故事聯繫在一起來寫。如寇準與王欽若，都是宋太宗、真宗時的大臣，一主抗戰，一主南遷，二人政見不一。這正是戲劇舞臺上忠臣與姦臣的典型，但在描寫楊家將故事的雜劇中，他們的故事又都是依附在楊家的故事上來寫的。如《謝金吾》一劇寫王欽若與楊家作對，以突出其奸；《昊天塔》一劇則描寫寇準對楊家的支持，以表現其忠。

由上可見，楊家將的故事在由歷史真實而轉入民眾創作的時候，在人物造型、故事情節乃至於主要思想傾向等各方面都有很大的改變。這些改變的最突出之處，是賦予歷史故事以下層市民的思想色彩。在題材的選擇和主題的表達方面，劇作家們在抗擊外侮的基礎上更強調了忠奸鬥爭的內容。在人物塑造方面，劇作家們以滿腔的熱情塑造著那些具有草莽英雄或俠義英雄性格的人物。像焦贊和孟良，他們在不少劇作中都實際佔據了主要角色的地位。他們在戲劇舞臺上留下的形象，甚至比楊家子孫更加令人難以忘懷，更加豐滿、厚實、生動。而像焦、孟一類人物，又恰恰是最少歷史根據、最多創造性的人物形象。這正好說明了元雜劇舞臺上的楊家將故事，正沿著一條擺脫歷史真實的限制而進入民間藝人大膽藝術創造的道路演進。這一點，與三國歷史之於元雜劇的「三國戲」的演變、宋江起義之於元雜劇「水滸戲」的演變，也沒有什麼本質的不同。

三

明代，是我國小說創作由民間藝人的口傳聲授而轉入由下層知識分子的整理、再創造的書寫文學的重要階段。楊家將的故事發展到這一階段，便產生了《楊家府演義》和《北宋志傳》這兩部長篇小說。

《楊家府演義》和《北宋志傳》的成書年代，大約是在明代中後期的嘉靖至萬曆年間。前者八卷五十七則，後者七卷五十回。至於作者，《楊家府演義》有人懷疑是明代萬曆年間的秦淮墨客（即紀振倫，字春華），但不足為信。因為這個秦淮墨客只不過為這部書萬曆丙午年（1606）的刊本寫了序言而已，並不一定就是作者。因此，我們暫時還是稱此書的作者為無名氏更妥當一些。《北宋志傳》的作者，有認為是嘉靖間的書坊主人熊大木（字鍾谷）的，但也未形成定論。

《北宋志傳》卷一開首有「敘述」云：「謹按是傳前集紀十一卷，起於唐明宗天成元年石敬瑭出身，至宋太祖平定諸國止。今續後集十一卷，起宋太祖再下河東，至仁宗止。收集《楊家府》等傳，總成二十卷，取其揭始要終之意。並依原成本參入史鑒年月編定。」

這裡所說的前集，即指《南宋志傳》。這個「南宋」，並非指宋高宗南渡後建立的南宋，而是指的自後晉石敬瑭出身到北宋初曹彬定江南這一段時間。實際上，該書所寫主要內容乃是宋太祖怎樣削平群雄、建立宋朝的故事。但為什麼書名要叫《南宋志傳》呢？關於這一點，筆者已另撰文討論，此不贅言。值得注意的是，上引「敘述」中「收集《楊家府》等傳，總成二十卷，取其揭始要終之意。並依原成本參入史鑒年月編定」這句話，至少可以說明以下問題。

其一，《北宋志傳》系統的說楊家將故事產生於《楊家府演義》系統之後。其二，《北宋志傳》尚不止參照《楊家府演義》這一種本子而成。其三，楊家將故事本由歷史真實演變為民間傳聞、說話藝術，但到《北宋志傳》時，反又以史鑒年月來檢驗、修正這些民間藝人的創作。其四，《北宋志傳》從形式上也可算是當時楊家將故事的集大成之作。

在這裡，沒有篇幅對《楊家府演義》和《北宋志傳》二書作全面的評價和比較，只能從楊家將故事流變的角度談幾個問題。

首先，我們來看看這兩部書的主要相同點以及這些相同之處對以前的楊家將故事有些什麼樣的繼承發展。從思想傾向來看，這兩部書都繼承並發展了以前元雜劇中楊家將戲的主題：外抗強敵，內鬥權奸。從人物塑造來看，二書除了大力表彰楊家父子前仆後繼世代英雄以及焦贊、孟良一類帶有草莽色澤的英雄人物外，又以極大的熱情歌頌和讚揚了一大批英勇善戰、英姿颯爽的女性英雄形象。在元代戲劇舞臺上，雖然也出現了佘太君、八姐九妹等女性形象，但一是為數太少，二是事蹟侷限於鬥權奸，寫得不很詳盡。而到了《楊家府演義》《北宋志傳》二書中，則出現了佘太君等十二寡婦尤其是穆桂英這樣一些豪氣逼人、英姿勃勃的楊門女將的英雄群像。她們或與父兄、丈夫並肩上沙場，艱苦奮戰；或繼承父祖、丈夫、弟兄、子侄的遺志，東征西討、血染征袍；都體現中國婦女那種英勇奮鬥的精神，那種強勝鬚眉的膽略與智慧。這一群女性形象的塑造，不僅在「說楊」的故事中是空前的，就是在我國當時所有的古典小說創作中也是空前的。這也是楊家將故事之所以成功流傳數百年而經久不衰一個重要原因。

其次，我們再看這兩部書的某些不同之處以及這些相異處所表示的意義。總的來說，《楊家府演義》更趨向於民間流傳方面的追求，而《北宋志傳》總有些向歷史真實靠攏的趨向。例如：《楊家府演義》的最後一回，寫楊文廣之子楊懷玉因宋帝不明，姦臣殘害，憤而鋤奸，舉家上太行，並對前來宣詔的周王說：「若以理論，非臣等負朝廷，乃朝廷負臣家也。」這是十分清醒而大膽的回答。實際上，在這個功臣後裔憤激的聲音背後，我們可以看到下層民眾對於最高封建統治者忠奸不分的強烈不滿，對於漆黑一團的封建政治的痛恨和斥責。而《北宋志傳》的作者大概認為這是不經之談，因為歷史上連楊懷玉這個人物是否存在都有問題，更不用說會有這種行為和言論了。於是，《北宋志傳》以楊文廣得百花公主為妻，舉家歡慶，「自是四方寧靖，海不揚波，宋室太平可望」作結。在思想上《北宋志傳》已比《楊家府演義》稍遜一籌了。再從情節結構和人物安排方面來看，《楊家府演義》第一則就讓楊業登臺，一直到最後一則，都是緊扣楊家五代人的故事來寫，並無枝枝蔓蔓。而《北宋志傳》卻在一開始用了幾乎占全書五分之一的八、九回的篇幅，重點敘述了呼延贊的故事。呼延贊史有其人，其故事也很生動，自可另起爐灶再作一書，但將他的故事以極大的篇幅夾在楊家將的故事中來寫，就勢必造成喧賓奪主的局面。可見，《北宋志傳》在剪裁方面也不如《楊家府演義》。再者，在書中人物的相互關係方面，《北宋志傳》也太注重歷史真實。如楊文廣，史載本為楊延昭之子，《楊家府演義》則將他寫為楊延昭之孫，在楊六郎、楊文廣之間添出個楊宗保，而這個楊宗保以及由他而來的穆桂英又是書中最突出的人物形象，從文學創作的角度來看，這並沒有什麼不好。而《北宋志傳》則又按歷史改正過來，把楊文廣寫成楊延昭之子，但又捨不得楊宗保的故事，故而又將楊文廣處理為楊宗保之弟，弄得真不真假不假，顯露出一種用歷史來匡正民間創作的痕跡，實在沒有多大的必要。

以上所言，都可以說明一個問題：《北宋志傳》對《楊家府演義》最大的改變，就是將向著民眾創作發展的一部小說又往歷史真實的框框裏拉。更為可笑的是，《北宋志傳》的作者還煞有介事地將每五回書加上一個宋太祖某年到宋太宗某年一類的編年，其實，這個史鑒編年的外殼又哪能遮蓋住民間故事的身軀？《北宋志傳》仍然只是一部英雄傳奇小說，它所反映的某些歷史真實性的程度還趕不上《三國志通俗演義》、《東周列國志》等書。它連一部貨真價實的歷史小說都算不上，還搞什麼「參入史鑒年月編定」，實在是多此一舉。

至於寫作技巧、人物塑造以及文學語言等方面，二書都比較粗糙。《楊家府演義》實際上是一種由說話藝人的底本向著長篇小說過渡的東西，藝術的粗糙自不待言。《北宋志傳》的改寫雖然有知識分子參與其間，雖然在當時可謂集說楊故事之大成，但在藝術方面所下的工夫實在太淺。明明是以一個家族為代表的帶有傳奇性的英雄小說，作者卻偏偏追求歷史的真實；明明是寫的人世間的沙場征戰，卻又時時從神山仙國拉來救世真人。作者將歷史小說、英雄小說、神魔小說的寫法夾在一起，特別是將這些寫法的不成功之處夾在一起，頗像一個大雜燴，而書中本應可以寫好的那些抗敵將領、巾幗英雄的活生生的個性就淹沒在這種大雜燴的寫法之中了。這樣一種大雜燴式的集大成之作，當然不能讓讀者得到多大藝術的享受，當然不能使楊家將的故事最後定型，當然會給後代的小說家、戲劇家們留下縱橫馳騁的廣闊天地。從這一角度看問題，楊家將故事的發展到了《北宋志傳》，與三國故事發展到《三國志通俗演義》、宋江起義的故事發展到《水滸傳》、西天取經的故事發展到《西遊記》，是有很大程度的不同的，它代表著我國小說發展史上的另一種情況。

四

如上所言，楊家將的故事發展到《北宋志傳》，並沒有最後定型，後世的戲曲小說家大有英雄用武之地，因而，從明代以後直到今天，楊家將的故事仍在戲曲舞臺上和小說作品中繼續發展，這些戲曲小說家們都按照各自的需要，各自的理解來寫著自己的楊家將故事。

先看明清傳奇戲作品。有的繼承了前代作品的基本內容，如明萬曆年間施鳳來的《三關記》傳奇、明末清初李玉的《昊天塔》傳奇、清代闕名的《金牌記》傳奇等作品，都與元明間雜劇《謝金吾》等實為同一題材。有的則是在繼承的基礎上稍有變化，如明代崇禎年間姚子翼的傳奇《祥麟記》是在《北宋志傳》的故事之外又寫了新的人物，開後世《四郎探母》之先河。還有一種情況，是將前人的戲曲、小說搜集攏來，編成新的劇本，如清代王庭章的《昭代簫韶》從遼兵入寇起，至蕭后降宋止，蔚為大觀。這些明清傳奇作品對於元明雜劇、明代小說中的楊家將故事，可謂繼承多於發展，茲不詳述。

在明清兩代，楊家將的故事一方面為知識分子寫成小說、劇本，成為文學作品，另一方面，在民間卻仍然廣為流傳。清初小說《說岳全傳》第十回有一段大相國寺聽評話的描寫，其中就寫到楊家的後代楊再興聽說自己祖宗「八虎鬧幽州」的故事。雖然書中所寫是以北宋末年為背景，但從中我們卻可領略到明清時說楊家將故事的氣息。

至於清代反映楊家將故事的作品，首先是如同其他長篇小說的狀況一樣，總有一些續書、後集一類的東西出現。如清代無名氏的《平閩全傳》就是演楊文廣平閩的故事，甚為荒誕，意義不大。這裡要特別提出的倒是那些依附在其他英雄人物小說中的楊家將故事，在這些作品中，作者往往有較大的發揮，很大程度上各自創造了自己筆下的「楊家將」。

這類作品，在清代比較著名的有《飛龍全傳》《呼家將》《萬花樓》等。

《飛龍全傳》主要寫的是趙匡胤發跡變態的過程，它的主要人物和基本情節都與《南宋志傳》大體相同，有不少地方甚至照錄《南宋志傳》的原文。這部小說的第五十回、五十一回、五十二回共三回書寫了楊業父子的故事，並在全書的最後說：「要知天下此後誰繼，當看《北宋金槍》便見源委也。」而所謂《北宋金槍》，「與《北宋志傳》實為一書」。（孫楷第語）可見《飛龍全傳》中關於楊家將故事的描寫，正是楊業歸宋以前的一些故事。在這些故事中，主要突出的是楊業的韜略和眾子的善戰。除了在具體描寫中比較細緻之外，與明代《楊家府演義》等書的思想、情節、人物大體相同，故而還談不上有多大的發展變化。

《呼家將》和《萬花樓》就不同了，它們有一個共同特點，即將楊家的故事再加上包拯的故事夾在另一個英雄人物（如《萬花樓》中的狄青）或另一個英雄家族（如《呼家將》中的呼延必顯一家）的故事中來敘述、描寫。故而《萬花樓》全稱為《萬花樓楊包狄演義》。

《萬花樓》中楊宗保、楊文廣父子二人的故事，主要是附在狄青的故事中來寫的。這裡面雖然也有楊宗保戰死沙場、楊文廣臨陣言親的描寫，但這並非主要的東西，更主要的則是「楊元帥上本劾奸」、「佘太君金殿論理」這一類忠奸鬥爭的描寫，抗敵鬥爭反居於陪襯的地位。然而這時的楊家將對姦臣的鬥爭，已不像《北宋志傳》等小說中那樣處於被動地位，處處要得到賢王、天官的支持；而是一方面爭取主動，一方面還能在為自家辯冤的同時，又為別的忠臣（如狄青）主持公道。這樣的一種忠奸鬥爭，較少一些個人的恩怨，更多一些忠、奸兩個政治集團的角鬥，多一些對於公道正義的追求，在氣派、魄力、政治眼光、鬥爭藝術等方面都較以前的描寫進了一步。

如果說《萬花樓》中的楊宗保、佘太君與姦臣的鬥爭，還是採取的「上本劾奸」、「金殿論理」的「文鬥」方式的話，那麼，《呼家將》中在太行山為寇的楊家十二寡婦以及在五臺山為僧的楊五郎對姦臣的鬥爭則是採取「武鬥」的方式了。面對姦臣龐家來搜拿呼守信的軍陣，「那八姐、九妹各取了雙刀飛舞，一齊趕下山來」，「不問情由，竟一直殺進龐營去了」。（十六回）而當撞見龐家追趕呼守信的大隊人馬時，從五臺山下來的楊五郎更是「看得怒氣直沖，就拍馬追來掄起那根禪杖打將進來」，「殺得天昏地暗」。雖然這也是寫的忠臣對姦臣的鬥爭，但更顯得帶有草澤英雄、江湖好漢的色彩，讀之令人感到精神振奮、吐氣揚眉。這裡面的楊家將，顯然又比《楊家府演義》中的楊懷玉更進了一步。他們不僅受不了朝廷的窩囊氣，占山為王，而且居然敢與朝廷的軍隊（姦臣的軍隊打的是朝廷的旗號）對壘、開戰。在這裡，他們心中的不平之氣，已不僅僅是通過文質彬彬的評理、上奏，或軟弱無力的退隱、迴避的方式來表達，而是將憤懣之情凝於刀尖、禪杖，向姦臣賊子殺過去。這樣的楊家英雄的形象，可以說已完全擺脫了歷史真實的侷限，完全是人民群眾所創造的自己心目中的英雄了。可惜這部《呼家將》不是以楊家將故事為主體，只是在他人的故事中附帶提及，故而線條太粗，未免失之草率。

清中葉以後，隨著花部的勃興、皮黃戲的興盛，楊家將的故事在戲劇舞臺上更呈現出絢麗奪目的光彩。直到近代、現當代，在許多地方劇種中，楊家將的故事都成為常演的傳統劇目。別的不談，僅以京劇而言，演楊家將故事的劇目至少也有四十多個。從楊業的父親楊滾（見《紫金帶》）一直到楊業的曾孫楊藩（見《太君辭朝》），五代人都有所表現。這些戲劇作品，有的是承襲了《楊家府演義》或《昭代簫韶》而加以改造，有的則是藝人們自己的創造。在一些有創造性的劇目中，藝人們在前代關於楊家將故事的戲曲、小說的基礎上，又根據自己的理解，寫出了不少楊家將精神的其他側面。如《青龍棍》（一名《打孟良》）《演火棍》（又名《打焦贊》及《打韓昌》）就讓焦、孟二員大將及遼方大將韓昌都敗在楊排風棍下，從而塑造了一個英姿勃勃的燒火丫頭的形象，令人耳目一新。再如《轅門斬子》與《戰洪州》二劇，分別通過楊延昭責子、穆桂英罰夫的描寫，突出體現了楊家將嚴明軍紀、以公廢私的精神。這些地方，在楊家將故事外禦強敵、內鬥權奸這一雙重主題的基礎上又賦予了新的內容，塑造了生動、感人的藝術形象。這種楊家將故事的發展和改造方式，一直到今天仍然沒有停止，仍然有其旺盛的生命力。

五

通過以上粗略的巡閱，我們可以看到以下幾個問題。

其一，楊家將故事的流傳在其所謂集大成之作《北宋志傳》出現之前，是循著一條我國古代講史小說所走的共同道路在前進。即，由歷史真實到民間傳說，再到民間藝人的講唱以及被搬上戲劇舞臺，最後由知識分子在民眾創作的基礎上來進行加工、整理而集成長篇章回小說。

其二，我國講史小說發展到明代，到了知識分子的手裏，已開始了一種分化：一方面是比較真實地按照歷史的脈絡來編織故事，出現了《三國志通俗演義》、《新列國志》等貨真價實的歷史小說；另一方面是僅以某些歷史事件和人物為影子，從而借題發揮，反映現實，但又在一定程度上擺脫了歷史真實的侷限，這就是《水滸傳》等英雄傳奇小說。而這兩類小說又都有一個共同之處，那就是作者的政治願望以及當時廣大群眾的一些思想情緒都會或多或少地在作品中得到反映。《北宋志傳》正處於這麼一個分化的時期，它在實際內容上只是一部英雄傳奇小說，但在形式上、在某些枝節問題上又過分追求歷史的真實，這就使得它同時屬於二者，又同時不屬於二者，顯得有點不倫不類。

其三，在明代，無論是對歷史故事的整理改造，或是對英雄傳奇故事的再創造，擔當這個任務的人，一定要有相當的歷史知識和文學修養，否則，就不能將手中的集大成之作寫成器。而《北宋志傳》的作者可以說這兩方面的本領都不大，因此，他既不能像《三國志通俗演義》的作者那樣將歷史事實改造成小說作品，也不能像《水滸傳》的作者那樣在更多的民間流傳和當時社會現實的基礎上來創作小說，而只能是用歷史真實來匡正民間傳說，削足適履，這種方法的不對頭加之作者藝術水平的低下，就搞成了那麼一個不能成型的東西。

其四，這種所謂成器與不成器的區分，並非由某一個或某一些評論家們說了算數，而應以數百年來千千萬萬的讀者和小說戲曲的作者來鑒定。《三國志通俗演義》《水滸傳》出現之後，雖也各有不少的續書和改作，但這些續書或改作都不可能超過原書，要麼只能根據原作的精神來加以發揚，甚至連書中人物的基本性格都不能改變，這樣的作品才能為讀者所接受，如《水滸後傳》和許多三國戲、水滸戲；要麼完全推翻原作，甚至與原作唱反調，這樣的作品，往往會被歷史所摒棄，如《反三國志通俗演義》和《蕩寇志》。這種情況表明，像《三國志通俗演義》、《水滸傳》之類，才能稱為定型之作。而《北宋志傳》則不同，後世的許多戲曲、小說的創作，有的對原著大動刀筆，有的甚至對原著置之不顧，連其中的主要人物性格都寫得大不相同，而後世的讀者和觀眾反倒承認這些改作而忘記了原著，這就說明了《北宋志傳》非定型之作。

其五，像《北宋志傳》這種情況，在我國小說史上絕非偶然，尚有許多講史一類小說都沒有來得及定型，薛家、呼家、狄青、說唐等許多故事的流變都存在這種情況。這說明在我國古典長篇小說發展的第二階段，也就是由講史話本進入將講史話本整理、再創造成為長篇章回小說的這一階段中，並非所有的材料都能碰上既有歷史知識、又有文學素養的「大才子」，而將其整理為成型的作品。相反，沒有成型的反倒占多數。這就是明末清初以後，當我國小說發展中的第三階段到來時，講史小說還是不肯寂寞，還能與當時占主流的文人單獨創作的長篇小說爭奇鬥豔的一個重要原因。如其不然，講史小說都在明代已成為定型之作，那麼明末清初以後在講史小說這個園地裏還有什麼繼續產生新苗的必要？還怎能與文人創作的小說並駕齊驅而直到如今呢？

最後，說幾句題外而又是題內的話。如《三國》、《水滸》、《說岳》之類成型的講史之作，要想從根本上改造它們幾乎是不可能的；而關於說楊、薛、狄等類故事，要想改造它們，天地廣闊著哩！

（原載《內江師範學院學報》2009 年第十一期）

八股訣竅與科場隱秘

科舉制度正式形成於唐，八股取士正式產生於明，這已經是常識。然而，自有科舉以來就有徇私舞弊者，自有八股以來就有尋找秘訣者，這大概也是一種「潛常識」（請恕筆者生造一個概念）。中國古代小說對這些都有生動的展示，那就是對八股訣竅和科場隱秘的揭示和披露。

八股文發展到清代同治年間，所有考生應該是「滾瓜爛熟」了，因此有人對它進行了總結。當時有一位作家名叫許奉恩，寫了一部選言小說名叫《里乘》，其中有一篇《古雛鸞》，而這「古雛鸞」三字就是一位狐仙化成的妙齡女郎的名字。出人意外的是，這位狐仙美人居然是八股文的通家，她向戀人奚鐵臣展示了一部「八股文小史」，大略如下：

> 時文自半山作俑，欒城效尤，所作非論非說，半類語錄，不過偶而遊戲創為此體。自有明以此取士，謂之「制藝」，大致仿唐人試帖法，義取駢偶，始名曰「八股」。明初之作，傳者寥寥，成、宏、正、嘉，規模於焉大備，其樸實說理處，猶不免近於高頭講章；隆、萬專尚神韻，多涉淺滑；天、崇則稱極盛矣！海陽、太乙、蘊生、大樽四家可稱四傑；仲昭文品最卑，文鋒最利，可稱名場健將。至我朝，熊、劉、韓、馬諸公，博大昌明，是真盛世之元音也。此後則惟桐城二方、宜興諸儲各樹一幟，能事畢矣，歎觀止矣！

在這篇作品中，古雛鸞不僅介紹了八股文小史，而且還總結了寫好八股文的要訣：「妾嘗謂舉業家，於有明宜多讀金、陳、黃、陳及項宮詹五家之文，於我朝宜多讀二方及儲仲子之文，以此八家為之根柢，然後取近科名墨簡練揣摩，稍趨風氣，及鋒而試，尚何患不操勝券哉！」

無獨有偶，在《蜃樓志全傳》中也有一段屢試不第者向初出茅廬者傳授八股要訣的經驗之談：

> 格局不必謹嚴，心思不必曲折，典故只好用習見，切不可引《荀》、《列》諸書。文章只要合時宜，斷不可學歐、蘇一派。這便是命中之技了，大約房考試官都以此種得科名，即以此種取士子。小弟文戰二十餘年，自己吃了虧，自分青衿沒世，老世臺當視為前車之覆轍。（第二十二回）

如果說，上述這些總結八股要訣的做法在當時還算有道德有良知的合理合法之行為的話，那麼，下面這些考生考官的行為可算是這一種缺德無行的科場舞弊了。

這裡有請人代考者：「卜亨道：『南都才藪，我初意得了科舉，與他們角個雌雄。不期一病郎當，愚意我與年兄都是山東人，口音一樣，再者我相與的，皆海內名士。這些醃臢監生，從來不喜與他交接，他輩也無人認的。我煩兄代弟進場，胡亂弄幾句文字，了了關目，免得臨場貼出的醜，這也就是不幸中之幸了。』宋連玉是至誠無偽的人，見說就是便道：『這個有何不可。』卜亨一骨碌爬起來，就替連玉磕了幾個頭道：『蒙兄慷慨慈悲，卜亨自當報答。』到了臨期，連玉只得穿戴了他那幾件行頭，裝扮齊整，替他應名進場去了。」（《鴛鴦針》第三卷第三回）

這裡還有暗通關節者：「是年正當貢舉，那知貢舉官乃龍圖閣學士汪藻起。這汪藻起昔年未發跡時，與瑞州高安人鄭無同在國學相好，兩人結為八拜之交，約定日後有個好處，同享富貴。何期雙雙同進試場，藻起登科，無同落第，雖則故人情重，終須位隔雲泥，各人幹各人的事。……藻起要踐那二十年朋情宿約，遣人約鄭無同到富場報恩寺相會。……回顧一看，並無耳目，藻起低聲對無同道：『二十年陳話，不覺始遂初心。可將程文易義冒中，迭用三個古字，以此為眼，切勿差誤！』無同領諾作謝，隨即相別都各起身。」（《石點頭》卷七）

更令人啼笑皆非的是，嚴肅的科場之中，同考官與大主考竟然因為莫名其妙的「誤會」將一名狗屁不通的考生給取中了。

這位考生名叫陳都憲，在考場之中，「他學那街坊上唱的曲挪來湊上，《三字經》《百家姓》《千字文》、講章唱本一齊寫上，竟塗滿了」。而當同考官江陰縣縣令看到這種文章，不禁「拍案笑倒」，「於是斟上酒，一連賞了十數杯，道：『此真絕世奇文，還當與大主考共賞之。』也不用筆去塗抹，他只把那可笑處，濃濃的藍朱密圈，加了細批，後又加總批道：『此卷博通三教，洞悉九流。……下里巴人讀之，人人鼓掌。不意天壤間，有此異才高薦。』次早帶到堂上，要與大主考同看，做一場笑話」。不料，因為大主考與這位江陰縣令是「莫逆之交」，對他絕對信任，「見江陰縣手中拿著一本卷子，道一定是一本好卷，連忙接過來」，不由分說，「展將開來，不看上面文字，只看上面圈點是密圈了的，加上墨筆讀圈，每篇又加上頂圈」。後來無論江陰縣怎樣解釋、怎樣想更換一篇，都陰錯陽差沒能奏效。最後，這位狗屁文章的締造者竟「填了一百第二名中的」，「榜上有了名，不怕不是個舉人」了。(《天湊巧》第二回)

在一千多年的科舉史上，該有多少這樣的混帳考生與考官呀！好在這還是人力所為，並且還有更多的舞弊者最終並未得逞。更可怕的卻是中國古代小說作家居然把科場作弊與因果報應聯繫在了一起，編造了一個又一個鬼使神差的科場隱秘故事。

在清代擬話本小說中，至少有兩篇內容相同的作品，一篇是《飛英聲》卷之二中的《三古字》，一篇就是上述《石點頭》卷三的《感恩鬼三古傳題旨》。前者佚缺，後者的基本情節是：汪藻起、鄭無同二人暗約「三古字」的地方恰恰停著一位客死他鄉的伊小姐的靈柩，而有一位路過此地的讀書人仰鄰瞻曾經許諾「我若得寸進，便當營一窆，以妥其靈」。於是這位女鬼就將聽到的試場關節通過託夢的方式透露給了恩人仰鄰瞻，而鄭無同卻又因為生活不檢點而臨場重病不能考試。這樣，就使得仰鄰瞻高高得中。

與之相類似的例子還有《清夜鍾》中的一篇，講的也是一個善惡有報與科場隱秘相關的故事。不過，該篇被人收葬的卻是個上任途中客死他鄉的李某，而報答的方式卻也是「暗中相助」而洩露試題那一套。有趣的是，這篇作品的主人公做了一個夢，夢見有「鬼」來報恩，與其暗通科場關節。夢後，這位主人公便聯想到一系列科場作弊的「故事」，其中就有「三古字」。且看：

> 周孝廉睡著想道：「這夢甚是奇怪！待認是真，卻不是個夢話、鬼話？待認作假，當日曾有極敬梓潼帝□，每日拜謁，極其至誠，同窗謔他，寫了三個題目，□在香爐下，微露紙角。這人往拜得了，將此三題□心敲打，得中經魁。這是因戲當真。若說夢，又

有□□□，夢中有人說：『三錢銀子，一個舉人不要做。』屢屢如此，他一日夢中問他，那人道：『你於某日到某處，夜靜，有一家不關門，你可寫名字與學（分），並銀子拋在他家，大為有力。』此生果依他行事。拋在這家，是個寫榜吏。他道：『事殊作怪，平白送這銀子與我！』卻把這名字與學分記在胸中，及至填榜，填到此名，上邊方欲更□，他記得熟溜，一筆書下，事已成，遂不復改。還有個：一個舉子在臨安蕭寺，夢一女子求埋他材，說此去論冒中用三古字，可得高第，後來果然。是一主考與一知己作關節，鬼竊知之，以語此生，竟用此得第。」（第十三回《陰德獲占巍科，險腸頓失高第》）

經過這樣「神異」的和「道德」的雙重包裝，就給科場作弊蒙上了一層合法而又合情合理的漂亮外衣——善有善報。因為作者們深知，中國的老百姓最相信的就是這個。

如果哪位讀者將上述「三古字」一類的故事看作是清代擬話本小說的專利的話，那可就大錯特錯了。「三古字」故事最遲在元代就已經在文人之中流傳，並且還被一位至今不知名的作者寫到了元刻本志怪小說《湖海新聞夷堅續志》一書中。該書《怪異門．鬼怪》中有一篇作品，正是《石點頭．感恩鬼三古傳題旨》之本事，全文如下：

宋汪玉山知貢舉，將就道，有一布衣友極相得，甚念之，乃書約其胥會於富陽一蕭寺中，與之對榻。夜分密語之曰：「某此行或典貢舉，特相牢籠。省試程文《易》義，冒子中可用三『古』字，以此為題。」其友感喜。玉山既知貢舉，探《易》卷中果有冒子內用三「古」字，遂徑批上，置之前列。及拆號，乃非其友也，私竊怪之。數日，友人來見，玉山怒責之輕名重利，售之他人。友人指天誓曰：「某以暴疾幾死，不能就試，何敢漏泄於人？」玉山終疑之。未幾，以「古」字得者來謁玉山，因問冒子中三「古」字之故，其人泯默久之，對曰：「茲事甚怪。初來就試，假宿於富陽某寺中，見室內一棺塵埃漫漶，僧曰：『此一官員女也，殯此年久，杳無骨肉來葬。』是夕，夢一女子行廡下，謂某曰：『官人赴省試，頭場冒子中用三『古』字，必高中。但幸勿相忘，使妾朽骨早得入土。』覺甚怪之，遂用其言，果叨前列。近往寺葬其女矣。」玉山驚歎。雖功

> 名富貴信有定分，而玉山萌一私心，出一言於其友，昏夜暗室，人所不知，鬼神先知之矣。(《鬼報冒頭》)

其實，《湖海新聞夷堅續志》中所記載者還不是「三古字」故事的最早來源。最早記載此事的是宋代羅大經的《鶴林玉露》，該書《人集》卷之二中有這樣一個故事：

> 淳熙中，王季海為相，奏起汪玉山為大宗伯知貢舉，且以書速其來。玉山將就道，有一布衣之友，平生極相得，屢黜於禮部，心甚念之。乃以書約其胥會於富陽一蕭寺，與之對榻。夜分密語之曰:「某此行，或者典貢舉，當特相牢籠。省試程文《易》義冒子中，可用三『古』字，以此為驗。」其人感喜。玉山既知舉，搜《易》卷中，果有冒子內用三「古」字者，遂竟批上，置之前列。及拆號，乃非其友人也，私竊怪之。數日，友人來見，玉山怒責之曰:「此必足下輕名重利，售之他人，何相負乃如此！」友人指天誓日曰:「某以暴疾幾死，不能就試，何敢漏泄於他人？」玉山終不釋然。未幾，以「古」字得者來謁，玉山因問之曰:「老兄頭場冒子中用三『古』字，何也？」其人泯默久之，對曰:「玆事甚怪，先生既問，不敢不以實對。某之來就試也，假宿於富陽某寺中，與寺僧閒步廡下，見室中一棺，塵埃漫漶。僧曰:『此一官員女也，殯於此十年矣，杳無骨肉來問，又不敢自葬之。』因相與默然。是夕，夢一女子行廡下，謂某曰:『官人赴省試，妾有一語相告，此去頭場冒子中可用三『古』字，必登高科，但幸勿相忘，使妾朽骨早得入土。』既覺，甚怪之。遂用前言，果叨前列，近已往寺中葬其女矣。」玉山驚歎。此事，馮此山可久為余言，雖近於語怪，然亦不可不傳，足以祛人二蔽：一則功名富貴，信有定分。有則鬼神相之，無則雖典貢舉者欲相牢籠，至於場屋亦不能入，此豈人之智巧所能為乎？一則人發一念，出一言，雖昏夜暗室，人所不知，而鬼神已知之矣。彼欲自欺於冥冥之中，而曰莫予云覯者，又惑之甚者也。(《玉山知舉》)

羅大經自言聽人所言，而非據於他書，可見此則材料為「三古字」故事最早來源。羅大經生卒年不詳，宋寧宗嘉定十五年（1212）解試赴禮部試，宋理宗寶慶二年（1226）登進士第，淳祐十一年（1251）為從事郎、撫州軍事推官，逾年被劾罷官家居。他在其著作中記載了「三古字」的故事，證明在南宋後期的士林中就已經流傳著科場通關節事件。然而，若論相類似的科場隱秘事件的記載，還有比羅大經更早的，那就是洪邁《夷堅支景》所載：

> 傅敞，字次張，濰州人。為士子時，以紹興二十年過吳江，縱步塔院，見僧房竹軒雅潔，至彼小憩。其東室有殯宮，問為誰。僧云：「數歲前知縣館客身故，聞其家在福建，無力歸窆，因權厝於此。」敞惻然憐之。既還舟次，是夜夢儒冠人持名紙來見，曰三山陸蒼，自敘蹤跡，與僧言同。將退，拱白曰：「旅魂棲泊無依，君其念我。」明旦，敞以告邑宰，亦有舊學院小吏知其事者，遂遷葬於官地上，仍修佛果資助之。至七月，敞赴轉運司試，寓西湖小剎，復夢陸生來，再三致謝，且云：「舉場三日題目，蒼悉知之，謹奉告，切宜勿泄。若泄之，彼此當有禍。」敞竊而精思屬稿，洎應試，盡如其素，於是高擢薦名。（卷第三《三山陸蒼》）

洪邁（1123～1202），比羅大經至少要大一個花甲。因此，他的記載，應該視為上述那些科場隱秘描寫的共同源頭。而洪邁的《夷堅志》和羅大經的《鶴林玉露》均被後人視為筆記小說，如此說來，反映科場隱秘的小說距今至少已有近千年的歷史了。

並且，我們讀了這兩則發生在宋代的科場作弊故事，更多地感覺到的尚不是作者對作弊者的指謫和批判，而是要藉此說明一個倫理道德和因果報應的問題。這真是一件令人傷心而又發人深思的事情哪！

（原載《閒書謎趣》，河南人民出版社，2010 年 4 月出版）

「結義」的變種——「結利」

歐陽修有這麼一句名言:「大凡君子與君子以同道為朋,小人與小人以同利為朋,此自然之理也。」(《朋黨論》)

也就是說,自古以來,君子之間交往的內在動力乃是志同道合,而小人之間的交往則多半是出於利益關係。

但是也有人說:沒有永遠的朋友,只有永遠的利益。

也就是說,人們之間的交往,道義、友誼只是暫時的或局部的,而利害關係才是永恆的。

這樣兩種觀點其實都有道理。從理論上講,歐陽修的觀點毫無疑問是正確的。但從人們社會實踐的角度看問題,歐陽修的觀點其實是有侷限性的。因為人們不可能永遠生活在道德觀念之中,在更多的時候,人們不得不考慮利益方面的問題。尤其是在生存競爭愈來愈激烈的情況下,純粹的不帶任何功利目的的道德之交是很難為一般人所接受並付諸行動的。

但是,我們還得提倡君子之交,因為如果拋棄了這一點,就等於拋棄了人類生存的最終利益。

其實,中國古代的思想家和文學家就曾經反反覆覆地表達過這方面的思想。

這種思想文縐縐的表達就是「君子喻於義」,「君子同道為朋」,「君子之交淡如水」等等,而大眾化的表達則是「結義」,或者更進一步的「義結金蘭」,俗話稱之為「結拜兄弟」。

根據工具書的解釋,「結義」一詞的本義就是「以義氣相交好」。較早的例子如西晉摯虞《答杜育》詩:「好以義結,友以文會。」再如北朝魏收《魏書》卷五十九《劉昶傳》中的一段話：「昶欲襲建康諸郡，並不受命。和平六年，遂委母妻，攜妾吳氏，作丈夫服，結義從六十餘人，間行來降。在路多叛，隨昶至者二十許人。」

「結義」的引申義指數人結拜為兄弟姊妹。宋·樂史《楊太真外傳》中就有這方面的記載：「時安祿山為范陽節度，恩遇最深，上呼之為兒。嘗於便殿與貴妃同宴樂，祿山每就坐，不拜上而拜貴妃。上顧而問之：『胡不拜我而拜妃子？意者何也？』祿山奏云：『胡家不知其父，只知其母。』上笑而赦之。又命楊銛以下，約祿山為兄弟姊妹，往來必相宴餞。初雖結義頗深，後亦權敵不迭。」

到了明清小說之中，對「結義」的描寫就更多了。

明代四大奇書——《三國演義》《水滸傳》《西遊記》《金瓶梅》均寫到異姓兄弟的「結義」。

毛本《三國演義》第一回的回目就是「宴桃園豪傑三結義，斬黃巾英雄首立功」。那著名的劉關張桃園三結義，數百年來已經成為結義兄弟的楷模。其實，除了桃園三結義以外，《三國演義》中其他人也有結義的行為，聊舉一例：

> 行了三日，至成皋地方，天色向晚。操以鞭指林深處謂宮曰：「此間有一人姓呂，名伯奢，是吾父結義弟兄；就往問家中消息，覓一宿，如何？」宮曰：「最好。」二人至莊前下馬，入見伯奢。（第四回）

後來，這位父親的結義兄弟居然叫曹操給殺了。當這種行為遭到陳宮的指責時，曹操說出了自己那句流傳千古的人生座右銘：「寧教我負天下人，休教天下人負我。」從此以後，曹操用畢生的經歷證明了這一點，同時也印證了「沒有永遠的朋友，只有永遠的利益」這一觀點的極端性體現。

但劉關張們對這一問題的看法與曹孟德恰恰相反。且看他們的桃園誓詞：「念劉備、關羽、張飛，雖然異姓，既結為兄弟，則同心協力，救困扶危；上報國家，下安黎庶。不求同年同月同日生，只願同年同月同日死。皇天后土，實鑒此心，背義忘恩，天人共戮！」（第一回）

那麼，在此後漫長的生命歷程中，他們是否在努力實踐自己的誓詞呢？回答當然是肯定的。我們不妨將劉關張的言行各錄一段以證明之：

> 卻說張飛拔劍要自刎，玄德向前抱住，奪劍擲地曰：「古人云：

『兄弟如手足，妻子如衣服。衣服破，尚可縫；手足斷，安可續？』吾三人桃園結義，不求同生，但願同死。今雖失了城池家小，安忍教兄弟中道而亡？況城池本非吾有；家眷雖被陷，呂布必不謀害，尚可設計救之。賢弟一時之誤，何至遽欲捐生耶！」說罷大哭。關、張俱感泣。（第十五回）

少時，馬忠簇擁關公至前。權曰：「孤久慕將軍盛德，欲結秦、晉之好，何相棄耶？公平昔自以為天下無敵，今日何由被吾所擒？將軍今日還服孫權否？」關公厲聲罵曰：「碧眼小兒，紫髯鼠輩！吾與劉皇叔桃園結義，誓扶漢室，豈與汝叛漢之賊為伍耶！我今誤中奸計，有死而已，何必多言！」（第七十七回）

飛怒曰：「是何言也！昔我三人桃園結義，誓同生死；今不幸二兄半途而逝，吾安得獨享富貴耶！吾當面見天子，願為前部先鋒，掛孝伐吳，生擒逆賊，祭告二兄，以踐前盟！」言訖，就同使命望成都而來。（第八十一回）

如此銘心刻骨而血肉相連，方算得桃園兄弟，方算得桃園情結，方無愧「結義」二字。

《水滸傳》第七十一回的「梁山泊英雄排座次」當然是一次「超豪華」的一百零八人大結拜。他們的誓詞與桃園兄弟大同小異：「荷天地之蓋載，感日月之照臨。聚弟兄於梁山，結英雄於水泊。共一百八人，上符天數，下合人心。自今已後，若是各人存心不仁，削絕大義，萬望天地行誅，神人共戮。萬世不得人身，億載永沉末劫。但願共存忠義於心，同著功勳於國。替天行道，保境安民。神天察鑒，報應照彰。」

除此而外，《水滸傳》中還涉及梁山好漢的許多次小型的兄弟結義。如第七回林沖與魯智深，第十七回魯智深與張青、孫二娘，第十八回晁蓋與宋江，第三十七回李俊與張橫，第四十四回戴宗與楊林、楊雄與石秀，第五十回李逵與湯隆，第九十三回李俊與費保等人，如此等等，不一而足。他們的結拜，都是符合桃園情結和梁山精神的。

像這種「桃園」「梁山」模式的結義，在明清章回小說中非常普遍。但凡寫到人們的江湖生活，或涉及戰爭打鬥內容，都會有這種「四海之內皆兄弟也」的哥兒們義氣的凝聚。這方面的例子實在太多，有興趣的讀者不妨去瀏覽《說岳全傳》《說唐全傳》《說唐後傳》《反唐演義全傳》《隋唐演義》《楊家府演義》《濟公全傳》《七俠五義》《七劍十三俠》《三俠劍》《小八義》《五美緣》《野叟曝言》《女仙外史》《天豹圖》《粉妝樓全傳》《後水滸傳》《蕩寇志》《雪月梅傳》《封神演義》《禪真逸史》《禪真後史》《萬花樓演義》《飛龍全傳》等作品。

此外，在一些話本小說中，也有非常感人的兄弟結義的例子。如《喻世明言》中寫遭到權奸嚴嵩父子迫害的沈煉被「發去口外為民」時，受到當地鄉民賈石的諸多關照，因此與之結義兄弟。

> 沈煉見他慨爽，甚不過意，願與他結義為兄弟。賈石道：「小人是一介村農，怎敢僭扳貴宦？」沈煉道：「大丈夫意氣相許，那有貴賤？」賈石小沈煉五歲，就拜沈煉為兄。（《沈小霞相會出師表》）

更令人感動的還有《喻世明言》中的範式和張劭的故事。當範式在客棧之中身患重病時，發生了下面的故事：

> 劭隨即挽人請醫用藥調治。蚤晚湯水粥食，劭自供給。數日之後，汗出病減，漸漸將息，能起行立。劭問之，乃是楚州山陽人氏，姓范，名式，字巨卿，年四十歲。世本商賈，幼亡父母，有妻小。近棄商賈，來洛陽應舉。比及范巨卿將息得無事了，誤了試期。范曰：「今因式病，有誤足下功名，甚不自安。」劭曰：「大丈夫以義氣為重，功名富貴，乃微末耳。已有分定，何誤之有？」範式自此與張劭情如骨肉，結為兄弟。式年長五歲，張劭拜範式為兄。（《范巨卿雞黍生死交》）

後來，二人分手，約好來年重陽節範式去張家拜望其母，而張劭則準備以雞黍相待。至期，範式因養家活口而遺忘約期，想起時已經來不及了，於是，出現了中國古代小說中朋友間最講信用的一幕：

> 范曰：「自與兄弟相別之後，回家為妻子口腹之累，溺身商賈中。塵世滾滾，歲月匆匆，不覺又是一年。向日雞黍之約，非不掛心，近被蠅利所牽，忘其日期。今蚤鄰右送茱萸酒至，方知是重陽。忽記賢弟之約，此心如醉。山陽至此，千里之隔，非一日可到。若不如期，賢弟以我為何物？雞黍之約，尚自爽信，何況大事乎？尋思無計。常聞古人有云：『人不能行千里，魂能日行千里。』遂囑付妻子曰：『吾死之後，且勿下葬，待吾弟張元伯至，方可入土。』囑

罷，自刎而死。魂駕陰風，特來赴雞黍之約。萬望賢弟憐憫愚兄，恕其輕忽之過，鑒其兇暴之誠，不以千里之程肯為辭，親到山陽一見吾屍，死亦瞑目無憾矣。」

最後，當然是張劭順著結義兄長靈魂走過的道路，千里奔赴山陽，哭奠範式。因而也留下了「生死交范張雞黍」的最崇高而純潔的交友範式。

較之《三國》《水滸》及《喻世明言》等書中的上述描寫而言，《西遊記》中的兄弟結義，已經有些變味。首先，它沒有那樣目標崇高，什麼以國家大事為重，什麼救百姓於倒懸等等。第二，也沒有那麼肝膽相照，什麼同年同月同日生，同年同月同日死之類。第三，它更為實用世俗，無非是平等交往，在一起玩玩而已。請看以下例證：

他放下心，日逐騰雲駕霧，遨遊四海，行樂千山。施武藝，遍訪英豪；弄神通，廣交賢友。此時又會了個七弟兄，乃牛魔王、蛟魔王、鵬魔王、獅駝王、獼猴王、犬禺狨王，連自家美猴王七個。日逐講文論武，走斝傳觴，絃歌吹舞，朝去暮回，無般兒不樂。（第三回）

話表齊天大聖到底是個妖猴，更不知官銜品從，也不較俸祿高低，但只注名便了。那齊天府下二司仙吏，早晚伏侍，只知日食三餐，夜眠一榻，無事牽縈，自由自在。閒時節會友遊宮，交朋結義。見三清，稱個「老」字；逢四帝，道個「陛下」。與那九曜星、五方將、二十八宿、四大天王、十二元辰、五方五老、普天星相、河漢群神，俱只以弟兄相待，彼此稱呼。（第五回）

在孫猴子看來，山野的妖精和天上的神聖，無論在朝在野，統統都是兄弟，都可結義。這實際上表現的乃是一種樸素的平等思想，而不是帶有濃厚政治意味的倫理道德鼓吹。

像孫猴子這種思想境界的「結義」，在那些涉及市井婦女生活的小說作品中頗為多見。婦女模仿男子結義姊妹，一般說來，也就是沒有政治目的一種以相互扶助為目的的行為。有時，亦不過是姐妹間玩玩而已。且看：

綺香道：「今日我們眾姊妹都是通家世好。蘇家二浣、王氏雙華本是同胞不用說了；我們一共七人，今日仿他竹林七賢，做個桃園結義，大家團拜一拜，以後遇著就不許謙讓。愚姐癡長，不識眾位妹妹意下如何？」眾佳人都應道：「甚妙。」浣香道：「妹子前日就

> 有這心，今日正打算商議這事，不料姐姐先得我心。我們今日序齒之後，以後稱呼就照這裡的排行可好麼？」……序齒袁綺香二十五歲，吳紫煙二十三歲，孫佩秋、王蓉華皆二十二歲，蘇浣香二十一，浣蘭十九，王瓊華十八居末。（《品花寶鑒》第五十七回）

這些閨中少婦與千金，閒來無事，要學桃園結義似乎俗了一點，於是又拉出「竹林七賢」以求得「向上一路」，弄了個「竹林」「桃園」兩結合的結義。令人注目的是，這種姐妹結義之花不僅在閨閣中優雅綻開，而且在青樓中也絢爛怒放。

> 寶琴道：「我們欲與姐姐結一花前姊姊，恐鴉入鳳群，是以未敢啟齒。」愛卿道：「妙哉！但小妹山野雞雛，恐不足與眾位同類，如何？如何？」挹香在旁道：「大家不要謙，我來做盟主。」隨命侍兒排了香案，六位美人俱拜跪案側，對天立誓畢，以齒為序：朱月素最長，其次婉卿，又次愛卿、寶琴，最幼文卿，以姊姊定其稱呼。（《青樓夢》第十四回）

晚清的青樓小說，如《青樓夢》《花月痕》之類，最大的特點之一就是寫得文縐縐的。這也難怪，它們不過是才子佳人小說的變種而已，那些名妓，自然帶有名士的派頭，說那些貌似風雅其實酸不溜秋的話語。當然，在晚清小說中也有描寫境界頗高的女子之間結義的片斷，那就在《黃繡球》之中。

《黃繡球》中的黃繡球本名黃繡秋，給人當童養媳，婚後生了兩個孩子。有一天，在丈夫的啟發之下，她忽然立志要幹一番事業。她的規劃非常宏偉：「我將來把個村子，做得同錦繡一般，叫那光彩激射出去，照到地球上，曉得我這村子，雖然是萬萬分的一分子，非同小可。日後地球上各處的地方，都要來學我的錦繡花樣，我就把各式花樣給與他們，繡成一個全地球，那時我就不叫繡秋，叫繡球了！」（第二回）

後來，這位黃繡球認識了一位留洋女醫士，她「從外國醫院內畢業回華」，「姓畢，單名一個強字，外號叫做去柔」。於是，黃繡球（黃種人錦繡地球）就向畢強字去柔者（必定強健、去掉柔弱）提出要金蘭換帖。雖然畢去柔沒有接受這種傳統的方式，但卻將金蘭之帖換成了名片，實質上還是承認了結拜姐妹的關係。請看這兩位「新的女性」在介紹人張太太家中的對話：

> 黃繡球笑道：「……我方才請教的，還不清楚，請你再敘一敘，想同你攀個姐妹稱呼，連著張嫂子三個人通一個譜，不知可不嫌唐

突否？」張先生的妻子忙道：「我使不得，他是我母親的嬸嬸，比我長兩輩呢！」畢太太說：「也罷，就是我兩人自此以姊妹相稱，不用那俗例，寫什麼帖子，我有一張名片交給你，做個紀念，你也寫一張名片給我便是。」張先生的妻子一看那名片，只是二寸多長，一寸多闊，白白的一張厚紙，上面當中有五個字，是印刷的。問：「這就是名字嗎？」黄繡球接來看時，正是「畢強字去柔」的五個字，便說：「我沒有這樣名片，也沒有什麼表字，請你就代我寫一張，並起一個表字出來如何？」畢太太道：「表字沒有何妨？我也沒有這樣的空白片紙。替你拿洋紙裁一個，你自寫一個名字在上面，交與我就結了。」（第八回）

就這樣，中國古代小說中最高雅、最脫俗、最新潮、最前沿的姐妹結拜就完成了。當然，這種描寫，是一直到了晚清的最晚（公元 1905 年）才有可能出現的。就當時而論，那已經是「走進新時代」了。

然而，與晚清相比，晚明小說寫到婦女結義時卻世俗得多，也實際得多，尤其是妓女間的結拜。且看老鴇王九媽在搖錢樹不肯幫她繼續搖錢時所想到的救命招數——動用結義姐妹。

九媽心下焦燥，欲待把他凌虐，又恐他烈性不從，反冷了他的心腸。欲待繇他，本是要他賺錢，若不接客時，就養到一百歲也沒用。躊躇數日，無計可施。忽然想起，有個結義妹子，叫做劉四媽，時常往來。他能言快語，與美娘甚說得著，何不接取他來，下個說詞？若得他迴心轉意，大大的燒個利市。當下叫保兒去請劉四媽到前樓坐下，訴以衷情。（《醒世恒言・賣油郎獨佔花魁》）

最後，這位女說客果然憑著三寸不爛之舌，甜言蜜語、威脅利誘，終於馬到成功，說得花魁娘子「滿面羞慚」而就範。

像王九媽與劉四媽的這種結義，已經離桃園精神、梁山情結越來越遠了。道義相許已經向著利益相關急劇下滑。至於《金瓶梅》中的兄弟結義就更加不像話了，那簡直不叫「結義」，而叫「結利」了。請看該書對「西門慶熱結十弟兄」的掃描傳真：

只見吳道官打點牲禮停當，來說道：「官人們燒紙罷。」一面取出疏紙來，說：「疏已寫了，只是那位居長？那位居次？排列了，好等小道書寫尊諱。」眾人一齊道：「這自然是西門大官人居長。」西

> 門慶道：「這還是敘齒，應二哥大如我，是應二哥居長。」伯爵伸著舌頭道：「爺可不折殺小人罷了！如今年時，只好敘些財勢，那裡好敘齒？若敘齒，還有大如我的哩。……」西門慶笑道：「你這搊斷腸子的，單有這些閑說的？」謝希大道：「哥休推了。」西門慶再三謙讓，被花子虛、應伯爵等一干人逼勒不過，只得做了大哥。……吳道官伸開疏紙，朗聲讀道：「維大宋國山東東平府清河縣信士西門慶、應伯爵、謝希大、花子虛、孫天化、祝實念、雲理守、吳典恩、常峙節、白賚光等，是日沐手焚香，請旨。伏為桃園義重，眾心仰慕而敢效其風；管鮑情深，各姓追維而欲同其志。況四海皆可弟兄，豈異姓不如骨肉？……伏念慶等生雖異日，死冀同時，期盟言之永固，安樂與共，顛沛相扶，思締結以常新，必富貴常念貧窮，乃始終有所依倚，情共日往以月來，誼若天高而地厚。伏願自盟以後，相好無尤，更祈人人增有永之年，戶戶慶無疆之福。」（第一回）

這樣的結拜，這樣的誓詞，雖然也模仿《三國》《水滸》的形式，哪裏還有其間的精髓？雖然誓詞之中也有「伏為桃園義重，眾心仰慕而敢效其風；管鮑情深，各姓追維而欲同其志。況四海皆可弟兄，豈異姓不如骨肉」之類的豪言壯語，但那只是官樣文章，重點反而在下面那些享受「共同利益」並相互扶持的話語。更有甚者，如果聯繫到應伯爵、吳典恩等人對西門慶的忘恩負義的行為，聯繫到西門慶給盟弟花子虛戴上的踏踏實實的綠帽子，我們完全可以推斷，這些人的「結義」已然蛻變為「結利」，甚至已經開始了向著「結怨」的墮落。

其實，早在《水滸傳》中就已經有了這種小人同利為朋的描寫。書中張都監設計陷害武松的故事讀者們自應記得。而這一陷阱的設置者居然也是「結義」兄弟。請看書中人物對當事人的陳述：「不瞞兄長說，此一件事，皆是張都監和張團練兩個同姓結義做弟兄，見今蔣門神躲在張團練家裏，卻央張團練買囑這張都監，商量設出這條計來。一應上下之人，都是蔣門神用賄賂。」（第三十回）

諸如此類「結利」的例子，在明清小說中還有不少，我們不妨先看一個直接模仿《金瓶梅》的「熱結十弟兄」的片斷：

> 後來黎氏生得一個兒子，此時沈閬已四十餘歲了，晚年得子，

怎不稀奇？把來做一個珍寶一般，日日放在錦繡叢中、肥甘隊裏。到六歲時，也取了個學名，叫做沈剛，……到了十三歲，務起名來，請一個經學先生，又尋上兩個伴讀，一個是先生兒子花紋，一個是鄰家子甘毳。……花、甘兩個一發引他去嫖個暢快。見他身邊拿得出，又哄他放課錢。從來不曾有去嫖的放借，可得還麼？又勾引幾個破落戶財主，到小平康與他結十弟兄：一個好穿的姓糜名麗，一個好吃的姓田名伯盈，一個好嫖的姓曹名日移，一個好賭的姓管名缺，一個好玩耍的姓游名逸，一個貪懶的姓安名所好，一個好歌唱的姓侯名亮，連沈剛、花、甘共十人，飲酒賭錢。（《型世言》第十五回）

這一位沈剛少爺雖是西門慶的徒弟，但較之尊師西門老爹卻是相差甚遠。西門慶熱結十弟兄，他是能控制場面的，至少在他生前如此。他與應伯爵們的關係，一是利益相關，二是相互利用，但究竟誰「玩」了誰還得「再說」哩！應伯爵們「玩」的是西門慶的「錢」，而西門慶玩的卻是應伯爵們的「人」。比較下來，還是西門慶玩的「大」應伯爵們玩的「小」。沈剛則不然，他是完全被利用的、被玩弄的，是「人財兩失」的全方位的被別人算計。可見，就是熱結十弟兄的把戲，他們玩的也是一蟹不如一蟹。

這種打著「結義」的旗號而「結利」的例子，在明清小說中可謂比比皆是，而且中間所體現的正是那句古老的話頭：人情冷暖、世態炎涼。不妨再舉數例為證：

卻說梁生、胡旦因有勢要親眷，晁家父子通以貴客介賓相待，萬分欽敬。晁老呼梁生的字為安期，呼胡旦的字為君寵。因與晁大捨結義了兄弟，老晁或呼他為賢侄，一切家人都稱呼梁相公胡相公；晁夫人與珍哥都不迴避的。聞說王振與蘇劉兩個錦衣都被殺了，正在追論這班姦臣的親族，晁老父子這日相待梁胡兩個也就冷淡一半。（《醒世姻緣傳》第八回）

先前的結義，本是看中對方的後臺，如今後臺一倒，便馬上掇轉面皮，熱情變成了冷淡。其實，這正是人類社會生活的常態，無須大驚小怪。小人同利為朋，利盡而交疏，這種故事之所以在封建時代反反覆覆地演繹，無非是因為小人也不容易，小人也要生活，小人也有集體欲，他們也需要自己的群體，也需要相互間的關照。即便如魏忠賢（原名魏進忠）這樣的大奸大惡，在他尚未發達時，也需要秉承江湖義氣，學一把「桃園」精神。不信請看：

> 進忠道：「這是個甚麼廟？如此倒塌。」永貞道：「這是個三義廟，聞得公公說：『張翼德是我們這裡人，故立廟在此。』前日要約前後莊出錢修理。」劉瑀道：「我想當日劉、關、張三人在桃園結義，誓同生死，患難不離。後來劉玄德做了皇帝，關、張二人皆封為神。我們今日既情投意合，何不學他們也拜為生死弟兄，異日功名富貴、貧賤患難共相扶持，不知你們意見若何？」二人道：「甚妙。」三人尋路歸來。次日擇了吉日，宰了一羫肥羊，買了一大壇酒並金銀紙馬，叫了幾個孩子抬到廟上擺齊，對神歃血為盟。進忠年長為兄，永貞第二，劉瑀第三。(《檮杌閒評》第六回)

說是要學「桃園結義，誓同生死，患難不離」，羨慕的其實是「劉玄德做了皇帝，關、張二人皆封為神」，最終目的乃「異日功名富貴、貧賤患難共相扶持」。這就是赤裸裸的「結利」，像當時的魏忠賢們這種市井中的小混混，對「結義」的理解就只能到這等地步了。

但無論如何，魏進忠們還帶有三分市井無賴的豪爽，若論起《歧路燈》中所寫的一位市井小人，魏進忠們也要自愧心計不足了。

這人名叫夏逢若，外號「兔兒絲」，也就是說他的工夫了得，就如同那兔兒絲般的蔓草一樣，一旦纏上了誰，那可是永遠擺不脫了。這一次，他看上了三個出手闊綽的「憨頭狼」——盛希僑、譚紹聞、王隆吉，極希望廁身其中，加入組織，於是開始了「預備結義」行動。你看他，又是「備上四盤細色果品，拿兩壺上色好酒」；又是「叫賣瓜子的撮了一盤」，「與那三位少爺湊個趣兒」；然後，開始了精彩絕倫的「申請加入組織」的表演：

> 逢若道：「小弟姓夏，草號兒叫做夏逢若，素性好友。今見三位爺臺在此高興，小弟要奉一杯兒。若看小弟這個人不夠個朋友時節，小弟即此告退。」一面說著，早已把瓜子兒撒開了。走堂的放盤子，夏逢若斟酒在手，放在盛公子面前。三人俱道：「不敢！不敢！請坐下說話。」逢若早已放完三杯。……逢若大叫：「走堂的過來！」解開瓶口，取了昨晚贏的一個銀錁兒，說道：「這是越外加的四五樣菜兒，孝敬這三位爺臺。煩你再把班上人叫一個來。」……班上人到了，逢若又解瓶口，取了一個錁兒，說道：「這是我敬三位爺臺三出戲。」……逢若道：「三位是新近換帖，我一發該奉賀。」盛希僑道：

「如不嫌棄，夏兄也算上一個。」……夏逢若道：「大哥，這宗稱呼又使不得。」希僑道：「你只說你今年多大歲數？」逢若道：「二十五歲。」希僑道：「你比我長。」逢若道：「你三位定盟，排行已定，我只算個第四的罷。」希僑笑道：「豈有此理！」逢若道：「像和尚、道士家，師兄師弟，只論先來後到，不論年紀。我係續盟，自然該居第四。若算歲數，我就不敢入夥，叫人時時刻刻，心中不安。那是常法麼？」（第十八回）

就這樣，經過三番五次的裝模作樣而又大呼小叫的「慷慨」解囊，夏逢若終於成為「憨頭狼」們的盟友。更有意味的是，在涉及結義兄弟年齡及排行問題時，這位「兔兒絲」先生所表達的卓絕見解，較之他的老前輩應伯爵而言大有青藍之勝。順便說一句，夏逢若幾次解開的「瓶口」，可不是酒瓶，而是那個時代哥兒們繫在腰間的狀似小瓶的「錢包」。

「兔兒絲」的無恥固然令人厭惡，但是，比起那些以「結義」為幌子使他人上當受騙乃至家破人亡的魔鬼而言，則又是小巫見大巫了。關於這一點，在《東周列國志》《綠牡丹》《療妒緣》《豆棚閒話》《珍珠舶》等書中都有生動的描寫。因為這些故事已經超出了「結義」或「結利」的範圍，故此處不作詳論。

對於那些小人結利乃至因所謂結義而鬧得不可收拾的現象，《續金瓶梅》中有一段《蓮花落》堪稱精彩的點醒：「看看朋友不是親，吃酒吃肉亂紛紛。口裏說話甜如蜜，騙了錢去不上門。一朝沒有錢和勢，反面無情就變心。孫龐鬥智刖了足，那有桃園結義人？」（第十六回）

是呀！結義結到這個分上，還結個什麼「義」，不如乾脆稱之為「結利」得了。

然而，筆者最後要說的是，本篇的題目雖然叫做「結義」的變種——「結利」，但現實生活的表現卻恰恰相反。

「結利」是常態，「結義」才是變種。

何以如此？因為「結利」的本質是利益，而「結義」的本質則是道德。

對於一般人而言，他既要利益，也要道德。但說到底，利益是第一位的。因為道德不能當飯吃，而利益卻可以。

但是我們不能這樣單方面提倡利益。當然，也不能單方面提倡道德。

因為，道德和利益，二者之間其實是相輔相成甚或相反相成的。

打個比方，利益是一匹負載人類向前狂奔的野馬，而道德就是控制這匹行空天馬的韁繩。

沒有利益追求，人類就失去了前進的動力。

沒有道德規範，人類就會「前進」到罪惡的深淵。

最好的做法是在人類公德的照耀下去追求人類利益的最大化。

（原載《稗史迷蹤》，中州古籍出版社，2012 年 6 月出版）

死後是非誰管得？

幾十年前，曾經有一些著名學者提出要為曹操翻案。本來，歷史上的曹操與文學作品中的曹操是不能混為一談的。可能是某些學者認為關於「三國」的小說與戲曲將曹操寫得實在不成樣子，故而，特地為曹孟德先生打一下抱不平。其實，翻案倒沒有必要，因為老百姓在創造俗文學的時候，對歷史人物是有「選擇」和「創造」的權力的。而這創造中間就包含了對歷史人物「評價」的兩極——極度褒揚和大力譴責。而在譴責之中，就少不了有些「誣陷」。為了心中喜愛的人物，而誣陷其對立面。曹操之所以吃虧，乃是因為他是人們寄託在劉備、關羽、諸葛亮身上的政治理想和人格理想的對立面。

劉備的「仁」，關羽的「義」，諸葛亮的「忠」，三者共同指向一個字「奸」。而曹操就是千古「奸雄」的代表。但久而久之，民間藝人或下層文人對曹操「雄」的一面逐步淡忘，而牢牢記住了他一個「奸」字。如此一來，曹操還真的非得畫上姦臣的大白臉不可了。

雖然我們沒有必要一定給曹操翻案，但利用適當的機會，給那些被誣陷的歷史人物「解釋」一下還是可以的。解釋清楚以後，文學人物繼續存在，歷史人物也可見其廬山真面目。人民大眾完全可以繼續在通俗文學中、在戲曲舞臺上譴責、詛咒那些「白臉曹操」，而歷史學家也依然可以在自己的學術著作中挖掘「英雄曹操」的歷史價值。

其實，歷史人物被後人「誣陷」者絕非曹操一個。曹操的一位好朋友，那位寫《悲憤詩》的蔡文姬她爹——蔡邕就是一個例子。蔡邕，字伯喈，本是一位道德高尚、學術造詣極高的文人，結果呢，硬是被民間藝人「誣陷」為一個「負心漢」。

早期南戲《趙貞女》中說蔡伯喈有一個妻子趙五娘，非常賢惠。後來蔡進京趕考，中了狀元。但這位新科狀元貪圖富貴，入贅相府，拋棄髮妻，連父母都不管，竟至殺害了進京尋夫的糟糠之妻。當然，最後蔡狀元也沒有好下場。《趙貞女》的劇本我們今天看不到了，但皮黃戲《小上墳》中的女主角蕭素珍有一段唱詞，卻極其精練地概括了《趙貞女》一劇的基本內容。

「正走之間淚滿腮，想起了古人蔡伯喈。他上京中去趕考，一去趕考不回來。一雙爹娘都餓死，五娘子抱土築墳臺。墳臺築起三尺土，從空降下一面琵琶來。身背著琵琶描容相，一心心上京找夫回。找到京中不相認，哭壞了賢妻女裙釵。賢慧的五娘遭馬踹，到後來五雷轟頂是那蔡伯喈。」（《戲考》第四冊）

這樣的故事，至遲在南宋時期就演出或演唱於民間。陸游有一首詩，記載了當時農村演唱這個故事的情景：「斜陽古柳趙家莊，負鼓盲翁正作場。死後是非誰管得？滿村聽唱蔡中郎。」（《小舟遊近村，捨舟步歸》其四）這蔡中郎就是蔡伯喈，就是蔡邕。

是呀！「死後是非誰管得？」不要說一個人離開世界千百年，就是離開幾年、十幾年，你能保證沒死的人就一定能給你一個公正得不得了的評價嗎？中國古代所謂「蓋棺定論」，不過是「逗你玩」哩！你以為真的就亙古不變了嗎？英雄蓋世如曹操，文質彬彬如蔡邕，都免不了被人「蜚短流長」「評頭論足」，芸芸眾生就更不用說了。

更不用說還得說。剛才舉了蔡伯喈的例子，那是被戲曲界「誣陷」的歷史人物，而小說界「誣陷」的卻更多。有的已經家喻戶曉，婦孺皆知了。

先說一位名氣不太大的。他就是五代時期後周的一員大將——韓通。

韓通這個人物，在清代小說《飛龍全傳》和《希夷夢》中都出現過，而且都是較為重要的角色。然而，這兩部小說中的韓通，卻是兩個迥然不同的藝術形象。

《飛龍全傳》中的韓通，在沒有當上將軍以前，完全是一個與《水滸傳》中的「鎮關西」「蔣門神」一般的地方惡霸，而且先後被「正義的公子」趙匡胤結結實實打了三次。而趙匡胤三打韓通，居然也成為該書最精彩的幾個章節。我們不妨來領略一下「趙公子」的英姿和「韓惡霸」的醜態：

「一打韓通」是在大名府：

匡胤見他有跌撲之意，就乘勢搶將進去，使一個批腳的勢子，把韓通一掃，撲的倒在地下。一把按住，提起拳頭，如雨點一般，將他上下盡情亂打。……正在這裡哀告，只見府中來了兩個承值的，走將進來，一看見是韓通，便叫一聲：「韓二虎，你終日倚著力氣，在大名府橫行走闖，自謂無敵，任你施為。怎麼一般的也有今日，遇著了這位義士，卻便輸了銳氣？你既是好漢，不該這等貪生怕死，就肯叫粉頭為『祖太太』，可不羞死？你平日的英雄，往那裡去了？」（第三回）

「二打韓通」是在平陽鎮：

匡胤道：「卻是為何有這等勢要？」店小二道：「客官有所未知。這個公子名叫韓天祿。他的父親名喚韓通，此人拳棒精熟，作惡多端，兩年前從大名府帶了家小，來到我們鎮上，仗著慣使槍棒拳腳，橫行無狀，我們做買賣的，多要吃分門錢。他把劉員外家偌大的一所莊子，硬強霸奪，做了住宅。自己稱為團練教師。他手下有一二百個徒弟，又豢養些鄉兵，喚奴使婢，雄踞此地。每日到鎮上科斂些許百姓們，要湊納十兩長稅銀子。眾人懼怕他的威勢，誰敢違拗了他？以此，又是放縱兒子，常在外邊淫人妻女，詐人財帛。」（第二十八回）

只說當下匡胤打倒了韓通，只一腳踏住胸膛，左手掄拳，照著臉上就打。初時韓通尚可挨抵，打到後來，只是哎喲連聲，死命的狠掙，數次發昏，一時省不起是誰。（第二十九回）

「三打韓通」則在百鈴關，此時韓通已當了元帥。

鄭恩未及還手，早被匡胤看見，急將鸞帶迎風一捋，變了神煞棍棒，飛身躥到跟前，喝聲：「韓通休得恃強，俺來也。」提起神煞棍棒，往肩窩上打來。韓通回頭一看，吃了一驚，說聲：「不好！」連忙將身一閃，棍棒落空，舉步要走。匡胤怎肯容情，趕上前，又是一掃腳棍，只聽撲的一聲，韓通跌倒在地。匡胤丟開棍棒，伸手按住，舉起拳頭，照臉而打。……韓通挨痛不過，哀聲叫道：「趙公子，求你容情，如今職掌元帥，比不得在大名府與野雞林的故事，求你留些體面。」（第三十六回）

這樣一個韓通，比鎮關西、蔣門神還要混帳，而那位趙公子，也比魯提轄、武都頭更具威風。如此這般的描寫，顯然是學習《水滸傳》而後發揚光大的結果。可惜只是委屈了歷史人物韓通，被作者用來作為反襯趙匡胤形象的一個惡霸兼小丑。

其實，這個惡霸兼小丑的韓通還有一個來源，那就是明代小說《南宋志傳》中的「黃樞密之甥韓升」。關於《南宋志傳》與《飛龍全傳》的關係，筆者另有「《南宋志傳》書名探疑」一文，讀者可以參看。大體而言，這兩本書所寫的是同一個大故事——趙匡胤的發跡史。

在《南宋志傳》中，並沒有趙匡胤三打韓通的故事，倒是有趙匡胤的義弟鄭恩怒打韓升的片斷，而所衛護的「粉頭」，恰恰也就是那位與趙匡胤相好的韓素梅。且看鄭恩與韓素梅定下妙計以後：「升與素梅飲至半酣，言辭頗淫褻。鄭恩在堂後聽見，揭起布簾喝曰：『無廉恥之徒，敢來御院相攪！』升驚走不迭，被鄭恩當胸挽住，連打數拳。升連忙跪下告饒。素梅故意力勸，恩乃放手，與升脫走。恩發曰：『再復來此，教汝一命難保！』升從人急救上馬去了。」（第十八回）

這樣的描寫，與《飛龍全傳》中趙匡胤一打韓通何其相似乃爾！可見，《飛龍全傳》中的韓通，是作者將前代小說中的韓升「升冠通戴」而成，剛巧大家都姓「韓」嘛！

《飛龍全傳》所描寫的韓通，只有一點是較為符合歷史事實的，那就是「韓通之死」。而這段描寫，卻又是抄自《南宋志傳》：「會侍衛親軍副都指揮使韓通自禁中出，聽知匡胤兵變。……韓通歸至府中，召集守禦禁軍。忽軍校史彥升大怒道：『天命有歸，汝何為要自殘其眾？』引所部來捉韓通。通走進後堂，未及閉門，被彥升趕近前，斬落在地，梟了首級，妻子俱死焉。」（第四十四回）

我們不妨將《飛龍全傳》的描寫比較一下：

> 時早朝未散，太后聞陳橋兵變，大驚不迭，退入宮中。……韓通歸至府中，召集守禦禁軍、親隨將校，以備對敵。忽禁軍教頭王彥升大怒道：「天命有歸，汝何為自戕其身？」即引所部禁兵來捉韓通。韓通未及相迎，竟被彥升一刀梟了首級。部下軍兵將其妻妾並次子亦皆殺死，惟長子天祿逃脫，奔入遼邦而去。（第六十回）

韓通的行為，按照小說作品中人物的行為邏輯，可以從兩個方面解釋。其一，韓通本人是得到周世宗柴榮的提拔，才一步一步往上爬，直至「侍衛親軍副都指揮使」的。他在關鍵時刻，要維護世宗幼子的利益。其二，陳橋兵變的領袖是趙匡胤，此人將來是要當皇帝的。而趙匡胤是韓通的死對頭，趙宋天下建立以後，韓通絕沒有好果子吃。其實，這是一種世俗的看法。韓通之所以要領兵抵抗趙匡胤而維護周王朝，說到底是中國傳統文化中的一個「忠」字在起作用。這一點，就連《飛龍全傳》的作者都是這樣看的。緊接著韓通之死，作者讚歎道：「忠於王事見韓通，世宗親臣有幾同？欲御逆謀志未遂，階前冤血至今紅。」（這首詩除了第三句有兩個字不同外，亦全抄自《南宋志傳》）稱讚韓通為忠臣，將趙匡胤視為「逆謀」，認定韓通之死為「冤血」。總之，作者在這裡塑造了一個忠烈韓通。

一個是忠烈的韓通，一個是醜惡的韓通。在同一本書中塑造的同一個人物身上，作者居然作出了如此相反的道德評判。這是為什麼呢？道理其實很簡單。《飛龍全傳》是一部在民間流傳故事的基礎上由文人加工整理的章回小說。那個醜惡的韓通，是民間傳說中為映襯趙匡胤而出現的人物；而最後這個忠烈的韓通，則是頗有歷史知識的通俗小說《南宋志傳》《飛龍全傳》最後的整理者根據歷史事實展現的。換句話說，前者是被民間藝人「誣陷」了的韓通，而後者則是較為符合歷史人物真實面目的韓通。

更有甚者，韓通這個人物，在另一部小說作品《希夷夢》中，卻並沒有什麼醜惡的一面，而是一個完完全全的忠烈英雄。該書開篇第一回便顯示了忠烈韓通，甚至不惜拉出歷史名人韓愈來為韓通增添光彩：「那韓通係唐韓文公之後，為人正直奉公，有拔山舉鼎之勇。周太祖愛其材器，使為親軍，隨行征伐，功績頗多。世宗北征，加為陸路都部署；及不豫還朝，加為侍衛親軍副都指揮使。」（第一卷）當周世宗病死以後，趙匡胤謀朝篡位最大的障礙就是韓通。這在書中趙匡胤一派的言談中屢屢體現：「韓通疾愈矣，奈何！」（王審琦語）「我等平素所畏者，止韓通耳。」（石守信語）而後，寫韓通為周朝盡忠的最後一戰尤為慘烈：

> 彥升乃奮然提斧上馬，同眾追來。遠望韓都指揮如奔疾走，連連詐喊，仍不停腳，乃加鞭驟馬追來。都指揮素知彥升為趙氏心腹，只作不曾聽得，仍然疾走。將進陽明巷，忽有飛騎劈面衝至，槍已到身，急斜閃開，將槍桿夾住，雙手執著，直奪過來，審琦幾乎墜地，只足掛鐙跑去。這邊彥升等早到，舉斧就劈。都指揮將斷槍撥開，順勢扎去，彥升急攔，早中馬肚，馬立倒，彥升立刻滾跌下來。

都指揮復挺槍刺入，史珪恰到，飛戟挑脫，彥升逃去。石漢卿等率領步騎又至，團團圍住。都指揮獨力支持，奮怒將史矽右眼劃破。奸黨兵將雖屢刺倒，自身亦受重傷，得空便向漢卿撞去，鋒利穿通右腿，漢卿忍痛將鞭迎面飛擊，雙手連身抱住槍桿不放。都指揮方架串隔落，彥升換馬又到，自後使斧盡力斫下。都指揮聞風，急將頭閃開，右臂已為砍斷，乃棄槍拾鞭，扭轉身來擊去，正中彥升右脅，口吐鮮血，棄斧伏鞍而逃。不期郭全贇乘虛挺槍，穿袍傷脅。都指揮使鞭飛擊，正中全贇面門，復掣出金槍，挺立陽明巷口抵敵。……來到府中，視傷深重，體無完膚，不能言語，惟張目大呼，齒牙咬碎，恨恨而死。（同上）

這樣壯烈的死法，惟有「國內」的楚霸王項羽與「國外」的斯巴達克思堪與媲美。《希夷夢》的作者汪寄不僅通過形象化的描寫凸現了忠烈韓通的英雄氣概，而且在小說的《自序》中再三致意，表彰韓通：「韓通者，柴周殉國之忠臣也。傳奇以為趙宋開國之元勳，不知殉國者皆義精仁熟之賢良；而元勳則多強悍殘忍之豪傑，其間不乏碩德英才，然何可與殉國者同年而語哉！予讀史至五季，歎朝秦暮楚，若馮道之流，不可勝數；及有錚錚如韓公者，復為傳奇所變亂，安得不亟正之，以張韓公之忠烈？然非可空言正也，亦必作如傳奇，使天下之以為元勳者，閱之而疑，疑之而辯，辯而折衷於史鑒，咸知為殉國忠臣，而實非賣國之元勳。然後韓公之為韓公，始得昭著於天下。」

其實，汪寄就是一個通過小說創作而為被「誣陷」的歷史人物翻案者。他所要澄清的，就是歷史事實。他的這一目的應該說是達到了。因為歷史上的韓通，基本上就如汪寄所言所寫。

韓通，并州太原人。弱冠應募，以勇力聞，補騎軍隊長。……乾祐初，周祖為樞密使，統兵伐河中。知通謹厚，命之自隨，先登，身被六創，以功遷本軍都虞候。……太祖奉詔北征，至陳橋為諸軍推戴。通在殿閣，聞有變，惶遽而歸。軍校王彥升遇通於路，策馬逐之，通馳入其第，未及闔門，為彥升所害，妻子皆死。太祖聞通死，怒彥升專殺，以開國初，隱忍不及罪。即下詔曰：「易姓受命，王者所以應期；臨難不苟，人臣所以全節。故周天平軍節度、檢校太尉、同中書門下平章事、侍衛親軍馬步軍副指揮使韓通，振跡戎伍，委質前朝，彰灼茂功，踐更勇爵。夙定交於霸府，遂接武於和門，艱險共嘗，情好尤篤。朕以三靈眷祐，百姓樂推，言念元勳，將加殊寵，蒼黃遇害，良用憮然。可贈中書令，以禮收葬。遣高品梁令珍護喪事。」通性剛而寡謀，言多忤物，肆威虐，眾謂之「韓瞠眼」。其子頗有智略，幼病傴，人目為「橐駝兒」。見太祖有人望，常勸通早為之所，通不聽。（《宋史》卷四百八十四）

宋太祖趙匡胤真是一個聰明人，他將自己原來的戰友，最終忠於前朝而被自己部下殺害的韓通大大地表彰了一番，並贈以高官，予以厚葬。這樣做的目的當然是為了收買人心。這且不去管他。值得注意的是，因為宋太祖的這一表彰，一贈爵，一厚葬，本來屬於為後周盡忠而死的韓通反而成為大宋的開國勳臣。無怪乎汪寄要明明白白地表示：「韓通者，柴周殉國之忠臣也。傳奇以為趙宋開國之元勳。」其實，把韓通作為大宋開國之臣的始作俑者並非傳奇小說，而是正史。但正史畢竟還是比傳奇小說「真實」多了，就在我們上面從《韓通傳》中所抽出的那一小段文字中，我們也可以看出一個真實韓通的大概。弱冠（二十歲）就當兵，以勇力聞，作戰勇敢，曾經身被六創，剛而寡謀，言多忤物，肆威虐。其中雖然有好有壞，但基本是不像《飛龍全傳》中的那個惡霸兼小人。但民間藝人、小說作家為了趙匡胤，就要把他說成那個樣子，韓通能有什麼辦法？

死後是非誰管得？要知道，民間藝人對韓通實行的是「缺席審判」。

在中國古代小說史上，不得不接受這種「缺席審判」的決非僅止於韓通一人，還有一大批著名的和不著名的人物。

在「說唐」故事系列中，與主人公薛仁貴作對的最大的反面人物是張士貴。他幹了太多太多的壞事，篇幅所限，不能列舉。《說唐後傳》中的幾個回目就足以概括其大要了：「張士貴妒賢傷害」，「尉遲恭怒打張士貴」，「銀鑾殿張環露奸險」，「張士貴欺君正罪」。而該書第五十三回給張士貴定案時，唐太宗君臣對其斥責的言詞又是異常激烈的：「你不思以報國恩，反生惡計，欺朕逆旨，將應夢賢臣埋沒營中，竟把何宗憲搪塞，迷惑朕心，冒他功勞。」（李世民語）「好個刁巧姦臣。」（薛仁貴語）「呵唷，張環的奸賊。」（尉遲恭語）「這張士貴狼心狗肺。」（徐茂功語）這樣的「十惡大罪」，定然被「綁出午門，踹為肉醬」了。

如此張士貴，難道也是被「誣陷」的嗎？當然。請看歷史真實：

張士貴，虢州盧氏人，本名忽峍。彎弓百五十斤，左右射無空發。隋大業末，起為盜，攻剽城邑，當時患之，號「忽峍賊」。高祖移檄招之，士貴即降，拜右光祿大夫。從征伐有功，賜爵新野縣公。又從平洛，授虢州刺史。帝曰：「顧令卿衣錦晝遊耳。」進封虢國公、右屯衛大將軍。貞觀七年，為龔州道行軍總管，破反獠還，太宗聞其冒矢石先登，勞之曰：「嘗聞以忠報國者不顧身，於公見之。」累遷左領軍大將軍。顯慶初，卒，贈荊州都督，陪葬昭陵。(《新唐書》卷九十二)

這樣一位深受唐太宗喜愛的將領，且功勳卓著，哪兒有一點「狼心狗肺」「刁巧姦臣」的影子？其最後的結局是如此的輝煌，竟至「陪葬昭陵」，又何曾被「綁出午門，踹為肉醬」？至於小說中所謂張士貴蒙蔽聖聰，「妒賢傷害」薛仁貴一事，也純然是空穴來風。歷史事實與「說唐」故事完全相反，薛仁貴就是在張士貴麾下才出名的。

薛仁貴，絳州龍門人。少貧賤，以田為業。將改葬其先，妻柳曰：「夫有高世之材，要須遇時乃發。今天子自征遼東，求猛將，此難得之時，君盍圖功名以自顯？富貴還鄉，葬未晚。」仁貴乃往見將軍張士貴，應募。至安地，會郎將劉君邛為賊所圍，仁貴馳救之，斬賊將，縶首馬鞍，賊皆懾伏，由是知名。(《新唐書》卷一百一十一)

除了上述較為「完整」地被後世民間藝人、戲曲小說家「誣陷」的歷史人物外，還有一些人物屬於「半誣陷」狀態。亦即某某人物本身也有某些問題，但「藝人」們和「作者」們卻抓住一點，攻擊其餘，把一個原本還不錯的人物弄得一塌糊塗。

在中國，凡是稍稍有一點年齡的人，都知道宋代有一個潘仁美。潘仁美之所以出名，就因為他是姦臣，他迫害可敬可愛的楊令公一家。如今的開封市還有一個潘楊湖，湖水一邊兒渾濁一邊兒清。這種狀況，據說是因為渾濁的一邊有人打豆腐造成的。但老百姓不管這些，偏要把它說成是潘家那邊渾濁楊家這邊清。這就是姦臣與忠臣的「分流」。其實，潘仁美就是一個在一定程度上被「誣陷」的人物。大家對他的誤解，多半也是由古代小說和戲曲舞臺造成的。

歷史上的潘仁美其實名叫潘美。大概是更久遠的歷史上有個美男子名潘岳字「安仁」的緣故，又加上歷史上的潘美「少倜儻」的緣故，後人便無端在潘美的名字中間加了一個「仁」字。或許有人會認為，是否潘美字仁美呢？否！潘美字仲詢。那麼，這位潘美果真是個大奸賊嗎？潘楊公案的歷史真相又是如何呢？

潘美不僅不是大奸賊，而且還是大宋王朝開國初期的大功臣。我們不妨稍稍瀏覽一下他的「功勞簿」。

宋太祖開寶三年（970）：「九月……丁卯，潘美等敗南漢軍萬眾於富州，下之。……十二月壬申，潘美等下連州。辛卯，大敗南漢軍萬餘於韶州，下之。」（《宋史》卷二）

開寶四年（971）：「正月……癸丑，潘美等取英州、雄州。……己丑，潘美克廣州，俘劉鋹，廣南平。得州六十、縣二百十四、戶十七萬二百六十三。」（《宋史》卷二）

宋太宗太平興國五年（980）：「二月……癸巳，代州言宣徽南院使潘美敗契丹之師於雁門，殺其駙馬侍中蕭咄李，獲都指揮使李重誨。」（《宋史》卷四）

太平興國七年（982）：「五月……辛亥，三交行營言，潘美敗契丹之師於雁門，破其壘三十六。」（《宋史》卷四）

宋太宗雍熙三年（986）：「……三月……丁丑，……潘美自西陘入，與契丹兵遇，追至寰州，執其刺史趙彥辛，辛以城降。辛巳，曹彬克涿州。潘美圍朔州，其節度副使趙希贊以城降。……丁亥，潘美師至應州，其節度副使艾正、觀察判官宋雄以城降。……夏四月辛丑，潘美克雲州。」（《宋史》卷五）

「先是，太祖遇美素厚，及受禪，命美先往見執政，諭旨中外。陝帥袁彥兇悍，信任群小，嗜殺黷貨，且繕甲兵，太祖慮其為變，遣美監其軍以圖之。美單騎往諭，以天命既歸，宜修臣職，彥遂入朝。上喜曰：『潘美不殺袁彥，能令來覲，成我志矣。』」（《宋史》卷二百五十八潘美本傳）

這樣一個南征北戰、有勇有謀、功勳卓著並且懂得搞統一戰線的潘美，與戲臺上、小說中那個一天到晚以迫害楊家將為能事的白臉姦臣潘仁美能夠劃等號嗎？至於潘楊公案，平心而論，潘美是有責任，但也不是像劇本、小說中所寫的那樣對楊業父子挾嫌報仇，借刀殺人。請看事實：

> 雍熙三年，大兵北征，以忠武軍節度使潘美為雲、應路行營都部署，命業副之，以西上閤門使、蔚州刺史王侁，軍器庫使、順州

團練使劉文裕護其軍。……時契丹國母蕭氏與其大臣耶律漢寧、南北皮室及五押惕隱領眾十餘萬，復陷寰州。業謂美等曰：「今遼兵益盛，不可與戰。朝廷止令取數州之民，但領兵出大石路，先遣人密告雲、朔州守將，俟大軍離代州日，令雲州之眾先出。我師次應州，契丹必來拒，即令朔州民出城，直入石碣谷。遣強弩千人列於谷口，以騎士援於中路，則三州之眾，保萬全矣。」侁沮其議曰：「領數萬精兵而畏懦如此。但趨雁門北川中，鼓行而往。」文裕亦贊成之。業曰：「不可，此必敗之勢也。」侁曰：「君侯素號無敵，今見敵逗撓不戰，得非有他志乎？」業曰：「業非避死，蓋時有未利，徒令殺傷士卒而功不立。今君責業以不死，當為諸公先。」將行，泣謂美曰：「此行必不利。業，太原降將，分當死。上不殺，寵以連帥，授之兵柄。非縱敵不擊，蓋伺其便，將立尺寸功以報國恩。今諸君責業以避敵，業當先死於敵。」因指陳家谷口曰：「諸君於此張步兵強弩，為左右翼以援，俟業轉戰至此，即以步兵夾擊救之，不然，無遺類矣。」美即與侁領麾下兵陣於谷口。自寅至巳，侁使人登託邏臺望之，以為契丹敗走，欲爭其功，即領兵離谷口。美不能制，乃緣交河西南行二十里。俄聞業敗，即麾兵卻走。業力戰，自午至暮，果至谷口。望見無人，即拊膺大慟，再率帳下士力戰，身被數十創，士卒殆盡，業猶手刃數十百人。馬重傷不能進，遂為契丹所擒，其子延玉亦沒焉。業因太息曰：「上遇我厚，期討賊捍邊以報，而反為姦臣所迫，致王師敗績，何面目求活耶！」乃不食，三日死。（《宋史》卷二百七十二楊業本傳）

楊業為國捐軀後，宋太宗「聞之，痛惜甚」，下詔表彰楊業，並追認楊業「太尉、大同軍節度，賜其家布帛千匹、粟千石」，同時，也對潘美等人實行了嚴厲懲處：「大將軍潘美降三官，監軍王侁除名、隸金州，劉文裕除名、隸登州。」（同上）

這就是歷史上潘楊公案始末，也就是後來許許多多的文學作品演繹成潘仁美迫害楊業父子的主要根據。其實，陳家谷一戰，真正陷楊業於死地的是王侁，幫兇是劉文裕，潘美所負的主要是領導責任。你看，大敵當前，首先是楊業提出正確可行的作戰方略，卻被王侁一再嘲笑、刺激，甚至誣陷楊業「有他志」。潛臺詞就是楊業通敵，因為楊業本為降將，並非朝廷嫡系。而劉文裕則是站在王侁一邊「亦贊成之」。在戰前討論會上，主帥潘美一言未發，實際上是默許了王、劉二人的意見。楊業被激出戰，準備拼命。一方面是忠君報國，另一方面也是賭一口氣。臨行，還是留了條後路，希望潘美等人埋伏在陳家谷以為接應。對這個要求，作為主帥的潘美不僅答應了，而且付諸行動：「美即與侁領麾下兵陣於谷口」。後來，是因為監軍王侁「以為契丹敗走，欲爭其功，即領兵離谷口」。潘美最大的責任是在沒有能制止王侁錯誤的前提下，自己也破壞了原計劃，移動了軍隊。後來，聽說楊業已敗，潘美「麾兵卻走」。只顧自己，沒有冒死救援楊業。終於造成了楊業孤軍奮戰、為國捐軀的悲劇。考察這一場戰鬥的全過程，潘美不信任楊業於前，無力控制王侁於後，最終臨陣脫逃。作為一個統帥，要負指揮失誤、馭下無力的責任；作為一個戰士，要背貪生怕死、臨陣脫逃的罪名。但是，從頭到尾，他並沒有陷害楊業。楊業臨死以前太息的「為姦臣所迫」，筆者認為，姦臣主要指的是王侁，或者還有劉文裕，而不應該包含潘美。因為潘美並沒有「迫」（指責、嘲諷、刺激、誣陷）楊業，他最多只是一個「坐山觀虎鬥」。而說句不客氣的話，古今中外，上級統治眾多下級的重要手段之一就是「坐山觀虎鬥」。潘美亦未能免俗。

楊業之死，王、劉、潘三人，究竟應該各自承擔什麼責任？當時的最高領導宋太宗其實看得很清楚，處理也很恰當。潘美只是「降三官」，而王侁和劉文裕則是「除名」。但不知道為什麼，後世的民間藝人、書會才人在選擇楊家將的對立面時，偏偏放過真正「迫」害楊業父子的兇手王侁、幫兇劉文裕，而要挑選潘美。或許是人們普遍認為，只要出了問題，總是該第一把手承擔主要責任吧。

另一個被「半誣陷」的人物是胡宗憲，而且是時間相隔相當近的誣陷。胡宗憲卒於明嘉靖四十四年（1565），然根據有關專家考證，至遲在清康熙四十七年（1708），就有一部小說作品《金雲翹傳》寫到這位在當時威震東南的人物。（參看李致忠《金雲翹傳》校後記）然而，這部小說塑造的胡宗憲形象卻是不太光彩的。

首先是這位督府大人胡宗憲利用一女子王翠翹「朝廷為尊，生靈為重」（第十九回）的一片赤忱之心，騙得其丈夫大盜徐海投降，然後誘殺之。當然，這基本上是有歷史事實為依據的，算不上誣陷性的描寫。但下面這段描寫卻是令人不堪入目了：

翠翹低頭不語，微微流淚。時督府酒酣心動，降階以手拭翹淚道：「卿無自傷，我將與偕老。」因以酒戲彈之道：「此雨露恩也，卿獨不為我一色笑乎？」翠翹凝眸熟視，移時道：「亡命犯婦，怎敢奉侍上臺。」但見兩行清淚，生既去之波；一轉秋波，奪騷人之魄。督府益心屬之，乃以酒強翠翹飲，翹低頭受之。體雖未親，但嫩蕊嬌香，已沁入督府肺肝矣。諸參佐俱起為壽。督府攜翠翹手受飲，殊失官度。夜深，席大亂。翠翹知道禍必及己，辭之不得脫身，直至五更乃散。次日天明，督府以問門官，門官悉陳其顛末。督府暗悔道：「昨夜之事，豈是我大臣所為，若收此婦，又礙官箴，欲縱此婦，又失我信；不如殺之，以滅其跡。」又轉思道：「三次招撫，誰人不知。因彼平寇，士民皆識。功高而見殺，何以服天下萬世之人心。留之不可，殺之不忍，如之何則可？」點頭道：「得之矣。將彼賞了一軍人，既滅其跡，又不殺其身，人豈議我乎？」（同上）

這段描寫，真正是讓這位督府大人的狼心狗肺昭然若揭了。歷史上的胡宗憲是否是這種卑鄙齷齪的小人，並沒有過硬的證據。但《明史》卷二百零五卻清清楚楚地記載了胡宗憲結交權貴、搜刮民財的劣跡：「宗憲多權術，喜功名，因文華結嚴嵩父子，歲遺金帛子女珍奇淫巧無數。文華死，宗憲結嵩益厚，威權震東南。……然創編提均徭之法，加賦額外，民為困敝，而所侵官帑、斂富人財物亦不貲。」

這樣一個胡宗憲，幹出一點傷天害理、卑鄙無恥、心狠手辣的事情，也並非情理之外。因此，《金雲翹傳》對胡宗憲的描寫，還算不上真正的誣陷，而只能算作「根據人物性格發展的邏輯寫出可能發生的故事」。這是符合小說創作規律的。

然而，比《金雲翹傳》再晚半個世紀，創作於清乾隆十八年（1753），完成於乾隆二十七年（1762）的《綠野仙蹤》一書對胡宗憲膽怯無謀乃至貪生怕死的性格特徵的表現，則可以說是與歷史事實恰恰相反的一種「誣陷」性描寫了。且看這部小說中那個畏葸不前、貪生怕死的胡宗憲：

原來這軍門姓胡，名宗憲，是個文進士出身，做的極好的詩賦，八股尤為精妙，係嚴世蕃長子嚴鵠之妻表舅也；已做到兵部尚書，素有名士之稱。他嫌都中不自在，求補外任。嚴嵩保舉他做了河南

軍門，只會吃酒做詩文，究竟一無識見，是個膽小不過的人。（第三十回）

宗憲道：「本院已發火牌，調河陽總兵管翼同到睢州，等他來，大家商一神策，然後破賊。汝毋多言，亂我懷抱。」桂芳見他文氣甚深，知係膽怯無謀之輩，只得辭出。（同上）

曹邦輔取出旨意，朗念道：「胡宗憲身膺軍門重寄，不思盡忠報國，自師尚詔叛據歸德，宗憲事事畏縮，無異婦人，致逆賊殺官奪城，皆其所致。……」宣讀畢，閃過提騎五六人，將胡宗憲脫去官帶，就要上鎖。（第三十二回）

胡宗憲聽得前面喊聲漸近，知是兩軍對敵，早嚇的神魂無主，渾身寒戰起來。少刻，見官軍亂敗，他曉得什麼催軍救應？口中只說：「快回！快回！」本船水軍聽了，如逢了大赦一般，急忙掉船回走。孰意敗軍船隻，反將宗憲各船亂碰。後面倭寇，刀槍齊至，喊殺如雷，官軍死亡者甚多。（第七十五回）

這樣的從軍門到總督的胡宗憲大人，我們實在不知道他怎樣領導閩浙一帶的抗倭鬥爭？他怎麼可能打敗沿海的眾多海寇？又怎麼會威震東南？然而，當我們稍稍涉獵《明史》中與胡宗憲抗倭戰爭相關的一些記載，就會知道，小說所寫與歷史事實竟然是天壤之別。為了說明問題，我們不妨也來看看歷史上胡宗憲領導抗倭的輝煌業績：

明世宗嘉靖三十五年：「秋七月辛巳，胡宗憲破倭於乍浦。八月……辛亥，胡宗憲襲破海賊徐海於梁莊。」（《明史》卷十八）

嘉靖三十八年：「秋八月己未，李遂、胡宗憲破倭於劉家莊。」（同上）

「時胡宗憲為總督，誅海賊徐海、汪直。」（同上卷九十一）

關於胡宗憲誘殺海寇巨魁徐海一節，《明史》記載尤詳：「宗憲令大猷潛焚其舟。海心怖，以弟洪來質，獻所戴飛魚冠、堅甲、名劍及他玩好。宗憲因厚遇洪，諭海縛陳東、麻葉，許以世爵。海果縛葉以獻。宗憲解其縛，令以書致東圖海，而陰泄其書於海。海怒。海妾受宗憲賂，亦說海。於是海復以計縛東來獻，帥其眾五百人去乍浦，別營梁莊。官軍焚乍浦巢，斬首三百餘級，焚溺死稱是。海遂刻日請降，先期猝至，留甲士平湖城外，率酋長百餘，胄而入。文華等懼，欲勿許，宗憲強許之。海叩首伏罪，宗憲摩海頂，慰諭之。海自擇沈莊屯其眾。沈莊者東西各一，以河為塹。宗憲居海東莊，以西莊處東黨。令東致書其黨曰：『督府檄海，夕擒若屬矣。』東黨懼，乘夜將攻海。海挾兩妾走，間道中槊。明日，官軍圍之，海投水死。……海餘黨奔舟山。宗憲令俞大猷雪夜焚其柵，盡死。兩浙倭漸平。」（卷二百零五胡宗憲本傳）

根據以上材料，我們至少可以得出一條結論，胡宗憲雖有一些讓人指責的地方，但他絕非膽怯無謀、貪生怕死之徒。為了說明問題，我們最後再補充一點他年輕時的材料，以看出他的膽大心細、敢作敢為。

> 胡宗憲，字汝貞，績溪人。嘉靖十七年進士。歷知益都、餘姚二縣。擢御史，巡按宣、大。詔徙大同左衛軍於陽和、獨石，卒聚而嘩。宗憲單騎慰諭，許勿徙，乃定。（同上）

縱觀胡宗憲所為，應該是功大於過。無論如何，胡宗憲也算得上是一個英雄人物，而絕非貪生怕死之徒。誠如《明史》卷二百零五最後「贊曰」所言：「宗憲以奢黷蒙垢。然令徐海、汪直之徒不死，貽患更未可知矣。」

瞭解了上述諸人被「誣陷」或「半誣陷」事實以後，筆者還是那句老話：給這些歷史人物翻案是沒有多大意思的，但利用適當的機會，給那些被誣陷的歷史人物「解釋」一下還是應該的。否則，讓那些人物的靈魂在漫長的歲月中永久的咀嚼著「死後是非誰管得」這枚苦果，那人生也太沒有意思了，歷史也太沒有意思了，人類也太沒有意思了。

對前人的評價，永遠是要讓後人「正確」銘記的。這也是一種社會公德。

（原載《閒書謎趣》，河南人民出版社，2010 年 4 月出版）

為貪一物而致人於死地的混帳王八蛋們

世上每一個人都有自己的嗜好，嗜酒、嗜茶、嗜煙、嗜賭、嗜書籍、嗜古董、嗜書畫、嗜琴棋，如此等等，千奇百怪。這些嗜好有的高雅，有的低俗，有的奇特，有的荒唐，這也無所謂，每個人都有保留和堅持自己嗜好的權力。但是有一條，切不可將你的嗜好轉化為貪欲，那可就麻煩了。因為一般說來，嗜好是相對於個人而言的一種「封閉性」的欲望滿足，而貪欲卻具有「開放性」，嚴重的會損害他人利益，甚至造成人身傷害。

自古到今，為了滿足自己的一點由嗜好惡性膨脹發展成為貪欲而害得別人家破人亡的例子真還不少。別的不說，在古代戲曲小說中就多有描寫。

最遲在元人雜劇中，就有一種出身「權豪勢要」的人，將「別人的」東西看成是「我」的，從而進行了肆無忌憚的掠奪。且看兩位「花花太歲」的自白：

> （沖末扮魯齋郎引張龍上）（詩云）花花太歲為第一，浪子喪門再沒雙。街市小民聞吾怕，則我是權豪勢要魯齋郎。……但見人家好的玩器，怎麼他倒有，我倒無，我則借三日玩看了，第四日便還他，也不壞了他的。人家有那駿馬雕鞍，我使人牽來，則騎三日，第四日便還他，也不壞了他的。（關漢卿《包待制智斬魯齋郎》楔子）

> （淨扮龐衙內領隨從上，詩云）花花太歲為第一，浪子喪門世無對。聞著名兒腦也疼，只我有權有勢龐衙內。……若到人家裏，見了那好古玩好器皿，琴棋書畫，他家裏倒有，我家裏倒無，教那伴當每借將來，我則看三日，第四日便還他，我也不壞了他的。但

若是他同僚官的好馬，他倒有，我倒無，著那伴當借將來，則騎三日，第四日便還他，我也不壞了他的。人家有好宅舍，我見了他家裏倒有，我家裏倒無，搬進去則住三日，第四日就搬了，我也不曾壞了他的。（武漢臣《包待制智賺生金閣》第一折）

這些出身「權豪勢要」的「花花太歲」，見了別人的好東西，甚至包括美麗的女人，就如同蒼蠅見血一樣，瘋狂地撲上去，據為己有。他們的邏輯也非常荒唐：「怎麼他倒有，我倒無。」在他們看來，天下的好東西只能為我一人所有，你們憑什麼擁有？即便有了，也要奉行「我的是我的，你的也是我的」的基本原則，統統歸我所有。這種表現，雖然帶有一定的時代特色，但更具有歷史慣性。自古及今，有權有勢的人從來就少不了對弱者的敲骨吸髓的掠奪。其中的道理很簡單，如果沒有這些巧取豪奪，權豪勢要們要「權力地位」做什麼？從某種意義上講，權豪勢要就是巧取豪奪的基礎。只不過上述這兩位源自邊鄙之地的花花太歲較之某些出身中原地區的不動聲色的「文明」的掠奪者更為囂張、更為明目張膽、也更為赤裸裸一些而已。

明代以降，在戲劇小說作品中出現的「文明」強盜其實比元雜劇中的花花太歲更為可怕。他們為了得到別人的一樣東西，可以不擇手段，可以在不聲不響之中害得弱者家破人亡。因此，從掠奪水平的角度而言，他們更高了一層「境界」，足以使得元雜劇中的那些花花太歲們瞠乎其後：原來高檔次的掠奪並非「力氣活」，只要「心念一動」即可。

我們且看一個著名的例子。

明代嘉靖年間的大權奸嚴嵩與大名士王世貞的父親王忬之間的恩怨仇隙是一件轟動當時並為後人津津樂道的事件。最後的結果，當然是嚴嵩害死了王忬。那麼，他們之間的仇隙究竟為何而起呢？歷史上的真實情況我們就不去考證了，那是歷史學家的事，我們只看「小說家言」。小說家們告訴我們，那是為了一幅古畫——著名的《清明上河圖》。且看：

嚴分宜勢熾時，以諸珍寶盈溢，遂及書畫古董雅事。時鄢懋卿以總鹽使江淮，胡宗憲、趙文華以督兵使吳越，各承奉意旨，搜取古玩不遺餘力。時傳聞有《清明上河圖》手卷，宋張擇端畫，在故相王文恪冑君家，其家鉅萬，難以阿堵動，乃託蘇人湯臣者往圖之。湯以善裝潢知名，客嚴門下，亦與婁江王思質中丞往還，乃說王購之。王時鎮薊門，即命湯善價求市，既不可得，遂屬蘇人黃彪摹真

> 本應命，黄亦畫家高手也。嚴氏既得此卷，珍為異寶，用以為諸畫壓卷，置酒會諸貴人賞玩之。有妒王中丞者知其事，直發為贋本，嚴世蕃大慚怒，頓恨中丞，謂有意紿之，禍本自此成。或云即湯姓怨弇州伯仲，自露始末，不知然否？（沈德符《萬曆野獲編》補遺卷二《偽畫致禍》）

此則記載最後的「弇州伯仲」，指的就是王世貞兄弟。到後來，又有人將這則記載寫成一篇較長的文章，或者說就是一篇文言小說，受害者是誰？作者用了煙雨模糊法，但嚴嵩父子卻是沒有改變的。掠奪的對象則由「古畫」換成了「玉杯」。

> 分宜當國，其家督少司空操予奪之柄，又精賞鑒，故天下之珍瑤寶玩，晉唐墨蹟畫片畢集，惟以裝潢收藏無其人為憾。時姑蘇王廷尉某，故太傅文貞公孫也，以蔭累為冏卿，出入分宜門，與司空有兄弟稱云，屬冏卿購其人。冏卿遂以所知湯表背薦，極贊其能，司空為致二百金為秣馬費，至則相得驩甚。……而湯小人也，瞰知冏卿家藏文貞紫金盤，重踰鎰，中盛漢玉杯，希世珍也，密以告司空。司空屬湯求旃。冏卿心念此吾先世重寶，愛踰於命。……適求得璞中玉如羔肪，百金購滇良工，日夜琢成杯，與家所藏者無毫髮異，並其盤以獻。司空喜甚，一歲三擢至奉常。一日，湯來謁，冏卿與之粲，矢口曰：「湯君故人，吾有人乎司空之側，杯吾太傅舊物，即償十五城弗易，誠何有於空銜！」湯驚曰：「安得有是言，在司空所者非邪？」冏卿語之故，且呼：「杯來，吾與湯君勞。」湯心久欲傾冏卿，而已獨當分宜眄睞。翼日告司空曰：「冏卿蔑主，其博美官者贋也。昨暮飲，奴見之，其良十倍。」司空嗔忿，奮袖起，湯曰：「冏卿不攜家，篋笥具在臥內。主旦日往拜，將許僕十人搜其室，真杯得矣。」司空然之。晨往，冏卿有老家幹從隙中遠望司空意弗善，曰：「必以杯來。」急內杯懷中，跳短垣外避。（程可中《湯表背》）

後來，嚴世蕃幾次搜求此杯，未能得逞。經「老家幹」提醒，冏卿才意識到是湯表背從中使壞。最後，冏卿採取了即以其人之道還治其人之身的辦法，利用「唐宋古畫」造成誤會，使嚴世蕃痛恨湯表背，「拷掠湯無完膚，遠戍密雲。」

此篇記載，將嚴世蕃所貪之物由《清明上河圖》改成「漢玉杯」，但害人的結果卻是一致的。就篇中描寫而言，湯表背忘恩負義，差一點害得冏卿傾家蕩產，這種行為毫無疑問是遭人唾棄的。但他最後悲慘的結局同樣發人深思，不也就是為了幾幅畫嗎？何以被拷掠得體無完膚，何以被充軍到邊鄙之地？然而，我們如果換一個角度看問題，一切就都迎刃而解了。在嚴世蕃看來，身為朝廷命官的王冏卿也罷，幫閒文人湯表背也罷，只要不能滿足他嚴司空的那點「貪欲」，不管是誰，統統致於死地而後快！

再後來，著名的戲劇作家李玉將這個故事改編成著名的戲劇作品《一捧雪》，也就是李玉早期代表作「一、人、永、占」的那個「一」。《一捧雪》中的主要人物和玉杯有了更明確的名頭，「冏卿」叫莫懷古，「湯表背」叫湯勤，「漢玉杯」叫「一捧雪」。故事的前半段與《湯表背》大體相同，只是後半段作了較大的改造而已。我們且看前半段的兩個鏡頭。

其一，經過湯勤的挑撥離間，嚴世蕃得知從莫懷古那兒弄過來的玉杯「一捧雪」竟然是贗品時，不禁勃然大怒：

> （淨怒介）可惱，可惱！這畜牲天大的膽，卻來侮弄我老爺？他敢有幾顆頭麼！……叫班分付錦衣衛官兒，速差軍校拿他到來，定要真杯。（第十齣）

其二，當嚴世蕃得知得知莫懷古帶著真的「一捧雪」逃跑之後，更是怒不可遏，殺心頓起，旋即羅列罪名，給莫懷古扣上絕大的「帽子」，發下海捕文書，並下令抓到此人後就地處決：

> （淨）我如今先寫一牌與他前去，再動一本便了。（寫介）莫懷古盜竊太常神器，擅離職守，玩國欺君，差軍擒獲。所到地方，不拘文武衙門，即行斬首復旨。（付牌與丑介）（第十二齣）

或許有人認為，像嚴嵩父子這樣炙手可熱的權貴，掠奪別人的東西那自然是不足為奇的。其他人恐怕就沒有這麼厲害了吧？其實不然。我們且看與《一捧雪》幾乎同時的一篇擬話本小說作品所描寫的發生在一些社會中下層人物之間的連環掠奪的故事。

窮秀才任傑有一個龍文鼎，先後被三個人巧取豪奪。用任傑自己的話說：「詹博古還是以財求的，孫監生便以術取，王司房卻以勢奪了。」這個過程比較漫長，我們且看這場掠奪接力賽的最後一棒，王司房是怎樣從孫監生手上奪得寶鼎的。

> 倒惱了一個王司房，道：「送是等不著送了，但他這等撇古，我

> 偏要他的。」打聽得他家開一個典鋪，他著一個家人拿了一條玉帶去當。這也是孫監生悔氣，管當的不老成，見是玉帶，已是推說不當。那人道：「你怕我來歷不明麼？我是賀總兵家裏的，你留著，我尋一個熟人來。」去得不多一會，只見一個人閃進來，看見條玉帶，道：「借過來一看。」管當的道：「他是賀總兵家要當的，還未與他銀子。」這人不容分說，跳進櫃來拿過一看，道：「有了賊了！」就外邊走上七八個人來，把當裏四五個人一齊拴下，道：「這帶是司房王爺代陳爺買來進上的，三日前被義男王勤盜去，還有許多玩器。如今玉帶在你這裡，要你們還人，還要這些贓物。」把這個當中人驚得面如土色，早已被拿進府中。……一面把這幾個人墩在府中，一面來拿孫監生。……孫監生只得送了鼎，又貼他金杯二對、銀臺盞、尺頭，兩個內相二百兩，衙門去百金，玉帶還官，管當人問個不應完事。(《型世言》第三十二回)

王司房為了得到這個寶鼎，居然採取了栽贓陷害的辦法，將孫監生誣陷為窩贓犯。最後，孫監生不僅給王司房送去寶鼎，還虧了「金杯二對、銀臺盞、尺頭」，以及各項費用共計現銀三百兩。須知，孫監生可不是普通百姓，他是有功名的，在鄉里之間是有頭有臉的人物。殊不知像他這樣的人，因為一隻寶鼎，也受到身份比他略高的王司房的敲詐。與他相比，那些真正的普通百姓如果家藏古董玩器，究竟是福是禍，可就真正說不定了。一般說來，極有可能就是一場災難。謂予不信，請看稍後幾十年蒲松齡的描述。

《聊齋誌異》中有一篇作品，說的是一個愛奇石如命的邢雲飛及其他的寶貝石頭的故事。

> 邢得石歸，裹以錦，藏櫝中，時出一賞，先焚異香而後出之。有尚書某，購以百金。邢曰：「雖萬金不易也。」尚書怒，陰以他事中傷之。邢被收，典質田產。尚書託他人風示其子。子告邢，邢願以死殉石。妻竊與子謀，獻石尚書家。邢出獄始知，罵妻毆子，屢欲自經，家人覺救，得不死。(《石清虛》)

非常明顯。那尚書就是一枚本篇標題所說的「為貪一物而致人於死地的混帳王八蛋」。可惜的是，這樣的王八蛋卻永遠的瓜瓞綿綿，不絕如縷，他們的手段甚至有愈來愈惡劣的態勢。別的不說，在《紅樓夢》中就有這麼一個年過五旬的老王八蛋——賈赦。他壞到什麼程度呢？兩句話便可勾勒大概，他玩膩味的女人可以賞給兒子賈璉，他看中母親身邊的丫鬟就要討來做妾。這一次，他又看上了一個普通人的一點好東西，居然將對方往絕路上逼。關於這件事的來龍去脈，還是讓賈赦兒子賈璉的侍妾平兒來介紹吧：

> 平兒咬牙罵道：「都是那賈雨村什麼風村，半路途中那裡來的餓不死的野雜種！認了不到十年，生了多少事出來！今年春天，老爺不知在那個地方看見了幾把舊扇子，回家看家裏所有收著的這些好扇子都不中用了，立刻叫人各處搜求。誰知就有一個不知死的冤家，混號兒世人叫他作石呆子，窮的連飯也沒的吃，偏他家就有二十把舊扇子，死也不肯拿出大門來。二爺好容易煩了多少情，見了這個人，說之再三，把二爺請到他家裏坐著，拿出這扇子略瞧了瞧。據二爺說，原是不能再有的，全是湘妃、棕竹、麋鹿、玉竹的，皆是古人寫畫真蹟，因來告訴了老爺。老爺便叫買他的，要多少銀子給他多少。偏那石呆子說：『我餓死凍死，一千兩銀子一把我也不賣！』老爺沒法子，天天罵二爺沒能為。已經許了他五百兩，先兌銀子後拿扇子。他只是不賣，只說：『要扇子，先要我的命！』姑娘想想，這有什麼法子？誰知雨村那沒天理的聽見了，便設了個法子，訛他拖欠了官銀，拿他到衙門裏去，說所欠官銀，變賣家產賠補，把這扇子抄了來，作了官價送了來。那石呆子如今不知是死是活。老爺拿著扇子問著二爺說：『人家怎麼弄了來？』二爺只說了一句：『為這點子小事，弄得人坑家敗業，也不算什麼能為！』老爺聽了就生了氣，說二爺拿話堵老爺，因此這是第一件大的。這幾日還有幾件小的，我也記不清，所以都湊在一處，就打起來了。」（第四十八回）

以上所引，是平兒對著薛寶釵的敘說。這裡所說的「老爺」就是賈赦，「二爺」就是賈璉，至於賈雨村就不用介紹了。正是在這位賈大人的幫助之下，賈老爺得到了那幾把扇子，而那可憐的石呆子呢？當時平兒「不知是死是活」，而根據小說後來的交代，他是自盡身亡了。對於賈赦這種「為貪一物而致人於死地」的事，就連「璉二爺」都不以為然，認為過於歹毒，結果是遭到父親的一頓暴打。更發人深思的是，賈赦對沒能痛下殺手幫他搞寶貝的兒子深為不滿，「天天罵二爺沒能為」。後來，當賈雨村用非常手段幫他弄到扇子之後，這位「嚴父」居然還拿著扇子質問他兒子：「人家怎麼弄了來？」表現了對自己的「接班人」不夠心狠手辣的深切擔憂和怨憤。

讀到這樣的地方，或許有人會問一個再簡單不過的問題，賈赦等權豪勢要對他人如此瘋狂而滅絕人性的掠奪，難道就沒有人能管他們嗎？難道就沒有王法了嗎？

王法當然是有的，但那是針對「庶民」而言的，雖然古時候理論上也講「王子犯法與庶民同罪」，但在多半時候那不過是騙騙老百姓的。「王子」的「父輩」或者「權豪勢要」的「家長」總會想方設法為他們的子弟找到各種理由推脫責任的。不信，請看《紅樓夢》中描寫賈府衰落時對賈赦的處分，尤其是特別提到石呆子的扇子一事：

> 北靜王據說轉奏，不多時傳出旨來。北靜王便述道：「主上因御史參奏賈赦交通外官，恃強凌弱。……惟有倚勢強索石呆子古扇一款是實的，然係玩物，究非強索良民之物可比。雖石呆子自盡，亦係瘋傻所致，與逼勒致死者有間。今從寬將賈赦發往臺站效力贖罪。」（第一百零七回）

你看，明明承認是「倚勢強索石呆子古扇」，偏偏又說什麼「究非強索良民之物可比」，理由不過是扇子乃「玩物」而已。也就是說，貴族搶奪平民的「玩物」是不算一回事的。更有甚者，石呆子明明是抱屈自殺的，卻被說成是「瘋傻所致」，因此，賈赦也就免去了「逼勒致死」的罪名。於是，加上這位賈府大老爺其他所有的罪名，也不過「流放」一下而已。當然，這還是在賈府徹底敗落之後。在這之前，賈赦「何罪之有」？

這便是皇帝的意思，這便是權豪勢要的總後臺的意思。

有了這樣的總後臺，不管邏輯上、法律上、道德上是否講得過去，統統都不成問題。你們這些草民有什麼辦法？

不僅是作為當事人、受害者的草民沒有辦法，就是作為作者的草民、作為讀者的草民，你們又有什麼辦法？

辦法還是有的，將這罪惡書寫下來，將這罪惡傳播開去，讓更多的人瞭解這罪惡，然後才有可能抵制、反抗最終消滅這種罪惡。

這一天總會到來的。

但這個「到來」的過程可能非常漫長和遙遠。

（原載《稗史迷蹤》，中州古籍出版社，2012 年 6 月出版）

關於「銀」「錢」的事

有人早就說過，「錢」是最好的東西，也是最壞的東西。但無論它好也罷壞也罷，總之是生活在世界上的芸芸眾生一刻也離不開錢。在清平世界、朗朗乾坤，一文錢可以難倒英雄漢。就是到了陰曹地府，有錢也還能使得鬼推磨哩！這兩方面的情況不用多說，只要讀讀《說唐》中秦叔寶的遭遇和《聊齋誌異》中席方平的故事就一目了然了。其實，在中國古代小說中，涉及「銀錢」的絕非上述兩部作品。甚至可以說，任何一部小說作品都離不開「錢魔」作祟。因為金錢的魅力實在是太大了。

讓我們從一位寡婦「夜數金錢」的故事說起：

> 一節母，年少矢志守節。每夜就寢，關戶後，即聞撒錢於地。明晨啟戶，地上並無一錢。後享上壽，疾大漸，於枕畔出百錢，光明如鏡，以示子婦，曰：「此助我過節物也！我自失所滅。孑身獨宿，輾轉不寐。因思魯敬姜『勞則善，逸則淫』一語，每於人靜後，即熄燈火。以百錢拋散地上，一一俯身撿拾，一錢不得，終不就枕。及檢齊後，神倦力乏，始就寢，則晏然矣。歷今六十餘年，無愧於心，故為爾等言之。」（清．青城子《誌異續編》）

這大概是金錢最為獨特的用途了。在那漫漫長夜，一個年輕的寡婦為了抑制自己青春的萌動，為了消解人類的動物本能，居然將一百文大錢撒在地上然後於黑燈瞎火中摸索著將這些錢一枚一枚撿起。這樣單調的行為居然重複了二萬一千九百多個漆黑的夜晚。那「光明如鏡」的銅錢簡直就是這位寡婦被扭曲的心靈的一百面小鏡子。

一個活生生的人數十年如一日在一百面小鏡子的照耀下度過本應寧靜或

者幸福的夜晚，這是一個多麼沉重的話題。它沉重得筆者無法再繼續說下去。因此我們換一個角度，換一個相對輕鬆的話題：那一百個銅錢是否為一個貨幣單位？

回答是否定的。一般說來，古人是以銅錢一千枚為計數單位的，謂之一貫、一緡、一弔等等。

「貫」的本義是穿錢的繩子，《史記·平準書》：「京師之錢累鉅萬，貫朽而不可校」。「緡」與「貫」的意義接近，也可以理解為穿錢的繩子。因此，二者之間有時可以互訓。如《史記·張湯傳》：「排富商大賈，出告緡令。」《正義》：「緡音岷，錢貫也。」再如《漢書·武帝紀》元狩四年：「初算緡錢。」《注》引李斐：「一貫千錢，出算二十也。」由此又可知一貫是一千個銅錢。此處所謂「算」，是漢初「算緡錢」的簡稱。《史記·平準書》載諸賈人「各以其物自占，率緡錢二千而一算。諸作有租及鑄，率緡錢四千一算」。各種商賈的貨值都是以一千錢為基本單位的，或兩千一算，或四千一算。

由上可知，緡錢就是貫錢，亦即一千枚銅錢。舊時又以一千錢為一弔，明人何良俊《四友齋叢說》卷十二：「有一道長請同僚遊山。適坡山一家當直，是日十三位道長，每一個馬上人要錢一弔，一弔者千錢也，總用錢一萬三千矣。」現在民間還有一句罵人的話叫做「弔錢兩開」，意謂一弔錢開一次是五百，再開一次就是「二百五」。亦可旁證一千錢為一弔也。

那麼，古人是怎樣將散錢串為一貫的呢？這在中國古代小說中有生動的描寫：「那員外聽得，便交茶博士取錢來數。茶博士抖那錢出來，數了，使索子穿了，有三貫錢，把零錢再打入竹筒去。員外把三貫錢與楊三官人做盤纏回京去。」（《清平山堂話本·楊溫攔路虎傳》）

另一個與此相關的問題是，一貫錢究竟價值幾何，或者說能買多少貨物？這個問題恐怕就要因時因地具體分析了。我們且看中國古代小說中的一些描寫。

宋元話本小說《董永遇仙傳》中有一段著名的董永賣身葬父的故事。那麼，在當時，一個雇農的父親死後的安葬費用是多少呢？且看董永的回答：

> 董永道：「小人姓董名永，丹陽縣董槐村人氏。自幼喪母。今年又喪父，停柩在家，無錢殯葬。今日特告長者，情願賣身與長者，欲要千貫錢回家葬父，便來長者家傭工三年。望長者慈悲方便！」長者見說，乃言：「你是大孝之人！」便教院子取一千貫錢，付與董

永。(《清平山堂話本・雨窗集》卷上)

董永葬父居然要一千貫錢！這還不算棺木等原始費用。因為在董永賣身葬父之前，他曾經求過舅舅幫忙了：「當時逕到娘舅家，備告葬父無錢之事。娘舅見說，又無見(現)錢，遂將布二匹，絹一匹，借與董永。董永換具棺木回家，盛停在家中，早晚哭泣。日間與人耕種度日。欲要殯葬，又無錢使。」(同上)一個成天給人打工維持生計的人，安葬老父的費用竟高達一千貫錢，真是物貴而錢賤。

然而在另一篇宋元話本小說《十五貫戲言成巧禍》中，情況卻不太一樣。落魄的劉貴向其岳父告艱難，得到了這樣的回答：

> 丈人便道：「這也難怪你說。老漢卻是看你們不過，今日齎助你些少本錢，胡亂去開個柴米店，撰得些利息來過日子，卻不好麼？」劉官人道：「感蒙泰山恩顧，可知是好。」當下吃了午飯，丈人取出十五貫錢來，付與劉官人道：「姐夫，且將這些錢去，收拾起店面，開張有日，我便再應付你十貫。」(《醒世恒言》第三十三卷)

較之《董永遇仙傳》而言，這裡的物價稍低，開一個柴米店，本錢大概有個二三十貫也就差不多了。但接下來的描寫卻體現了錢貴而人賤。劉貴馱著錢在路上去一個朋友家裏喝了一些酒，回到家裏，「已是點燈時分」。劉貴的小妾陳二姐開門晚了一點，從而引發了一場大悲劇：

> 那劉官人一來有了幾分酒，二來怪他開得門遲了，且戲言嚇他一嚇，便道：「說出來，又恐你見怪；不說時，又須通你得知。只是我一時無奈，沒計可施，只得把你典與一個客人，又因捨不得你，只典得十五貫錢。若是我有些好處，加利贖你回來；若是照前這般不順溜，只索罷了！」(同上)

劉貴為懲罰開門稍晚的小妾，開了一個玩笑嚇他一嚇，說十五貫錢就將陳二姐典給了別人，雖然說「因捨不得你，只典得十五貫錢」，似乎陳二姐並不止值得十五貫，但就是加上天也不可能再翻十倍吧？較之董永葬父的一千貫，陳二姐真是太不值錢了。如果陳二姐不相信劉貴的醉話，那倒另作他論。而書中寫得清清楚楚，陳二姐相信了，她相信自己就值得十五貫！於是她想告知爹娘，於是她連夜逃跑，於是造成了十五貫巧合的大悲劇，白白送掉了兩條年輕的生命。那麼，那位被活活冤殺的崔寧恰巧身上背的十五貫錢是從何而來呢？且聽他自己的解釋：那後生道：「小人姓崔名寧，是鄉村人氏。昨日往城中賣了絲，賣得這十五貫錢。」（同上）原來賣一次「絲」就可背回十五貫錢，原來陳二姐的生命就值這一人拿到城中一次賣掉的「絲」。或者說，值得大半月「胡亂」開的「柴米店」。看來，不是錢貴而物賤，也不是物貴而錢賤，而是錢物都貴而「人」賤。當然，不是所有的人都賤，只是像陳二姐這樣的本是農村姑娘的小「妾」賤。

當然，並非所有的時候、所有的地方、所有的人家的「妾」都賤。有一篇話本小說《錯認屍》（見《清平山堂話本》，馮夢龍稍作修改後收入《警世通言》時改名《喬彥傑一妾破家》），究竟是宋元舊篇還是明代作品，學術界有不同看法，我們剛好放在這裡作為由宋元之做到明代之作的過渡。該篇一再涉及「銀錢」的問題：「這喬俊看來有三五萬貫資本。」「喬俊言：『稍工，你與我問巡檢夫人，若肯將此妾與我，我情願與他多些才禮，討此人為妾，說得此事成了。我把五兩銀子謝你。』」「老夫人當時對稍工道：『你有甚好頭腦說他？若有人要取他，就應承與他，只要一千貫文，便嫁與他。』」「喬俊聽說，大喜，即便開箱，取出一千貫文，便交稍公送過夫人船上去。」「其婦與喬俊拜辭了老夫人。夫人與他衣箱對象之類，卻是送過船去。喬俊取五兩銀子謝了稍工。」「里長說與周氏：『此人是上海縣人，姓董名小二。自小他父母俱喪，如今專靠與人家做工過日。每年只要你三五百貫錢，冬夏做些衣服與他穿。』」「程氏就乃大哭道：『丈夫緣何死在水裏？』看的人都呆了。程氏又乃告眾人：『那個伯伯肯與奴家拽過我的丈夫屍首到岸邊，奴家認一認看。奴家自奉酒錢五十貫。』……程氏取五十貫錢（謝）了王酒酒。」「那沈瑞蓮見喬俊淚下，也哭起來，道：『喬郎，是我苦了你。我有些日前趲下的零碎錢，與你做盤纏，回去了罷。你若有心，到家取得些錢，再來走一遭。』喬俊大喜，當晚收拾了舊衣服，打了一個衣包，沈行首取出三百貫文，把與喬俊打在包內。別了虔婆，馱了衣包，手提了一條棍棒，又辭了瑞蓮，兩個不忍分別。」

好了！我們對該篇關於銀錢的描寫來一點綜合分析。喬俊（喬彥傑）有萬貫家財，他在路上買了已故周巡檢的侍妾，花了一千貫錢。就連於中說合的稍公都得到喬俊五兩銀子的「唾沫費」。這個侍妾較之陳二姐而言，可是「貴」多了。但事情尚不止於此，這一篇作品中的「銀錢」似乎特別不值錢。你看，富貴人家雇一個做工的，一年的工錢竟然是「三五百貫錢」，還要「冬夏做些衣服與他穿」。飯錢沒說，自然是主家供給了。一個女人懷疑水裏淹死的是自己的丈夫，請人「拽」到岸邊，酬勞費居然是五十貫。一個妓女，與心上人「執手相看淚眼」而「不忍分別」的時候，送給情人嫖客的體己錢竟有三百貫之多。如果陳二姐在二三百年後遊魂偶而回到塵寰的熱土中觀光一二的話，她該是何等的憤懣！看到自己的一條命只值巡檢侍妾的九十分之一，只值一個長工「年收入」的三十分之一，只值撈一具屍體「勞務費」的三分之一，只值妓女一次性贈送情人的二十分之一，估計她是再也不願意回到這個不平等、不合理的卑鄙齷齪的世界的。

其實陳二姐大可不必過分憤懣，因為此後的明代小說，向我們展示的卻是錢更加的「貴」、人更加的「賤」。當然，還是只有像陳二姐這類「小賤人」才賤！

先看《金瓶梅》中的描寫：

> 李瓶兒道：「老馮領了個十五歲的丫頭，後邊二姐買了房裏使喚，要七兩五錢銀子。請你過去瞧瞧。」金蓮隨與李瓶兒一同後邊去了。李嬌兒果問西門慶用七兩銀子買了，改名夏花兒，房中使喚。（第三十回）

一個十五歲的小姑娘，竟然只值得七兩銀子，比陳二姐還要低賤。至於低賤多少，或者說七兩銀子究竟比十五貫錢少多少，我們下面再探究。這裡繼續看《金瓶梅》時代的「人價」「物價」問題。明代後期，不僅奴婢不值錢，一般貨物也不怎麼值錢，基本上是「物賤錢貴」。為了說明問題，我們不妨來看看一夥幫閒篾片請西門大官人吃一頓飯的開銷：

> 應伯爵道：「可見的俺們只是白嚼你家孤老，就還不起個東道？」於是向頭上拔下一根鬧銀耳斡兒來，重一錢；謝希大一對鍍金網巾圈，秤一秤，重九分半；祝實念袖中掏出一方舊汗巾兒，算二百文長錢；孫寡嘴腰間解下一條白布裙，當兩壺半酒；常峙節無以為敬，問西門慶借了一錢銀子。都遞與桂卿，置辦東道，請西門慶和桂姐。那桂卿將銀錢都付與保兒，買了一錢豬肉，又宰了一隻雞，自家又賠些小菜兒，安排停當。（第十二回）

上述所有的幫閒篾片們的「集資」加在一起，也不到一兩銀子，或者說不到一貫錢。更為突出的是，常峙節向西門慶借了一錢銀子，居然就買來了一桌酒席所需要的豬肉，可見當時「物賤錢貴」。

當然，這方面的例子絕非只有《金瓶梅》中存在，在明末出現的一些擬話本小說中還有不少描寫可以作為《金瓶梅》的佐證。如《一文錢小隙造奇冤》（見《醒世恒言》）寫道：「忽一日楊氏患肚疼，思想椒湯吃，把一文錢教長兒到市上買椒。」一文錢居然也可以單獨使用，去買做一次椒湯的椒。可見當時物價不高，錢很值錢。還有一個賣人的例子更能說明問題。《單福郎全州佳偶》（見《古今小說》）寫「金將斡離不攻破順陽，邢知縣一門遇害。春娘年十二歲，為亂兵所掠，轉賣在全州樂戶楊家，得錢十七千而去」。所謂「十七千」，就是「十七貫」。看來明代的「春娘」與宋元的「陳二姐」價值差不了多少。

但是，剛才我們說過，晚明時低賤的不過是「夏花」「春娘」一類的貧民的女兒，那些稍有身份的女人是不會這麼低賤的。就拿剛才那位春娘來說，她之所以只賣了「錢十七千」，主要有以下五點原因：其一，生逢亂世；其二，滿門被害；其三，亂兵所掠；其四，急於出手；其五，賣與樂戶。綜合以上五點，故而只能賣這麼低的價格。而當情況發生變化以後，同樣是這位邢春娘，身份、身價可就完全不一樣了。當春娘改名楊玉成為官妓時，她巧遇兒時的夥伴、如今已當上全州司戶的單飛英（小名福郎）。這時，由單福郎的頂頭上司太守作主，要讓二人破鏡重圓。那是一種什麼樣的場面呢？

> 太守喝退了楊翁、楊嫗，當時差州司人從，自宅堂中抬出楊玉，徑送至司戶衙中，取出私財十萬錢，權佐資奩之費。……是日，鄭司理為媒，四承務主婚，如法成親，做起洞房花燭。……次日，太守同一府官員都來慶賀。

先前一條小命只值「錢十七千」，而今，僅上級領導一人送的婚禮「紅包」就有「十萬錢」。不要說「人比人，氣死人」了，就是「昨天的我」比「今天的我」也讓人浮想聯翩、感歎不已。其實，像楊玉這樣的普通「官妓」還算不上銀子打就的「搖錢樹」。人怕出名豬怕壯，妓女只有成為「花魁」那才會「聲譽鵲起」哩！明代擬話本小說《賣油郎獨佔花魁》所展示的就是這麼一位花魁娘子的風采：

> 酒保道：「這是有名的粉頭，叫做王美娘，人都稱為花魁娘子。他原是汴京人，流落在此。吹彈歌舞，琴棋書畫，件件皆精。來往的都是大頭兒，要十兩放光，才宿一夜哩！」（《醒世恒言》第三卷）

十兩銀子一夜的嫖資，不知陳二姐、夏花兒等人作何感想。當然，像花魁娘子這樣的妓女畢竟是少數，如果太多，朵朵花都「魁」，也就無「魁」可言了。我們放下這樣極端的兩頭不論，且看在晚明時期，普通人正常娶一個老婆要多少花費。明末擬話本作品《型世言》中寫到這一情形：

> 鄭三山聽得不要陪嫁，也便應承。他來回報，支佩德也樂然。問他財禮，巫婆道：「多也依不得，少也拿不出，好歹一斤銀子罷。」支佩德搖頭道：「來不得。我積趲幾年，共得九兩。如今那裡又得這幾兩銀子？」巫婆道「有他作主，便借些，上一個二婚頭，也得八九兩；他須是黃花閨女，少也得十二兩。還有謝親、轉送、催妝、導日，也要三四兩。」……巫婆來與他做主，先是十兩，後來加雜項二兩，共十二兩。多餘二、三兩，來安排酒席，做了親。（第十九回《捐金有意憐窮，卜屯無心得地》）

由此可知，當時娶一個老婆一般要花費白銀一斤左右。那麼，接下來的問題就產生了：一斤白銀是多少兩？只可能有兩個答案：十兩或者十六兩。按照上述描寫，似乎不止十兩，而應該是十六兩。因為媒婆說得很清楚：娶一個二婚頭要銀子八九兩，娶一個黃花閨女做老婆則要十二兩，加上其他費用，則要花費白銀一斤。也就是說，一斤大於十二兩。其實，在《賣油郎獨佔花魁》中，對這一問題已經作出了明確的回答：「秦重盡包而兌，一釐不多，一釐不少，剛剛一十六兩之數，上秤便是一斤。」毫無疑問，一斤白銀等於白銀十六兩。

但能否依此類推，一兩等於十六錢，一錢等於十六分呢？不能，中國古代的重量單位最為混亂之處正在這裡，除了「斤兩」之間是「十六進制」以外，「兩」與「錢」之間、「錢」與「分」之間……統統都是「十進制」。這也可以從《賣油郎獨佔花魁》中得到印證。我們且看賣油郎秦重得知花魁娘子莘瑤琴一個晚上的嫖資是十兩銀子之後，經過激烈的思想鬥爭，最終決定做場「春夢」去會她一會。但是，「日進分文」的賣油郎哪裏去弄那「十兩放光」呢？於是，他開始精確計劃了。

> 他道：「從明日為始，逐日將本錢扣出，餘下的積趲上去。一日積得一分，一年也有三兩六錢之數。只消三年，這事便成了。若一日積得二分，只消得年半。若再多得些，一年也差不多了。」

一日積一分，一年三百六十五日，可不就是三兩六錢五分了嗎？三年下來，可不就超過十兩白銀了嗎？這個簡單的計算方式當然是以「十進制」為基準的。說到這裡，話還沒有完，因為還有一個上文遺留的最關鍵的問題沒有解決：七兩五錢銀子究竟比十五貫錢少多少？或者說得更為乾脆一些，中國古代的白銀與銅錢之間的「比值」如何？

這個問題要分為兩種情況來回答。一是通常情況恒定的「比值」，二是特殊情況下「比值」也會發生變化。

先看較為恒定的銀、錢之間的「比值」。這在明末擬話本小說《拍案驚奇》一書中有明確交代：「元來唐時使用的是錢，千錢為緡，就用銀子準時，也只是以錢算帳。當時一緡錢，就是今日的一兩銀子，宋時卻叫做一貫了。」（卷二十二《錢多處白丁橫帶，運退時刺史當艄》）

這一點，在相關史料中也能得到印證。清代初年的蘇州織造李煦，在康熙四十四年十月呈給皇帝的《接任兩淮鹽差日期並進冬筍摺》的折包裏，附有一份條奏，其中有這麼幾句話：「湖廣之鹽一包，即價貴時，賣至銀一錢三分，或制錢一百三十文者。」這就是說，一錢三分銀子等於一百三十文銅錢。依此類推，一兩銀子也就等於一千文銅錢了。

但是，事情既有恒定就有變易，既有通常就有例外。《紅樓夢》第三十六回關於銀子和銅錢就有與眾不同的描寫：

> 平兒冷笑道：「奶奶連這個都想不起來了？我猜他們的女兒都必是太太房裏的丫頭，如今太太房裏有四個大的，一個月一兩銀子的分例，下剩的都是一個月幾百錢。如今金釧兒死了，必定他們要弄這兩銀子的巧宗兒呢。」

> 王夫人聽說，也就罷了，半日又問：「老太太屋裏幾個一兩的？」鳳姐道：「八個。如今只有七個，那一個是襲人。」王夫人道：「這就是了。你寶兄弟也並沒有一兩的丫頭，襲人還算是老太太房裏的人。」鳳姐笑道：「襲人原是老太太的人，不過給了寶兄弟使。他這一兩銀子還在老太太的丫頭分例上領。如今說因為襲人是寶玉的人，裁了這一兩銀子，斷然使不得。若說再添一個人給老太太，這個還可以裁他的。若不裁他的，須得環兄弟屋裏也添上一個才公道均勻了。就是晴雯麝月等七個大丫頭，每月人各月錢一吊，佳蕙等八個小丫頭，每月人各月錢五百，還是老太太的話，別人如何惱得氣得呢。」

從上面這兩段話可以得出以下信息：賈府的丫鬟是分檔次的，而每一個檔次的月例錢（相當於每月津貼）也是有等級的。最高級別的丫鬟，是賈母、王夫人屋裏的大丫頭，如襲人、金釧兒等，每人每月一兩銀子。第二等的是寶玉等屋裏的大丫頭，如晴雯、麝月等，每人每月一弔錢，亦即一千文銅錢。第三等的是小丫頭，每人每月五百文銅錢。按照作者的意思，一兩銀子肯定比一千文錢要多，不然，怎麼說「你寶兄弟也並沒有一兩的丫頭，襲人還算是老太太房裏的人」呢？但這樣的描寫顯然不符合以上所講的銀、錢恒定比值——一兩銀子等於一千文銅錢。

為什麼會出現這種情況呢？無非有下列可能：

第一，曹雪芹寫作《紅樓夢》的時候，社會生活中的確是一兩銀子高於一千文銅錢。

第二，曹雪芹時代一千文錢雖然大體等於一兩銀子，但銅錢卻沒有銀子好使，因此人們在價值相等的前提下，希望要銀子而不希望要銅錢。

第三，當時社會上一千文錢與一兩銀子「等值」，也一樣「好使」，但曹雪芹先生就偏愛銀子，他認為一兩銀子高於一千文錢。

第四，《紅樓夢》是小說，不是史料，我們在閱讀的時候，只能按照書中的「遊戲規則」思考問題。賈府是一個藝術世界，它就要這樣規定，你怎麼辦？

以上四種可能，其中可能有一種是對的，也可能全都是錯的。究竟是什麼原因，最好去問曹雪芹。但有一點是不需要問的：銀子與銅錢的比值，肯定是不會是一成不變的。

（原載《閒書謎趣》，河南人民出版社，2010 年 4 月出版）